KB234192

비련의 화인

김성종

장편추리소설

비련의 화인

김성종

장편추리소설

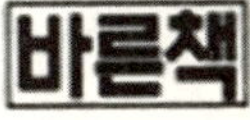

비련의 화인

차 례

아이가 없어졌다

그 날은 아침부터 비가 내렸다.

바람까지 심하게 불고 있었기 때문에 아이는 혼자서 비바람을 헤치고 학교에 갈 수 없었다. 그래서 아빠에게 학교까지 차를 태워 달라고 졸랐다. 아이의 아빠는 그렇지 않아도 귀여운 딸을 비바람 속으로 걸어가게 내버려둘 생각이 아니었다.

"암, 데려다 주고말고."

아빠의 허락에 딸아이는 좋아서 깡충깡충 뛰었다.

미모의 아내가 곁에서 그것을 지켜보면서 행복한 미소를 지었다.

남자도 아내 못지 않게 미남이었다. 178센티미터의 큰 키에 단단한 육체를 지니고 있었다.

딸아이는 이제 여덟 살, 초등학교 1학년이었다. 그리고 아빠보다는 엄마를 많이 빼닮은 편으로 인형처럼 예뻤다.

아이의 부모가 결혼한 것은 9년 전이었다. 그리고 1년쯤 지나 첫딸을 얻었다. 지금의 아이가 바로 그 첫딸이었다. 그 뒤에는 자식이 없었다. 그들은 아이 하나를 더 가지려고 노력했지만 웬일인지 더 이상 아이를 가질 수가 없었다. 그러는 동안 아이는 무남독녀 외딸로 무럭무럭 자라나 어느새 초등학교에 탈 없이 다니고 있었다.

딸 하나밖에 없었지만 아이의 부모는 매우 행복한 가정을 이루며 살아가고 있었다.

남자는 서른여덟, 여자는 서른세 살이었다. 연애결혼이 아닌 맞선을 보고 결혼한 사이였지만 그들은 더할 나위 없이 금실이 좋았다.

여자는 아파트 창가에 서서 남편이 모는 자가용이 비바람 속으로 사라질 때까지 그것을 지켜보고 있었다.

아이가 다니는 초등학교는 집에서 그리 멀지 않은 곳에 있었다. 아이는 쉬지 않고 재잘거렸다. 영리하고 명랑한 아이였다.

차가 학교 정문 앞에 멈춰 서자 아이는 아빠의 뺨에 입을 맞춘 다음 차에서 내려 학교 안으로 뛰어갔다.

그는 아이가 넘어질까 봐 차창을 열고,

"조심해!"

하고 소리쳤다.

입가에 미소를 머금은 채 노란 우비를 입은 딸아이의 모습이 사라질 때까지 바라보고 있다가 그는 이윽고 차를 회전시켜 회사 쪽으로 달려갔다.

누가 보기에도 행복한 가정이었다. 아들이 하나쯤 더 있으면 금상첨화겠지만 그렇다고 해서 아들 하나 없다는 것이 불행의 씨가 될 수는 없었다.

문제는 다른 데서 터졌다.

10년 가까운 그의 운전 솜씨는 탁월했다.

차창에 부딪히는 빗물을 훑어 내는 윈드실드 와이퍼 소리가 꽤나 요란스러웠다.

그는 FM 채널에 주파수를 맞춰 놓고 라디오 스위치를 틀었다. 조용한 음악이 차내에 퍼지자 마음이 좀 가라앉는 기분이 들었다.

얼마 후, 그의 승용차는 25층짜리 거대한 잿빛 건물 앞에 도착했다.

그는 지하 주차장에 차를 집어넣은 다음 지하실에서 바로 엘리베이터를 타고 20층으로 올라갔다. 그의 사무실은 20층에 있었다.

세종로 거리를 굽어보며 솟아있는 25층짜리 잿빛 건물은 대종합상사의 본부 빌딩이었다.

그는 제양상사(制佯商社)에 근무하고 있었다. 거기서 그는 국제부 부장이라는 중요한 자리를 맡고 있었다. 그 자리는 제양상사의 가장 핵심적인 자리로서 장래가 약속된, 누구나 탐을 내는 직위라고 할 수 있었다.

그는 이미 이사 자리에 내정되어 있었다. 그는 자신의 출세 가도를 머릿속에 훤히 그리고 있었다. 그것은 얼마든지 실현 가능한, 이미 약속된 것이나 다름없는 길이었다. 흐르는 세월이 그 모

든 것을 보장해 준다 해도 과언은 아니었다. 별다른 사건만 없다
면 말이다.

　아침나절을 간부 회의다 뭐다 해서 바쁘게 보낸 그는 12시 조
금 전에 점심 약속이 있다고 하면서 외출했다.

　오후 들어 비바람은 더욱 거세어지고 있었다.

　홍상파(洪相坡)가 회사에 돌아온 것은 3시가 지나서였다. 그
의 머리며 옷은 비에 흠뻑 젖어 있었다.

　"어휴, 어찌나 바람이 불던지 우산도 소용없어."
하고 말하면서 그는 회전의자에 털썩 주저앉았다. 그리고 손수건
을 꺼내 비에 젖은 머리칼을 닦았다.

　그때 전화를 받고 있던 차장이 수화기를 내려놓으며 그를 쳐
다보았다.

　"조금 전에 댁에서 전화가 왔던데요. 급히 전화를 걸어 달라
고 했습니다."

　"우리 집사람이 말이야?"

　그는 차장을 힐끗 쳐다본 다음 담배를 한 개비 입에 물었다.

　"네, 사모님한테서 전화 왔었습니다. 들어오시면 바로 집으로
전화해 달라고 하셨습니다."

　차장이라는 사람은 몹시 마른 체격이었다.

　홍상파는 담배에 불을 붙였다.

　"무슨 일로 그러지?"

　"모르겠습니다. 무슨 일인지 말씀은 안 하시고 집으로 급히
전화 걸어 달라고만 하셨습니다."

홍상파는 허공을 향해 한숨처럼 담배 연기를 길게 내뿜은 다음 수화기를 집어 들고 다이얼을 돌렸다.

신호가 가기 무섭게 기다렸다는 듯이 신호가 떨어지면서 아내의 목소리가 들려 왔다.

"여보세요."

아내의 목소리는 언제 들어도 매끄럽다.

"음, 나야. 전화 걸었다고?"

"네c"

아내의 숨결이 이상할 정도로 거칠게 들려 왔다.

"청미가 아직 집에 돌아오지 않았어요. 12시에 학교가 파했는데 지금까지 집에 돌아오지 않고 있어요."

아내는 감정을 억누르며 말하고 있었다.

그는 손목시계를 힐끗 들여다보았다. 3시 15분이었다.

"그래서 전화 건 거야?"

그는 대수롭지 않은 듯 되물었다.

"네, 걱정이 돼서 전화 걸었어요. 학교가 파한 지 세 시간이 지났는데도 애가 아직 안 돌아오고 있잖아요."

"학교에도 알아봤어?"

"네, 전화 걸어 봤어요. 담임선생님도 모르겠대요. 이렇게 비바람이 치는데 어딜 갔는지 모르겠어요. 전에는 이런 일이 없었는데……"

"집에 오다가 친구 집에 들렀겠지. 좀 기다려 봐."

"그럴 애가 아니란 말이에요. 전에는 그런 일이 없었어요. 어디 가면 전화라도 할 텐데 전화도 없어요."

그의 외동딸 청미는 매우 똑똑한 아이였다. 회사에 있는 그에게도 곧잘 전화를 걸어 어리광을 부리곤 했다. 그도 그의 아내도 그 외동딸을 끔찍이도 사랑하고 있었다.

"좀 기다려 봐, 어디 놀러 갔을 거야."

그는 아내에게 딜리 할 말이 없었다.

"알았어요."

아내는 갑자기 기운 없는 목소리로 전화를 끊으려고 했다.

"청미 돌아오면 바로 전화해 줘."

그는 수화기를 내려놓으면서 비바람 치는 창밖을 잠시 멍하니 바라보았다.

잠시 후 그는 석간신문을 펴들었다. '호우주의보' 라는 검은 판의 백색 글자가 제일 먼저 눈에 들어왔다.

그는 대강 신문을 훑어본 다음 두어 군데 전화를 걸고 나서 사장의 부름을 받고 사장실로 갔다.

그가 데스크에 다시 돌아온 것은 4시경이었다.

그는 누구에게랄 것 없이 주위를 휘둘러보며 집에서 전화 오지 않았느냐고 물었다. 집에서 걸려온 전화가 없었다고 하자 그는 급히 집으로 전화를 걸었다.

"아직 안 왔어?"

"안 왔어요."

그의 아내는 거의 우는 소리로 대답했다.

"그거 이상하군. 여기저기 좀 알아보지 그래."

"그렇지 않아도 알아봤어요. 친구들 집에 다 전화 걸어 봐도 오지 않았대요."

“어떻게 된 일이지?”

“가슴이 떨려 죽겠어요.”

실제로 그녀의 목소리는 떨리고 있었다.

“별의별 생각이 다 들어요. 혹시 무슨 사고나 안 났는지……”

“쓸데없는 소리!”

그는 노기 어린 소리로 말했다.

“그럼 어떡해요? 이러고 있을 수만은 없잖아요.”

“더 기다려 봐, 아직 시간이 있으니까.”

“당신 좀 빨리 오세요.”

“이따가 봐서. 오늘 중요한 약속이 있기 때문에 그래.”

“아이가 없어졌는데 약속 같은 게 그렇게 중요한가요?”

“없어지긴 뭐가 없어져! 쓸데없는 소리 작작 해.”

그들은 언성을 높여 말했다.

“네 시란 말이에요! 네 시가 지났어요!”

“알아, 나도 알아!”

“날 저물면 어떡해요!?”

“아직 시간은 있어. 다시 전화할게 기다리고 있어.”

“빨리 집에 들어오세요.”

그는 그 말에는 대답하지 않고 전화를 끊었다.

사실 그는 오늘 중요한 약속이 있었다. 그것은 아프리카에서 온 바이어들을 접대하는 일이었다. 그러나 아이가 돌아오지 않았다면 그런 것이 문제가 아니다.

그때부터 그는 안절부절못하며 아내로부터 전화가 걸려 오기를 기다리고 있다가 4시 30분에 다시 집으로 전화를 걸었다.

"아직 안 왔어요!"

그의 아내는 금방이라도 울음을 터뜨릴 것만 같았다.

"30분만 더 기다려 봐, 5시까지 말이야."

그의 표정이 심상치 않은 것을 보고 차장이 다가와 조심스럽게 물었다.

"무슨 일이 있습니까?"

"아니야."

그는 별거 아니라는 듯 머리를 흔들었다.

"애가 아직 집에 안 돌아왔대."

"학교에서 말입니까?"

"학교에서는 열두 시에 파했다는데 아직까지 집에 안 돌아왔다는 거야."

직원들이 모두 그 쪽으로 시선을 집중했다. 그는 자신의 초조한 모습을 감추려고 얼굴에 미소를 띠었다.

"이제 1학년 아닙니까?"

"음, 1학년이지."

"어디 친구 집에 갔겠죠, 뭐."

차장은 그를 안심시키는 쪽으로 말하고 있었다.

"친구들 집에 모두 알아봤다는데 안 왔다는 거야. 학교에도 알아봤대."

"돌아올 겁니다. 저의 집 애도 한 번은 학교에 가서 밤늦게 집에 돌아온 적이 있습니다. 친구 집에 가서 저녁까지 얻어먹고 TV의 만화까지 다 보고 돌아왔습니다. 아이들은 새로 사귄 친구 집에 느닷없이 놀러 가는 수가 많기 때문에 부모로서도 아이가 제발로 돌아오기 전에는 찾기가 어렵지요."

"글쎄, 그랬으면 좋으련만……"

그는 5시까지 아무 일도 못한 채 아내의 전화만 초조하게 기다리고 있었다.

마침내 5시가 되었다. 그러나 그때까지도 아이가 돌아왔다는 반가운 전화는 걸려 오지 않았다.

그가 전화를 걸자 그의 아내는 마침내 흐느끼기 시작했다.

"알았어. 내 지금 갈게."

그는 전화를 끊고 저고리를 입었다.

"학교 간 애가 다섯 시간이 지나도록 집에 돌아오지 않는 것은 확실히 좀 이상해."

그는 중얼거리면서 직원들을 둘러보았다.

"네, 어서 가보십시오. 걱정되시겠습니다."

차장이 근심 어린 눈으로 그를 쳐다보며 따라 일어섰다.

상파는 저녁의 중요한 약속에 차질이 없도록 차장에게 몇 가지 지시 사항을 일러 준 다음 급히 국제부 사무실을 나갔다.

상파와 통화를 끝낸 송묘임(宋妙任)은 안절부절못하며 집 안을 서성거리고 있었다. 불과 몇 시간 사이에 그녀는 초췌해져 있었다.

딸아이가 빨리 집에 돌아오지 않는 데 대해 처음에는 혹시나 했지만 지금은 거의 하나의 확신처럼 불길한 예감으로 자리 잡고 있었다.

그녀는 168센티미터의 늘씬한 육체를 가지고 있었다. 윤곽은 갸름하면서도 선이 뚜렷해서 얼른 보기에도 미인임을 알 수 있었다. 약간 도톰한 입술과 앞으로 불룩 솟은 가슴, 그리고 까맣고 강렬한 눈빛이 몸 전체에 도발적인 분위기를 이루어 놓고 있었다. 그녀는 청바지에 빨간 티셔츠의 수수한 차림이었는데 그것이 오히려 더 매력적인 분위기를 발산하고 있었다.

초인종 소리에 그녀는 눈물을 훔치며 현관 쪽으로 달려갔다.

"누구세요?"

그녀는 숨 가쁘게 물었다.

"응, 나야."

딸 아닌 남편의 목소리에 그녀는 맥이 탁 풀리면서 문고리를 벗겨주었다.

문이 열리면서 습기 찬 바람이 밀려 들어왔다. 남편의 큰 몸뚱이가 출입구를 막아섰다.

"아직 안 왔어?"

남편도 숨이 차 있었다.

"안 왔어요."

그녀는 힘없이 머리를 흔들었다.

"때르릉……"

바로 그때 전화벨 소리가 들려 왔다.

"전화 왔어!"

남편의 외침을 들으며 그녀는 거실로 뛰어들었다. 뒤이어 상파도 구두를 벗어붙이고 아내 뒤를 따랐다.

"때르르르릉……"

그녀는 넘어질 듯하면서 탁자 위에 놓여 있는 전화 수화기를 집어 들었다.

"여, 여보세요!"

"……"

"여보세요!"

그녀는 상대방을 부른 다음 거친 숨결을 손으로 막았다.

그러나 상대방은 말이 없었다.

"여보세요! 여보세요!"

그녀가 재차 숨 가쁘게 불러대자 그제야 흐흐흐 하는 웃음소리가 들려 왔다. 기분 나쁜 웃음 소리였다.

"여보세요! 어디에다 전화 걸었어요!?"

"흐흐흐…… 청미 집에다 걸었지."

남자 목소리였다.

"뭐라구요!? 다, 당신 누구예요!?"

"거기 청미 집 맞지요?"

느리터분한 목소리였다.

"네, 맞아요. 당신은 누구예요!? 우리 청미는 어디 있어요!?"

"으흐흐흐흐……"

뒤이어 찰칵 하고 전화 끊어지는 소리가 들려 왔다.

"여보세요! 여보세요!"

묘임은 수화기에다 대고 소리소리 지르다가 소파 위로 쓰러졌다.

"아니, 무슨 전화야!?"

상파는 아내를 끌어안으며 물었다.

그러나 그녀는 새파랗게 질린 채 숨만 가쁘게 내쉬고 있었다.

그는 아내를 반듯이 누인 다음 젖은 수건을 이마 위에 올려놓았다. 엽차를 입에 흘려 넣어 주고 한참을 기다리자 그녀는 정신을 차리고 힘겹게 상체를 일으켰다. 그는 아내의 팔을 움켜쥐고 흔들었다.

"어떻게 된 일인지 이야기해 봐! 무슨 전화였어?"

그는 험악한 눈초리로 아내를 노려보았다.

"어…… 어떤 남자가 청미 집이냐고 물었어요. 그렇다고 하니까…… 기분 나쁘게 웃으면서 전화를 끊었어요."

아내를 노려보던 그의 험한 눈초리가 순간 갑자기 뿌옇게 흐려졌다.

"다른 말은 없었어?"

"없었어요. 유괴범이 틀림없어요."

그녀는 울기 시작했다.

아내가 울고 있는 동안 그는 일어서서 바지에 두 손을 찌른 채 실내를 서성거렸다. 그러다가 벽에 걸려있는 사진 액자 앞에 멈춰 섰다. 그것은 딸아이의 사진이었다. 머리를 양쪽으로 땋아 늘인 귀여운 딸아이가 활짝 웃고 있었다. 얼굴만 크게 클로즈업해서 찍은 사진이었다. 1년 전 여름휴가 때 제주도에 놀러 가서 그가 찍어 준 사진이었다.

그는 갑자기 돌아서서 아내를 쏘아보았다.

"그만 울어! 울고 있는 다고 애가 나타나!"

그 말에 그녀의 울음소리가 차츰 작아졌다.

"경찰에 연락해."

그녀가 고개를 쳐들었다. 눈이 벌겋게 충혈 되어 있었다.

"당신이 연락하세요."

그는 어금니를 깨물면서 전화기 쪽으로 접근했다.

바로 그때 다시 전화벨이 울렸다.

"때르릉……"

아내가 수화기를 집으려는 것을 그는 황급히 말렸다.

"가만 둬!"

"때르르르릉……"

그는 전화기를 노려보다가 가만히 수화기를 집어 들었다. 그리고 아주 점잖은 목소리로,

"여보세요."

하고 상대방을 불렀다.

"……"

"여보세요."

"……"

그러나 상대방은 대답이 없었다.

"여보세요!"

그가 세 번째로 거칠게 부르자 그제야 기분 나쁜 웃음소리가 들려 왔다.

아이는 어디로 갔을까

그것은 마치 한밤중 고요한 시간에 무엇인가를 사각사각 갉아먹는 음침하고 기분 나쁜 쥐 소리 같은 것이었다. 홍상파는 부르르 떨면서 수화기를 꽉 움켜쥐고 큰 소리로 상대방을 불렀다.

"여보세요, 할 말이 있으면 하세요! 당신 도대체 누굽니까!?"

"흐흐흐…… 청미가 보고 싶지 않나? 흐흐흐……"

"뭐라구! 우리 청미를 어떡했지!?"

전화를 받는 그는 침착해 지려고 무진 애를 썼지만 도무지 그럴 수가 없었다.

"당신이 청미양 애비인가?"

"그렇다! 우리 애는 어딨지!?"

"애는 내가 데리고 있지. 내가 잘 데리고 있단 말이야. 흐흐흐……"

"이 나쁜 놈! 어린애를 데려다가 어쩌자는 거야!? 우리 애한
테 손만 대면 넌 죽는다!"

"어디 죽여 보시지."

"애를 돌려보내!"

"돌려보내라구? 그래, 그거야 어렵지 않지. 하지만 맨입으로
되나."

"이 개자식! 짐승만도 못한 자식! 아이를 유괴하면 그 결과가
어떻게 되는 줄이나 알아!?

"흐흐흐…… 아주 기고만장해 있군. 얼마 안 있어 코가 납작
해질걸?"

곧 이어 찰칵 하고 전화 끊어지는 소리가 들려왔다.

"여보세요, 여보세요!"

절박한 외침이 집 안을 울린 뒤 죽음 같은 정적이 찾아왔다.

홍상파는 하얗게 굳은 얼굴로 허공을 쏘아보며 앉아 있었고,
그의 아내 묘임은 소리 없이 눈물만 흘리고 있었다.

"유괴당한 게 틀림없어."

한참 만에 남자가 억눌린 듯한 목소리로 말했다. 차마 그런 말
을 아내에게 한다는 것이 괴롭다는 듯이.

"그럼 어떡해요?"

여자의 얼굴이 심하게 일그러졌다. 그녀는 소파를 주먹으로
치면서 울음을 터뜨렸다. 이번에는 남편이 말려도 듣지 않고 딸
애의 이름을 부르면서 격렬하게 울었다. 그렇게 한참을 울다가
갑자기 울음을 그치면서 남편에게 물었다.

"그럼 유괴범이 전화 건 거예요?"

“그런 것 같아.”

담배에 불을 붙이는 그의 손끝이 달달 떨리고 있었다.

“그놈이 뭐라고 그래요?”

“자기가 청미를 데리고 있는데…… 내가 돌려보내라니까 맨입으로는 안 된다는 기야. 그러고는 전화를 끊었어. 뻔해, 돈을 노린 유괴야.”

“돈이 문제예요? 애를 찾아야지!”

“돈 이야기는 구체적으로 꺼내지도 않았어. 그 전에 전화를 끊었어.”

“당신이 욕을 해대니까 그렇지요!”

“그런 놈한테 그럼 점잖게 이야기하란 말이야!? 죽여도 시원치 않을 놈인데.”

“아무리 치가 떨려도 아이를 찾는 게 급선무예요. 아이를 찾을 수만 있다면 무슨 짓인들 못 하겠어요.”

그녀는 다시 울기 시작했다.

그때 또 전화벨이 울렸다.

그녀는 울음을 그치고 냉큼 손을 뻗었다. 남편이 받지 말라고 했지만 그녀는 듣지 않고 수화기를 집어 들었다.

“여, 여보세요!”

“호호호……”

속을 긁어 내는 것 같은 기분 나쁜 웃음소리가 들려 왔다.

“아저씨, 전 청미 엄마예요. 요구하시는 대로 돈은 드릴 테니까 우리 청미를 돌려주세요. 부탁이에요. 우리 청미만 돌려주시면 무슨 일이든지 하겠어요. 아저씨, 부탁이에요!”

그녀는 거의 울면서 애걸했고, 그것을 바라보는 남편의 얼굴에는 경련이 일고 있었다.

"경찰에 연락했지?"

느슨한 목소리가 물었다.

"아, 아니에요! 경찰에 연락하지 않았어요! 맹세코!"

맥을 놓은 것 같은 한숨 소리가 들려 왔다. 이윽고,

"경찰에 연락하면 이 애는 살아 돌아갈 수 없어."

하는 소리가 들려 왔다.

"네, 잘 알겠어요! 경찰에는 절대 연락하지 않겠어요! 아저씨, 우리 청미는 어떻게 있나요?"

그녀는 거의 숨넘어가는 소리로 물었다.

"잘 있어, 아주 잘 있어."

"아저씨, 요구하는 대로 들어드릴 테니까 그 애를 돌려주세요! 그 애는 우리 집안의 유일한 혈육이에요! 부탁이에요! 돌려주세요!"

"외동딸이라면 그만큼 값이 많이 나가겠군. 흐흐흐……"

그 다음 말은 더 이상 들려오지 않았다. 상대방이 전화를 끊었던 것이다.

밤이 되자 비바람이 더욱 거세게 휘몰아치고 있었다.

바람에 창문이 덜컹거릴 때마다 그들은 겁에 질린 눈으로 창밖을 바라보곤 했다.

분노와 증오로 이글거리던 홍상파의 눈빛도 어둠이 내리면서부터는 공포의 빛을 띠기 시작하고 있었다. 사랑하는 어린 딸을 어쩌면 영영 못 보게 될지도 모른다는 생각이 그를 얼어붙게 만든 것 같았다.

어둠과 사나운 날씨가 자식을 생각하는 부모의 마음을 더욱 애타게 만들었다.

청미는 겁이 유난히도 많은 아이였다. 아이의 부모는 청미를 위해 방을 곱게 꾸며 주고 거기서 자도록 유도했지만 겁이 많은 아이는 한사코 부모의 품을 떠나려 들지를 않았다. 아이는 엄마보다도 아빠의 품에 안겨 자는 것을 더 좋아했다. 그런 아이가 낯선 남자에게 끌려갔으니, 아이를 생각하는 부모의 마음은 마치 칼로 가슴을 도려내는 것 같았다.

홍상파와 송묘임은 저녁 식사 같은 것은 생각지도 않은 채 범인으로부터 전화가 다시 걸려 오기만을 기다리고 있었다. 그러나 범인으로부터는 좀처럼 다시 전화가 오지 않았다.

상파와 묘임은 아이가 유괴된 사실을 경찰에 신고하는 문제를 놓고 옥신각신했지만 결론을 내리지 못하고 있었다. 상파는 경찰에 즉시 신고해야 한다고 주장한 반면 묘임은 경찰을 끌어들이면 절대 안 된다고 고집을 피웠다. 묘임의 주장인즉 만일 경찰에 신고하면 범인이 틀림없이 아이를 죽일 것이라는 것이었다. 그녀는 범인의 협박을 믿고 있었고, 그래서 한사코 경찰에 알리는 것을 반대하고 나선 것이다.

홍상파는 그러한 아내를 설득시키기 위해 참을성 있게 차근차근 이야기했다.

"이럴 때일수록 우리는 냉정해지지 않으면 안 돼. 감정이 앞서면 일을 그르칠 우려가 있어. 침착하게 대처하지 않으면 결국 범인에게 농락당하고 말아."

창문이 떨어져 나갈 듯 덜컹거렸다.

그는 두려운 눈으로 칠흙같은 어둠 속을 흘끔흘끔 쳐다보며 말을 이었다.

"유괴 사건의 경우 으레 경찰에 연락하지 않고 범인과 직접 협상하다가 일을 그르치는 수가 많아. 아이의 생명도 잃고 돈도 잃고 그래. 처음부터 경찰의 협조를 얻는 게 가장 빨리 애를 찾는 길이야. 경찰밖에는 기댈 데가 없어. 섣불리 범인과 직접 접촉하다가는 정말로 큰 비극을 맛보게 돼."

"안 돼요! 경찰에 연락하면 아이는 영영 집에 못 돌아갈 거라고 했어요."

"그건 협박이야, 청미는 살아 있어! 살아 있을 때 빨리 손을 쓰지 않으면 안 돼. 시간을 끌면 끌수록 인질을 데리고 있는 게 위험하고 귀찮아서 인질을 살해하게 된단 말이야!"

그의 말이 끝나기가 무섭게 그녀는 몸서리를 치면서 벌떡 일어섰다.

"청미가 죽으면 안 돼요! 청미가 죽으면 나도 죽을 거예요!"

그녀는 쏜살같이 밖으로 뛰쳐나갔다.

"어디 가는 거야!"

그는 허둥지둥 아내 뒤를 따라 나섰다.

엘리베이터 문이 그와 아내 사이를 차단시켰다. 그는 문을 두드렸다. 그러나 엘리베이터는 이미 하강하고 있었다.

그는 계단을 정신없이 뛰어 내려갔다. 팔 층에서 일 층까지 뛰어 내려가는 데 시간이 한참 걸리는 것 같았다.

아내는 어디로 갔는지 보이지 않았다. 경비원이 저쪽으로 뛰어가더라고 손으로 가리키자 그는 그쪽으로 달려가 보았다.

비바람에 눈을 잘 뜰 수가 없었다. 황급히 내려오느라고 미처 우산을 가져오지 않았기 때문에 그의 몸은 금방 비에 젖었다.

그의 아내는 아파트 단지를 벗어나 큰길 가 가로등 밑에 기대서서 울고 있었다. 비를 맞으며 울고 서 있는 그녀의 모습은 더없이 가련해 보였다.

그는 가만히 아내 곁으로 다가가서 어깨를 감싸 안았다.

"전화가 왔을지도 몰라. 자, 들어가자구."

그녀는 머리를 흔들었다.

"먼저 들어가세요. 청미가 올 때까지 기다리겠어요."

"청미는 오지 않아!"

그는 안타까운 눈으로 아내를 바라보았다. 그 말에 묘임은 의아한 눈길로 그를 쳐다보았다.

"청미가 왜 오지 않는다는 거예요?"

"청미는 오지 않아, 청미는 유괴됐어. 유괴범이 그냥 그 애를 돌려보낼 리 없지 않아."

"그 애는 올 거예요."

"자, 그러지 말고 들어가자구. 당신이 이러면 애를 찾을 수 없어. 냉정하게 대처해야만 청미를 찾을 수 있어."

그는 아내를 안다시피 하고 걸어갔다. 비를 맞으며 걸어가는 그들을 행인들이 이상한 듯 바라보곤 했지만 그들은 상관하지 않고 걸어갔다.

"내 말 잘 들어 봐. 경찰을 개입시키지 않고 우리가 직접 접촉했을 경우 범인과의 연락은 그것으로 끝날지도 몰라. 십중팔구 그렇게 되고 말아. 일단 범인은 돈을 챙기고 나면 다시는 연락을 취하지 않을 거란 말이야. 만일 돈을 챙기고도 아이를 돌려보내지 않으면 무슨 수로 아이를 찾지? 범인이 전화라도 걸어오지 않으면 아이를 찾는 것은 불가능해지고 말아."

"돈을 받고도 아이를 안 보내 주는 수가 있나요?"

"있고말고! 얼마든지 있지. 영원히 미궁으로 빠진 유괴 사건이 얼마나 많은데."

그녀는 멈춰 서서 뒤를 돌아보았다.

"청미가 오는 것만 같아요."

"돌아보지 마. 내가 잘 아는 사람 중에 경찰 간부가 한 명 있으니까 그 사람한테 은밀히 상의해 봐야겠어. 괜찮겠지?"

그녀는 아까와는 달리 반대하지는 않았다. 그렇지만 찬성하지도 않았다.

"떠든다고 해서 일이 해결되는 게 아니야. 소문내지 말고 조용히 해결해야 해. 소문내서 될 일은 하나도 없어."

그들은 엘리베이터를 타고 팔 층으로 올라왔다.

집 안에는 그의 장모와 처남, 그리고 처제가 와 있었다. 연락을 받고 달려온 것이었다.

"아니, 문까지 열어 놓고 어디들 갔다 오는 거니?"

장모가 뛰어나오며 물었다. 그리고 딸의 몰골을 보더니 그녀를 붙잡고 울었다. 처제도 따라 울었지만 처남은 남자라 그런지 울지는 않았다. 처남은 신문기자였다. 처제는 언니 뺨치는 미인으로 의상실을 경영하고 있었다.

송태하(宋泰河)는 판단이 빠르고 과격한 젊은이였다. 아직 미혼인 그는 일에 몹시 열심이어서, 남들이 볼 때는 일밖에 모르는 사람처럼 보였다. 그를 두고 기자가 되기 위해 태어났다고 말하는 사람도 있었다.

"상의고 뭐고 생각할 것 없어요. 지금 당장 경찰에 신고해야 합니다."

그는 누이와 매형을 번갈아 바라보며 말했다.

"범인이 알면 청미한테 해를 끼칠 텐데."

처제 지회(知會)의 말이었다. 그녀는 언니와는 달리 매우 냉철한 데가 있었다.

"바보 같은 소리 하지 마, 범인이 알게 경찰을 동원하는 줄 알아!? 범인이 전혀 눈치를 못 채게 해야 해. 감쪽같이 말이야."

여자들은 모두 경찰에 신고하는 것을 반대하고 있었지만 태하의 단호한 말에 더 이상 반대하고 나오는 사람이 없었다.

"그럼 경찰에 전화 걸겠습니다. 신문에 내는 것은 일이 돼가는 것을 봐서 결정하죠."

태하가 수화기를 집어 드는 것을 보고 상파가 말했다.

"경찰 계통에 잘 아는 사람이 있는데 그 사람한테 부탁해 봐야겠어."

태하는 매형을 돌아보았다.

"어떤 사람인데요?"

"대학 동기인데 고시에 패스해서 지금 시경에 근무하고 있지. 나하고는 친한 사이니까 내가 부탁하면 성의껏 해줄 거야."

"저도 아는 형사들이 있긴 한데…… 그러시다면 매형께서 부탁해 보시죠."

태하는 사회부 기자로 경찰 출입을 하고 있었기 때문에 그 방면에는 아는 사람들이 많았다. 그러나 매형의 의견을 존중해서 수화기를 그에게 건넸다.

상파는 먼저 친구 집으로 전화를 걸었다. 그는 친구의 부인과도 잘 알고 있었다. 부인의 말이, 비상이 걸려 남편은 오늘 밤 집에 들어오지 않을 거라고 했다.

그는 이번에는 시경으로 전화를 걸어 보았다.

다행히 그의 친구는 자리에 있었다.

"어, 이 시간에 웬일이야?"

굵은 목소리가 활기 있게 들려 왔다.

"집에 전화 걸었더니 오늘 밤 비상이라 하더군."

"응, 비상이라 집에 들어가지도 못하고 이러고 있어. 호우 주의보가 내렸거든."

"알고 있어."

"거기 어디야?"

"집이야."

"제수씨도 잘 있고?"

그들은 상대방 아내를 언제나 제수라고 불렀다. 그런데 이번만은 상파는 그런 농담에 끼어들지를 않았다. 눈치를 채고 친구가 조금 심각한 어조로 물었다.

"그런데 무슨 일이야?"

"난처한 일이 생겼어. 도움이 필요해."

"무슨 일인데?"

"우리 집 애가 없어졌어."

“애라니, 딸애 말이야?”

“응, 청미가 없어졌어. 유괴당한 것 같아. 범인한테서 전화가 왔었어.”

“뭐라구!?”

“조용히 해결했으면 좋겠어.”

“알았어. 내 지금 바로 가지.”

“비상인데 바쁘지 않나?”

“괜찮아.”

곽명구는 중키의 사나이였다. 일찍 고시에 패스한 그는 경찰에 투신, 남들보다 먼저 출세 가도에 들어서서 열심히 살아가는 인물이었다. 그런 만큼 그는 언제나 패기만만했다.

경찰 패트롤카를 타고 달려온 그는 전투복 차림으로 집 안으로 들어섰다. 집 안에 있는 사람들과 수인사를 나눈 뒤 그는 상파로부터 사건 내용을 귀담아들었다.

“나한테 연락하기 잘했어.”

이야기를 듣고 난 그는 고개를 끄덕이고 나서 묘임 쪽으로 시선을 던졌다. 그녀는 소리 없이 울고 있었다.

“걱정하지 마십시오. 빠른 시간 내에 찾아 드리겠습니다!”

그는 아주 자신 있게 그녀를 위로했다.

시간은 자정 가까이 다가서고 있었다.

“나는 강력 사건 담당이 아니지만, 실력 있는 형사를 보내겠어. 이 사건만 전담할 수 있게 말이야. 조만간 해결될 거니까 너무 걱정하지 마.”

곽명구는 상파의 어깨를 두드리며 말했다.

"난 애가 다칠까 봐 걱정이야."

"걱정되겠지. 하지만 어떡하나? 참고 기다려야지. 유괴 사건은 범죄사건 중에서도 가장 악질적인 사건이야."

그의 말이 끝나기가 무섭게 기다렸다는 듯이 전화벨이 요란스럽게 울렸다.

사람들은 소스라치게 놀란 눈으로 전화기를 바라보았다.

"다른 분은 받지 말고 청미 엄마나 아빠가 받으십시오. 집 안에 다른 사람들이 있다는 인상을 줘서는 안 되니까요."

"제가 받겠어요."

묘임이 재빨리 수화기를 집어 들었다.

"여보세요!"

"오래 기다렸지? 흐흐흐……"

음탕한 웃음소리가 들려 왔다.

"아저씨, 제발 요구대로 들어줄 테니까 우리 청미를 보내 주세요. 아저씨, 요구하는 게 뭐예요?"

"목소리가 예쁘군."

"아저씨, 우리 청미 해치지는 말아 주세요. 부탁이에요! 아저씨, 원하시는 게 뭐예요!?"

"당신이 필요해. 오늘 밤 어때?"

"좋아요! 어디든지 가겠어요! 요구하는 대로 드리겠어요!"

"몸도 주겠다 이 말이지?"

"청미만 돌려보낸다면 무엇이든 하겠어요!"

"흐흐흐…… 좋아. 그럼 말이야, P호텔 나이트클럽으로 나와.

1시 정각에 우리 만나는 거야. 알았지?”

“네, 나가겠어요.”

“물론 혼자 나오는 거야. 사람들을 달고 나오면 어떻게 되는지 알지? 나 그렇게 어수룩한 사람 아니야. 알겠지?”

“네, 알았이요. 우리 청미도 데리고 나오시는 거죠?”

“이따가 봐서……”

그리고는 전화는 끊어졌다.

“뭐래?”

상파가 다급하게 물었다.

그녀는 새파랗게 질린 얼굴로 범인과의 통화 내용을 이야기했다.

“개 같은 자식! 장난치는 거야!”

태하가 분노에 차서 소리쳤다.

“장난이더라도 난 가겠어요. 아무도 따라오지 마세요.”

“바보 같은 소리!”

상파가 외쳤다.

“그럼 가지 말란 말이에요!?”

그녀는 벌써 일어서고 있었다.

“혼자 가면 안 돼! 무슨 일이 일어날지 몰라서 그래!?”

“가보십시오.”

곽명구가 그녀를 지지하고 나왔다.

“허탕 치더라도 한번 가보십시오. 단번에 범인과 접촉한다는 것은 어렵습니다. 놈은 수없이 골탕을 먹일 겁니다. 그걸 각오하고 대처하지 않으면 안 됩니다. 위험은 없을 겁니다.”

“저 혼자 가겠어요.”

“좋습니다. 그렇게 하십시오.”

“그건 안 돼!”

상파가 그녀의 팔을 움켜잡았다.

곽명구는 손을 흔들어 그를 제지했다.

“혼자서 잘 해낼 수 있을 거야. 나도 생각이 있어서 그러니까 혼자 가시게 내버려둬.요”

아이를 돌려주세요

송묘임은 약속 시간 30분 전에 P호텔 나이트클럽에 도착했다. 남편이 자가용차로 데려다 주겠다는 것을 한사코 뿌리치고 일부러 택시를 타고 달려왔던 것이다.

나이트클럽 안으로 들어서면서 그녀는 문득 범인과 자신은 서로 얼굴을 모르고 있다는 것을 깨달았다. 서로 얼굴도 모르는 처지에 더구나 사람들이 북적거리는 곳에서 어떻게 상대방을 알아본다는 것인가. 범인이 만나자고 하면서 이쪽의 신분을 드러낼 수 있는 어떤 표시를 요구하지 않은 것은 무엇을 의미하는 것일까. 그것은 애초부터 만날 의사도 없으면서 이쪽을 농락하기 위해 그런 것이 아닐까. 혹은 떠보기 위해서 그런 게 아닐까. 그것도 저것도 아니라면, 혹시 범인이 내 얼굴을 알고 있는 게 아닐까.

클럽 안으로 들어서면서 그녀는 소름 끼치는 전율을 느꼈다.

누군가가 자기를 지켜보고 있을지도 모른다는 데서 오는 공포가 갑자기 그녀를 정신없게 만들었던 것이다.

나이트클럽은 지하에 자리 잡고 있었다.

계단을 내려간 그녀는 입구에서 잠시 주위를 둘러보며 머뭇거렸다. 그러자 웨이터가 다가왔다.

"혼자 오셨습니까?"

그녀는 대답 대신 머리를 가만히 흔들었다.

"손님 찾으십니까?"

그녀는 고개를 끄덕였다.

웨이터는 아니꼽다는 듯 그녀를 아래위로 훑어본 다음 들어가 버렸다.

먼저 그녀를 후려친 것은 한증막 같은 열기였다. 에어컨이 가동되고 있는 것 같았지만, 실내에 꽉 들어찬 사람들이 뿜어내는 열기를 식히기에는 그것은 너무 미약한 것 같았다.

열기와 함께 탁한 공기가 밀려왔다. 사람을 질식시킬 것 같은 탁한 공기였다. 그 속에서 사람들은 먹고 마시고 춤추고 있었다. 그리고 애써서 번 돈을 날리고 있었다. 마치 휴지처럼.

밴드는 디스코 음악을 연주하고 있었다. 귀청을 찢을 듯 요란한 음악이었다. 그것은 음악이라기보다 숫제 폭력이었다. 시야를 어지럽히는 현란한 조명에 그녀는 현기증이 일었다.

그곳은 완전한 별세계였다. 나이트클럽에 처음 와 본 것은 아니었다. 하지만 오늘밤의 그곳 나이트클럽은 그녀에게 있어서는 확실히 이방 지대였다. 자신은 유괴된 아이를 찾기 위해 나이트클럽에 온 것이었다. 그런데 사람들은 마시고 춤추고 떠들어대고 있다. 남의 비극이야 알 바 아니라는 듯이.

그녀는 쓰러질 것 같은 몸을 의자 위에 올려놓았다. 자신의 모습이 잘 보이게 하기 위해 일부러 중간쯤 되는 자리에 앉았다. 손수건을 꺼내 머리에 묻은 빗방울을 닦아 냈다.

웨이터가 다가왔다. 그녀는 맥주를 시켰다. 웨이터가 맥주와 안주를 가져 왔다. 그녀는 거들떠보지도 않았다. 미동도 하지 않고 앉아 있었지만 그녀의 눈은 실내를 샅샅이 뒤지고 있었다. 어리석기 짝이 없는 것이 그녀는 사람들 사이에서 딸애를 찾고 있었다. 범인이 혹시 딸애를 데리고 나올지도 모른다는 생각에서 열심히 청미를 찾고 있었다. 그러나 딸애가 보일 리 없었다. 범인이 그렇게 순순히 딸애를 돌려보낼 리가 없었던 것이다. 하지만 그럴 줄 알면서도 그녀는 부지런히 딸애의 모습을 찾고 있었다. 자식을 찾고 싶은 모정이 그녀를 그렇게 어리석게 만들어 주고 있었다. 하긴 그녀뿐만이 아니라 세상의 모든 어머니들이 그런 경우를 당하면 모두 그럴 수밖에 없으리라.

새벽 1시가 지나고, 1시 30분이 지났다. 그녀는 술에는 손도 대지 않고 가만히 앉아 있었다. 그녀의 눈에서 눈물이 넘쳐흐르기 시작했다. 그녀는 그것을 닦을 생각도 하지 않은 채 그대로 앉아 있었다.

아까부터 그녀 쪽으로 힐끔힐끔 시선을 던지는 젊은 남자가 한 명 있었다. 그 역시 혼자 자리를 지키고 앉아 있었다. 무더운 날씨인데도 정장 차림이었고 외모가 미끈했다. 서른 서넛쯤 되어 보였다.

그는 주위를 휘 둘러본 다음 일어서서 화장실로 갔다. 소변을 보고 나온 그는 자기 자리로 돌아가지 않고 여자 혼자 앉아 있는 곳으로 갔다. 2시가 막 지나고 있었다.

"실례합니다. 한번 추실까요?"

그녀는 흠칫 놀라 그를 올려다보았다. 얼굴에 미소를 띤 채 내려다보고 있는 남자의 얼굴이 악마처럼 보였다. 그녀는 소름이 끼쳐 몸을 바르르 떨었다. 소리를 질러 도움을 청해야 한다고 생각했다.

"한번 추실까요?"

남자가 다시 한 번 말하면서 손을 내밀었다. 그녀는 소리 지르고 싶은 충동을 가까스로 참아 눌렀다. 청미를 먼저 찾아야 한다는 생각이 그녀를 제지했던 것이다. 이 사내의 말을 듣지 않으면 청미를 찾을 수 없을 것이다. 그녀는 공포감을 밀어내면서 몸을 일으켰다.

밴드는 마침 블루스 곡을 연주하고 있었다.

그녀는 젊은 사내를 따라 플로어로 나갔다. 조금 전까지만 해도 눈물이 넘쳐흐르던 그녀의 얼굴은 이제 완전히 파랗게 얼어붙어 있었다.

사내의 팔이 그녀의 허리를 감아 왔다. 그녀는 다시 한 번 바르르 떨었다.

이윽고 그들은 스텝을 밟기 시작했다.

"반갑습니다."

남자가 미소 띤 얼굴로 징그럽게 말했다. 그녀는 공포와 증오에 찬 눈으로 사내를 쏘아보았다.

"울고 계시더군요."

“……”

“혼자 오셨습니까?”

“……”

“왜 그렇게 노려보십니까? 저도 혼자 왔습니다.”

“우리 청미는 어디 있어요!?”

“네!?”

남자는 의아한 눈으로 그녀를 쳐다보았다. 이 여자, 머리가 좀 돈 것 같은데? 재수 없군. 그는 스텝을 멈추고 그녀의 몸에서 손을 떼었다. 흥분하기 시작하던 그의 몸은 급속도로 식어 갔다.

그가 플로어를 떠나려는 순간 묘임의 손이 그의 멱살을 움켜잡았다. 필사적으로 움켜잡았기 때문인지 남자는 그녀의 손을 뿌리칠 수가 없었다.

“좀 도와주세요! 이놈이 우리 애를 유괴했어요. 유괴범이란 말이에요!”

모든 것이 일순 정지하는 듯했다. 춤추던 사람들도, 음악도 멎고 잠시 침묵이 흘렀다. 그 침묵을 그녀의 목소리가 깼다.

“좀 도와주세요! 이놈은 유괴범이에요, 우리 아이를 유괴했어요!”

플로어 위에 서 있던 사람들은 그제서야 그녀의 말을 알아듣고 잽싸게 흩어졌다. 자리에 앉아있던 사람들이 여기저기서 벌떡 일어섰다.

“이년이 미쳤나!”

당황한 남자는 그의 멱살을 움켜쥐고 있는 여자의 손을 비틀었다. 그러나 어떻게나 억세게 쥐고 있는지 좀처럼 떼어 낼 수가 없었다.

"이거 놔! 난 유괴범이 아니야!"

그때 남자 몇 사람이 맥주병을 들고 플로어로 접근했다. 유괴범을 때려잡을 듯이 살기등등한 모습으로.

"저 새끼, 잡아!"

"저런 새끼는 죽여야 해!"

그제야 사태가 심상치 않게 돌아가고 있음을 알고 남자는 여자의 복부를 주먹으로 후려쳤다. 묘임은 멱살을 잡고 있던 손을 놓으면서 뒤로 나동그라졌다.

"저 새끼 죽여!"

플로어로 의자가 날아왔다. 맥주병을 깨어 든 사내들이 우 하니 몰려들었다. 술기운에다 잔인한 군중 심리까지 가미되어 모두가 살기등등했다. 사정을 따지려 들기보다는 감정을 폭발할 수 있는 좋은 기회가 찾아왔다는 듯 플로어를 포위하고 접근해왔다.

"난 유괴범이 아니오! 난 오늘 부산에서 출장 온 사람이오!"

플로어 위의 젊은 사내는 악을 써댔지만 그것은 그에 대한 적의를 더욱 부채질하는 것밖에 되지 않았다. 그는 플로어에서 빠져 나가려고 했지만 그때마다 깨진 병 끝이 불쑥불쑥 튀어나오곤 했기 때문에 번번이 뒤로 물러서곤 했다.

"죽여라!"

마침내 고함소리와 함께 사람들이 그에게 덮쳐들었다.

그는 손과 발을 몇 번 놀리다가 힘없이 무너져 내렸다. 그 위로 사람들의 손과 발이, 그리고 깨진 병이 난무했다. 비명소리도 잠깐이었다.

제물을 깔아 놓고 잔인한 축제가 한창 벌어지고 있을 때 갑자기 호각 소리가 들려왔다.

출입구 쪽에서 경찰관들이 몰려 들어오고 있었다.

미친 듯 몸부림치던 사람들은 일시에 물거품처럼 꺼지고 플로어 위에는 피투성이 남자만 남았다. 그는 마치 벌레처럼 꿈틀거리고 있었다.

"빨리 병원으로 운반해!"

누군가가 경찰관들에게 지시를 내리기 시작했다. 경찰관 몇 명이 피투성이가 된 남자를 들고 밖으로 급히 나갔다.

묘임은 그런 소동을 지켜보면서 넋 나간 사람처럼 멀거니 서 있었다. 그녀 곁에는 어느새 왔는지 홍상파와 송태하가 역시 얼빠진 표정으로 서 있었다.

상파의 친구인 경찰 간부 곽명구는 혼란에 빠진 실내를 정리하느라고 소리소리 지르며 이리 뛰고 저리 뛰고 있었다.

"청미…… 청미를 찾아야 해요."

묘임이 중얼거리자 태하가 누이 곁으로 가까이 다가섰다.

"그 사람…… 틀림없이 범인인가요?"

"범인이 틀림없어."

그녀는 여전히 넋 나간 표정으로 중얼거렸다.

"그 사람이 뭐라고 그랬어?"

이번에는 홍상파가 물었다.

"도, 도망치려고 그랬어요. 청미가 어디 있느냐고 하니까 나를 잡아먹을 듯이 노려봤어요."

그때 점퍼 차림의 뚱뚱한 중년 사나이가 묘임의 앞을 가로막았다.

"경찰입니다. 잠깐 좀 보실까요?"

그는 땀을 몹시 흘리고 있었다. 뚱뚱해서 그런 것 같았다. 조용한 눈길로 묘임을 쳐다보고 있는 것이 소란스러운 실내 분위기와는 어울리지가 않았다. 그 옆에는 조그만 사나이가 그림자처럼 붙어 있었다. 그 사람 역시 형사인 듯했다. 상파와 태하가 따라붙으려고 하는 것을 제지하고 그들은 묘임을 데리고 술병 등을 쌓아 두는 후미진 곳으로 갔다.

"어떻게 된 일인지 좀 말씀해 주시겠습니까?"

그들은 곽명구의 연락을 받고 달려온 형사들이었다.

P호텔 나이트클럽에서 낯선 여인에게 접근하다가 유괴범으로 몰려 봉변을 당한 남자는 이름이 김인수(金仁洙)라고 했다. 그는 중태에 빠져 병원에서 무려 수십 바늘이나 꿰매야 했는데 다행히 생명에는 지장이 없었다. 의식을 회복한 그는 첫 마디가 이랬다.

"난 부산에서 출장 온 사람입니다. 그 여자는 미친 여자였습니다."

그의 말은 확인할 필요도 없었다. 유괴범으로부터 집으로 다시 전화가 걸려 왔기 때문이었다. 아침 8시경이었다. 범인은 상파가 전화를 받자,

"호호호…… 청미 엄마를 바꾸시지."

하고 말했다. 그것은 무엇인가 사각사각 갉아먹는 음침하고 기분 나쁜 쥐 소리 같은 것이었다.

“나하고 이야기 합시다! 요구하는 대로 해줄 테니 제발 우리 애를 돌려보내 주시오!”

“바꾸라면 바꿔. 당신 마누라를 바꿔!”

상파는 입술을 깨물며 아내에게 수화기를 돌렸다. 묘임은 급히 수화기를 받아들고 상대방을 불렀다.

“여, 여보세요!”

“당신은 약속을 어겼어. 고약한 것!”

그녀는 너무 당황한 나머지 뭐라고 말해야 할지 몰랐다. 기분 나쁜 목소리가 다시 들려 왔다.

“내가 혼자 나오라고 했는데 당신은 사람들을 주렁주렁 달고 나왔어. 그리고 나이트클럽을 엉망으로 만들었어. 생사람을 유괴범으로 몰아세우면서 말이야. 이래 가지고서야 어디 협상이 되겠어? 이제 당신의 귀여운 딸은 영영 못 돌아가게 됐으니까 그렇게 알라구.”

“잘못했어요, 제가 잘못했어요! 약속을 깬 게 아니었어요. 저는 혼자 나갔는데 다른 사람들이 저 몰래 따라왔었나 봐요. 선생님, 부탁이에요. 우리 청미를 돌려보내 주세요!”

그녀는 거의 울부짖는 소리로 말했다. 웃음소리가 작아지는 듯하더니 이윽고 전화가 끊어졌다. 그녀는 수화기를 동댕이치면서 목 놓아 울었다.

아무도 그녀의 울음을 말리려 하지 않았다.

뚱뚱한 형사는 도청 장치에 연결된 이어폰을 귀에서 떼어 냈다. 도청 장치는 밤새에 긴급히 설치된 것이었다. 그는 녹음테이프를 뒤로 돌렸다가 다시 앞으로 전진시켰다. 범인과의 대화 내용이 다시 흘러나오기 시작했다. 모든 사람이 들을 수 있게 큰 소리로 흘러 나왔다. 그 바람에 묘임의 울음소리는 쑥 들어가 버리고 말았다.

대화 내용을 모두 듣고 난 뚱뚱한 형사는 스톱 버튼을 눌렀다. 그리고 묘임을 바라보면서 말했다.

"사모님께서는 어젯밤 큰 실수를 하셨군요. 생사람이 맞아 죽을 뻔했습니다. 죽지 않았기 다행이지……"

"그 사람이 위자료 청구를 할지 모릅니다. 그렇게 되면 다만 얼마라도 내놓으셔야 할 겁니다."

그림자처럼 붙어 다니는 작은 형사가 말했다.

"그 사람에 대해서는 미안하게 생각해요. 위자료를 달라고 하면 드리겠어요."

이렇게 말하고 나서 그녀는 형사들을 바라보았다.

"그런 게 문제가 아니에요! 우리 청미를 찾아 주세요!"

형사들의 얼굴에 곤혹스런 표정이 나타났다.

"우리 청미를 빨리 찾아 주세요!"

하룻밤 사이에 그녀는 놀라울 정도로 초췌해져 있었다. 퀭한 눈에는 밤새 한잠도 못 잔 탓으로 핏발이 서 있었고 고운 피부는 꺼칠해져 있었다. 시선은 가끔씩 허공을 더듬고 있었다. 형사들은 그녀의 시선 하나 놓치지 않겠다는 듯 그녀를 찬찬히 뜯어보고 있었다.

그녀 못지않게 상파 역시 몰라보게 변해 있었다. 뜬눈으로 밤을 지샌데다 어제 저녁부터 아무것도 먹지를 않았으니 초췌해질 수밖에 없었다. 그러나 무엇보다도 그들 부부를 그런 모습으로 만든 것은 사랑하는 딸애를 유괴당한 데서 오는 심리적인 충격이었다. 아무리 강심장을 가진 사람이라 해도 그것은 정말 견디기 어려운 고통이었다.

"겨우 두 사람이 이 사건을 맡는다는 말입니까!?"

한쪽에서 말없이 줄담배만 태우고 있던 태하가 형사들을 쏘아보면서 분통을 터뜨렸다. 형사들은 그러한 그를 묵묵히 바라보기만 했다.

"수사 인원을 많이 투입해서 좀 적극적으로 수사해야 할 거 아닙니까!?"

"인원이 많다고 해서 좋은 건 아닙니다. 오히려 혼란이 야기될 우려가 있지요. 필요하면 인원 요청을 하겠습니다. 우리는 특별히 부탁을 받고 왔을 따름입니다. 언제라도……"

뚱뚱한 형사는 말끝을 흐리면서 홍상파를 힐끗 쳐다보았다. 상파는 당황해서 그 시선을 피했다. 그들은 그의 친구인 곽명구의 부탁을 받고 파견된 민완 수사 요원들이었다. 곽이 보낸 사람들이니 우수한 요원들임에는 틀림없을 것 같았다. 그런데 성미 급한 그의 처남이 그들의 자존심을 상하게 하는 말을 한 것이다.

"자넨 좀 가만있어."

상파가 주의를 주자 태하는 말없이 밖으로 나가 버렸다. 아마 신문사에 가는 모양이었다. 상파는 회사에 전화를 걸고, 일이 있어 출근하지 못한다고 말했다.

"아직도 청미가 안 돌아왔습니까?"

이명길 차장이 근심스러운 어조로 물었다.

"아직 안 돌아왔어."

“큰일 났군요.”

상파는 수화기를 내려놓았다.

무거운 침묵이 흘렀다. 모두가 범인의 연락을 기다리고 있었다. 무거운 침묵을 깨고 뚱뚱한 형사 조 태(趙泰)가 물었다.

“범인이 구체적으로 돈을 얼마나 내라고 액수를 말하지는 않았나요?”

“말 안했습니다.”

상파가 대답했다.

“그거 이상하군, 범인이 전화를 걸어 올 때는 액수부터 말하는데……”

조 태는 고개를 갸우뚱했다.

“아직 그런 말은 없었습니다. 범인은 돈이 필요하다는 뜻을 조금 비치기는 했지만 구체적으로 얼마를 내라는 말은 하지 않았습니다.”

“수사상 가장 기본적인 것이니까 기분 나쁘게 생각지 마시고 협조해 주십시오. 아무리 청미 양의 부모이지만 두 분께서는 우리의 일차 조사 대상이 됩니다. 물론 형식적인 것이지만 그렇게 알고 대답해 주십시오.”

“그거야 당연하지요.”

상파는 심문에 응할 자세를 취했다. 그러자 묘임이 이해할 수 없다는 듯 말했다.

“조금 전에 범인이 밖에서 전화 걸어 온 거 들으셨잖아요.”

“네, 들었습니다. 그건 분명히 범인이 걸어 온 전화였습니다. 그의 목소리도 녹음되어 있습니다. 하지만 두 분을 제쳐놓을 수는 없습니다. 왜냐하면 두 분은 청미 양의 부모이자 그 애와 가장 가까운 사이였으니까요. 형식적인 것이긴 하지만 혹시 참고 될 만한 그 무엇이 있을지 모르지 않습니까.”

“당신은 가만있어. 이분들이 하자는 대로 해.”

상파는 정색을 하고 아내를 바라보았다. 그녀는 무슨 말을 할 듯하다가 입을 다물었다.

상파는 뚱뚱한 형사가 자기를 심문할 줄 알았다. 그러나 뚱뚱한 형사는 작은 형사에게 눈짓을 보낸 다음 묘임을 데리고 안방으로 들어갔다.

“우리도 방으로 들어가야 합니까?”

상파의 물음에 작은 형사는 고개를 끄덕였다.

그들은 서재로 들어갔다.

서재의 한쪽 벽에는 서가가 놓여 있었고, 서가에는 각종 교양 서적들이 가득 꽂혀 있었다.

“책이 많군요.”

작은 형사는 혼잣말처럼 중얼거렸다. 그는 조용하고 말수가 적은 사람이었다.

“많기는요, 너무 바빠서 신간 서적을 사볼 시간이 없습니다. 책을 못 읽으니까 자꾸만 시대에 뒤떨어지는 것만 같고…… 안타 까울 때가 많습니다.”

“피차일반이군요. 우리는 사건이 터지면 집에 들어갈 시간도 없습니다.”

작은 형사 허 걸(許杰)은 아직 마흔이 채 안 돼 보이는 것이 상 파와 연배인 듯했다. 키는 작지만 몸매가 단단하고 야무진 인상이 빈틈없어 보였다. 조 태가 거친 인상이라면 그는 단정한 학자 타입이었다.

그는 소파에 앉고 상파는 책상 앞에 놓여 있는 의자에 앉았다. 상파가 담배를 권하자 그는 머리를 흔들었다.

"안 피웁니다. 혹시 범인 목소리를 전에 어디서 들은 적이 있습니까?"

"없습니다."

"누구와 비슷하다거나 그런 것도 없습니까?"

"처음 듣는 목소리입니다."

허 걸은 볼펜을 집어 흔들었다.

"왜 선생님은 따님이 유괴 당했다고 생각하십니까?"

"……"

상파가 미처 대답을 하지 못하고 잠시 머뭇거리자 그가 다시 물었다.

"다시 말해 범인은 왜 하필 선생님 따님을 유괴했을까요? 다른 아이들도 많은데 말입니다."

"글쎄요, 그걸 제가 어떻게 압니까?"

"그 이유를 생각해 보시지 않았나요?"

"그럴 틈이 없었습니다."

"선생님은 부자신가요?"

너무 직선적인 질문에 상파는 멀거니 형사를 바라보았다.

"부자는 아닙니다. 하지만 먹고 살 만은 합니다."

목격자를 찾아라

조그만 수사관은 무엇을 찾을 듯 깊숙한 눈길로 상파를 바라보았다.

상파는 담배꽁초를 비벼 끄고 새 담배에 불을 붙였다.

"부자가 아니시라고 하셨는데…… 그렇다면 왜 하필 선생님 따님을 유괴했을까요? 돈이 필요하다면 부잣집 자식을 유괴할 게 아닙니까?"

"그걸 제가 어떻게 압니까?"

그는 노골적으로 얼굴에 불만을 나타내며 대꾸했다. 똑같은 질문에는 똑같은 대답밖에 없다는 것을 강조하려는 듯 허 걸을 똑바로 주시하고 있었다. 그러나 체구가 작은 형사의 얼굴빛은 조금도 흐트러짐이 없었다.

"이상하군요."

"저도 이상하게 생각합니다."

"하지만 한편 생각하면 그럴 수도 있다고 생각합니다. 유괴범은 반드시 돈 많은 집 자식들만 유괴하지는 않습니다. 유괴하기 쉬운 대상을 골라 범행한 다음 돈을 요구하기도 하지요. 웬만큼 사는 부모라면 자식을 찾기 위해 거액을 마련하는 것이야 그렇게 어려운 일이 아닐 겁니다. 집을 팔거나 빚이라도 내서 아이를 찾으려 들 겁니다. 그런 점에서는 재벌급 인사의 자식보다는 평범한 집 자식이 오히려 범행 대상으로 안성맞춤일지 모르지요. 재벌 집안 자식을 건드렸다가는 신문에 대서특필되는 등 해서 오히려 시끄러워지기만 할 거고, 결국 돈 한 푼 받아 내지도 못한 채 실패로 돌아갈 공산이 크지요. 이건 범인이 돈을 노렸을 경우에 대한 이야기이고…… 그렇지 않은 경우에 대해서는 이야기가 다르지요."

형사는 자신의 이야기에 대한 반응을 기대하는 듯 말을 중단하고 상파를 지그시 바라보았다. 일순 두 사람의 시선이 차갑게 부딪쳤다. 먼저 시선을 돌린 사람은 상파였다. 그는 창 밖으로 시선을 돌렸다. 창문에는 비가 뿌리고 있었다. 장마가 시작되고 있었다. 어제 같은 호우는 아니었지만 질펀하게 내리는 비였다. 잘생긴 그의 옆얼굴 모습이 흡사 조각 같았다. 그는 무슨 말인가 할 듯하다가 도로 입을 다물어 버렸다.

형사는 몸을 거의 움직이지 않은 채 꼿꼿한 자세로 이야기했다. 그의 그런 자세는 상대에게 아주 강한 인상을 심어 주기에 족했다.

"돈을 노리지 않은 경우라면…… 변태 성욕자의 짓이거나 원

한 관계일 수도 있죠. 나이 어린 소녀만을 노리는 유괴범이 있는
데…… 그런 경우는 좋은 결과를 기대할 수 없습니다.”

상파는 얼굴을 홱 돌려 형사를 바라보았다. 부릅뜬 두 눈에는
공포와 증오와 경악의 빛이 서로 엇갈리고 있었다.

“혹시 누구한테 원한을 살 만한 일을 한 적은 없습니까?”

“없습니다.”

그는 단호하게 대답했다.

“잘 생각해 보십시오. 생각지도 않은 일로 해서 이런 사건이
일어날 수도 있으니까요.”상파는 머리를 세게 흔들었다.

“원한을 살 만한 일은 한 적이 없습니다.”

그는 담배꽁초를 비벼 끈 다음 숨을 깊이 들이켰다. 그리고 두
려운 눈빛으로 허 걸을 바라보았다.

“만일 변태 성욕자의 짓이라면 어떡하지요?”

“글쎄요……”

처음으로 형사는 자세를 고쳐 앉았다.

“그렇지 않기를 바랄 수밖에 없겠지요. 내 생각에는 그런 것
같지는 않습니다. 변태 성욕자의 경우 야욕을 달성하는 게 목적
이니까 전화를 걸어온다든가 하는 짓은 하지 않지요. 하지만 범
인이 무엇을 노리고 있는지 그것은 아직 모르겠습니다. 돈을 노
리고 있는 것 같기도 하지만 그것은 수사를 혼돈시키기 위한 위
장일 수도 있으니까요.”

그때 형사는 상대방 남자의 눈에 눈물이 어리는 것을 보았다.
그는 창밖으로 시선을 돌리고 있었는데 이윽고 눈에 가득 찬 눈
물이 볼을 타고 소리 없이 흘러내리기 시작했다. 그는 흐르는 눈

물을 닦으려고도 하지 않은 채 한동안 멍하니 창밖만 바라보고 있었다.

그가 겪고 있을 심적 고통을 생각하니 허 걸은 공연히 그를 괴롭히고 있다는 생각이 들었다. 그렇지만 가장 기본적인 조사를 포기할 수는 없었다. 아무리 형식적인 것이라 해도.

"한 가지만 더 물어 보겠습니다. 어제 일정을 대강 말씀해 주시겠습니까?"

그제야 홍상파는 손등으로 눈물을 훔쳤다.

"어제 집을 나선 것은 여덟 시경이었습니다. 보통 때는 일곱 시 반에 집을 나서서 여덟 시면 회사에 출근하는데 어제는 비바람이 심하고 해서 30분쯤 늦게 출근했습니다. 출근하면서 우리 집 딸애를 학교 앞에 내려 주었습니다. 집에서 학교까지는 5분 거리밖에 안 되기 때문에 평소에는 걸어서 학교에 가는데 어제는 비바람이 몹시 심해 제가 차에 태워다 준 겁니다. 그러니까 그 애는 여느 때보다 30분 일찍 학교에 간 셈이지요. 내 차를 타고 가느라고 일찍 간 겁니다."

"저도 그 날 아침 비를 흠뻑 맞았지요. 모처럼 택시를 타려 해도 차가 오지 않는 바람에 버스 정류장까지 나가느라고 온통 빗물을 뒤집어썼지요."

허 걸은 수첩에다 요점을 적기 위해 고개를 숙였다.

상파는 천천히 말을 이었다.

"집에서 회사까지는 20분 내지 30분 걸리는데 어제는 교통이 혼잡해서 거의 1시간 가까이 걸렸습니다. 그래서 아홉 시경에 회사에 도착했습니다. 회사에 출근하면 제일 먼저 간부 회의에 참석합니다. 간부 회의가 끝난 것은 열 시 조금 지나서였습니다. 열두 시경까지 회사 일을 보다가 바이어와 점심 약속이 있어서 S 호텔에서 식사를 하면서 상담을 했습니다. 상대방은 마크 스코트라는 미국인 신발 장수로 신발 회사 부사장이었습니다. 소피아라는 여비서를 데리고 왔는데, 신발을 주문했습니다. 거기서는 인건비가 비싸니까 여기서 주문대로 만들어 주면 전량 수입하겠다는 조건이었습니다. 운동화 10만 켤레였는데 우리 쪽에서는 저와 김덕기 상무가 나갔습니다. 회사에 돌아온 것은 3시경이었고, 그때서야 사고가 난 줄 알았습니다. 5시까지 회사에서 기다리고 있다가 집사람 독촉을 받고 집으로 돌아왔지요.”

그는 비교적 소상히 자신의 행적을 이야기했다. 허 걸은 더 이상 물을 것이 없었다.

“상담은 잘 됐나요?”

“네, 아직 확정되지는 않았지만 거의 된 거나 마찬가집니다. 별다른 사고가 없다면……”

“회사일도 바쁘실 텐데 회사에도 못 나가고 어떡하죠?”

허 걸은 처음으로 걱정스런 얼굴이 되어 물었다.

“회사일이 문젭니까. 우리 애를 찾지 못하면 내 인생도 끝입니다.”

홍상파는 절망적인 어조로 말했다. 그의 얼굴이 순식간에 비참하게 일그러지는가 싶더니 충혈된 눈에 다시 눈물이 그렁그렁 맺혔다.

허 걸은 그를 외면했다. 그는 남자의 눈물을 차마 직시할 수가 없었다. 납치당한 딸을 찾지 못하면 자신의 인생도 끝장이라는 그의 말을 그는 실감할 수가 있었다. 그것은 자식을 둔 부모들의 똑같은 심정일 것이라고 그는 생각했다.

"지금까지 우리는 불행이라는 것을 모르고 지내 왔습니다. 너무나 행복하게 살아온 셈이지요. 호사다마라고, 그래서 아마 마가 낀 모양입니다. 하지만 이건 너무하군요. 어린 아이를 유괴해 가다니……"

비참하게 일그러져 있던 그의 얼굴이 서서히 증오의 빛으로 변해 갔다. 그는 갑자기 주먹을 쥐고 부르르 떨었다.

"만일 경찰이 찾지 못하면 내 손으로 찾아낼 겁니다. 10년이 걸리든 20년이 걸리든 기어코 찾아내고야 말 겁니다. 만일 그 동안 우리 딸아이한테 불행한 일이 생기면 난 유괴범을 찾아내어 복수를 할 겁니다."

감정을 억제하며 조용히 흘러나오는 말이었기 때문에 더욱 극하게 들려 왔다.

허 걸은 수첩을 챙겨 들고 일어섰다.

"너무 걱정하지 마십시오. 댁의 아이는 우리가 곧 찾아내겠습니다."

안방에서는 조 태가 송묘임을 상대로 비슷한 질문을 던지고 있었다. 하지만 그는 좀 더 날카롭게 캐묻고 있었다. 아무래도 그녀가 집을 지키고 있었던 만큼 이번 유괴 사건에 대해 결정적인 열쇠를 쥐고 있지 않을까 해서였다. 처음 그는 송묘임에게 이렇게 물었다.

"아이를 못 찾을 경우를 생각해 보셨습니까?"

그 말에 그녀는 충혈된 눈으로 그를 쏘아보았다.

"잔인하시군요. 우리 청미를 찾지 못하면 저는 살아갈 수 없어요. 청미가 죽으면 저도 죽을 거예요."

눈물이 방울져 흘러내렸다.

그녀의 미모에 내심 감탄하면서 그는 계속해서 다음 질문을 던졌다.

"청미와 헤어진 것이 몇 시였습니까?"

"어제 아침 여덟 시경이었어요. 언제나 여덟 시 반에 집을 나서는데 어제는 비바람이 몹시 불어서 아빠 차를 타고 가느라고 좀 일찍 나갔어요."

"그게 마지막이었나요?"

"그 뒤로는 보지 못했어요. 그게 마지막이었어요."

"아이의 옷차림을 말씀해 주시겠습니까?"

"겉에는 노란 비옷을 입었어요. 청바지에 남색 티셔츠를 입었고 머리는 양쪽으로 땋았어요."

"전에도 이런 일이 있었나요?"

"처음이에요. 이런 일은 처음이에요."

뚱뚱한 형사의 조그만 눈이 더욱 작아졌다.

"미안한 질문이지만…… 왜 딸아이 하나만 두셨나요?"

그것은 예상 못한 질문이었던 것 같았다. 그녀는 한동안 입술을 깨물며 방바닥만 내려다보고 있었다.

얼마 후 그녀는 그를 외면한 채 말했다.

"일부러 그런 건 아니에요. 왜 그런지 둘째 아이가 생기지 않아요."

그 점에 대해서 더 자세히 묻는다는 건 너무 실례되는 일이다. 조 태는 방향을 돌렸다.

"청미를 학교에 보내고 나서…… 어디서 무슨 일을 하셨나요? 그러니까 여덟 시부터이겠군요."

"쭉 집에 있었어요. 세 식구뿐이니까 언제나 저 혼자 집에 남게 돼요."

"집에서 한 발짝도 밖에 안 나가셨어요?"

주저하는 빛이 그녀의 얼굴에 나타났다.

"집안 청소를 하고 나서…… 이웃집에 놀러 갔어요."

"그게 몇 시쯤이었나요?"

"아홉 시 반쯤이에요."

"몇 호에 놀러 가셨나요?"

그녀는 위를 힐끗 쳐다보았다.

"12층 5호에 놀러 갔어요."

"그 집 사모님하고 가까운가요?"

그녀는 시선을 떨어뜨리면서 고개를 끄덕였다.

"거기서 뭘 하셨나요?"

"그냥 앉아서 잡담했어요."

"몇 시까지 거기에 계셨나요?"

"열두 시까지 거기에 있었어요. 청미가 열두 시 조금 지나 집에 돌아오기 때문에 거기에 맞춰 집에 돌아왔어요."

"그 다음에는 어떻게 하셨나요?"

"한 시까지 기다려도 아이가 돌아오지 않기에 이상하다고 생각했어요. 그래도 돌아오겠거니 하고 두 시까지 기다려 봤어요.

두 시, 세 시가 지나도 돌아오지 않았어요. 같은 반 아이들은 모두 집에 돌아와 있었는데 유독 우리 청미만 돌아오지 않았어요. 학교에 전화를 걸어 보았더니 그 애 담임선생님 말이 열두 시에 수업을 끝내고 모두 집에 돌려보냈다는 거였어요. 나중에 학교까지 가보았어요. 혹시나 해서 화장실까지 뒤져 봤어요. 그 애는 학교에 없었어요."

그녀는 눈시울을 붉히면서 말끝을 잇지 못했다.

뚱뚱한 형사는 오른손으로 턱을 받치면서 생각하는 표정을 짓는다. 이 여자의 말은 모두 거짓말일지도 모른다. 그는 일단 그렇게 생각해 본다. 그렇게 생각하는 것이 수사관의 자세이기 때문이다. 모든 것을 일단 의심해 볼 필요는 있는 것이다. 아무리 유괴된 아이의 엄마라 하더라도 그녀의 말을 모두 믿어서는 안 된다. 청미는 수업이 끝나자 바로 집으로 돌아온 게 아닐까. 집에서 증발된 게 아닐까. 그는 다시 묘임을 바라보았다. 그녀는 어깨를 떨면서 가늘게 흐느끼고 있었다.

"왜 따님이 유괴 당했다고 생각하십니까?"

"범인은 돈이 필요한 모양이에요. 그런데 어젯밤 일로 범인은 다시는 우리 애를 보지 못할 거라고 했어요. 그놈이 우리 애를 해쳤을지도 몰라요."

그녀의 어깨가 격하게 흔들렸다.

"유괴범들이 으레 하는 수작입니다. 너무 그렇게 절망적으로 생각하실 필요는 없습니다. 희망을 가지고 대처해야 합니다. 돈을 노린 것이라면 범인은 돈을 받아 내기 위해 몇 번 시도를 해올 겁니다. 그런 경우는 단번에 포기하고 인질을 죽이거나 하지는 않습니다. 헌데 왜 하필 따님을 유괴했을까요? 저는 그 점이 납득이 안 갑니다."

"저도 그건 모르겠어요. 많고 많은 아이들 중에 왜 하필 우리 애를 유괴해 갔는지 그 이유를 모르겠어요."

"깊은 원한을 풀려고 그런 짓을 자행할 수도 있지요."

뚱뚱한 형사의 말뜻을 알아차리고 그녀는 발작적으로 머리를 흔들었다.

"저희는 누구한테 원한 산 일 없어요. 그이나 저나 그런 일 없어요. 결혼해서 그이는 직장에 나가고 저는 집안 일 돌보고……그런 일밖에 없었어요."

"잘 알겠습니다. 그런데 두 분 사이는 어떠십니까? 무슨 문제는 없습니까?"

"아빠하고 말인가요?"

"네, 청미 아빠하고 말입니다."

"우리 사이에는 아무 문제도 없어요. 탈이라면 서로를 너무 아끼고 사랑하고 있다는 점일 거예요. 우리는 한쪽이 없으면 아마 혼자서는 못 살아갈 거예요."

"두 분은 연애결혼 하셨나요?"

"아뇨, 중매결혼을 했어요. 하지만 우리는 연애결혼 이상으로……"

"알겠습니다. 청미와 아빠 사이는 어땠습니까?"

"그 애는 저보다 아빠를 더 따랐어요. 아빠도 그 애를 끔찍이 사랑했고요. 하루에도 서너 번씩 집으로 전화를 걸어 그 애가 잘 있는지 확인할 정도였어요."

조 태는 자신의 불룩한 배 위에 두 손을 올려놓았다. 그의 두 손은 살이 쪄서 아이들처럼 통통했다. 그는 두 손을 서로 만지작거리면서 상대방의 얼굴을 살폈다.

"혹시 부인께서는 아빠가 청미를 너무 끔찍이 사랑하는 것을 보고 질투를 느끼신 게 아닙니까?"

그녀의 안색이 하얗게 굳어 갔다. 그녀의 입술이 가늘게 떨리는 것을 그는 놓치지 않고 보았다.

이윽고 그녀의 머리가 흔들렸다.

"세상에…… 어쩌면 그런 말씀을……"

그녀는 원망 어린 눈으로 그를 쏘아보았다.

조 태는 통통한 두 손으로 허벅지를 쓰다듬었다.

"미안합니다."

조 태는 일어서서 거실로 나왔다.

거실에는 허 걸이 상파와 마주보고 앉아 있었다. 조 태는 허 걸 옆에 다가앉으며 귓속말로 지시를 내렸다. 허 걸은 끄덕이고 일어섰다. 아파트를 나온 그는 엘리베이터를 타고 12층으로 올라갔다.

조 태는 청미의 방으로 들어갔다.

깔끔하게 정리된 어린 소녀의 방이 그의 가슴을 설레게 했다.

방 안은 예쁘게 꾸며져 있었다. 한쪽에는 침대가 놓여 있었고, 창가에는 책상이 있었다. 벽지는 각종 동물 그림들로 채워져 있었다. 책상 위에는 인형이며 장난감, 그리고 저금통 따위가 가지런히 놓여 있었고, 그 위쪽 벽에는 소녀의 사진들이 액자에 담겨 걸려 있었다. 액자는 모두 세 개였다. 하나는 엄마 아빠와 함께 아빠의 품에 안겨 찍은 것이었고, 두 번째 것은 유치원 졸업식 때 찍은 것, 나머지 하나는 아이스크림을 먹고 있는 모습이었다. 귀엽고 예쁘게 생긴 소녀였다. 아빠보다는 엄마를 많이 닮은 얼굴이었다. 이렇게 예쁘다면 문제가 좀 있겠는데, 하고 그는 생각했다. 범인이 만일 흉악한 놈이라면 이렇게 예쁜 소녀를 가만 둘리 없다. 요즈음에는 나이 어린 소녀를 능욕하는 사건이 유난히도 빈발하고 있었다. 아이스크림을 먹으면서 웃고 있는 소녀의 모습이 그의 시선을 자꾸만 끌었다. 소녀의 웃음소리가 금방이라도 들려올 것만 같았다.

청미의 책상 옆에는 자그마한 책장이 하나 세워져 있었는데 거기에는 초등학교 1학년 학생에게는 과분할 정도의 책들이 가득 꽂혀 있었다. 거의가 동화와 동시집들이었고, 만화도 몇 권 있었다.

그는 의자를 끌어내어 그 위에 엉덩이를 올려놓았다. 의자가 작아서 엉덩이 한쪽 부분만 지탱할 수 있었다. 의자가 금방이라도 부서질 듯 삐걱거렸다. 그는 책장에서 만화를 한 권 빼내 책상 위에 펼쳐 놓았다. 한두 장 넘기던 손의 움직임이 점점 느려지기 시작했다. 그는 점점 만화의 재미에 빨려 들어갔다.

중간쯤 보았을 때 문이 열리고 허 걸이 들어왔다. 그런 줄도 모르고 조 태는 만화에 넋을 빼앗기고 있었다. 허 걸은 한심하다는 듯 그의 뒷모습을 바라보고 있다가,

"다녀왔습니다."

하고 말했다.

"음, 어떻게 됐어?"

조 태는 만화에서 눈을 떼지 않은 채 물었다.

"청미 엄마가 어제 열두 시경까지 그 집에서 지낸 건 사실입니다. 뭘 하면서 보냈는지도 밝혀냈습니다."

그는 밖으로 말소리가 새어 나가지 않도록 주의하면서 작게 말했다.

"뭘 했대?"

"동네 여자들 세 명하고 비디오 영화를 감상했습니다. 그런데 그 영화란 것이 섹스 필름이었습니다."

비로소 조 태는 고개를 돌려 후배 형사를 바라보았다. 그리고 입술 한쪽을 밀어 올리면서 야릇하게 웃었다.

"어떤 섹스 필름이야?"

"그거야 뭐 뻔한 거 아닙니까."

조 태는 어금니를 딱딱 마주쳤다. 그리고 두 손을 벌려 보이며 일어섰다.

"여편네들이 대낮에 집 안에 둘러앉아 섹스 영화를 감상했단 말이지? 그거 정말 근사한 이야긴데."

"한심합니다. 남편은 밖에서 뼈 빠지게 일하고 있을 때 그런 것이나 감상하고 있다니."

"그것도 공부를 못한 여자들이라면 모르지. 거의가 대학 교육을 받았다는 여자들이 그런 것으로 여가 선용을 한단 말이야. 하긴 뭐, 그런 걸 많이 봐 둬야 밤에 남편을 근사하게 위로할 거 아닌가."

그들은 함께 상파의 집을 나섰다. 청미가 다니는 학교까지 걸어가 보기 위해서였다.

"엄마가 섹스 필름을 열심히 감상하고 있을 때 아이가 유괴당한 거군."

"그렇죠."

"홍 씨한테는 비밀로 해줘. 그걸 알면 마누라를 가만두겠어? 나 같으면 작살을 내겠어."

허 걸은 미소를 짓다가 말았다.

보통 걸음으로 걸었는데 학교까지는 꼭 5분 걸렸다. 학교는 아파트 단지 맞은편에 위치해 있었다.

"5분이 문제의 시간이군."

"네, 학교에서 나와 집으로 돌아가기까지의 5분 사이에 유괴당했다고 보는 것이 옳을 겁니다. 친구 집이나 어디 다른 곳에 들르지 않고 바로 집으로 향했다면 말입니다."

그들은 우산 밑에 나란히 서서 사방을 둘러보았다.

"5분이 문제군. 이 일대는 사람들이 많이 다니는데 어떻게 눈에 띄지 않고 유괴를 하지?"

"수백 명의 어린이들이 학교에서 한꺼번에 몰려 나왔을지도 모르죠."

"그렇지, 그러니까 유괴가 더욱 어려웠을 거란 말이야. 왜 하필 그런 시간을 택해서 유괴를 했을까?"

허 걸은 우산을 높이 쳐들었다. 조 태는 거구였기 때문에 우산을 높이 쳐들어 주지 않으면 안 되었다.

"범인은 남이 보기에 아주 자연스럽게 아이를 데려간 것이 아닐까요? 1학년 정도의 어린이라면 얼마든지 자연스럽게 데려갈 수 있지 않습니까? 범인이 어린이와 아는 사이라면 더욱 그게 가능할 겁니다.”

조 태는 알겠다는 듯 고개를 끄덕였다.

“부인은 어땠습니까?”

“이상 없어. 홍 씨는?”

“마찬가집니다.”

그들은 학교 안으로 들어섰다.

“목격자가 있을 거야. 그 목격자를 찾아야 해.”

얼굴이 까만 아이

청미의 담임인 예쁘게 생긴 여선생은 형사들을 대하자마자
눈물부터 쏟았다. 눈치를 챈 다른 여선생들도 눈시울을 붉히며
눈물을 닦아 냈다. 담임선생은 청미를 몹시 예뻐했던 것 같았다.
그녀는 입에 침이 마르도록 청미를 칭찬하더니 다시 울기 시작했
다. 교장을 비롯해서 여러 선생들이 그들 주위로 몰려들었기 때
문에 형사들은 그녀를 데리고 숙직실로 자리를 옮겼다.

담임교사 박선희는 스물다섯 살의 아름다운 처녀였다. 그녀
는 교사가 된 지 4년 만에 처음으로 1학년 담임을 맡은 것인데 하
필 자기 반 아이가 괴한에게 유괴되는 바람에 그야말로 어쩔 줄
몰라 하고 있었다. 학교가 파한 후에 일어난 일이기 때문에 그녀
가 책임질 일은 못 되지만 아무튼 담임교사로서 책임감을 안 느
낄 수 없었다.

"어제 청미 양이 분명히 학교에 왔었나요?"

"네, 틀림없이 왔어요."

"정확히 몇 시에 수업이 끝났나요?"

"12시에 끝났어요."

"그때까지 청미는 학교에 있었나요?"

"네, 있었어요."

그녀는 틀림없다는 것을 강조하기 위해 고개를 크게 끄덕이며 대답했다.

"수업이 끝나자 바로 집으로 돌아갔나요?"

"네, 주의 깊게 보지는 않았지만 그런 걸로 알고 있어요. 학교에 남아 있어야 할 이유가 없었으니까요."

두 명의 형사는 순서 같은 것도 없이 닥치는 대로 그녀에게 질문을 던졌다.

그녀는 당황하고 얼떨떨한 기분이었지만 자기가 아는 한 성실히 대답해 주었다.

"어제 12시경엔 비가 많이 내리고 있었는데…… 그 때문에 많은 엄마들이 아이들 마중을 나왔으리라고 생각하는데, 어떻습니까?"

"네, 우산을 들고 학교까지 찾아온 엄마들이 많았어요."

"빗속으로 어린아이들이 집에 가기 위해 몰려 나갔는데…… 혹시 따라 나가 보시지 않았나요?"

1학년 담임이면 걱정이 되어서라도 차도까지 따라 나가 보는 것이 당연하지 않느냐는 물음이었다. 거기에 대해 그녀는 얼굴을 붉히며 당황한 표정을 지었다.

"그렇지 않아도 매일 차도까지 따라 나가 길을 건네주는데 어제는 마침 때맞춰 전화가 걸려 왔어요. 좀 긴 통화였어요. 전화를 받고 나서 나가 보니까 이미 아이들은 학교 밖으로 사라져 버리고 없었어요."

그것이 큰 실책이었다는 듯 그녀는 손으로 이마를 짚으며 괴로운 표정을 지었다.

"청미의 성격은 어떻습니까?"

"청미는 더없이 명랑하고 활달해서 친구들 사이에 인기가 많아요."

"그렇다면 어제 집에 돌아갈 때도 혼자 가진 않았겠군요?"

"네, 저도 그렇게 생각하고 함께 간 아이를 찾았는데 그런 아이가 없어요. 몇 번이고 물어 보았는데 집에 갈 때 청미를 본 아이가 없어요. 참 이상해요. 비가 많이 오고 그래서 집에 돌아가느라고 정신들이 없었나 봐요."

"청미 부모 중 누가 학교에 찾아오나요?"

"그야 물론 청미 어머니께서 찾아오시지요."

"자주 찾아오는 편입니까?"

"네, 자주 찾아오시는 편이에요. 한 달에 두어 번은 찾아오세요. 다른 어머니에 비해 좀 극성인 편이에요. 청미를 무척이나 사랑하시니까 그러신 거겠지요."

그런데도 불구하고 청미 엄마는 어제 마중을 나가지 않았다. 아무리 청미가 비옷에 우산을 가지고 갔다고 하지만 어린애가 비바람 속을 걸어오는데 마중을 나가지 않았다. 섹스 필름에 몰두하다 보니까 우산 들고 나가는 것이 귀찮아졌거나 아니면 깜박

잊었겠지.

"아시겠지만 학교에서 청미네 아파트까지는 걸어서 5분밖에 안 걸립니다. 만일 청미가 집으로 곧장 갔다면 그 5분 사이에 유괴당한 겁니다."

5분이라는 시간은 유괴를 하기에는 매우 부족한 시간이다. 물건을 차에 싣는 것도 아니고 아무리 어린애라 하지만 사람을 남의 눈에 띄지 않게 끌고 가는 것인데 그것을 5분 사이에 해치운다는 것은 쉬운 일이 아니다.

박선희는 5분이라는 형사들의 말에 새삼 놀라는 듯했다. 그녀로서는 그렇게 구체적인 시간에까지 생각이 미치지 못했던 것 같았다.

"5분이라는 시간은 매우 짧죠. 하지만 우리는 반드시 누군가 목격자가 있으리라고 보고 있습니다. 그 시간에는 학교에서 빠져나오는 어린이들도 많았고 학교 앞에는 행인들도 많은 편 아닙니까?"

"네, 그래요. 하지만 우리 반 아이들한테 물어 봤더니 청미를 본 아이가 없대요."

"실례지만 저희들이 직접 학생들을 모아 놓고 물어 보면 안 되겠습니까?"

여교사는 당연히 그래야 되겠지만 일단 교장 선생님의 허락을 받아야 한다고 말했다.

교장은 그것을 쾌히 허락해 주었다. 자기 학교 학생이 유괴당한 마당에 수사관들에게 그만한 편리쯤 봐 주는 것은 당연한 일이었다.

낯선 어른들이 들어서자 아이들은 호기심 어린 눈을 반짝이며 일제히 그들을 바라보았다.

"자, 여러분……"

여교사는 아이들의 주의를 자기 쪽으로 유도했다.

"내 말 잘 들어야 해요. 여러분, 홍청미가 누구죠?"

"내 짝이에요."

남자 아이가 한 손을 높이 치켜들며 소리쳤다. 그 아이의 옆자리는 비어 있었다. 아이들의 시선이 그쪽으로 쏠렸다.

"네, 청미는 우리 1학년 5반의 착한 어린이죠?"

"네!"

아이들은 병아리 같은 입으로 일제히 대답했다.

"청미는 여러분의 친구지요?"

"네!"

"그런데 청미가 오늘 학교에 안 나왔어요. 어제 집에 들어오지 않았대요. 청미가 어디 갔는지 아무도 모르고 있어요. 청미 엄마 아빠는 지금 몹시 걱정하고 계셔요. 여러분, 우리 청미를 찾아야 할까요, 찾지 말아야 할까요?"

"찾아야 해요!"

아이들은 큰 소리로 대답했다.

"네, 우리들은 청미 친구를 찾아야 하지요. 자, 그럼 여러분, 지금부터 여기 계신 아저씨들의 말을 잘 듣고 바른 대로 대답해 주어야 해요. 여기 계신 아저씨들은 청미를 찾기 위해 애쓰시는 경찰 아저씨들이에요. 자, 우리 애쓰시는 아저씨들을 위해 박수 한번 쳐요."

아이들은 웃으며 힘껏 박수를 쳤다. 짓궂은 아이들은 책상을 두드리기까지 했다.

조 태가 눈짓을 하자 허 걸이 교단 위로 올라섰다.

수십 개의 천진스런 까만 눈동자들을 대하자 젊은 형사는 당황했다. 너무도 맑고 투명한 빛에 그는 자신의 오염된 육체가 발가벗겨지는 것 같은 기분을 느꼈다. 그는 머뭇거리다가 억지로 미소를 지으며 입을 열었다.

"여러분들은 착한 어린이들이기 때문에 우리가 묻는 말에 바른 대로 대답해 주리라고 생각합니다. 여러분들이 바른 대로 대답해 주면 우리는 청미를 빨리 찾을 수가 있습니다. 그렇지 않고 여러분들이 숨기거나 틀리게 대답하면 청미를 찾기가 어려워집니다."

"틀리게 대답하면 잡아가나요?"

청미의 짝이라는 아이가 당돌하게 물었다. 아이들은 긴장한 눈으로 형사를 바라보았다. 허 걸은 대답하기가 난처했다.

"1학년 5반에는 모두가 착한 어린이만 있기 때문에 그런 일이 없을 거예요. 학생 이름은 뭐지요?"

청미의 짝은 발딱 일어섰다. 영양 과다로 몸뚱이가 비만해진 아이였다.

"고릴라!"

누군가가 소리치자 아이들은 기다렸다는 듯이 까르르 하고 웃음을 터뜨렸다.

청미의 짝은 눈을 부라리며 주먹을 흔들었다. 고릴라는 그의 별명인 것 같았다. 여교사가 나서서 아이들을 나무랐다. 장난해

서는 안 되며 진지하게 아저씨의 말을 들어야 한다고 주의를 주
자 아이들은 잠잠해졌다.

"학생 이름은 뭐지요?"

"김철호입니다."

비만아는 씩씩하게 대답했다.

"철호는 어제 집에 갈 때 청미하고 함께 가지 않았나요?"

"아뇨."

아이는 단호하게 머리를 저었다.

"그러면 함께 가지는 않았어도 청미가 집에 가는 것은 봤겠지
요?"

"네, 봤어요."

아이의 대답이 갑자기 작아졌다. 별로 자신이 없는 듯 힘없이
고개를 끄덕였다.

"청미는 누구와 함께 가던가요?"

거기서 비만아는 대답이 막혔다.

"정말 봤나요?"

철호는 고개를 저었다.

"잘 모르겠어요."

"아까는 봤다고 대답하지 않았나요?"

아이의 자세가 흐물거리기 시작했다. 아이는 오른손 새끼손
가락을 입에 넣고 깨물었다. 얼굴이 붉어지면서 입술이 앞으로
튀어나왔다.

"잘 모르겠어요."

아이는 똑같은 말을 중얼거렸다.

"네, 수고했어요. 자리에 앉아 주세요."

철호는 자리에 털썩 앉더니 손등으로 눈물을 닦았다. 분하다는 표정이었다.

시끄럽던 실내는 어느새 물을 끼얹은 듯 조용해져 있었다. 아이들은 낯선 경찰관 아저씨의 얼굴만 뚫어지게 바라보고 있었다. 허 걸은 아이들을 찬찬히 살펴볼 수 있는 여유가 생겼다.

"여러분들 가운데 어제 학교 공부를 끝내고 집에 돌아갈 때 청미하고 함께 간 사람 있으면 손을 들어 보세요."

그는 똑같은 말을 두 번 반복하고 기다려 보았다. 한참 동안 기다렸지만 아무도 손을 들려고 하지 않았다.

허 걸은 기대가 와르르 무너지는 것을 느꼈다.

"아무도 없나요?"

그는 아이들의 얼굴을 찬찬히 바라보았다. 아이들은 입을 다문 채 하나같이 빤히 그를 쳐다보고 있었다. 그들의 눈에는 거짓의 그림자 같은 것은 비치지 않았다.

"그럼 집에 갈 때 청미를 본 사람도 없나요?"

아이들은 역시 대답이 없었다. 약속이나 한 듯 입을 다물고 있었다.

시야에 들어오는 수십 개의 얼굴들 가운데 얼핏 눈에 걸리는 것이 있었다. 그는 지나치다가 그쪽을 주시했다. 여럿 가운데서 그 얼굴을 찾는 데는 육감 같은 것이 필요했다.

그 얼굴은 다른 빛나는 얼굴들에 가려 빛을 잃은 채 가만히 날개를 접고 있었다. 남자아이였는데 유난히 작고 초라한 차림이었다. 얼굴은 까맣게 타 있었고 머리칼은 윤기를 잃어 누르스름했다. 얼른 보기에도 몹시 가난한 집 아이임을 알 수 있었다. 그 아이에게서 취할 점이 있다면 유난히 큰 두 눈이었다. 다른 아이들의 눈이 천진스럽다면 그 아이의 눈은 지혜롭게 반짝이고 있었다. 눈이 마주치자 아이는 얼른 시선을 피했다. 다른 아이들과는 그 점에서 어쩐지 다른 느낌을 주고 있었다. 허 걸은 그 아이로부터 얼른 시선을 딴 데로 돌렸다.

"청미와 제일 친한 친구는 누군가요?"

"저요!"

한 아이가 손을 들자 여기저기서 손을 들고 나왔다. 그 아이들도 어제 집에 갈 때 청미를 보지 못했다고 단언했다. 허 걸은 얼굴이 까만 아이를 다시 쳐다보았다. 그 아이는 그의 시선을 피해 딴 곳을 바라보았다. 그 아이는 다른 아이들처럼 떠들거나 하지 않고 무성한 그늘에 묻혀 조용히 앉아 있었다. 어떻게 보면 주눅이 들어 있는 것 같기도 했다.

"혹시 어제 집에 갈 때 청미가 누구하고 함께 걸어가는 걸 본 사람 있나요?"

같은 내용의 물음을 조금씩 표현을 바꾸어 가며 되풀이해서 물었지만 결과는 마찬가지였다. 보았다고 말하는 어린이는 아무도 없었다.

이윽고 교단을 내려온 허 걸은 담임선생을 한쪽으로 불러 얼굴이 까만 어린이에 대해 물어 보았다. 여교사는 아이가 듣지 못하게 작은 소리로 이야기했다.

"우리 반에서 제일 가난한 집 아이에요. 불쌍한 아이에요. 하지만 공부는 제일 잘해요."

"얼굴 표정이 어둡고 말이 통 없군요."

"네, 본래 그래요. 통 말이 없고 조용하기만 해요. 다른 아이들에 비해 아주 어른스러워요. 그런데 왜 그러시는데요?"

여교사는 의아한 듯 그를 바라보았다.

"아, 아닙니다. 그 아이가 약간 마음에 걸려서 좀 물어 본 것뿐입니다."

"그 애는 고아예요."

"그래요?"

"외할머니 밑에서 살고 있는데…… 그 할머니는 시장에서 콩나물 장사를 하고 있어요."

그 소년의 이름은 최민기라 했다. 민기의 아버지는 아이들 셋을 남겨 두고 세상을 떠났다. 원래 소년의 아버지는 농부였는데 머슴살이 끝에 마련한 서너 마지기의 논밭을 가지고는 입에 풀칠하기도 어려워 어느 날 죽기 아니면 살기로 논밭을 팔아 가지고 서울로 올라왔다. 그리고 어찌어찌해서 구청 청소부로 취직이 되었다. 청소부 생활 3년째 접어든 어느 겨울날 새벽, 그는 거리에서 시체로 발견되었다. 차에 치여 죽은 것인데 사고 차가 밝혀지지 않았기 때문에 유족들에게는 보상금 한 푼 전해지지 않았다. 그때 민기의 어머니는 임신 7개월의 몸이었다. 겨울이 다 갈 무렵 그녀는 아이를 낳았는데 딸이었다. 핏덩이를 어느 집 앞에 버리고 돌아온 그녀는 한 달 가까이 실성해서 돌아다니다가 남편처럼 차에 깔려 죽었다. 시골에서 딸네 집에 얹혀 살던 민기의 외할머니가 서울로 올라와 자신의 불운을 탓하며 딸이 남기고 간 자식들을 거두어 콩나물 장사를 시작했다.

“아들만 셋인데 민기가 막내예요.”

“그 아이를 숙직실로 좀 불러 주시겠습니까?”

숙직실로 가서 기다리고 있자 박 선생이 최민기를 데리고 들어왔다. 아이는 큰 눈에 두려움을 가득 담고 있었다.

허 걸은 아이의 앙상한 어깨 위에 손을 얹었다. 그리고 부드러운 목소리로 물었다.

“공부를 잘한다지?”

“……”

소년의 큰 눈에 의혹의 빛이 서렸다.

“이름이 뭐지?”

“최민기예요.”

소년은 기어들어가는 목소리로 대답했다.

“청미하고 친하니?”

“네……”

소년은 얼른 대답하려 들지를 않았다. 허 걸이 되풀이해서 묻자 비로소 고개를 끄덕였다. 박 선생은 의외라는 듯 소년을 바라보았다.

“정말 청미하고 친하니?”

“네……”

형사들의 얼굴에 생기가 돌기 시작했다. 허 걸은 자신의 육감이 적중한 데 대해 내심 만족했다.

“청미하고 어떻게 친하니?”

담임선생은 아무래도 믿기지 않는다는 듯 반복해서 물었다. 민기는 공부를 잘하지만 성격이 너무 내성적이고 생긴 것이나 차림새가 너무 초라했기 때문에 아이들의 업신여김을 받아 외톨이로 놀고 있었다. 그런 그가 청미와 친하다니 담임이 의아하게 생각하는 것도 무리는 아니었다.

"청미가 연필도 주고…… 지우개도 주고…… 색종이도 주고 그랬어요."

"그래? 넌 무얼 줬지?"

민기는 고개를 힘없이 저었다.

"음, 그래. 좋아. 너 청미 보고 싶겠구나?"

소년은 끄덕였다.

"청미 어디 간 줄 모르니?"

소년은 고개를 가로 저었다. 그는 대답하는 것이 아주 간단했다. 고개를 끄덕이거나 가로 젓는 것으로 모든 대답을 대신하고 있었다.

"어제 집에 갈 때 청미를 봤지?"

소년은 움직이지 않았다. 긍정도 부정도 하지 않았다. 팔짱을 낀 채 벽에 기대서서 묵묵히 구경만 하고 있던 조 태의 조그만 눈이 반짝 하고 빛났다.

"청미를 봤지?"

"민기야, 아저씨가 묻는 말에 바른 대로 대답해야지."

여교사가 재촉했다.

민기는 두려운 눈으로 아저씨들을 쳐다보고 나서 고개를 끄덕였다.

허 걸은 마른침을 꿀꺽 삼켰다. 여기서 실마리가 풀리려나 보다 하고 그는 생각했다.

"함께 집에 갔니?"

민기는 머리를 흔들었다.

"그럼 어디서 청미를 봤지?"

"저어기서요."

소년은 손을 들어 한쪽을 가리켰다.

"거긴 학교 후문이에요."

여교사가 옆에서 거들었다.

그들은 민기를 데리고 학교 후문 쪽으로 걸어갔다. 걸어가는 동안 박 선생이 이런 말을 했다.

"민기는 집이 후문 쪽에 있기 때문에 그쪽으로 다녀요. 이 학교는 아파트 입주자 자녀들이 대부분이에요. 고급 맨션이기 때문에 대개 중류 이상이에요. 그 애들은 아파트가 정문 쪽에 있기 때문에 정문으로만 다녀요. 반면 가난한 아이들은 후문으로 다녀요. 그 애들은 아파트에 살지 않고 후문 쪽에서 멀리 떨어져 있는 빈촌에 살고 있어요."

그러면서 여교사는 어제 학교가 파한 후 왜 청미가 정문이 아닌 후문 쪽에 있었는지 납득이 가지 않는다고 말하면서 고개를 갸우뚱했다.

이윽고 그들은 학교 후문 쪽에 다다랐다.

그 일대는 신개발 지역이었기 때문에 후문 쪽으로는 아직 집들이 들어서 있지 않았다. 여기저기 아파트 신축 공사가 시작되고 있을 뿐으로, 멀리 보이는 마을까지 이어져 있는 길은 온통 수렁이었다. 학교의 앞쪽과 뒤쪽이 너무도 대조적인 것에 허 걸은 놀랐다.

"여기서 청미를 봤단 말이지?"

민기는 더욱 작게 오므라드는 것 같았다.

"청미 집은 저쪽인데 왜 여길 왔지?"

여교사가 따지듯 물었다. 소년은 겁먹은 눈으로 선생님을 바라보았다.

"내가 우산이 없으니까 여기까지 같이 온 거예요."

"아, 그러니까 여기까지 우산을 쓰고 함께 왔다 이 말이지? 네가 우산이 없으니까 우산을 받쳐 준 거구나?"

허 걸은 소년의 말에 반색을 하고 물었다. 소년은 고개를 크게 끄덕였다.

"청미는 정말 착한 애구나. 그런데 아까 교실에서 물었을 때 왜 청미를 봤다는 말을 안 했지?"

"……"

민기는 고개를 떨어뜨렸다. 그리고 말 없이 두 손을 만지작거렸다.

"왜 그랬지?"

여교사가 엄한 목소리로 물었다.

그러나 민기는 입을 열려고 하지 않았다. 입을 한층 더 꼭 오므리는 것 같았다.

"누가 말하지 말라고 했니?"

소년은 머리를 흔들었다.

"그럼?"

"……"

허 걸은 거기에 대한 대답을 민기에게서 듣는 것을 포기했다.

민기 자신도 그 이유를 뚜렷이 모르고 있을 것이기 때문이었다.
워낙 내성적이고 주눅이 들어 있는 판에 자기가 청미를 봤다고
말함으로써 많은 사람들의 주의를 받는 것을 자청할 리가 있겠는
가. 그럴 바에는 언제나처럼 침묵을 지키고 있는 편이 편하지 않
겠는가.

"어디서 헤어졌지?"

"여기 서요."

1억 원이 필요하다

최민기로부터는 그 이상의 정보를 얻을 수 없었다. 후문까지 청미와 함께 우산을 쓰고 와서 거기서 헤어졌다는 것이 그의 말의 전부였다. 거기서 청미와 헤어져 비를 맞으며 집으로 돌아갔다고 했다. 허 걸이 왜 청미가 집에까지 바래다주지 않았느냐고 묻자 민기는 길이 나쁜데다 집에까지 같이 가는 게 싫었기 때문에 자기가 한사코 반대했다고 대답했다. 왜 집에까지 같이 가는 게 싫으냐고 추궁하자 소년은 머리를 떨어뜨렸다. 그리고 기어들어갈 듯 작은 소리로 창피해서 그랬다는 거였다. 움막이나 다름없는 집을 청미에게 보여 주고 싶지 않았다는 말이었다. 그 말끝에 민기는 손등으로 눈물을 닦았다.

허 걸은 가슴이 찡해 왔다. 순진한 동심의 세계에 못이라도 박은 것 같아 미안한 생각마저 들었다.

"청미는 돌아올까요?"

형사들이 돌아가려고 하자 민기는 다급하게 물었다. 그가 그렇게 적극적인 질문을 던지기는 처음이었다. 큰 눈에 가득한 두려운 빛을 보고 그가 얼마나 청미를 걱정하고 있는지 알 수 있을 것 같았다.

"돌아오고말고."

허 걸은 끄덕이며 소년의 머리를 쓰다듬어 주었다.

민기에게 잔뜩 기대를 걸었던 형사들은 실망이 컸다.

학교를 나온 그들은 점심을 먹으러 갔다. 조 태가 대식가인데 반해 허 걸은 매우 절제해 가면서 먹는 편이었다.

"민기라는 아이 영리하게 생겼지요?"

"응……"

조 태는 갈비탕 그릇 위에 얼굴을 숙인 채 허 걸에게 건성으로 대답했다.

"그 아이가 마지막 목격자인 셈인 것 같습니다. 다른 애들이 청미를 보지 못한 것은 이상할 것이 하나도 없습니다. 청미가 후문에서 민기와 헤어져 정문으로 돌아왔을 때는 다른 아이들은 이미 집으로 돌아가 버리고 아무도 없을 때였습니다. 청미는 혼자서 타박타박 집으로 돌아갔을 겁니다. 그리고 도중에 유괴당한 겁니다."

조 태는 국물을 후루룩 소리 나게 마신 다음 얼굴을 쳐들었다. 그의 두꺼운 입술은 국물로 지저분하게 젖어 있었다. 그는 휴지로 입가를 닦아낸 다음,

"민기라는 애 집을 한번 찾아가 봐."

하고 퉁명스럽게 말했다.

"알겠습니다."

허 걸은 미처 거기까지 생각 못 했기 때문에 얼떨결에 그렇게 대답하고 절반쯤 남은 식사를 외면했다.

"함께 안 가보시겠습니까?"

"난 제양상사에 다녀오겠어."

제양상사라면 청미 양의 아버지가 근무하는 곳이다.

조 태와 헤어진 허 걸은 다시 학교 안으로 들어가 청미의 담임 선생인 박선희로부터 민기네 집 주소를 알아내어 그쪽으로 가기 위해 후문으로 빠져 나왔다. 토요일이라 민기는 이미 집으로 돌아가고 없었다.

학교 후문을 나선 지 몇 걸음 되지도 않아 그의 구두는 진흙투성이가 되었다. 흙이 구두 속으로 밀려들어가는 것을 가까스로 피하면서 그는 힘들게 걸음을 옮겼다. 그런 진흙탕 길을 걷는다는 것은 여간 고통스러운 일이 아니었고, 그래서 그것은 많은 인내심을 요구하고 있었다. 문득 민기는 어떤 마음으로 이 길을 오갈까 하는 의문이 일었다. 그 아이는 아마 모르면 몰라도 이런 길을 걷는 것을 당연한 것으로 생각하면서 오가고 있지 않을까. 그렇게 생각하자 고통스럽기만 하던 진흙탕 길이 대수롭지 않게 여겨졌다.

학교로 부터 20분쯤 걸려서 그는 마을 어귀에 닿을 수가 있었다. 구멍가게에서 아이들에게 줄 과자를 사면서 민기네 집을 묻자 가겟집 아이가 쪼르르 달려 나와 앞장서서 그를 안내했다. 아이는 5분쯤 오르막길을 달려 올라가다가 움막처럼 보이는 집을 가리켰다.

"저 집이에요."

아이가 그 집을 향해 뛰어가려는 것을 허 걸은 말렸다. 아이를 집으로 돌려보낸 다음 부근을 찬찬히 둘러보았다. 한눈에 빈민촌임을 알 수 있었다. 시멘트 블록과 토벽으로 엉성하게 급조한 듯한 담장에 붙은 대문은 머리를 숙여야만 들어갈 수 있고, 마당이라고는 없는, 그리고 결코 허가를 받아 지은 것 같지 않은 게딱지 같은 집들이 언덕배기에 다닥다닥 붙어 있었다. 그런 중에서도 민기네 집은 눈에 띄게 가장 초라해 보였다. 토벽으로 둘레를 치고 그 위에 슬레이트를 얹었는데 한쪽 벽이 금방이라도 무너질 듯 기울어져 있었고 한편에는 비바람을 막기 위해 가마니가 쳐져 있었다.

그 집의 처마 밑에 옹송그리고 서서 김이 무럭무럭 나는 감자를 정신없이 먹고 있던 민기가 허 걸을 발견하고는 입놀림을 멈추었다. 아이는 의혹과 두려움이 엇갈리는 눈으로 그를 뚫어지게 쳐다보았다.

"지나는 길에 들렀지."

허 걸은 아이를 안심시키기 위해 웃으며 다가가 과자 봉지를 내밀었다.

"자, 이거 먹어라."

아이는 얼른 받으려 들지 않았다. 무슨 이상한 물건이나 되는 듯이 경계의 눈초리로 그것을 쳐다보다가 허 걸이 억지로 손에 쥐어 주자 그제야 마지못해 받아 들었다. 다른 한 손에는 먹다 만 감자가 들려 있었다. 허 걸이 웃으며 그것을 보자 아이는 부끄러운 듯 손을 뒤로 감추었다.

"안에 누가 있니?"

허 걸은 집 안을 기웃거리며 물었다. 집 안이래야 출입구가 바로 부엌이었고 거기에 딸린 방이 하나 있을 뿐이었다. 방 안은 어두웠고, 어두운 기기에서 신음소리 같은 것이 새어 나오고 있었다. 안에 외할머니가 계신다고 아이가 말했다.

"시장에 안 나가셨니?"

민기의 할머니는 외손자들을 먹여 살리기 위해 시장에서 콩나물 장사를 한다고 들었다.

민기는 머리를 흔들었다.

"아파서 안 나가셨어요."

"어디가 아프시니?"

"머리가 아프시데요."

"병원에 가봤니?"

"아니오."

"약은?"

아이는 죄 지은 표정으로 머리를 흔들었다.

안에서 기침소리가 들려 왔다. 기침소리는 한참 동안 계속되다가 신음소리로 바뀌었다.

허 걸은 부엌을 지나 방 앞으로 다가섰다. 방문이 반쯤 열려 있었다. 고개를 디밀고 방 안을 들여다보았다.

어두운 방 아랫목에 노파가 누워 있었다. 노파는 고열로 신음하고 있었다. 어두운 빛으로도 노파의 머리가 잿빛임을 알 수 있었다.

직업적인 본능 탓으로 그는 그 속에서도 청미의 흔적을 발견하려고 재빨리 눈을 굴렸다. 그러나 청미의 것으로 보이는 그 어떤 것도 보이지 않았다.

제양상사의 김덕기 상무는 막 외출하려던 참에 형사의 방문을 받았다.

김 상무는 40대 초반의 골격이 크고 날카로운 인상을 지닌 사나이였다. 갑작스런 형사의 방문에 처음에는 놀란 듯하다가 용건을 알고는 다소 표정이 누그러졌다.

조 태는 호화롭게 꾸며진 상무 실이 눈에 거슬리는 듯 미간을 약간 찌푸리며 대형 소파에 몸을 묻었다.

"아직 아이를 못 찾았는가요?"

김 상무가 담배를 권하며 물었다.

"네, 아직 못 찾았습니다."

"그것 참 큰일인데. 하필 홍 부장한테 그런 일이 일어나다니, 정말 이거 야단입니다."

여직원이 차를 날라 왔다.

조 태는 커피 잔을 집어 들었다.

"홍 부장에 대해 좀 알아볼 것이 있어서 왔습니다."

"아, 그래요? 홍 부장이야 우리 회사의 최고 엘리트 간부지요. 홍 부장이 맡고 있는 국제부는 우리 회사의 노른자위지요. 그의 실력은 모두가 알아주는 바이고, 아직 마흔도 안 된 나이에 이사 자리를 넘보고 있을 정도입니다. 실력도 있고 야심도 있는 사람입니다. 그에게 불행한 사건이 일어났다는 것은 동시에 우리 회사의 불행이라고 할 수 있습니다. 그가 일에 전념할 수 없음으로써 야기되는 우리 회사의 손실은 자못 큽니다. 그만큼 그의 비중은 큽니다."

뚱뚱한 형사는 그 말에는 별로 흥미가 없는 듯 찻잔을 입으로 가져갔다. 그는 커피를 한 모금 마시고 나서 찻잔을 내려놓으며 말했다.

"제가 알고 싶은 것은 홍상파 씨의 어제 행적입니다."

홍 부장이 실력파니 어쩌니 하는 소리는 듣고 싶지 않다고 그 작은 눈은 말하고 있었다.

"홍 부장이 왜 조사를 받아야 하나요? 자기 딸이 유괴 당했는데 왜 그 사람이……"

김 상무의 말을 조 태의 입이 막았다.

"모든 사람들이 조사의 대상이 됩니다. 유괴된 아이의 어머니까지도 물론 조사를 받게 됩니다. 예외라는 건 있을 수 없습니다. 친척 친지 모두가 조사 대상이 됩니다. 우리는 상대를 가리지 않습니다."

그는 남은 커피를 마저 마신 다음 빈 찻잔을 무릎 위에 올려놓았다.

김 상무는 말보다도 제스처가 먼저 가는 사람이었다. 그는 형사의 말에 고개를 끄덕이며 충분히 이해할 수 있다는 표정을 지었다.

"어제 하루를 홍 부장이 어떻게 보냈는지 저로서는 자세히는 알 수 없습니다만, 어제 점심때 홍 부장과 저는 외국 바이어들과 함께 S호텔에서 식사를 같이 했습니다. 비즈니스 관계로 식사를 한 거죠.”

“그때가 정확히 몇 시였나요?”

뚱뚱한 형사의 눈초리가 갑자기 날카로워지고 있었다.

김 상무는 공연스레 손목시계를 들여다보았다.

“에 또…… 여기서 함께 나간 게 열두 시경이었습니다. 딴 데 들르지 않고 바로 S호텔로 갔지요. 거기서 바이어와 식사를 하고 회사로 돌아온 게 세 시경이었습니다.”

“두 분이 잠시도 떨어지지 않고 행동을 같이 했나요? 회사에 돌아올 때까지 말입니다.”

“물론입니다. 함께 나갔다 함께 돌아왔습니다. 화장실 갈 때 외에는 잠시도 떨어지지 않았습니다.”

그렇게 말하고 나서 김 상무는 약간 멋쩍은 듯 웃었다.

뚱보 형사는 바이어에 대해서 물었다.

김 상무는 바이어의 이름이 마크 스코트라는 것, 그리고 미국인으로 신발 회사 부사장이며 소피아라는 예쁜 여비서를 데리고 온 것 등을 이야기했다. 거기에 덧붙여 비즈니스 내용에 대해서도 상세히 설명했다. 그의 증언은 홍 부장의 이야기와 완전히 일치했다.

조 태는 이미 예상하고 있었던 만큼 형식적인 수사를 끝낸 담담한 마음으로 일어섰다.

“실례 많았습니다.”

“앞으로 어떻게 될 것 같습니까?”

김 상무는 심히 걱정스러운 표정으로 물었다.

조 태는 그를 외면한 채 대답했다.

“현재로써는 뭐라고 말할 수 없습니다, 어느 누구도……”

그렇게 말하고 나서 그는 가슴이 답답하다는 듯 깊숙이 숨을 들이켰다.

“잘 부탁하겠습니다.”

김 상무는 정중하게 허리를 굽혔다.

조 태 역시 무겁게 인사를 받았다.

“홍 부장…… 당분간 못 나오겠지요?”

“딸을 찾기 전에는 그렇겠지요.”

조 태는 무뚝뚝하게 말하고 나서 사무실을 나왔다. 어쩐지 기분 나쁜 사내라는 생각이 들었다.

송태하 기자는 무거운 걸음으로 병원 문을 들어섰다. 그는 모든 것이 못마땅하고, 그래서 누가 조금만 건드려도 감정이 폭발할 것 같은 그런 기분에 싸여 있었다. 쉬지 않고 내리는 비가 우선 그의 마음을 어둡게 만들어 주고 있었다. 세상 돌아가는 꼴이 또한 그의 비위를 상하게 하고 있었다. 거기다 누이의 딸이 유괴되었으니 마음이 착잡할 수밖에 없었다.

어떤 놈이 무슨 이유로 그 어린것을 유괴해 갔는지는 모르지만 생각 같아서는 그 유괴범을 직접 잡아 요절을 내고 싶었다. 범죄 중에서도 가장 악질적인 범죄가 유괴라는 것을 그는 누구보다도 잘 알고 있었다. 귀여운 자식을 잃은 부모는 반 미쳐 버리고 가정은 풍비박산이 되고 만다. 그러한 사람들의 가정을 그는 기자 생활을 하면서 적지 않게 보아 왔다. 그런데 이제 그의 누이가 그렇게 되려 하고 있었다. 그가 누이 집에 들렀을 때 그의 누이는 식음을 전폐한 채 누워 있었고 매형은 회사에도 출근하지 않고 범인으로부터 전화가 걸려 오기만을 기다리고 있었다. 누이도 매형도 모두 제정신이 아니었다.

태하는 계단을 올라갔다. 어젯밤 나이트클럽에서 누이 때문에 유괴범으로 몰려 봉변을 당한 김인수라는 사람을 만나기 위해서 오는 길이었다. 그는 여러 사람들로 부터 폭행을 당해 중상을 입고 입원해 있었다. 누이가 중상을 입힌 것은 아니지만 아무튼 누이 때문에 그렇게 된 것인 만큼 책임을 면할 수는 없었다. 그래서 매형의 부탁을 받고 피해자에게 얼마간의 치료비와 위자료를 전해 주기 위해 병원을 방문한 것이다.

홍상파의 아파트에는 이미 허 걸이 돌아와 있었다.

조 태는 그를 데리고 서재로 들어갔다.

"어떻게 됐어?"

허 걸은 머리를 흔들었다.

"방 안에는 민기의 외할머니가 누워 있었습니다.

몹시 아픈 것 같았습니다. 그래서 약값 하라고 있는 거 다 털어 주고 왔습니다."

"그뿐이야?"

조 태가 실망한 표정으로 물었다.

"네, 그뿐입니다."

"난 제양상사의 김덕기 상무라는 사람을 만나 보았지. 홍상파 씨의 말을 확인하기 위해서 말이야. 두 사람이 마크 스코트라는 미국인 바이어하고 식사를 한 건 틀림없어. 시간도 일치해. 범인한테서는 전화가 없었나?”

“없었습니다.”

“인원을 더 보충해야겠어. 쉽게 풀릴 것 같지 않아.”

조 태는 미간을 찌푸리면서 창밖을 바라보았다.

그때 거실 쪽에서 전화벨 소리가 들려 왔다.

형사들은 발작적으로 일어나 거실로 뛰어나갔다.

이미 홍상파가 수화기를 들고 있었다. 허 걸도 도청용 수화기를 집어 들었다.

“흐흐흐흐……”

기분 나쁜 웃음소리가 소름 끼치게 들려 왔다.

“여, 여보세요! 여보세요!”

홍상파는 다급하게 상대방을 불렀다. 옆에서 조 태가 그의 어깨를 치면서 흥분하지 말라고 일렀다. 상파는 조금 가라앉은 목소리로 다시 상대방을 불렀다.

“여보세요.”

“흐흐흐…… 당신은 누구지?”

“……청미 아버지입니다.”

“내가 누군지 알지?”

“알고 있습니다. 우리 청미는 잘 있습니까?”

“잘 있다마다. 흐흐흐……”

“왜 우리 청미를 데리고 있는 겁니까? 제발 집으로 돌려보내 주십시오. 요구하는 대로 모두 해드릴 테니까 그 애를 돌려보내 주시오.”

“나도 어린애를 데리고 있는 게 귀찮아. 빨리 돌려보내고 싶은데 당신들이 그것을 지연시키고 있단 말이야. 당신들이 협조만 하면 당장이라도 보내 줄 수 있어."

"제발 부탁합니다. 시키는 대로 할 테니 아이를 보내 주십시오. 필요한 게 뭡니까? 돈입니까?"

"흐흐흐…… 잘 아는군. 난 돈이 필요해. 그렇다고 많은 돈이 필요한 게 아니야. 일억 정도면 돼. 되겠나?"

상파는 눈을 크게 뜨고 형사들을 바라보았다. 형사들은 고개를 끄덕였다.

"귀여운 딸이 필요한가, 아니면 일억이 필요한가?"

범인은 느리터분한 목소리로 조롱하듯 물었다.

"우리 집에는 그만한 돈이 없습니다. 오천 정도라면 어떻게 해보겠습니다만……"

"이거 봐요, 돈의 액수는 내가 정하는 거야. 액수를 놓고 줄다리기 하겠다는 건가? 일억 정도면 싸다는 걸 알라구."

"알고 있습니다. 하지만……"

"전화하지 않으려다 한 거야. 정 그렇다면 흥정은 그만두지. 청미는 영영 돌아가지 못할 거야."

"여, 여보세요! 잠깐만!"

상파는 상대가 전화를 끊으려 하자 상대방을 다급하게 붙들었다.

"좋습니다, 마련하겠습니다."

"흐흐흐…… 진작 그럴 것이지. 돈이야 있다가도 없는 거고 없다가도 있는 거 아닌가. 하지만 사람은 그렇지 못하지. 청미는 당신한테는 이 세상에 하나밖에 없는 딸 아닌가. 일억 따위가 아깝다고 생각하면 안 돼. 알겠나?"

"네, 네. 알겠습니다."

상파는 수화기에다 대고 머리를 조아렸다.

범인은 계속했다.

"그런데 문제는 그걸 어떻게 전달받느냐 하는 거야. 지금 당신 집에는 형사들이 진을 치고 있을 거고 이 전화도 도청당하고 있을 테지?"

"아닙니다, 그렇지 않습니다. 형사들은 여기 왔다가 모두 돌아갔습니다."

"거짓말하지 마! 그 정도도 모르는 바본 줄 아나? 형사들이 철수할 이유라도 생겼나?"

"죄송합니다, 어쩔 수 없습니다."

"당신으로서도 어쩔 수 없겠지. 형사들은 범인을 잡는 게 목적이니까 말이야. 하지만 쓸데없는 짓은 그만하라고 해요. 난 절대 잡힐 놈이 아니야. 아무리 지랄해도 나만은 잡지 못해. 왜 그런 줄 알아? 난 투명 인간이거든. 하하하하……"

처음 들어 보는 너털웃음이었다.

"일억을 준비하는 데 있어서 이렇게 해주면 좋겠어. 모두 만 원짜리 새 지폐로 준비해 줘. 일백만 원 묶음 백 개면 일억이야. 그걸 검정색 007가방 속에 넣어서 가져 와야 해. 새 돈이면 모두 그 속에 들어갈 수 있어."

"알겠습니다. 몇 시에 어디로 갈까요?"

"먼저 돈을 준비해. 시간과 장소는 다음에 다시 전화로 알려 주겠어."

"우리 아이 목소리라도 한 번 듣게 해주십시오."

"그건 곤란해."

찰칵하고 전화 끊어지는 소리가 들려 왔다. 상파는 이미 끊어진 전화에다 대고 여러 차례 상대방을 부르다가 힘없이 수화기를 내려놓았다.

조 태가 녹음테이프를 틀자 범인과 상파의 대화가 다시 재생되어 흘러 나왔다.

거실로 나온 송묘임은 벽에 기대앉더니 허공을 멀거니 바라보았다. 그녀의 귀에는 아무것도 들리지 않는 것 같았다. 머리칼은 수세미처럼 헝클어져 있었고 옷매무새도 아무렇게나 흐트러져 있었다.

이윽고 녹음소리가 멎자 그녀가,

"투명 인간……"

하고 중얼거렸다.

조 태는 허 걸을 가까이 불렀다. 그리고 아무도 듣지 못하게 귀엣말로 지시를 내렸다.

"전화국에 가봐. 이번엔 통화가 꽤 길었으니까 어디서 걸려온 건지 대강 알 수 있을지도 몰라."

허 걸은 급히 밖으로 뛰어나갔다.

"범인과 단독으로 만나겠습니다. 요구한 대로 돈을 주고 아이를 찾겠습니다."

상파가 창백한 얼굴로 말했다. 뚱뚱한 형사는 아무 반응도 보이지 않았다.

"경찰이 끼어들면 또 수포로 돌아가니까 이번에는 모른 체해

주십시오. 경찰은 범인을 체포하는 게 급하겠지만 저는 우리 아
이를 찾아야 합니다."
　형사의 조그만 두 눈이 상파를 딱하다는 듯이 뚫어질 듯이 바
라보았다.
　"우리보고 모른 체하라는 겁니까? 그건 직무 유기에 해당합
니다. 어떠한 경우에도 우리는 모른 체할 수 없습니다."
　"제발 방해하지 마십시오!"
　상파는 흥분해서 소리쳤다.

전화가 걸려 온 지점

전화국의 젊은 기사는 시내 지도의 한 지점을 가리켰다.

"이 지점에서 전화가 걸려 왔습니다."

그곳은 서울의 동남쪽 주택 밀집 지역이었다. 기사는 거기에다 연필로 막연히 동그라미를 그려 보이면서 자기의 임무는 이제 끝났다는 표정을 짓고 있었다.

"어디라고 정확히 알아낼 수는 없나요?"

허 걸은 안타깝게 물었다. 기사는 웃으며 고개를 저었다.

"그건 불가능합니다. 통화 시간이 십 분이나 이십 분 정도라면 몰라도 아까 그 전화는 3분이 채 못 됐습니다. 그래 가지고서는 대강 어느 지역이라는 것만 알 수 있을 뿐이지 정확한 지점을 알아내기는 불가능합니다."

"지금 표시한 지점은 반경이 얼마나 될 것 같습니까?"

“그것도 알 수 없습니다. 대강 이 지점에서 걸려 왔을 거라고 짐작이 될 뿐이지 그 지점이 반경 몇 킬로미터 이내라고 딱 꼬집어 말할 수는 없습니다.”

“현대 과학도 별수 없군요.”

허 걸은 실망한 빛으로 말했다.

“머지않아 알 수 있게 될 겁니다. 통신 기술은 하루가 다르게 발달하고 있으니까요.”

“제발 그렇게 되기를 바랍니다. 계속 좀 부탁합니다.”

“염려 마십시오. 24시간 교대로 지키고 있으니까요.”

“여기에도 곧 수사 요원이 배치될 겁니다.”

홍상파의 집으로 돌아온 허 걸은 조 태에게 지도를 펴 보이면서 결과를 보고했다.

이야기를 듣고 난 조 태는 전화가 걸려 온 지점에다 볼펜으로 ①이라고 표기했다.

“이걸 가지고서야 어디 찾을 수 있겠나.”

“몇 번만 더 전화가 오면 어느 지역인지 감이 잡힐 겁니다.”

“그 사이에 일이 끝장나 버릴지도 모르지. 홍 씨가 범인과 단독으로 협상을 하겠다고 야단이란 말이야.”

“당연한 이야기죠.”

“막무가내야. 우리에게 적극 협조하려는 마음이 없어. 우리를 오히려 방해물로 생각하고 있는 것 같아. 부부가 다 마찬가지야. 우리를 믿지 못하겠다는 거야.”

조 태는 몹시 불쾌한 표정이었다.

“자식을 찾고 싶은 생각에서 그런 거겠죠. 범인과 단독으로 협상하도록 내버려둬 보죠. 그리고 뒤를 미행해 보죠."

"본인이 그렇게 나오니 우리도 별수 없지."

그들은 홍상파의 서재에 단둘이 앉아 있었다.

한편 홍상파는 범인의 요구대로 1억을 준비하려고 서둘렀다. 그러나 토요일 오후라 은행 문이 모두 닫혔기 때문에 일시에 거금을, 그것도 새 돈으로 마련한다는 것은 불가능했다. 하는 수 없이 그는 1억을 준비하는 것을 월요일까지 미루었다.

이제 청미가 유괴된 지 이틀째 밤이 저물어 가고 있었다. 실성한 송묘임은 딸의 이름을 부르며 밖으로 뛰쳐나가려고 했다. 그 바람에 주위 사람들이 그녀를 말리느라고 애를 먹어야 했다.

묘임의 동생 태하도 이틀이 지나도록 조카가 돌아오지 않자 범인과 단독 협상을 벌이겠다는 매형의 고집에 마지못해 동조하고 나섰다. 모든 것은 경찰에 위임해야 한다는 원칙을 고수하고 싶었으나 아무래도 안 되겠다 싶어 다른 길을 모색하고 나선 것이다.

"범인과 단독으로 협상해서 성공한 예가 없지 않아 있습니다. 하지만 성공한 사례는 극히 적습니다. 거의가 실패로 끝나게 마련입니다. 돈만 뺏기고 아이는 못 찾는 경우가 많은데…… 그 경우 아이는 십중팔구 이미 죽어 있게 마련입니다. 아무튼 한번 해 보죠."

"협상에 성공하려면 범인과의 약속을 지켜야 해. 만에 하나라도 약속을 지키지 않으면 실패할 수밖에 없어. 그렇게 되면 아이의 생명이 위험해. 난 단독으로 범인을 만날 거야."

"그건 위험한데요."

"위험해도 할 수 없어. 지금 그런 걸 따질 계제가 아니야. 범인은 나 이외에 그 누구도 만나지 않을 거야."

"그건 사실입니다. 일 대 일로 만나려고 들 겁니다. 돈과 아이를 맞바꿔야 합니다. 아이도 데리고 나오지 않았는데 돈을 건네 줘서는 안 됩니다."

"그건 그렇지 않아. 범인이 청미를 데리고 나오지 않을 공산이 크다고 봐. 눈에 띄기 때문이야. 일단 돈을 받은 다음 아이가 어디 있으니까 데리고 가라고 할 가능성이 많아. 그런 경우에는 먼저 돈을 내줄 수밖에 없어. 칼자루는 그쪽에서 쥐고 있으니까 놈이 하자는 대로 하는 수밖에 없어. 놈은 일억에서 한 푼도 깎지 않았어. 조그만 것 하나라도 양보할 놈이 아니야."

"듣고 보니 그렇군요."

J일보 사회부 기자인 송태하는 안타깝기 짝이 없었다. 너무도 안타까운 나머지 욕이라도 퍼붓고 싶은 심정이었지만 그러지도 못하고 가만있자니 미칠 지경이었다.

다른 사건도 아닌 유괴 사건인 만큼 경찰의 수사는 극비리에 비공개로 진행되고 있었다. 자나 깨나 쉬쉬하면서 움직일 수밖에 없었다.

그는 일선에서 다년간 뛰고 있는 사건 기자로서 여느 사람들과는 다른 날카로운 센스와 민첩한 대응력을 지니고 있었다. 그것은 일선 수사관이 지니고 있는 것과는 또 다른 것이었다. 거기에다 그는 열정을 지니고 있었다. 무슨 일에나 일단 손을 대면 끝장을 보고야 마는 근성이 그에게는 있었다.

그런데 그는 이번 사건을 대하고 처음부터 당황하고 말았다. 사건을 취재하는 입장이 아닌 피해자의 입장이기 때문인지는 몰라도 그는 도무지 갈피를 잡을 수 없었다.

아무리 생각에 생각을 거듭해도 어디서부터 실마리를 풀어 나가야 할지 도통 감을 잡을 수 없었다. 마치 캄캄한 어둠을 대하고 있는 것 같은 기분이었다.

왜 하필 누님의 딸을 유괴했을까. 돈 때문일까. 1억을 요구한 걸 보니 돈을 노린 유괴일 가능성이 높다. 누님 부부는 남에게 원한 살 일은 하지 않았다고 한다. 그렇다면 금품을 노린 유괴임이 거의 확실하다. 그런데 왜 하필 누님의 딸을 택했을까. 우연히 그렇게 된 것일까. 범인은 적당한 대상을 찾아 학교 앞을 어슬렁거리고 있었다. 그때 청미의 모습이 눈에 띄었다. 그는 청미에게 적당한 구실을 붙여 그 애를 차에 태우고 도망치는 데 성공한다. 태하는 고개를 가로 저었다. 자신의 상상을 스스로 부인했다. 아무런 증거가 없는 이상 상상만 가지고는 안 된다. 납득할 수 있는 증거가 있어야 한다.

경찰은 전화국에 수사 요원 두 명을 상주시켰다.

홍상파의 집에도 두 명을 상주시켰다. 그리고 수사용으로 전화 한 대를 따로 가설했다.

홍상파의 아파트 건물 일 층 한 칸이 마침 비어 있었다. 경찰은 그곳을 빌려 거기에다 수사본부를 차렸다. 30평 남짓한 아파트였기 때문에 수사본부로 사용하기에는 안성맞춤이었다. 즉시 세 대의 전화가 설치되고 도청 장치도 연결되었다.

토요일이 지나고 일요일이 되었다. 토요일 밤새 범인의 전화를 기다렸지만 전화는 걸려 오지 않았다.

조 태와 허 걸은 일요일 오후가 되자 범인이 전화를 걸어 온 곳으로 추정되는 제 1지점으로 가보았다. 택시로 홍상파의 집으로부터 40분쯤 걸리는 곳이었는데, 거대한 아파트 군과 상가가 뒤엉켜 신시가지를 이루고 있었다. 그들은 입을 쩍 벌린 채 거리를 바라보다가 서로 마주보고 어이없다는 듯 웃었다.

7월 18일 월요일.

장마는 계속되고 있었다. 며칠째 추적추적 내리는 비에 사람들은 하나같이 짜증을 느끼고 있었다.

딸을 잃은 지 나흘째를 맞이한 송묘임은 아침부터 눈물을 흘리며 창가에 앉아 있었다. 불과 며칠 사이에 그녀는 몰라볼 정도로 무섭게 말라 있었다. 그런 면에서는 홍상파도 마찬가지였다. 3일 밤을 꼬박 지새운 그는 두 눈이 벌겋게 충혈 되어 있었고 턱은 온통 수염으로 덮여 있었다. 충혈된 두 눈은 불안과 분노로 이글이글 타오르고 있었다. 그래도 그는 몸을 생각해서 식사를 조금씩 했기 때문에 묘임처럼 무섭게 마른 모습은 아니었다.

아침 9시에 그는 혼자 집을 나섰다. 그에게 얼굴이 알려지지 않은 형사 두 명이 그를 미행했다.

상파는 먼저 백화점에 들러 검정색 007가방을 하나 구입했다. 다음에는 그것을 들고 거래 은행을 찾아갔다. 그는 그래도 3억 가까운 돈을 예치해 두고 있었다. 그 돈은 봉급을 저축해서 만든 돈이 아니었다. 봉급 가지고 그만한 돈을 저축한다는 것은 불가능한 일이었다. 그에게는 유산이 조금 있었다. 집안이 부유한 아내도 시집을 오면서 얼마간의 돈을 가져 왔었다. 이재에 밝은 그는 그 돈을 모두 부동산에 투자했다. 그리고 부동산 값이 치솟았을 때 그것을 모두 처분했다. 3억은 그렇게 해서 만든 돈이었다. 그는 그 돈을 세 개 은행에 분산시켜 예치해 두고 있었다. 두 은행에서는 각각 3천만 원씩을, 그리고 나머지 은행에서는 4천만 원을 인출했다. 은행 대리에게 특별히 부탁하여 모두 만 원짜리 새 돈으로 인출했다. 범인의 말대로 만 원짜리 백 묶음은 007가방 속에 빈틈없이 들어찼다. 그것을 들고 그는 진땀을 흘리며 집으로 돌아왔다.

그를 미행했던 형사들이 수사본부로 돌아와 보고했다.

"홍 씨는 1억 원을 인출했습니다. 그 사람은 세 개 은행에서 예금을 인출했는데 예금액이 삼억 가량 되었습니다. 일억은 모두 만 원짜리 새 지폐로 007가방 속에 넣어 가지고 왔습니다."

"범인이 시킨 대로 움직이고 있군."

조 태는 불쾌한 표정으로 중얼거렸다.

"범인은 홍 씨의 재정 상태를 아는 놈이 아닐까요? 일억을 요구한 걸 보면, 그리고 홍 씨가 서슴없이 일억을 준비한 걸 보면 뭔가 맞아떨어지는 것 같은 느낌이 드는데요."

허 걸은 문득 생각난 바를 이야기했다.

"그러고 보니까 그렇군."

그들은 즉시 홍상파를 수사본부로 불러들였다.

"은행에서 일억을 인출하셨더군요."

"네, 그랬습니다."

그는 노골적으로 얼굴에 불만을 나타냈다. 형사들이 자신의 뒤를 미행한 사실이 못마땅한 모양이었다.

"뭘 하려고 찾으셨나요?"

"범인에게 줄 돈입니다."

그는 차갑게 내뱉었다. 조 태는 차가운 눈으로 상대를 바라보았다.

"정말 범인과 단독으로 만날 생각이십니까?"

"내 딸애를 찾을 수 있는 길이라면 저는 무슨 짓이든지 할 겁니다."

그는 단호하게 말했다. 그리고 조 태가 뭐라고 말하기 전에 말을 이었다.

"제발 방해하지 마십시오. 나는 내 딸애를 찾아야 합니다. 당신들은 범인을 잡는 게 보다 큰 목적이겠지만 나는 그렇지 않습니다. 범인을 잡건 말건 나는 상관하지 않습니다. 나는 내 딸애만 찾으면 됩니다!"

그는 분노에 차서 소리쳤다. 조 태도 거기에 맞서 소리쳤다.

"범인을 잡는 게 우리 목적이 아니에요! 우리 목적도 아이를 찾는 겁니다. 오해하지 마십시오!"

"아이가 안 들어온 지 사흘이 지났어요. 당신들은 도대체 그동안 무얼 했습니까. 아직 단서조차 못 잡았지 않습니까! 솔직히 말해 난 당신들한테 모든 걸 맡겨둘 수 없어요. 믿을 수가 없단 말입니다!"

수사본부 안은 찬물을 끼얹은 듯 조용해졌다. 수사관들은 모욕을 느낀 듯 상기된 표정들이었다. 조 태도 허 걸도 얼굴이 붉어져 있었다. 그러나 그들은 그런 경우에 이미 익숙해져 있었기 때문에 화를 낸다거나 하지 않고 오히려 웃음으로 받아넘겼다.

"미안합니다. 최선을 다하고 있습니다만 어쩔 수 없군요. 조금만 더 기다려 달랄 수밖에 없습니다. 수사진도 강화되고 있으니 우리를 믿고 협조해 주십시오. 우리를 통하지 않고 범인과 만나는 것은 재고해 주십시오. 범인을 만나도 좋으니 반드시 우리와 사전 협의를 거쳐 만나도록 해주십시오. 부탁합니다."

"그럴 수 없습니다. 오히려 내가 부탁하고 싶습니다. 제발 범인과 만나는 데 방해하지 마십시오. 부탁합니다!"

"안 됩니다!"

"나는 만날 겁니다. 누구도 내 행동을 막을 수는 없습니다. 내 자식을 구하기 위해 범인을

만나겠다는데 도대체 누가 막는단 말입니까!"

"그야 강제로 막을 수는 없지요. 그러니까 협조를 부탁하는 겁니다. 이 사건은 피해자 쪽과 경찰이 잘 협조해야만 해결될 수 있는 겁니다. 그렇지 않고 따로따로 놀다가는 죽도 밥도 안 됩니다. 아이를 구하고 싶은 심정은 선생이나 우리나 다 마찬가집니다. 조금만 더 참고 기다려 주십시오."

그러나 홍상파는 고개를 완강히 내저었다. 범인과 단독으로 협상을 벌이겠다는 그의 결심은 누구도 꺾을 수 없을 것 같았다. 그래서 경찰도 나중에는 그의 마음을 돌리는 것을 포기하고 말았다. 아니 포기한 척했는지도 모른다.

"좋습니다. 정 그러시다면 한번 시도해 보십시오. 그 대신 이걸 아셔야 합니다. 범인이 돈만 받고 아이를 안 돌려보낼지도 모

릅니다. 그렇게 되면 결국 돈만 날리게 되는 셈이지요."

"돈을 바라고 한 짓이라면, 돈을 받고 나서 아이를 안 돌려보낼 리 있겠습니까?"

"그러는 수가 많습니다. 귀찮아서 아이를 죽여 놓고 흥정을 해오는 수가 있으니까요. 또 자기의 얼굴을 알고 있는 아이를 살려 보낸다는 게 위험하다고 판단되면 아이를 죽입니다. 부모는 그걸 모르고 돈을 갖다 바치는 경우가 많지요."

조 태는 상대방이 충격을 받을 줄 잘 알면서도 아주 잔인하게 말했다.

상파는 조 태를 잡아먹을 듯이 노려보았다.

"당신은 잔인한 사람이군요. 어떻게 그런 말을 할 수가 있습니까? 그런 말로 나를 막으려고 하겠지만 그건 잘못된 생각입니다. 그리고 내 딸애는 죽지 않았습니다!"

충혈된 그의 두 눈에 눈물이 번졌다. 그것을 보고 조 태는 기분이 착잡했다.

"미안합니다. 그런 것을 노려서 말씀드린 건 아닙니다. 미안합니다."

조 태가 물러나고 이번에는 허 걸이 나섰다.

"실례지만 홍 선생께서는 저금 액이 얼마나 됩니까?"

"오늘 찾은 것까지 합해서 삼억 가량 됩니다."

"많은 돈이군요."

"많은 돈은 아닙니다."

"요즘의 돈 가치로 따져서 그렇겠지요. 하지만 우리 같은 사람들이 볼 때는 큰돈입니다. 홍 선생한테 그만한 돈이 있다는 것을 알고 있는 사람은 누구누굽니까?”

“우리 집사람 외에는 없습니다.”

“잘 한번 생각해 보십시오.”

“생각해 보나마나 집사람하고 나하고 두 사람밖에 아무도 모릅니다.”

“혹시 사모님께서 다른 사람한테 자랑삼아 이야기하지 않았을까요? 여자들은 흔히 그러는 수가 많지 않습니까.”

“아닙니다. 우리 집사람은 그런 이야기 절대 하지 않습니다. 장모님한테도 그런 말은 하지 않습니다. 정 못 믿으시겠다면 한번 알아보십시오.”

“그럴까요.”

허 걸은 송묘임을 전화로 불러냈다.

그녀는 모기소리 같은 작은 소리로 부인했다. 남편하고 자기만 그 사실을 알고 있을 뿐이라고 했다. 허 걸은 전화를 끊고 상파를 바라보았다.

“사모님께서도 같은 대답을 하시는군요.”

“글쎄, 그렇다니까요.”

“범인은 1억을 요구했습니다. 어쩐지 홍 선생 댁에 그만한 돈이 있다는 것을 알고 있는 사람의 짓 같기에 그런 겁니다. 잘 한번 생각해 보십시오.”

“그럴 만한 사람을 내가 알고 있다면 왜 이러고 있겠습니까. 당장 달려가서 죽여 버리든가 하지요.”

그때 도청용 수화기의 벨이 울렸다. 대기하고 있던 형사가 재빨리 녹음기의 버튼을 눌렀다. 그는 벨 소리가 그치는 것을 기다려 수화기를 집어 들었다.

홍상파의 집에 전화가 걸려 올 때마다 이와 같은 행동이 반복되고 있었다. 그러나 거의가 범인이 아닌 다른 사람들로부터의 전화였고, 그때마다 수사관들은 맥이 빠지곤 했다.

그러나 이번의 전화는 그렇게도 기다리던 범인에게서 온 전화였다. 수화기를 귀에 댄 형사는 긴장한 표정으로 신호를 보냈다. 사람들은 그쪽으로 몰려갔다. 그러나 도청은 한 사람만 할 수 있었다. 조금 후 도청을 끝낸 형사는 수화기를 내려놓았다.

"놈이 홍 선생을 찾았습니다. 들어 보시죠."

이윽고 녹음기에서 전화벨 소리가 들려 왔다. 벨 소리가 뚝 그치고 다급한 목소리가 흘러 나왔다.

"여보세요!"

그것은 묘임의 목소리였다.

"흐흐흐흐…… 내가 누군지 알고 있지?"

"네, 알아요."

그녀의 목소리는 금방이라도 꺼질 듯 떨리고 있었다.

"내 전화 많이 기다렸지?"

범인의 목소리는 소름 끼칠 정도로 능글맞았다.

"네, 기다렸어요. 선생님 원하시는 대로 해드릴 테니까 제발 우리 청미를 돌려보내 주세요."

"선생님이라고? 그렇게 징그러운 소리 좀 작작했으면 좋겠어. 나는 선생님이 아니야, 당신의 사위란 말이야. 흐흐흐흐……"

그 말이 무엇을 뜻하는지 그녀가 모를 리 없었다.

그러나 그녀는 울먹이면서도 범인의 그 말을 받아넘기고 있었다.

"네, 사위라 해도 좋아요. 우리 청미만 무사하면 아무래도 좋아요. 우리 청미 잘 있나요?"

"잘 있고말고. 밤마다 내가 안고 자니까 염려하지 말라고."

"그 애 목소리만이라도 한 번 듣게 해주세요."

"그럴 수는 없어. 그 애를 전화 있는 데까지 데려올 수 없어."

"그럼 녹음이라도 해서 들려주실 수 있지 않아요?"

"이봐요, 장모님. 장모님은 참 한가한 말씀만 하시는군요. 내가 그렇게 한가한 놈인 줄 아십니까? 난 바쁜 몸이에요. 시간 날 때 들려줄 테니까 너무 그렇게 조르지 말아요. 이 든든한 사위가 잘 데리고 있는데 뭘 그렇게 걱정하십니까."

"바라시는 돈은 준비가 다 됐어요. 시간과 장소만 말씀해 주세요. 지금 바로 나가겠어요."

"당신은 안 돼. 당신은 방정맞아 안 돼. 장인어른을 바꿔요."

"지금 안 계세요."

"어디 가셨나?"

"요 앞에 잠깐 나가셨어요."

"1시에 다시 전화 걸 테니까 꼼짝 말고 있으라고 해."

그리고 전화는 끊어졌다.

"죽일 놈!"

홍상파는 주먹을 쥐고 부르르 떨더니 밖으로 뛰쳐나갔다.

1시까지는 아직 30여 분이 남아 있었다.

"통화가 꽤 길었지?"

그렇게 말하면서 조 태는 전화국에 대기하고 있는 형사들에게 전화를 걸었다.

"이번 전화는 제1 지점과는 동떨어진 곳에서 걸려 왔습니다."

"얼마나 떨어졌나?"

"20킬로미터 이상 떨어진 곳입니다."

조 태는 자세히 위치를 확인하고 나서 벽에 걸린 시내 지도 위에 ②라고 표기했다.

그리고 한심하다는 듯 지도를 한참 동안 바라보았다. 그 동안 허 걸은 녹음된 통화 내용을 되풀이해서 듣고 있었다.

"그 새끼는 돌아다니면서 전화를 거나 봐."

조 태가 투덜거렸다.

"이제 겨우 두 번째 체크 아닙니까. 더 기다려보면 통계가 나오겠죠."

어디서 만날까요

1시 정각. 마침내 전화벨이 울렸다.

집 안에 있던 사람들은 소스라치게 놀라 전화기 쪽으로 시선을 집중했다.

그렇게 전화가 걸려 오기를 기다리던 홍상파는 막상 전화벨이 울리자 얼른 수화기를 집어 들지 않고 무서운 눈으로 전화기를 노려보기만 했다. 세 번째 울릴 때까지도 그대로 노려보고만 있자 그의 아내가 참다못해 전화기로 달려들었다. 그제야 상파는 움직였다.

"가만있어, 내가 받을 거야."

그는 거칠게 묘임을 밀어붙이고 수화기를 낚아챘다. 전화벨이 네 번 울리고 났을 때였다.

먼저 한숨소리가 들려 왔다.

“여보세요.”

상파는 흥분을 가라앉히려고 무진 애를 쓰면서 상대방을 불렀다. 그러나 목소리는 벌써부터 떨리고 있었다.

“왜 전화를 빨리 받지 않는 거지?”

“미, 미안합니다.”

상대는 틀림없는 범인의 소리였다.

“청미 아버지인가?”

“네네, 그렇습니다.”

“전화를 빨리 받지 않은 게 수상해. 무슨 꿍꿍이속이 있는 게 아니야?”

“아, 아닙니다! 절대 그렇지 않습니다. 말씀하신 것은 모두 준비해 놨습니다. 말씀만 하시면 언제라도 뛰어나가겠습니다.”

“호호호호……”

한밤중 고요한 시간에 무엇인가를 사각사각 갉아먹는 음침하고 기분 나쁜 쥐 소리 같은 웃음소리.

“호호호…… 일억을 준비했단 말이지?”

“네, 그렇습니다. 새 돈으로 준비해 놨습니다. 말씀만 하시면 지금 당장 뛰어나가겠습니다.”

“지금 당장 뛰어나오겠다고?”

“네네, 지금 당장!”

“그렇게 서둘 필요는 없어. 서로 간에 실수가 없어야 하니까 서둘러서는 안 되지. 신중을 기해야 한단 말이야. 그렇게 생각지 않나?”

“그, 그렇게 생각합니다.”

“이봐요, 장인어른. 난 여러 가지를 생각하고 있단 말이야. 여러 가지를 말이야. 돈 1일억을 먹는다는 게 쉽지 않다는 것도 잘 알고 있어. 당신이 그렇게 어수룩하게 돈을 내놓을 사람이 아니라는 것까지도 생각하고 있단 말이야. 그리고 당신 마음대로 움직이기가 곤란하다는 것도 다 알고 있어. 이 전화는 물론 도청당하고 있겠지. 당신이 나를 만나러 나오면 경찰이 틀림없이 당신을 미행할 거란 말이야. 당신이 나하고 아무리 단독으로 협상을 벌이려 해도 경찰이 방해를 놓을 거라는 것도 잘 알고 있어. 당신이 경찰과 협조를 하던 안 하든 경찰이 당신 뒤를 미행할 것은 의심할 여지가 없어. 그런 마당에 내가 어떻게 마음 놓고 당신을 만날 수 있겠나. 장인어른, 그렇게 생각 안 하슈?”

“그, 그렇게 생각합니다.”

“흐흐흐…… 내가 당신의 사위가 됐다는 것에 대해 불쾌하게 생각하나?”

“아닙니다.”

“흐흐흐…… 불쾌하게 생각하면 안 되지. 나만한 사윗감이 그렇게 흔한 게 아니야. 나같은 사람은 아주 귀하지. 이런 사위를 위해 일억 원쯤 쓰는 것을 아까워해서는 안 된 다구. 안 그래, 장인어른?”

“그렇습니다.”

홍상파는 주먹을 쥐었다 폈다 하고 있었다.

범인은 홍상파의 간장을 녹이는 것은 물론 조롱까지 하고 있었다. 그러나 홍상파는 화를 내지 않고 인내할 수 있는 한 인내하고 있었다. 하긴 참을 수밖에 별 도리가 없었다. 이쪽에서 화를 내

어 범인을 노하게 하는 날에는 아이에게 화가 미칠지도 모를 일
이었다.

"자, 그럼 이제부터 일억을 어떻게 전해 받느냐 하는 문제를
이야기해 볼까? 일억 원 수송 작전이라고 부르는 게 어떨까. 이
전화를 도청하고 있는 경찰관 제씨들도 잘 들어 두슈. 돈은 007
가방 속에 넣었겠지?"

"네, 넣었습니다. 검정 가방입니다."

"좋아."

그때 삑삑 소리에 이어 전화가 끊어졌다. 공중전화의 통화 시
간이 끝난 것이 틀림없었다.

홍상파는 수화기를 내려놓은 다음 얼굴에 흐르는 땀을 손바
닥으로 닦았다.

범인의 전화가 끊기는 것과 동시에 조 태는 전화국으로 급히
전화를 걸었다.

"어느 지점인가?"

"①도 아니고 ②도 아닙니다."

"그럼 어디란 말이야?"

"북쪽인데요."

그는 전화가 걸려 온 북쪽 지점에다 ③을 표기했다.

"이런 빌어먹을 자식 봤나."

지도를 바라보며 그가 투덜거리자 허 걸은 떫은 감을 씹은 것
같은 표정을 지었다.

"한 군데 처박혀 있지 않나 보죠? 돌아다니다가 생각나면 전

화를 거나 봐요."

"일부러 그러는지도 모르지."

조 태는 1지점과 2지점, 그리고 3지점을 선으로 연결해 보았
다. 삼각형이 되었다. 그는 머리를 흔들었다.

"틀렸어."

"전화를 더 기다려 보죠, 말하다가 끊겼으니까요."

그러나 범인으로부터는 바로 전화가 걸려 오지 않았다.

모든 사람들이 초조하게 기다렸지만 어쩐 일인지 범인은 전
화를 쉬이 걸어 주지 않았다.

범인의 전화가 다시 걸려 온 것은 오후 5시경이었다.

이번에도 홍상파가 전화를 받았다.

"공중전화니까 용건만 말하겠다."

범인은 매우 사무적으로 말했다. 아까와는 전혀 딴판이었다.

"말씀하십시오."

"6시 정각에 종로에 있는 보신각 뒤로 나와라. 그 보신각 뒷골
목에 들어가면 목마라는 다방이 하나 있을 거다. 거기서 만나는
거다."

"우리 청미는?"

범인은 거기에 대해서는 일언반구 대답하지 않고 전화를 끊
어 버렸다.

이번 전화는 통화 시간이 너무 짧았기 때문에 어디서 걸려 왔
는지 대강만이라도 알아내는 것이 불가능했다.

6시까지는 아직 1시간 정도 남아 있었다.

홍상파는 1억이 든 돈 가방을 들고 아파트를 나섰다. 엘리베이터를 타고 1층에서 내렸을 때 거기에는 형사들이 대기하고 있었다. 그들은 시간이 없다는 홍상파를 끌다시피 하고 수사본부 안으로 데리고 들어갔다.

"우리와 협조할 수 없겠습니까?"

조 태는 조그만 눈을 더욱 조그맣게 뜨고 물었다.

"협조하기 싫어서 제가 그러는 게 아닙니다. 제 사정을 이해하십시오."

홍상파의 태도는 너무나 단호해서 누가 뭐래도 흔들릴 것 같지 않았다.

"그럼 좋습니다. 그 가방 속의 돈을 좀 꺼내 놓으실까요?"

"돈을 말입니까?"

홍상파는 눈을 휘둥그렇게 떴다.

"네, 돈 말입니다."

"왜 그러시죠?"

"번호를 체크해 두려고 그럽니다. 그건 괜찮겠죠?"

그것까지 마다할 수 없는 일이라 상파는 가방을 책상 위에 올려놓고 열었다.

"시간이 얼마 없습니다. 빨리 해주십시오."

"새 돈이라 일련번호로 되어 있을 겁니다."

조 태는 책상 위에다 돈다발을 쏟아 놓았다. 1백만 원짜리 1백 다발이 책상 위에 널리자 형사들의 눈빛이 이상하게 변했다. 그들은 얼이 빠진 듯 그것을 내려다보다가 이윽고 한 다발씩 집어 들고 번호를 체크하기 시작했다. 다발마다 일련번호로 되어 있어서 확인 작업은 10분도 채 안 걸렸다. 돈은 도로 가방 속으로 들어갔다.

허 걸은 딸을 찾기 위해 1억이라는 거금을 미련 없이 내던지려는 아버지의 마음을 헤아려 보고 싶었다. 귀여운 딸과 비교할 때 1억이라는 거금은 한낱 휴지 조각에 불과한 것일까. 그에게는 결혼 10년에 아직까지 자식이 없었다. 그래서 홍상파의 행동에 대해 미묘한 감정을 느끼는지도 몰랐다.

홍상파는 가방을 들고 나가려다 말고 돌아섰다. 그리고 형사들을 둘러보면서 엄숙한 얼굴로 말했다.

"제발 제 뒤를 미행하지 마십시오. 부탁합니다."

"염려하지 마십시오. 미행하지 않을 겁니다."

조 태도 엄숙한 표정으로 말했다.

그러나 상파보다 한 발 앞서서 경찰 수사관들은 이미 종로를 향해 급히 달려가고 있었다. 조 태가 보낸 수사관은 모두 6명이었다.

그런 줄도 모르고 상파는 수사본부를 나와 자가용에 가방을 싣고 혼자 종로로 향했다.

그는 마음을 진정시키기 위해 될수록 천천히 차를 몰았다. 백미러로 뒤를 자주 살폈다. 그러나 차들이 많아 어느 차가 미행차인지 분간할 수가 없었다. 뚱뚱한 형사가 미행하지 않을 거라고 말했지만 그 말을 믿어야 할지 말아야 할지 알 수 없었다.

조 태와 허 걸은 상파의 차가 사라지자 택시를 집어타고 그 뒤를 따랐다. 그들 말고도 두 명의 수사관이 그들과 함께 동승했다. 먼저 출발한 여섯 명과 함께 모두 열 명이 접선 현장에 출동하는 셈이었다.

홍상파는 약속 시간 15분 전에 주차장에 차를 몰아넣고 보신 각 뒤로 돌아갔다. 다방 ‘목마’는 쉽게 찾을 수 있었다. 간판이 눈에 띈 순간 그의 가슴이 두근거리기 시작했다. 다방은 2층에 있었다. 계단을 오르기 전에 그는 주위를 둘러보았다. 서너 번 유심히 주위를 살폈지만 미행자는 보이지 않았다. 계단을 올라가 다방 안으로 들어섰다.

조그만 다방이었다. 손님이 별로 없었다. 레지가 왔다. 한쪽켠에 자리를 잡고 커피를 주문하고 담배에 불을 붙였다. 오른손으로 왼쪽 가슴을 만져 보았다. 안주머니에 넣어둔 칼이 만져졌다. 만일의 경우를 대비해서 준비한 것이었다. 그의 아내는 그가 칼을 품에 간직하는 것을 보고 하얗게 질린 표정을 했지만 달려들어 빼앗지는 않았다.

커피가 왔다. 그는 커피에는 손도 대지 않고 다방 안에 앉아 있는 손님들을 한 사람씩 뜯어보기 시작했다. 그러나 아무리 살펴보아도 범인으로 짐작되는 사람은 보이지 않았다. 범인이 약속 장소에 바로 나올 것이라고는 기대하지 않았기 때문에 그는 기다릴 수 있을 때까지 기다려 보기로 했다.

다방 안에는 두 명의 수사관이 손님으로 위장해서 잡담을 나누고 있었다. 나머지 수사관들은 밖에 잠복하고 있었다. 그들은 완벽하게 위장하고 있었기 때문에 웬만해서는 알아보기가 힘들 정도였다.

마침내 6시가 되었다.

홍상파는 의자에서 미동도 하지 않은 채 출입구를 응시하고 있었다. 돈 가방을 무릎 위에 올려놓은 채 두 손으로 그것을 누르고 있었다.

대학생으로 보이는 젊은 아가씨가 한 사람 들어왔다. 그녀는 역시 대학생으로 보이는 청년 쪽으로 활짝 웃으며 걸어갔다. 조금 후에 중년의 여인이 들어섰다. 화려한 색상의 옷을 입고 진하게 화장한 그녀는 두 명의 여인들 쪽으로 깔깔거리며 다가갔다.

6시 5분이 되었다.

그때 전화벨이 울렸다. 상파는 카운터를 노려보았다. 카운터 아가씨가 전화를 받더니 수화기를 쳐들며,

"홍상파 씨 계세요?"

하고 물었다.

상파는 손을 쳐들며 튕기듯 일어나 카운터 쪽으로 급히 걸어갔다. 수화기를 낚아채듯 거머쥐자 아가씨가 눈을 흘겼다.

"전화 바꿨습니다."

"홍 선생이오?"

"네, 그렇습니다."

"음, 약속대로 나왔군. 돈은 가지고 나왔겠지?"

"네, 가지고 나왔습니다. 왜 안 오십니까?"

"능청떨지 마! 경찰이 쫙 깔렸는데 어떻게 들어가?"

"안심해도 됩니다. 방해하지 않기로 그 사람들하고 약속했습니다."

"바보 같으니! 경찰의 약속을 믿는단 말이지? 당신 눈에는 형사들이 안 보이겠지만 내 눈에는 훤히 보여."

상파는 주위를 재빨리 살펴보았다. 그러나 그에게 주의를 기

울이는 사람은 아무도 없었다.

"잘못 보신 것 같습니다."

"당신은 그야말로 장님이군. 아니면 경찰과 협조가 잘 되고 있던가."

"아닙니다, 난 혼자서 나왔습니다!"

"지금 바로 그 다방을 나와서 지하철을 타고 시청 앞으로 와요. D빌딩 지하에 가면 중국 음식점이 있는데 거기서 자장면을 시켜 먹으라구. 저녁을 든든히 먹어 두는 게 좋을 거야. 미행을 따돌려! 미행이 있는 한 나는 안 나타날 거다."

전화는 냉정하게 끊어졌다.

상파는 다방을 나와 골목을 걸어갔다.

퇴근 무렵이라 관철동 일대는 퇴근하는 사람들로 몹시 붐비고 있었다.

그는 일부러 청계천 쪽으로 걸어가면서 미행이 있나 없나 살폈다. 커브 길을 돌고 나서 뛰다시피 걸었다. 서너 번 그렇게 하고 나자 미행자가 눈에 띄었다. 확인된 미행자는 한 명이었다. 청계천으로 나온 그는 택시를 잡아타고 얼마쯤 달리다가 내렸다. 다른 택시로 바꾸어 타고 종로로 돌아왔다. 지하도 입구에 서서 주위를 살폈지만 미행자는 보이지 않았다. 미행자를 드디어 따돌렸다고 생각하자 마음이 좀 가라앉았다. 지하도로 내려가 차표를 산 다음 다시 계단을 내려갔다. 서성이면서 주위를 살폈지만 미행자의 그림자는 보이지 않았다. 지하철을 타고 시청 앞으로 갔다. 돈 가방이 꽤 무거웠다.

D빌딩이라면 잘 알고 있었다. 빌딩 지하로 내려가자 과연 중

국 음식점이 하나 있었다. 범인이 시킨 대로 자장면을 하나 주문했다. 그리고 억지로 그것을 뱃속에 채워 넣었다.

식당 안에는 손님이 댓 명 정도 앉아 있었다.

자장면을 다 먹고 나서 입술을 훔치는데 전화벨이 울렸다. 카운터의 사나이가 홍상파를 찾았고, 그는 급히 뛰어가 수화기를 받아 들었다.

"식사 끝냈나?"

"네, 지금 막 끝냈습니다."

"그 집 자장면 맛있지?"

"네, 맛있게 먹었습니다."

그는 한숨을 내쉬며 대답했다.

"벌써 한숨을 내쉬면 어떡하나, 아직 멀었는데……"

범인은 여유 있게 나오고 있었다. 골탕 먹일 대로 먹이고 나서 접선할 모양이었다.

"제발 만나 주십시오."

"나도 당신을 만나고 싶어. 하지만 미행자가 아직도 있단 말이야."

"없습니다. 따돌렸습니다."

"아니야, 있어! 당신은 너무 서툴러서 미행자를 완전히 따돌리지 못했어. 미행자가 나 여기 있다 하고 자기를 보이면서 미행하는 줄 아나?"

"그럼 어떻게 하란 말입니까?"

"지금 거기를 나와 다시 지하철을 타고 청량리로 가는 거야. C극장 옆에 보면 당구장이 하나 있다. 당구장이 하나뿐이니까 찾기 쉬워. 당구장에 가서 당구를 치고 있어."

"거기서 만나는 겁니까?"

"잔말 말고 시키는 대로 해."

"알았습니다."

그는 가방을 들고 중국집을 나왔다. 시키는 대로 하는 수밖에 없었다.

지하철을 타기 전에 미행하는 사람이 있는가 유심히 살폈다. 그러나 미행은 없었다. 그는 마침내 미행을 완전히 따돌렸다고 확신했다.

그러나 그것은 오산이었다. 미행은 처음부터 떨어지지 않고 계속되고 있었다.

그가 청량리행 전철에 오르는 것을 보고 미행자는 즉시 무전 연락을 취했다.

종로에서 무전 연락을 받은 수사관 두 명은 대기하고 있다가 상파가 탄 전철에 올랐다.

조 태와 허 걸은 다음 전철로 청량리에 갔다.

"서울 시내를 헤매게 할 작정인가 보지?"

"놈은 안전하다고 생각되기 전에는 결코 모습을 드러내지 않을 겁니다."

"매우 신중한 놈인 것 같아."

"잘못하다가 홍 씨를 놓치겠는데요."

그들은 홍상파가 기를 쓰고 미행을 따돌리려고 하는 것을 보고 몹시 기분이 언짢았다.

홍상파는 C극장을 향해 길을 건너갔다.

비가 내리고 있었지만 온몸이 땀으로 축축히 젖어 있었다.

돈 가방은 더욱 무겁게 느껴졌다. 길을 건넌 다음 뒤를 한 번 돌아보았다.

극장 옆에 과연 당구장이 하나 있었다. 당구장은 2층에 있었다. 그는 이 층으로 올라갔다.

당구 치는 소리가 밖에까지 들려오고 있었다. 문을 밀고 안으로 들어갔다.

뿌연 담배 연기 속에서 큐를 든 젊은이들이 부유 동물처럼 흐느적거리고 있는 모습이 보였다. 손님은 거의가 젊은이들이었다. 다섯 개의 대 중에 한 개만 비어 있었다.

그는 돈 가방을 들고 의자에 앉아 땀을 닦았다.

실내를 찬찬히 둘러보았다. 새로 들어온 그에게 신경을 쓰는 사람은 아무도 없는 것 같았다. 그는 한숨 놓으면서 담배를 피워 물었다.

여 자 종업원이 그에게 다가와 누구와 만날 약속이 있느냐고 물었다.

"아니."

그는 머리를 흔들었다.

그녀는 그러면 다른 손님과 한 게임 하겠느냐고 물었다.

"그러지."

당구장에 들어와 멍청히 앉아 있는 것도 말이 아니었다. 사실 그의 당구 실력은 뛰어났다. 그러나 당구장 출입을 끊은 지도 수년이나 되었다.

장발의 젊은이가 다가와 고개를 꾸벅 했다. 이야기를 해보니 서로 비슷한 실력인 것 같았다.

"내기하는 게 어떻겠습니까?"

젊은이의 제의였다. 가냘픈 몸매에 여자처럼 머리를 단정하게 빗은 것이, 그리고 섬세한 몸가짐 등이 역겨움을 자아내게 하고 있었다. 최근 들어 이런 류의 젊은이들이 부쩍 늘어나고 있었다. 꼴도 보기 싫었지만 안 할 수도 없어 한 게임에 5천 원씩 걸자는 제안에 좋다고 끄덕였다.

게임을 하는 동안 신경은 의자 위에 올려놓은 돈 가방과 출입구, 그리고 전화기 쪽으로 쏠리고 있었다. 그러니 게임이 제대로 될 리가 없었다.

안 되겠다 싶어 가방을 들고 카운터로 갔다. 여자 종업원에게 가방을 맡기며,

"잘 좀 봐줘요. 그리고 홍상파를 찾는 전화가 걸려 오면 좀 바꿔 줘요."

하고 말했다.

예쁘게 생긴 여자 종업원은 메모지에다 홍상파라고 적은 다음 가방을 책상 안쪽에다 내려놓았다.

게임을 시작한 지 30분쯤 지났을 때 마침내 그를 찾는 전화가 걸려 왔다. 범인의 전화였다.

"지금 뭘 하고 있지?"

"당구를 치고 있습니다."

"음, 좋아. 지금 바로 그곳을 나와 다시 지하철을 탄다."

상파의 입에서는 절로 한숨이 나왔다.

"종로에 있는 S호텔에 박철민이라는 이름으로 투숙해. 빨리

움직여! 그리로 찾아가겠다.”

그가 뭐라고 말할 사이도 없이 전화는 끊어졌다.

그는 한숨을 내쉰 다음 구역질나는 젊은이에게 게임비를 내주었다.

카운터로 가서 요금을 지불하고 가방을 달라고 했다.

“이거죠?”

종업원이 검정 007가방을 책상 위에 올려놓았다. 그는 끄덕이며 가방을 받아 들고 당구장을 나왔다.

1억 원이 날아갔다

“당구장에서 당구를 치다가 밖으로 나왔습니다. 다시 지하철을 타고 종로 쪽으로 향했습니다.”

미행 형사는 무전기에다 대고 부지런히 보고했다.

“돈 가방은 어떻게 됐나?”

조 태는 우산 밑에 서서 물었다. 허 걸이 옆에서 우산을 받쳐주고 있었다.

“돈 가방은 그대로 들고 있습니다. 두 사람이 접선에 실패한 것 같습니다.”

“당구는 누구와 쳤나?”

“어떤 청년입니다. 신병을 확보해 놨습니다.”

“연행하도록 해.”

조 태와 허 걸은 다시 지하철을 타고 종로 쪽으로 향했다.

"범인은 전화로 홍상파를 조종하고 있어."

"골탕 먹일 셈인가 보죠?"

"그러면서 기회를 노리겠지."

종로 2가에서 지하철을 내린 그들은 무전 보고를 받고 뛰다시피 걸어갔다.

S호텔 앞에는 이미 본부 요원 두 명이 대기하고 있다가 그들을 맞았다.

"홍상파는 박철민이라는 이름으로 8층 805호실에 투숙했습니다."

조 태와 허 걸은 8층으로 올라갔다.

그들은 홍상파가 투숙한 방의 맞은편 방에 잠복했다.

8층 비상구에도 수사 요원들이 잠복했다. 일부는 청소부들이 사용하는 방에 잠복했다.

수사 요원들의 부탁을 받은 여자 청소부들도 805호실을 감시하기 시작했다.

기다리다 지친 홍상파는 텔레비전 스위치를 틀었다.

호텔 방에 들어온 지 1시간이 지났는데도 범인으로부터는 아무 연락도 오지 않고 있었다.

텔레비전 화면에 머리가 벗겨진 중년 사내가 나타나더니 어색하게 얼굴을 일그러뜨렸다. 자주 보는 코미디언이었다. 이번에는 여자 코미디언이 나타났다.

그는 텔레비전을 끄고 창가로 다가갔다. 빗물이 유리창에 부딪혀 줄줄 흘러내리고 있었다. 차량의 불빛들이 어지럽게 흘러가고 있었다. 그는 증오로 일그러진 자신의 얼굴을 보았다.

그것은 처음 보는 낯선 얼굴 같았다. 그는 그것을 보지 않으려고 창가에서 돌아섰다. 그의 시선은 침대 위에 놓여 있는 돈 가방에 머물렀다.

그때 전화벨이 따르릉 울렸다. 그는 깜짝 놀라 전화기를 노려보았다. 그것은 마치 살아 있는 괴물이나 되는 것처럼 몸부림치며 울어댔다. 그는 살금살금 다가가 발작적으로 수화기를 집어들었다.

"여보세요!"

"거기서 뭘 하고 있는 거지?"

그렇게도 기다리던 범인의 목소리였다.

"기다리고 있는 겁니다."

"기다리고 있다고? 우리들의 거래는 끝났어."

"그게 무슨 말입니까? 이렇게 기다리고 있지 않습니까? 경찰 때문에 그러는 겁니까? 경찰은 없습니다. 염려하지 말고 이리 오십시오. 돈을 드리겠습니다."

"돈을 주겠다고? 흐흐흐…… 돈은 이미 내 손에 들어와 있어. 당신에게 감사하려고 전화를 건 거야."

"뭐라고?"

상파는 침대 위의 돈 가방을 바라보았다.

"돈은 이미 내 손에 들어와 있다니까. 믿지 못하겠으면 지금 바로 가방을 열어 봐."

상파는 수화기를 내려놓고 가방을 끌어당겼다. 비로소 가방이 조금 다르다는 것을 알았다. 가방을 열어젖혔다. 안에는 돈 다발 대신 신문지가 가득 들어 있었다.

"이럴 수가……"

그는 수화기를 다시 집어 들었다.

"이봐!"

"확인했나? 흐흐흐흐……"

"바꿔치기했군. 어디서 바꿔치기했지? 약속대로 우리 청미를 돌려보내."

"청미는 집에 가고 싶지 않대. 나하고 살고 싶다는 거야. 그러니 난들 어떡하겠나. 부모보다 내가 좋다는데 어떡하겠나."

"무슨 소릴 하는 거야!"

"청미는 잊는 게 좋아."

"약속하고 다르잖아!"

"약속? 꽤나 순진하시군."

"이 개자식! 청미를 돌려보내!"

상파는 온몸을 떨며 소리쳤다.

그러나 범인은 아주 유쾌한 듯 웃어젖혔다.

"하하하하…… 하하하하……"

그런 다음 전화는 끊어졌다.

상파는 몸을 떨며 한동안 서 있다가 신문지로 채워진 가방을 들고 밖으로 뛰쳐나갔다.

호텔의 전화 교환 실에서 범인과 홍상파의 통화 내용을 도청한 수사관은 즉시 그 내용을 조 태에게 보고했다.

조 태는 소스라치게 놀라 허 걸을 바라보았다.

"돈은 이미 뺏긴 모양이야."

"어떻게 된 일입니까?"

허 걸 역시 놀라서 물었다.

"자세한 건 잘 모르지만 바꿔치기 당한 모양이야."

그들은 아래층으로 내려가 통화 내용을 도청한 수사관을 만났다.

그들이 이야기를 나누고 있을 때 미행조는 홍상파를 따라 지하도로 내려가고 있었다.

잠시 후 밖에 나갔던 수사관이 뛰어 들어와 보고했다.

"홍상파는 다시 청량리행 지하철을 탔습니다."

"알다가도 모를 일이군."

미행은 거의 완벽하게 이루어지고 있었다. 그런데 어느 사이엔가 1억 원의 돈이 들어 있는 가방이 범인의 손으로 넘어가 버린 모양이었다. 그것이 사실이라면 기가 막힐 노릇이 아닐 수 없었다. 통화 내용대로라면 홍상파 자신도 뒤늦게야 돈 가방이 없어진 것을 안 것 같았다. 그럴 수가 있을까.

닭 쫓던 개 지붕 쳐다보는 격으로 멀거니 서로를 쳐다보다가 조 태 일행은 호텔 밖으로 나왔다.

홍상파는 계단을 뛰어올라갔다. 길을 건너갈 때도 뛰어갔다. 우산 같은 것은 이미 던져 버리고 없었다.

그는 당구장 계단을 숨이 턱에 차도록 뛰어올라갔다.

돈 가방이 바꿔치기 당한 것을 발견한 순간 그는 직감적으로 당구장이 생각났던 것이다.

그가 돈 가방에서 손을 놓은 것은 당구장에서밖에 없었다. 당구장에서 당구를 칠 때 가방을 카운터에 맡긴 것이 화근이었다. 다방에서도, 중국 음식점에서도 가방은 잠시도 그의 손을 떠나지 않았다.

그는 문을 밀고 안으로 들어섰다.

카운터에는 아까의 그 예쁘장하게 생긴 여자 종업원이 앉아 있었다.

그녀는 누구와 즐겁게 웃으며 전화 통화를 하고 있었다.

다섯 대의 당구대는 손님들로 모두 차 있었다.

상파는 그녀가 통화를 끝낼 때까지 옆에서 초조하게 지켜보고 있었다.

그녀는 상파를 거들떠보지도 않고 생글생글 웃으며 이야기하고 있었다.

"……어머, 그랬었구나. 애, 난 까맣게 모르고 있었어. 정말이야. 한번 보고 싶다, 애. 미남이니?……어머, 뒤로 호박씨 깐다는 말이 맞구나. 고 기집애 학교 다닐 때도 그랬어. 약혼식 했으면 곧 결혼식 하겠구나. 난 누가 데려가지…… 싫다, 애! ……아이, 싫어! ……넌 좋겠다, 애. 사람도 있고 돈도 있고. 난 아무것도 준비한 게 없는데 어떡하지? ……지겨워 죽겠어. 밤낮 딱딱 소리 듣는 거지 뭐. 딱딱딱딱…… 딱따구리처럼 말이야……"

그녀는 까르르 웃고 나서 '안녕' 하고 전화를 끊었다. 그리고 비로소 상파를 올려다보았다. 상파의 표정이 굳어 있는 것을 보고 그녀의 얼굴에서도 미소가 사라졌다.

"아가씨, 나 알겠지요?"

심각한 상파의 질문에 그녀는 눈을 깜박거리며 조심스럽게 대답했다.

“아까 오셨던 손님……”

“그래, 맞아요. 아까 여기서 어떤 청년하고 당구를 쳤지. 그런데……”

하면서 그는 책상 위에 가방을 올려놓았다.

“아까 내가 가방을 내달라고 하니까 이 가방을 내줬지요?”

“네, 그런 것 같아요.”

처녀는 눈을 동그랗게 뜨고 무슨 흉물스러운 것이나 되는 것처럼 가방을 쳐다보았다. 상파는 헛기침을 토했다.

“그런데 가방이 바뀌었어, 이건 내 가방이 아니야!”

“어머 그래요?”

그녀는 두 손을 책상 위에 올려놓으며 잠시 멍하니 그를 올려다보았다.

상파는 가방을 열어젖혔다.

“이 가방 속에는 아가씨도 보다시피 신문지만 잔뜩 들어 있단 말이야.”

그는 거칠어진 숨결을 가라앉히려고 숨을 몰아쉬었다. 빗물과 땀으로 범벅이 된 얼굴을 손바닥으로 훔치고 나서 그는 말을 이었다.

“내 가방 속에는 돈이 가득 들어 있었어. 아가씨는 내가 가방을 달라고 했을 때 가방을 바꾸어서 내준 거요. 그러니까 다른 가방을 내준 거란 말이오.”

그는 허리를 굽혀 책상 안쪽을 들여다보았다.

미니스커트 밖으로 드러난 처녀의 허연 허벅지가 그의 시야를 가로막았다.

그녀는 황급히 일어나 뒤로 물러섰다. 그리고 더듬거리며 말했다.

"아무것도 없어요."

"그럼 어떻게 된 거지?"

상파의 표정이 일그러졌다.

"가방 하나는 다른 손님이 가져 가셨는데요."

"뭐라고? 언제? 가져갔어? 누가 가져갔어?"

처녀는 하얗게 질린 얼굴이 되면서 얼른 대답하지 못한 채 머뭇거리기만 했다. 그가 재차 다그쳐 묻자 겨우 얼어붙은 입을 열었다.

"아저씨가 나가고 나서 조금 후에 가져갔어요."

그녀는 두 개의 가방을 책상 밑 양쪽에 놓아두었다고 했다. 그리고 상파가 먼저 가방 하나를 들고 나갔기 때문에 자연 나머지는 그 사람이 가져갔다고 했다.

"그게 바로 내 가방이야! 아가씨는 잘못 내준 거야!"

그는 가방을 들어 바닥에다 내동댕이쳤다. 요란스러운 소리와 함께 가방 속에 들어 있던 신문지가 사방으로 흩어졌다.

사람들의 시선이 일제히 카운터 쪽으로 쏠렸고, 그들 중 몇 명이 좋은 구경거리가 생겼다는 듯 슬금슬금 다가왔다.

"왜 그래? 무슨 일이야?"

검은 얼굴에 빨간 티셔츠 차림의 뚱뚱한 사내가 껌을 짝짝 씹으며 처녀와 상파를 번갈아 쳐다보았다. 3십대 중반의 건달같이 생겨먹은 자였다.

처녀가 그 자에게 자초지종을 이야기하는 동안 상파는 일그러진 표정으로 담배에 불을 붙여 연기를 빨아댔다.

"그러니까 비슷하게 생긴 검은 가방 두 개를 맡아 놨는데 그것이 서로 바뀌어 나갔다 이 말이지?"

"네……"

처녀는 모기소리 만하게 대답했다.

"바보 같으니, 확인하고 내주지 않고 그렇게 함부로 내주면 어떡해!"

사내가 면박을 주자 여자 종업원은 금방 울상이 되었다.

"확인하고 내줬어요."

"분명히 확인하고 내줬어?"

"네, 그래요. 확인하고 내줬어요."

"확인하고 내줬다면 너한테 잘못이 없지."

얼굴이 검은 사내는 상파에게 시선을 돌렸다. 그리고 그를 아래위로 훑어보며,

"확인하고 내줬다는데요."
하고 말했다.

"당신이 끼어들 일이 아니오. 난 이 아가씨하고 말하고 있는 거요."

상파는 손가락으로 처녀를 가리켰다.

"난 이 집 주인입니다. 쓸데없이 참견하는 게 아닙니다."
사내가 당당히 말했다.

"가방을 내준 건 당신이 아니고 이 아가씨요."

"확인하고 내줬다는데 뭐가 잘못입니까?"

“확인 안 했어요.”

“어머나, 제가 확인했잖아요! 가방을 달라고 하시기에 책상 위에 올려놓고 이거냐고 물으니까 아저씨가 고개를 끄덕이셨잖아요. 그 이상 제가 어떻게 확인하나요.”

처녀는 그때까지의 소극적인 자세를 버리고 적극적으로 자신을 방어하기 시작했다.

상파는 주먹으로 책상을 두드렸다.

“나는 이 밑에 내 가방만 있는 줄 알았고, 그래서 아가씨가 가방을 내주기에 자세히 보지도 않고 들고 간 거요!”

“그건 손님 잘못입니다. 자기 가방은 자기가 잘 챙겨야지 가방 주인이 확인도 하지 않고 가져갔다는 건 어디까지나 손님 잘못입니다.”

하고 주인 사내가 말했다.

“비슷한 가방이 또 있는 줄은 몰랐지요.”

상파는 바닥에 떨어져 있는 가방을 발로 찼다.

“내 가방하고 이것하고는 너무 비슷해요. 색깔도 그렇고 크기도 그렇고 무게까지도 비슷했어요. 다른 게 있다면 내부 색깔이 다르고 철재 부분이 조금 차이가 나요.”

“가방이 바뀐 걸 알면 그 사람도 자기 가방을 찾으러 다시 오겠지요.”

상파는 고개를 저었다.

“내 가방 속에는 돈이 많이 들어 있어요.”

“얼마나 들어 있나요?”

검은 사내가 물었다.

"1억 원이오."

"네? 뭐라구요?"

사내가 놀라서 다시 물었다.

"1억 원이 들어 있단 말이오! 1백만 원짜리 1백 다발이 들어 있어요!"

사내는 물론 주위에 둘러서서 구경하고 있던 사람들 모두가 한결같이 눈을 휘둥그렇게 떴다.

실내는 한동안 물을 끼얹은 듯 조용해졌다.

한참 후 주인 사내가 그의 말을 믿을 수 없다는 듯 고개를 갸우뚱했다.

"그렇게 많은 돈을 카운터에 맡겨 두고 당구를 치셨나요?"

"그러니까 여기에 맡겨 뒀던 거 아니오!"

상파는 처녀를 바라보았다.

"내 가방을 가지고 간 사람 기억할 수 있나?"

"글쎄요, 자세히 보지를 않아서……"

그녀는 우물쭈물했다.

"이럴 수가……"

상파는 처녀를 쏘아보면서 한숨을 내쉬었다.

"여기 자주 오는 손님 아니야?"

하고 주인 사내가 그녀를 흘기며 물었다.

"아니에요, 처음 보는 손님이었어요."

"어떻게 생겼는지 아는 대로 대충 말해 봐요."

상파는 그녀에게서 눈을 떼지 않고 말했다.

"글쎄, 자세히 보지 않아서……"

"아는 대로 이야기해 보란 말이야!"

주인 사내가 옆에서 소리를 꽥 질렀다.

처녀는 더듬거리며 상파의 가방을 가지고 간 사람의 인상을 설명하기 시작했다.

"안경 낀 남자였는데…… 키가 작은 것 같았어요. 위에 잠바를 입고…… 얼굴은 어떻게 생겼는지 잘 기억이 안 나요. 턱이 좀 뾰족한 것 같은데 자세히는 모르겠어요. 손을 내밀면서 가방을 달라고 하기에 무심코 내줬어요."

그녀의 설명은 더 이상 진전되지 않았다. 인상을 기억하고 있지 못하기 때문이었다.

"나이는 몇 살쯤 되었지?"

"잘 모르겠어요."

"그 사람이 여기에 들어온 건 언제였지?"

"자세히는 모르겠지만…… 아저씨보다는 먼저 들어와서 가방을 맡겼어요."

"여기서 당구를 쳤나요?"

"네, 어떤 청년하고 쳤는데……"

처녀는 실내에 있는 사람들을 둘러보더니,

"그 청년도 나갔어요."

하고 말했다.

"그 사람하고 함께 나갔나?"

"아니에요, 그 사람이 나가고 나서 좀 있다가 나갔어요."

"그럼 같은 일행이 아니었단 말이지?"

"네, 같은 일행이 아니었어요."

"어떻게 그렇게 단정하지?"

"그 사람은 혼자 들어왔어요. 그리고 함께 당구 칠 사람을 소개해 달라고 하기에 청년을 소개해 준 거예요."

"그 청년은 여기 자주 오나요?"

"아니에요, 처음 보는 손님이었어요."

"그 청년 인상을 말해 봐요."

"그 사람은 중키에…… 미남이었어요. 머리는 장발이고 위에는 체크무늬 남방을 입고 있었어요. 얼굴은 긴 편이었고 눈이 컸어요."

"둘이서 짜고 계획적으로 내 돈을 훔쳐 간 거야."

상파는 이를 갈며 중얼거렸다.

"좀 기다려 보시죠. 혹시 가방을 가지고 올지 압니까?"

거액을 잃어버린 손님에게 안됐다 싶었는지 주인 사내가 은근한 어조로 말했다.

상파는 머리를 흔들었다.

"올 리가 없지요."

그때 문이 열리면서 두 사람이 들어섰다. 수사관 조 태와 허 걸이었다.

그들의 모습을 보자 상파는 절망적인 표정으로 머리를 또 흔들었다.

"어떻게 된 겁니까?"

조 태가 단도직입적으로 물었다.

상파는 고개를 밑으로 떨어뜨렸다. 형사들을 볼 면목이 없었던 것이다.

"놈이 가방을 가져갔습니다. 여기서 내 가방하고 바꿔치기해 갔습니다."

형사들은 무서운 눈으로 상파를 노려보았다.

"그러기에 우리가 뭐랬습니까? 우리와 협조해야 한다고 누누이 말하지 않았습니까. 결국 큰 돈만 날린 셈이군요. 이럴 줄 알고 뒤를 따라다녔는데 놈이 여기서 바꿔치기해 갈 줄이야 상상도 못했지."

조 태는 분노로 얼굴이 시뻘겋게 달아올랐다.

허 걸은 냉담한 표정이었다. 그는 잠시 상파를 딱하다는 듯이 바라보다가 실내에 있는 사람들을 향해 이렇게 말했다.

"경찰입니다. 여기서 거액의 도난 사건이 발생했습니다. 잠시 조사할 일이 있으니 한 분도 나가시지 말고 기다려 주시면 고맙겠습니다. 잠깐이면 됩니다."

사람들이 웅성거리기 시작했다.

허 걸은 창문을 열고 신호를 보냈다. 그러자 밖에 대기하고 있던 수사관들이 당구장 안으로 몰려들어왔다.

그들은 신속히 일을 처리했다. 먼저 범인과 관련이 있는 사람을 찾아내는 것이 중요했다. 그러나 그들은 거기에는 기대를 걸지 않았다. 범인과 관련이 있는 사람이 그때까지 그곳에 남아 있을 리 없기 때문이었다. 다음에 그들은 범인의 인상을 파악하는 데 주력했다. 그러나 범인의 인상을 기억하고 있는 사람은 여자 종업원 외에는 없었다. 그러나 여자 종업원의 기억이란 것도 신통치가 못했다.

수사관들은 마지막으로 한 사람씩 조사해 나갔다. 신분증을

조사하고 이름과 주소 및 직업을 확인한 다음 한 사람씩 밖으로
내보냈다.

얼마 후에 당구장에는 수사관들과, 그리고 주인 사내와 여자
종업원만이 남게 되었다.

"두 사람 연행해."

조 태는 성난 얼굴로 주인 사내와 여자 종업원을 바라보았다.
주인 사내는 장사를 못 하게 된 것을 항의했고 여자 종업원은 눈
물을 글썽였다. 그러나 그들은 수사본부로 연행되어 조사를 받지
않을 수 없었다.

선택이 잘못되었다

당구장 주인과 여자 종업원은 무슨 범인이나 되는 것처럼 엄중한 감시를 받으며 수사본부로 연행되었다. 그리고 집중적인 조사를 받았지만 범인과 한 패이거나 결탁한 것 같은 혐의점은 발견되지 않았다. 주인 사내의 목소리는 전문가에 의해 이미 녹음되어 있는 범인의 목소리와 비교 분석되었지만 두 사람의 목소리는 전혀 다르다는 것이 밝혀졌다.

"자, 다시 한 번 내 질문에 잘 대답해. 처음부터 다시 시작하는 거야."

허 걸은 지친 표정으로 책상 앞에 앉아 있는 여자 종업원을 바라보며 기계적으로 말했다.

묻는 사람이나 대답하는 사람이나 모두가 맥이 빠진 모습들이었다.

여자 종업원에게 벌써 똑같은 질문과 답변을 다섯 번이나 되풀이하고 있었다.

시계는 이미 7월 19일, 새벽 2시 16분을 가리키고 있었다.

무의미한 반복이라고 생각하면서 허 걸은 커튼을 젖히고 밖을 내다보았다.

밤하늘에는 별이 초롱초롱 빛나고 있었다. 어젯밤 뛰어다닐 때까지만 해도 비가 뿌리고 있었는데 어느새 구름 한 점 없이 맑게 개어 있었다. 오랜만에 장마가 걷히는 모양이었다. 정말 지루한 장마였다고 그는 생각했다. 오늘부터는 뜨거운 햇볕 속을 걸어 다녀야 한다. 어디 있는지도 모르는 정체불명의 범인을 찾기 위해.

그는 바지에 두 손을 찌른 채 처녀 주위를 맴돌았다. 담배를 피우고 싶었지만 그는 꾹 참았다. 담배를 끊은 지 석 달이 넘은 것 같았다. 이제 완전히 끊은 것 같다고 생각했는데 다시 담배가 피우고 싶어지는 것이었다. 그는 걸음을 멈추었다.

"돈 가방을 가져 간 사람을 X라고 부르지. 그리고 그것을 잃은 사람을 Y라고 부르지. 그렇게 부르는 게 간단해서 좋겠어. 먼저 X와 Y중 당구장에 누가 먼저 들어왔지?"

"X가 먼저 들어왔어요."

그녀는 지친 목소리로 조그맣게 대답했다. 처음에는 겁에 질려 눈물을 찔끔거리더니 시간이 흐르고 똑같은 질문이 반복되자 지금은 그저 지친 표정일 뿐이었다.

"그 사람이 들어온 게 몇 시쯤이었지?"

"7시 20분경이었어요."

시간이 비교적 정확한 것은 당구장에 들어오는 손님들의 들어오고 나가는 시간을 카운터에서는 일일이 체크해 놓고 있기 때문이었다.

"Y가 들어온 것은 몇 시였지?"

"8시경이었어요."

"그럼 X보다 40분쯤 늦게 들어왔군."

"네, 그래요."

방 안에는 두 사람만 있었다.

"X가 당구장에 들어와서 한 행동을 처음부터 끝까지 자세히 이야기해 봐요."

"먼저 안에 들어와서 가방부터 맡겼어요."

"신문지가 잔뜩 들어 있는 가방을 말이지?"

"네, 저는 그 안에 무엇이 들어 있는지 몰랐어요."

"물론 그랬을 테지. 그 사람이 한 말을 한 마디도 빼놓지 말고 말해 봐요. 뭐라고 말하면서 가방을 맡겼지? 귀중한 거니까 잘 보관해 달라고 말했나?"

그녀는 고개를 살래살래 흔들었다. 다행히도 그녀의 기억력은 보통 수준을 넘어 조금 비상한 데가 있었다.

"그런 말은 하지 않았어요. 특별한 말없이 가방을 그냥 좀 맡아 달라고 했어요. 그러면서 함께 당구 칠 사람을 소개해 달라고 했어요."

허 걸은 책상 앞으로 돌아가 앉았다. 그리고 책상 위에 두 손을 깍지 낀 채 올려놓았다.

"가방을 받아서 왼쪽에 내려놓았나? 오른쪽에 내려놓았나?

기억할 수 있겠어?”

여러 번 반복된 질문 중에서 이 부분만은 처음으로 물어 본 것
이었다. 그 전까지는 거기까지 생각이 미치지 않아 미처 물어 보
지 못했던 것이다.

그녀는 고개를 갸우뚱하면서 자신 없는 표정으로 그를 바라
보았다.

“그것까지는 기억할 수 없어요. 그런데 얼마 있다가 그 사람
이 돌아와서는 가방을 내달라고 했어요. 가방을 내주자 그것을
열고 무엇을 꺼내는 것 같았어요.”

“무엇을 꺼냈나?”

“무엇인지는 모르겠어요. 보지를 않았기 때문에.”

“방금 가방을 열고 무엇을 꺼냈다고 하지 않았어?”

“네, 하지만 확실히 내용물을 본 게 아니고 그냥 그렇게 느꼈
을 뿐이에요. 보지 않아도 옆에서 일어나는 일은 느낌으로 알 수
있잖아요.”

맞는 말이었다. 허 걸은 깍지 낀 두 손을 풀었다.

“그런 다음 어떻게 했지?”

“가방을 다시 부탁한다고 해서 책상 밑에 도로 내려놓았어요.
그런데……”

그녀는 예쁜 얼굴을 조금 찌푸리면서 오른손으로 이마를 짚
었다. 무엇인가 짚이는 것이 있는데 잘 생각이 나지 않는다는 표
정이었다.

허 걸은 입을 다물고 가만히 그녀를 지켜보았다.

이윽고 그녀의 표정이 밝아졌다.

"이제 생각이 나요. 두 번째 그 가방을 내려놓았을 때는 처음과는 달리 반대쪽에 내려놓았던 것 같아요. 그래요! 확실히 오른쪽에 내려놓았어요!"

갑작스럽게 터진 그녀의 생기 있는 목소리에 허 걸은 회심의 미소를 지었다.

"왜 그랬지? 처음에는 왼쪽에 가방을 내려놓았다가 두 번째에는 오른쪽에 내려놓은 이유가 뭐지? 무심코 그러지는 않았을 텐데? 사람이란 자기도 모르는 사이에 습관이 붙어 왼쪽 공간을 이용하는 습관이 붙으면 항상 왼쪽만 사용하게 되거든. 그렇지 않나?"

"네, 그래요."

"쇼핑백 같은 것은 어느 쪽에 내려놓지? 물론 당구장에 있는 미스 황 책상을 두고 하는 말이야."

"왼쪽에 내려놓아요."

"그래서 처음 가방을 맡았을 때 왼쪽에 내려놓은 거군. 그거야 자기도 모르게 그쪽으로 손이 가니까 할 수 없는 일이지. 그런데 두 번째에는 왜 반대쪽에 가방을 내려놓았을까?"

"생각이 나요."

그녀는 두 눈을 깜박거리면서 아랫입술을 빨았다. 그리고 말을 이었다.

"그 사람이 오른쪽으로 가방을 내리면서 미안하다고 하기에 저는 얼결에 받아서 그대로 내려놓았어요. 그 사람이 왼쪽으로 내렸다면 아마 왼쪽에 놓았을 거예요. 그런데 그게 그렇게 중요한가요?"

"중요할 수도 있지. 돈 가방이 바꿔치기 됐으니까. 1억 원이나 들어 있는 돈 가방이 말이야."

그 말에 그녀는 고개를 떨어뜨렸다.

허 걸은 두 손으로 턱을 받쳤다. 그리고 허공으로 시선을 던졌다. 범인은 왜 가방의 위치를 변경시켰을까. 아무 의미도 없는 짓이었을까. 아니면 의미가 있는 짓이었을까. 신문지만 잔뜩 들어 있는 가방에서 무엇을 꺼냈을까. 아마 아무것도 꺼내지 않았을 것이다. 그것은 그녀의 눈을 현혹시키기 위한 그의 가장이었을 것이다. 가방을 한 번은 왼쪽에 또 한 번은 오른쪽에 놓음으로써 가방의 위치에 대한 그녀의 기억력을 혼란시키려고 했을 것이 틀림없다. 홍상파가 당구장에 들어갔을 때 범인은 이미 먼저 와서 당구를 치고 있었다. 그는 홍상파의 움직임을 주시하고 있었을 것이다. 그는 홍상파가 가방을 카운터에 맡길 가능성이 크다고 보고 거기에 대기하고 있었을 것이다. 그가 예상했던 대로 홍상파는 가방을 카운터에 맡겼다. 홍상파로서는 1억 원이나 들어 있는 돈 가방을 사람들이 북적거리는 당구장 아무데나 놓아 둘 수는 없었을 것이다. 그런 모든 것을 예상하고 범인은 바꿔치기할 계획으로 아예 가방 색깔까지 지정해서 돈을 담아 가지고 나오라고 했던 것이다. 그런데 일단 홍상파를 밖으로 불러내려면 밖으로 나가 전화를 걸어야 했을 것이다. 그래서 놈은 당구를 치다 말고 밖으로 나가 홍상파에게 전화를 걸어 종로에 있는 S호텔에 투숙하라고 지시를 내린 다음 당구장으로 다시 돌아왔을 것이다. 그리고 홍상파가 지시대로 가방을 가지고 당구장을 떠나자 5분 후에 진짜 돈 가방을 들고 도망친 것이다. 그야말로 얼굴도 보이지 않고 교묘하게 1억 원의 거금을 챙겨 줄행랑을 친 것이다.

교활한 놈 같으니!

그런데 의문이 하나 있다. 당구장 주변에 수사관들이 깔려 있었을 텐데 범인이 과연 그 시간에 전화를 걸기 위해 밖으로 빠져나갈 수 있을까. 그것은 잠복하고 있는 수사관들에게 자신의 모습을 노출시키는 어리석은 짓이라고 할 수 있다. 홍상파에게 달리 연락을 취할 수 있는 방법은 없었을까. 공범이 있다면 얼마든지 가능하지만.

"X는 당구를 치다 말고 도중에 혹시 잠시 밖에 나갔다 오지 않았나?"

"아뇨, 그런 적은 없었어요."

그녀는 단정적으로 말했다. 그렇다면 공범이 있었다는 말인가. 허 걸은 점점 혼란스러워졌다. 공범이 있는 것 같지는 않다. 범인의 목소리는 언제나 동일 인물의 목소리였다. 하긴 공범이 있더라고 한 놈만 목소리를 사용하고 다른 놈은 끝까지 자기 목소리를 숨길 수도 있다. 허 걸은 손가락을 세웠다.

"혹시 당구장 안에 공중전화가 설치되어 있나?"

"네, 구석 쪽에 하나 있어요."

그러면 그렇지 하고 허 걸은 생각했다. 그는 그녀에게 당구장 내부를 그리게 한 다음 공중전화가 설치되어 있는 위치를 확인했다. 또 한 대의 전화는 카운터 책상 위에 놓여 있는데 두 전화 사이의 거리는 멀었다. 공범이 없다면 범인은 당구장 안에 있는 공중전화로 홍상파를 부른 게 틀림없다. 그런 줄도 모르고 홍상파는 범인이 밖에서 전화를 걸어 온 줄로 알고 놈의 지시대로 움직였던 것이다. 이런저런 것들을 따져 볼 때 범인은 여간 교활하고 대담한 놈이 아니다.

"당구장 안에는 언제나 음악을 틀어 놓나?"

"네, 유선 방송을 이용하고 있어요."

"그럼 어제 저녁에도 음악을 틀어 놓았겠군?"

"네, 그랬어요."

허 걸은 다시 일어나 실내를 맴돌았다.

"미스 황이 걸려 온 전화를 받아 Y에게 전해 주었지?"

"네, Y가 자기 이름을 가르쳐 주면서 자기를 찾는 전화가 오면 바꿔 달라고 했어요. 그래서 메모지에다 Y의 이름을 적어 놓았더랬어요."

"Y를 찾는 전화가 걸려 왔을 때 그 전화가 아주 가깝게 들리지 않았나? 마치 옆에서 거는 것처럼 말이야."

그녀는 대답하지 못하고 머뭇거렸다. 거기까지 기억해 내라는 것은 무리일 것이라고 허 걸은 생각했다.

"X는 당구장 안에 있는 공중전화를 사용해서 Y를 찾았을 가능성이 커."

그녀의 눈이 휘둥그레졌다.

허 걸은 그 방을 나와 다른 방으로 건너갔다.

그 방에서는 조 태가 홍상파를 상대하고 있었다. 방 안에 들어서자 담배 연기로 숨이 막힐 것 같았다. 홍상파는 피곤에 지친 눈으로 허 걸을 바라보았다.

"홍 선생, 한 가지만 물어 봅시다. 당구장에서 범인의 전화를 받았을 때 혹시 다른 목소리가 아니던가요? 공범이 있나 해서 물어 보는 겁니다."

"언제나 듣던 그놈 목소리였습니다."

아무 감정도 없는 목소리로 홍상파가 대답했다. 그는 충격에서 헤어나지 못하고 있는 것 같았다.

"혹시 전화 목소리가 가깝게 들리지 않았나요? 옆에서 거는 것처럼 아주 가깝게 말입니다."

"네, 아주 가깝게 들렸습니다."

"배경에 음악소리는 없었나요?"

"있었습니다."

"그 음악소리는 당구장에서 나는 소리였을 겁니다."

순간 홍상파의 얼굴에 긴장감이 감돌았다. 조 태의 조그만 눈이 날카로운 빛을 띠었다.

"그게 무슨 말씀이죠?"

"범인은 당구장 안에 있는 공중전화를 이용해서 홍 선생을 불렀던 것입니다. 범인이 공범 없이 혼자라면 그 가능성이 제일 큽니다. 홍 선생은 그런 줄도 모르고 범인이 밖에서 전화를 건 줄 알았겠죠?"

"네, 그렇습니다."

"범인은 당구장 안에서 홍 선생의 움직임을 낱낱이 관찰하고 있었습니다. 밖에 수사관들이 잠복하고 있는데 전화를 걸러 일부러 밖에 나갔겠습니까? 그러지는 않았을 겁니다. 놈은 당구장 안에 있는 공중전화로 홍 선생을 불러냈던 겁니다. 그런 점에서 놈은 교활하기도 하고 대담하기도 합니다."

홍상파의 얼굴이 흙빛으로 변했다.

"거기서 혹시 안면이 있는 사람을 보지는 않았나요?"

조 태가 두 눈을 날카롭게 치뜨며 물었다.

"보지 못했습니다."

홍상파는 힘없이 고개를 저었다.

허 걸은 다시 황미숙이 있는 방으로 돌아왔다.

그녀는 거울을 들여다보고 있다가 화들짝 놀라 그것을 감췄다. 여자의 본능은 어쩔 수 없는 모양이다.

허 걸은 수첩에 메모를 해가며 황미숙에게 다시 질문을 던지기 시작했다.

"X가 당구장을 나간 것이 몇 시쯤이었지?"

"8시 40분이 지나서였어요."

"나갈 때까지의 과정을 이야기해 봐요."

그녀는 지치지 않고 질문을 해대는 젊은 형사를 신기한 듯 쳐다보았다.

"먼저 Y가 가방을 가지고 나갔기 때문에 책상 밑에는 가방이 하나밖에 남아 있지 않았어요. 그래서 그건 당연히 X의 것인 줄 알고 내주었어요."

"그랬을 테지. X는 아무 말 않고 그걸 들고 밖으로 나갔나?"

"아가씨, 가방을 좀 내주실까 하고 말했어요. 그때 저는 전화를 받고 있었기 때문에 그 사람을 쳐다보지도 않고 가방을 내주었어요. 물론 곁눈질로는 보고 있었지요. 그는 가방을 받고 나서 '자, 수고해요' 하면서 돌아서서 나갔어요."

허 걸은 볼펜 끝으로 책상을 똑똑 두드렸다.

"자, 그럼 X의 인상착의를 말해 주실까? 아가씨가 유일한 목격자니까 나는 기대를 많이 걸고 있어요."

"아까 말씀드렸잖아요. 세 번이나……"

그녀가 항의하듯 말했다.

"하지만 다시 한 번 인상착의를 말해 줘요. 여러 번 말하다가 보면 새로운 사실이 드러나는 법이니까. 마지막으로 다시 한 번 말해 봐요."

그녀는 밑으로 시선을 떨어뜨렸다. 그리고 기계적으로 말하기 시작했다.

"키가 작은 사람이었어요. 나이는 젊은 편인데 정확히는 모르겠어요. 서른 살에서 마흔 살 사이쯤 되었을 거예요. 검은 테 안경을 끼고 있었고…… 잠바 차림이었어요. 잠바는 베이지색 잠바였어요. 바지는 검정색 같았어요. 그리고 턱이 뾰족했어요. 광대뼈가 튀어나오고 마른 인상이었고 얼굴빛이 검었어요."

그녀는 모두 다 말한 듯 입을 다물었다.

"머리 스타일은?"

"기름으로 발라붙인 모양이었어요. 제가 제일 싫어하는 스타일이었어요."

그녀가 그런 말을 한 것은 처음이었다.

"싫어하는 스타일이었기 때문에 X를 눈여겨보지 않았군. 미남이었다면 자세히 보아 두었을 텐데 말이야."

"그런 이유도 있었어요."

"돈이 많아 보이는 인상이었나? 아니면 가난해 보이는 인상이었나?"

"가난해 보이는 인상이었어요."

"눈은 어떻게 생겼지?"

"음침한 빛이었어요. 눈이 움푹 들어가 있었어요."

"무슨 특징 같은 것은 없었나? 지금까지 그 남자 특징을 말하지 않았는데 다시 한 번 잘 생각해 봐요. 틀림없이 어떤 특징이 있을 테니까."

침묵이 흘렀다.

그녀는 무엇이라도 생각해 내려고 무진 애를 쓰고 있었다. 허걸은 팔짱을 낀 채 기다렸다.

한참 후 그녀가 입을 열었다.

"가방을 받을 때 보니까 누런 금반지를 끼고 있었어요. 그리고 이빨에도 금을 해 박은 것 같았어요."

허 걸은 급히 메모했다.

"어느 이에다 금을 입혔지?"

"그건 잘 모르겠어요. 말할 때 얼핏 보니까 입 속에서 금니가 반짝거리는 것 같았어요."

허 걸은 생각에 잠겼다.

중요한 점이 하나 드러나고 있었다. 그것은 즉 두 개의 가방 중 범인이 먼저 가방을 선택하지 않았다는 점이었다. 바꾸어 말하면 가방을 먼저 선택해서 들고 간 사람은 홍상파라는 사실이었다. 범인은 단지 뒤에 남은 가방을 들고 갔을 뿐이다. 그는 두 사람의 움직임을 스크린을 보듯 눈앞에 그려 보았다.

범인이 먼저 가방을 들고 당구장 안으로 들어온다. 종업원 아가씨가 가방을 받아 왼쪽에 내려놓는다. 조금 후에 범인이 카운터에 다가와 가방을 달라고 한다. 황미숙은 귀찮은 기색으로 가방을 들어 책상 위에 올려놓는다. 범인은 가방을 열어 무엇을 꺼내는 척하다가 도로 가방을 내려놓는데 이번에는 반대쪽인 오른쪽에 내려놓으려고 한다. 미숙이 그것을 받아 그대로 오른쪽에 내려놓는다.

얼마 후 홍상파가 가방을 들고 들어선다. 그도 가방을 미숙에게 맡긴다. 그녀는 가방을 받아 왼쪽에 내려놓는다. 그쪽이 비어 있기 때문이다. 8시 40분경에 범인은 실내에 있는 공중전화를 통해 홍상파를 찾는다. 미숙이 전화를 받아 홍상파에게 수화기를 건네준다. 범인과 통화하고 난 홍상파는 카운터로 가서 가방을 찾아 들고 밖으로 나간다. 그것이 범인이 갖다 놓은 가방인 줄도 모르고…… 그리고 조금 후에 범인은 1억이 들어 있는 가방을 들고 유유히 사라진다.

홍상파는 왜 가방을 잘못 가져 갔을까. 범인은 홍상파가 가방을 잘못 가져 갈 거라고 예상하고 있었단 말인가. 그런 예상은 적중률이 거의 희박한 것이다. 범인이 가능성이 희박한 도박을 할 리 있는가. 홍상파는 왜 먼저 나가면서 스스로 가방을 잘못 들고 갔을까. 이건 1백 퍼센트 그의 잘못이다. 그로 하여금 잘못에 빠지게 한 함정을 범인이 만들어 놓았던 게 아닐까. 그 함정이란 어떤 것일까.

그는 다시 방 안으로 들어갔다. 그리고 날카로운 눈으로 황미숙을 쏘아보았다.

"미스 황, 나한테 뭐 숨긴 거 있지?"

형사가 갑자기 날카롭게 추궁하는 바람에 그녀는 당황한 표정이 되었다.

"숨기지 말고 털어놔 봐요. 돈 1억이 문제가 아니야, 아이가 유괴됐단 말이야!"

그 말에 그녀는 더욱 놀라는 얼굴이 되었다. 아직까지 그녀는 유괴 사건에 대해서는 전혀 모르고 있었던 것이다.

이윽고 그녀의 얼굴에 물기가 번지는가 싶더니 눈물이 마구 흘러내리기 시작했다.

"자, 울지 말고 솔직하게 이야기해 봐요. 다 용서할 테니까 이야기해 봐요."

한참 만에 그녀는 눈물을 삼키면서 입을 열었다.

"X와 Y가 함께 당구장에 있을 때였어요. 물론 그 사람들은 서로 다른 당구대에서 다른 사람들하고 당구를 치고 있었는데…… 당구를 치다 말고 X가 카운터로 와서 하는 말이, 자기 가방을 잘 봐달라는 거였어요. 그러면서 그는 자기 가방을 가리켜 보였어요. 그건 왼쪽에 있는 Y의 가방이었는데 그런 줄도 모르고 X의 말대로 그의 가방인 줄로만 알았어요. 서로 가방이 비슷하고 그전에 X가 가방을 들었다 놨다 했기 때문에 저는 잠시 생각이 엇갈렸어요. 귀찮기도 하고 해서 알았다고 하고 돌려보냈어요. 그러고 나서 Y가 나갈 때 오른쪽에 있는 X의 가방을 내주었어요. 그분이 조금만 주의해서 봤더라면 자기 가방이 아니란 것을 알았을 텐데…… 그분은 제가 내준 대로 그 가방을 가지고 나가 버린 거예요. 제가 가방을 내주면서 이거냐고 하니까 그분은 건성으로 고개를 끄덕이면서 그것을 들고 갔어요. 죄송해요, 모든 게 제 잘못이었어요."

그녀는 비로소 속이 뚫리는지 두 손으로 얼굴을 가리며 흐느
껴 울었다.

허 걸은 어이없는 표정으로 그녀를 바라보다가,

"왜 그걸 이제야 털어놓지?"

하고 물었다.

"저는 책임이 두려웠어요. 그런 돈은 평생을 가도 변상할 수
없어요."

"아가씨는 하나도 잘못이 없어요. 아가씨는 한 푼도 변상하지
않아도 돼요."

허 걸은 그녀의 어깨를 두드려 주고 일어섰다.

중대한 과실

"홍 선생한테 중대한 과실이 있었더군요."

허 걸은 벽에 기대 앉아 팔짱을 끼고 홍상파를 바라보았다.

상파는 시선을 밑으로 떨어뜨리며 힘없이,

"네, 인정합니다."

하고 중얼거렸다.

그러한 모습이 몹시 절망적으로 보였다. 며칠 전까지만 해도
미끈하게 잘생긴 모습이었는데 지금은 절망에 빠진 초라한 모습
이었다. 수염이 덥수룩하게 자란데다 얼굴은 핏기 하나 없이 헬
쑥했고 두 눈은 불면으로 붉게 충혈 되어 있었다.

조 태는 홍상파가 영 못마땅하다는 듯 입맛을 쩍 다시며 그를
외면했다. 상파가 경찰에 협조하지 않아 결국 일을 그르치고 말
았다는 사실에 그는 몹시 화가 나 있었다.

"범인은 돈을 챙겼으니까 다시는 전화를 걸어오지 않을 거요. 목적을 달성한 마당에 괜히 전화질을 해서 꼬리를 밟힐 필요는 없을 테니까. 그렇다고 아이를 찾은 것도 아니고…… 이게 뭐냐 말이야. 놈은 아이도 돌려주지 않을 모양이야. 유괴범 치고 묘한 놈이야. 대부분의 유괴범들은 돈을 챙기면 인질을 돌려보내기 마련인데 이놈은 좀 이상해. 장인 장모라느니 하면서 능청을 떠는 걸 보니까 아이를 데리고 살 모양이야. 어린애를 좋아하는 변태 성욕자인지도 모르지."

조 태는 홧김에 이렇게 지껄이고 나서 홍상파를 힐끗 쳐다보았다.

상파의 얼굴에 경련이 스쳐가는 것 같았다. 돈 1억 원이 문제가 아니었다. 애지중지하는 딸이 변태 성욕자의 제물이 될지도 모른다는 말에 그는 충격을 받은 것 같았다.

"제 실수를 인정합니다. 그 점에 대해서는 뭐라고 변명할 말이 없습니다. 하지만 이미 엎질러진 물 아닙니까. 그렇다고 여기서 포기할 수는 없는 일이니까 다시 좀 힘을 써주십시오. 앞으로는 결코 독자적인 일은 없을 겁니다. 경찰에서 하는 일이라면 무엇이든지 협조하겠습니다. 부탁합니다."

홍상파가 기어들어가는 목소리와 함께 머리를 조아리자 조 태가 마침내 화를 벌컥 냈다. 그는 홍상파를 홍 선생이라고 부르는 대신 당신이라고 불렀다.

"당신이 부탁하든 안 하든 우리는 어차피 수사를 해야 해요! 왜 그런 줄 알아요? 우리는 경찰이니까! 하지만 이건 너무한다 이겁니다! 우리가 협조해 달라고 할 때는 외면하고 이제 와서 일을 더 복잡하게 만들어 놓고 나서 우는 소리를 하니 이거 놀리는 겁니까 뭡니까? 당신 같은 사람 때문에 우리 경찰이 골탕을 먹는단 말입니다!"

그는 주먹으로 방바닥을 쳤다. 흥분한 나머지 얼굴이 벌겋게 달아올라 있었다.

"죄송합니다."

상파는 고개를 숙인 채 신음처럼 말했다. 뚱보 형사는 조그만 눈으로 상파를 째려보면서 거침없이 쏘아붙였다.

"죄송하다고 해서 해결되는 일이 아니에요! 당신은 엄청난 실수를 저질렀단 말이오! 결정적인 실수를 말이오! 상부에 이 사실을 보고하면 우리는 또 얼마나 당할지 몰라요! 그런 건 아무래도 좋아요! 앞으로 범인한테서 전화가 걸려 오지 않으면 수사는 끝난 거나 다름없어요! 무얼 가지고 우리 더러 수사를 하라는 겁니까? 앞으로 형식적인 수사를 한다고 해서 우리를 나무라지 마시오. 이 모든 게 당신 탓이니까! 결과를 놓고 볼 때 당신은 범인을 도와 준 꼴이 되고 말았어요! 일억 원을 가져 간 그놈은 이제 그 돈으로 보다 안전한 곳에 숨게 되겠지. 그리고 청미는 이미 죽었을지도 몰라요."

상파의 안면 근육이 파르르 떨리는 것을 똑똑히 볼 수 있었다. 청미가 이미 죽었을지도 모른다는 말은 분명히 너무 심한 말이었다. 그러나 홧김에 내뱉은 말이긴 하지만, 그것은 지금 단계로써는 가장 가능성이 크다고 볼 수 있었다.

"어, 어째서 우리 청미가 죽었을지도 모른단 말입니까?"

상파는 열에 뜬 눈으로 조 태를 쏘아보면서 물었다. 주눅이 들어 있던 얼굴이 갑자기 공격적으로 변해 있었다.

조 태는 너무 심한 말을 한 것 같아 아차 했지만, 내친김에 속에 있는 말을 몽땅 꺼내 놓았다.

"이건 어디까지나 가능성이 있다는 것이니까 마음의 준비를 해놓고 있는 게 좋을 겁니다. 첫째, 범인이 어린 소녀를 좋아하는 변태 성욕자일 경우를 한번 생각해 봅시다. 놈은 야욕을 채우기 위해 당분간 청미를 데리고 있을 겁니다. 하지만 그건 당분간이지 오래 데리고 있을 수는 없을 겁니다. 위험하니까 말입니다. 청미가 유괴된 지 벌써 오늘이 닷새째입니다. 그 동안 놈은 야욕을 채울 대로 채웠을 것이고…… 그렇다면 이제 돈도 받았고 하니까 그 애를 돌려보냈어야 합니다. 그런데 아직까지 애를 돌려주지 않고 있고, 자기가 데리고 살겠다고 까지 말했습니다. 왜 그럴까요? 나는 청미가 이미 이 세상에 없기 때문에 놈이 장난을 치고 있는 거라고 생각합니다. 둘째, 놈이 변태 성욕자가 아닌 경우를 생각해 봅시다. 이 경우에는 더욱 납득할 수가 없습니다. 돈도 받았으니까 청미를 돌려보내는 게 당연한 일입니다. 그렇게 하는 게 모든 유괴범들의 공통된 플레이이니까요. 그들이 페어플레이 정신에 투철해서가 아니라 인질을 데리고 있는 다는 것이 위험을 자초하는 일이기 때문입니다. 쓸모 없어진 인질을 뭣 하러 더 이상 데리고 있겠습니까. 돈을 받았는데도 불구하고 인질을 돌려보내지 않는 것은 인질이 죽었기 때문입니다. 이치상 그렇다는 것입니다. 물론 예외가 있기는 있죠."

조 태의 말이 끝나기가 무섭게 상파의 두 눈에서 눈물이 후드득 떨어졌다. 그의 우는 모습은 특이했다. 흐느끼는 소리도 없이 눈물만 뚝뚝 흘리는 것이 소리 내어 우는 것보다도 더욱 비통해 보였다.

그의 우는 모습을 대하자 조 형사의 분노는 눈 녹듯이 스르르 풀렸다. 그는 더 이상 화를 낼 수가 없었다.

"만일…… 우리 청미가 죽었다면…… 나도 죽어야지요…… 자식을 지키지 못하고 죽였는데…… 무슨 낯짝으로 살겠습니까……"

조 태는 담배를 꺼내 상파에게 권했다. 그리고 아까와는 사뭇 다른 부드러운 어조로 말했다.

"내가 너무 심한 말을 한 것 같은데 어느 경우에나 예외라는 게 있으니까 너무 상심하지 마십시오. 여기서 주저앉으면 청미를 영영 못 찾을지 모릅니다."

"청미는 죽었습니다."

상파가 넋 나간 사람처럼 말했다.

그때까지 팔짱을 낀 채 묵묵히 앉아 있던 허 걸이,

"그건 어디까지나 가능성을 우리가 이야기한 것이지 사실이 아닙니다."

라고 말했다.

"중요한 것은 사실이지 가능성이 아닙니다. 홍 선생께서 우리에게 협조하고 싶다면 아무쪼록 용기를 잃지 마십시오. 이런 사건의 경우 피해자 측에선 절망에 빠진 나머지 가정이 파탄되는 수가 많습니다. 어떤 가능성에도 마음의 대비를 해서 용기를 잃지 마십시오. 꼭 부탁드리고 싶습니다."

"고, 고맙습니다."

상파는 담배를 입으로 가져갔는데 손끝이 너무 떨리고 있어서 보기에 민망할 정도였다.

"1억 원을 잃은 것은 큰 실수지만 이미 지나간 일입니다."

"저도 거기에 대해서는 미련이 없습니다. 우리 청미는 살아 있을까요?"

지푸라기에라도 매달리고 싶어 하는 표정으로 상파가 물었다. 어리석은 질문이었지만 부모의 입장에서는 자꾸만 그런 질문을 던질 수밖에 없는 것이다.

"확신을 가지고 믿으십시오. 청미는 살아 있습니다."

허 걸은 단호하게 말했다. 그가 보기에 홍상파는 놀라울 정도로 나약한 모습을 보여 주고 있었다. 사회생활에서 언제나 당당한 모습을 보여 주던 사람들이 갑작스런 시련에 부닥쳐 당황하게 되면 그것을 이겨내지 못하고 더없이 초라하고 나약한 모습을 보여 주는 경우가 허다하다. 홍상파는 마치 그런 인간의 전형처럼 보였다.

"지금까지 여러 번 답변하셨겠지만 제 질문에도 답변해 주십시오. 사실대로 답변해 주셔야 합니다."

허 걸은 팔짱을 풀고 상파를 바라보았다.

"제가 사실대로 답변하지 않은 게 있습니까?"

상파가 눈을 치뜨며 물었다.

"아니, 그런 건 아니지만 혹시 그럴지도 모르기 때문에 말씀드리는 겁니다."

"사실대로 말씀드리겠습니다. 뭐든지 물어 보십시오."

상파는 긴장한 표정을 지었다.

　허 걸은 조 태처럼 감정의 기복을 전혀 내보이는 일이 없이 단정하고 야무진 태도로 홍상태에게 하나하나 물어 나갔다. 한 손에 수첩을 들고 다른 한 손에는 볼펜을 들고 무엇 하나 놓치지 않고 적어 두려는 그의 모습은 마치 형사라기보다는 취재 기자 같았다.

　"홍 선생은 어제 저녁 여섯 시 십 분 전에 종로 보신각 뒤에 있는 목마 다방에 들어갔습니다. 거기서부터 이야기를 해봅시다. 거기서 어떤 일이 일어났는지 이야기해 주십시오."

　"네, 말씀드리겠습니다. 약속 시간이 여섯 시였던 것은 다 알고 계시겠지요. 오 분쯤 지나니까 범인으로부터 전화가 걸려 왔습니다. 카운터 아가씨가 제 이름을 부르기에 카운터로 가서 전화를 받았습니다. 범인의 전화였습니다."

　"협박 전화를 걸어오던 그 자의 목소리였나요?"

　"네, 바로 그 자였습니다."

　"뭐라고 하던가요?"

　"먼저 돈부터 물었습니다. 돈을 가져 왔느냐고 하기에 가져 왔다고 했습니다. 그리고 왜 안 오느냐고 했더니 능청떨지 말라고 하더군요. 자기 눈에는 주위에 경찰이 깔려 있는 게 보인다고 했습니다. 그래서 다방에 들어갈 수 없으니 다방에서 나와 지하철을 타고 시청 앞으로 오라는 거였습니다. D빌딩 지하에 있는 중국집에서 자장면을 시켜 든든히 먹으라고 했습니다. 그리고 미행을 따돌리라고 말했습니다. 미행이 있는 한 놈은 절대 안 나타나겠다고 했습니다."

　"그래서 미행을 따돌렸나요?"

"제가 볼 수 있는 미행자는 한 명이었습니다. 그 미행자를 따돌리고 지하철을 탔습니다. D빌딩 지하에 있는 중국 음식점에 도착한 것은 일곱 시 조금 전이었습니다. 거기서 범인이 시킨 대로 자장면을 먹었습니다. 자장면을 다 먹고 나자 범인한테서 다시 전화가 걸려 왔습니다. 놈은 그 집 자장면 맛있지 않느냐고 능청을 떨었습니다. 제발 만나 달라고 하자 아직 미행자가 있어서 안 된다고 했습니다. 제가 서툴러서 미행자를 완전히 따돌리지 못했다는 거였습니다."

"계속 그 목소리였나요?"

"네, 그놈 목소리였습니다."

"전화가 걸려 온 게 몇 시쯤이었나요?"

"그 중국집에 들어간 지 이십 분쯤 지나서였습니다."

"다음을 이야기해 보십시오."

"중국집을 나와 다시 지하철을 타고 청량리로 가라는 거였습니다. 청량리 C극장 옆에 당구장이 하나 있으니까 거기 들어가서 당구를 치고 있으라고 했습니다. 그래서 저는 시키는 대로 했습니다."

"청량리까지 가는 동안 아무 일 없었나요?"

"아무 일 없었습니다."

"당구장에는 몇 시에 들어갔나요?"

"여덟 시경이었습니다."

"어떻게 그렇게 시간을 정확히 기억하고 있죠?"

"그때그때마다 시간을 보아 두었기 때문입니다."

기억력이 비상한 사람이라고 허 형사는 생각했다.

"거기서부터 좀 자세히 이야기해 주십시오."

허 걸은 자세를 고쳐 앉았다. 조 태도 눈은 지그시 감고 있었지만 귀를 기울이고 있는 눈치였다.

"당구장에 도착해서부터 말입니까?"

"네, 거기시 말입니다."

상파는 잔기침을 한번 한 다음 입을 열었다. 조금 들뜬 목소리였다.

"계단을 밟고 이층으로 올라갔습니다. 당구장 안에는 손님이 많았는데 거의가 젊은 사람들이었습니다. 대가 다섯 개 있었는데 그 중 한 개만 비어 있고 모두 손님으로 차 있었습니다. 실내를 찬찬히 둘러보았는데 저한테 신경을 쓰는 사람은 아무도 없는 것 같았습니다. 벤치에 앉아 땀을 닦고 있으려니까 종업원 아가씨 미스 황이 다가와 누구와 약속이 있느냐고 물었습니다. 없다고 하니까 그럼 다른 손님과 한 게임 치겠느냐고 했습니다. 그 경황에 당구 칠 마음이 있을 리 없었지만 남의 영업장소에 들어와 할 일 없이 앉아 있을 수도 없어 잠시 치기로 했습니다. 당구를 쳐본 지 수 년이 지났지만 과거 제 당구 실력은 꽤 알아주는 편이었습니다. 미스 황이 저한테 붙여 준 상대는 장발의 청년이었습니다. 참, 그 청년은 어떻게 됐습니까?"

"혐의가 없어서 일단 돌려보냈습니다."

"그 청년은 괜히 저하고 당구를 치는 바람에 큰 곤욕을 치렀군요."

"할 수 없는 일이죠. 자, 다음을 이야기하십시오."

"그 청년이 한 게임에 오천 원씩 걸고 하자고 하기에 그렇게 하기로 하고 당구를 쳤습니다. 하지만 저의 신경은 딴 데에 가 있었습니다."

"당연한 일이죠. 그때 가방을 어떻게 했습니까?"

"처음에는 벤치 위에다 놔두었습니다. 그러나 거기에 자꾸만 신경이 쓰여 당구를 칠 수가 없었습니다. 출입구 쪽에도 신경이 쓰이고 전화 쪽에도 신경이 쓰였습니다. 전화벨이 울리기만 하면 깜짝깜짝 놀랐으니까요. 하는 수 없이 가방을 들고 카운터로 갔습니다. 미스 황에게 가방을 맡기면서 잘 좀 봐달라고 말했습니다. 그리고 홍상파를 찾는 전화가 걸려 오면 바꿔 달라고 부탁했습니다."

허 형사는 볼펜을 들고 있는 손을 쳐들었다.

"그런 다음 다시 당구를 쳤습니까?"

"네, 그랬습니다."

"그런데 그 가방을 어느 쪽에 내려놨습니까? 미스 황이 앉아 있는 위치에서 어느 쪽에 내려놨나요?"

"그게 무슨 말씀이죠?"

그가 되묻는 것으로 보아 그 점에 대해서는 조 형사로부터 조사를 받지 않은 것 같았다.

"가방을 책상 위에 그대로 놓아두지는 않았을 거 아닙니까. 카운터 밑으로 내려놓았을 텐데 카운터의 어느 쪽에 내려놓았느냐 이겁니다."

"글쎄요……"

상파는 미처 대답하지 못하고 당황해 하는 표정이었다.

"기억이 나지 않습니까?"

"네, 잘 생각이 안 납니다. 그것보다도 미스 황이 내 가방을 받아서 어느 쪽에 내려놓는지 눈여겨보지를 않았습니다. 그냥 책상 위에 올려놓으면서 잘 부탁한다고 말하고는 돌아섰습니다. 그래서 미스 황이 어느 쪽에 내려놓았는지 저는 알 수가 없습니다."

"자기 가방에 대해서 그렇게 무심했습니까? 일억 원이나 들어 있는 돈 가방인데 말입니다."

"그 아가씨를 믿었기 때문입니다. 그래서 의자에 있던 것을 카운터에 맡긴 겁니다."

침묵이 흘렀다. 무거운 침묵이었다. 허 걸은 방바닥에 놓여 있는 조 형사의 담뱃갑에서 담배 한 개비를 뽑아 들었다. 그는 망설이다가 마침내 거기에 성냥불을 댕겼다. 그리고 그것을 입으로 가져 가 깊이 빨았다. 몇 달 만에 피워 보는 담배였다. 가슴 속에 쌓여 있는 답답함을 풀어 버리려고 오랜만에 피워 보는 것이었지만 뜻대로 되지가 않았다.

그는 앞에 앉아 있는 홍상파를 말없이 지켜보다가 다시 입을 열었다.

"네, 조금 이해가 갑니다. 그리고 그 다음에는 무슨 일이 일어났습니까?"

"그 젊은 친구와 당구를 치고 있는데 범인으로부터 전화가 걸려 왔습니다. 지금 뭘 하고 있느냐고 하기에 당구를 치고 있다고 했습니다. 그랬더니 즉시 그곳을 나와 지하철을 타라고 했습니다. 지하철을 타고 종로에서 내려, S호텔에 박철민이라는 이름으로 투숙하라고 말했습니다. 거기에 가 있으면 그 쪽으로 찾아오겠다고 말한 다음 전화를 끊었습니다."

"전화를 받고 바로 나갔나요?"

"네, 지체하지 않고 바로 나갔습니다."

"그때가 몇 시였나요?"

"여덟 시 사십 분경이었습니다."

"게임은 도중에 중단했겠군요?"

"네, 그 청년한테 오천 원을 내준 다음 카운터로 가서 요금을 지불했습니다. 그 다음 가방을 내달라고 했습니다. 미스 황이 검정 007가방을 책상 위에 올려놓으며 '이거죠?' 하고 묻기에 그런 줄 알고 들고 나왔습니다."

"가방을 점검해 보지 않았습니까?"

허 걸은 어이없는 표정으로 물었다.

"네, 미처 그럴 마음의 여유가 없었습니다."

"가방이 그렇게도 비슷해 보였나요?"

"네, 자세히 보지 않으면 모를 정도였습니다."

그들은 약속이나 한 듯 방구석에 놓여 있는 범인의 가방을 바라보았다.

"가방의 색깔도 같고 크기도 같습니다. 무게까지도 비슷했습니다. 다른 점이 있다면 두 부분이 접합되는 철제 경첩 부분이 좀 다릅니다."

"어떻게 차이가 납니까?"

"제 것은 이 철제 부분이 좀 얇은 편인데 범인 것은 두껍습니다. 그리고 내부 색깔이 다릅니다. 제 것은 붉은 색인데 저것은 녹색입니다."

"홍 선생 가방은 어디서 구입한 것인가요?"

“N백화점에서 구입했습니다.”

“홍 선생께서 조금만 주의를 해서 가방을 보았다면 그런 실수를 하지 않았을 겁니다.”

“네, 알고 있습니다. 모든 게 제 불찰이었습니다.”

상파는 고개를 깊이 숙였다.

“다음을 이야기해 보십시오.”

“호텔에 도착한 게 아홉 시 십 분. 그리고 오 분 후에는 박철민이라는 이름으로 805호실에 투숙했습니다.”

“방 안에서는 무엇을 했나요?”

“방안을 서성거리다가 기다리는 데 지쳐 텔레비전을 보기도 했습니다.”

“어느 방송국의 무슨 프로를 보셨나요?”

“어느 방송국인지는 모르겠고, 코미디극을 잠깐 보다가 껐습니다. 범인이 전화를 걸어 온 것은 한 시간 남짓 지나서였습니다. 시계를 보니까 그때가 열 시 삼십 분경이었습니다. 놈은 대뜸 나보고 뭘 하고 있느냐고 물었습니다. 돈을 전해 줄려고 기다리고 있다고 하니까 놈은 웃으면서 돈은 이미 자기 손에 들어와 있다고 했습니다. 믿지 못하겠으면 가방을 한번 열어 보라고 하기에 전화를 끊지 않은 채 가방을 열어 보았습니다. 안에는 돈 대신 신문지가 가득 들어 있었습니다.”

상파의 목소리가 분노로 떨리기 시작했다. 그는 흥분을 가라앉힌 다음 다시 말을 이었다.

“돈을 가져갔으니까 약속대로 청미를 돌려보내라고 했습니다. 그러니까 그놈이 하는 말이 청미가 집에 돌아가고 싶어 하지 않는다는 거였습니다. 청미가 자기하고 살고 싶어 한다고 하면서 그 애를 잊으라고 했습니다. 제가 홧김에 욕을 퍼붓자 놈은 웃으면서 전화를 끊었습니다."

무거운 침묵이 다시 찾아왔다. 그 침묵을 깨고 상파가 중얼거렸다.

"그놈을 잡으면 꼭 제 손으로 죽이겠습니다. 가장 잔인한 방법으로……"

허 걸은 상파를 쳐다보면서 고개를 끄덕였다. 그리고,

"그렇게 할 수 있으면 해보십시오."

하고 말했다.

상파는 눈물을 글썽이며 입술을 깨물었다.

"범인의 인상착의는 황미숙 양에 의해 대강 밝혀졌습니다. 황 양이 말한 범인의 모습을 홍 선생은 당구장에서 보지 못했나요? 놈은 홍 선생이 당구를 치고 있을 때 역시 당구를 치고 있었습니다. 놈은 당구를 치면서 홍 선생의 움직임을 낱낱이 살피고 있었습니다. 그놈을 보지 못했습니까?"

"글쎄, 그때 당구장 안에는 사람들이 많이 있었기 때문에 누가 누군지 자세히 기억이 나지 않습니다."

"그때 당구장 안에는 스무 명 정도 있었습니다. 그리고 거의가 젊은 사람들이었습니다. 제 생각에는 범인이 나이든 축에 끼었으리라고 생각됩니다. 그리고 홍 선생께서는 그곳에 혹시 범인이 먼저 와 있지 않을까 해서 눈여겨보았으리라고 생각되는데요. 어떻습니까?"

"눈여겨본 것은 사실이지만 범인이 자기 얼굴에 범인 표시를 하고 다니지 않는 이상 놈을 알아본다는 것은 불가능하지요. 그리고 저는 그곳에 범인이 있으리라고는 생각지도 않았습니다. 놈이 사람들이 보는 데서 공공연히 저와 접촉할 것이라고는 생각지 않았습니다. 그곳은 경찰에 포위될 경우 도망치기도 어려운 곳입니다. 그런 곳에서 범인이 기다리고 있을 것이라고는 생각지도 못했습니다.”

　“일리가 있는 말씀입니다.”

　조 태가 길게 하품을 하면서 말했다.

코브라 파를 잡아라

홍상파의 7월 18일 오후 오시부터 10시 30분까지의 행적.

1) 5시 : 범인으로부터 6시 정각에 종로 보신각 뒤 '목마' 다방에서 만나자는 전화를 받다.

2) 6시 10분 전 : 자가용 편으로 보신각 뒤 약속 장소에 도착하다. 현찰 1억이 들어 있는 007가방 휴대.

3) 6시 5분 : 범인으로부터 시청 앞에 있는 D빌딩 지하 중국 음식점으로 오라는 전화를 받고 다방을 나서다.

4) 6시 55분 : 지하철 편으로 시청 앞 D빌딩 지하 중국 음식점에 도착.

5) 7시 15분 : 범인으로부터 청량리 C극장 옆에 있는 당구장으로 오라는 전화를 받고 중국 음식점을 나서다.

6) 8시 : 청량리 C극장 옆에 있는 당구장에 도착.

(이보다 앞서 7시 20분경에 범인이 당구장에 나타남 : 당구
장 종업원 황미숙의 증언)
7) 8시 40분 : 범인으로부터 종로 S호텔에 박철민이라는 이
름으로 투숙하라는 전화를 받고 당구장을 나서다.
(이때 가방을 잘못 들고 나감. 범인은 5분 후 홍상파의 돈 가
방을 들고 나감)
8) 9시 15분 : 종로 S호텔 805호실에 박철민이라는 가명으
로 투숙.
9) 10시 30분 : 범인 전화 받고 가방이 바뀐 것을 확인.

7월 19일 아침이었다.

허 걸은 해장국을 먹는 자리에서 자신의 수첩에 정리해 둔 것
을 조 태에게 보였다.

"이게 뭐지?"

"홍상파의 어제 행적을 시간별로 정리해 보았습니다."

허 걸은 그것을 여러 번 읽어 보았지만 거기서 어떤 단서 같은
것을 잡을 수는 없었다.

조 태는 그것을 건성으로 훑어보고 나서 허 걸에게 도로 돌려
주었다.

그들은 참담한 기분이었다. 홍상파를 나무랄 일도 못 되었다.
수사관들이 그렇게 눈에 불을 켜고 미행했는데도 돈 가방을 잃었
으니 그들의 책임이 없다고 할 수도 없었다. 부모 된 사람으로서
는 수사에 협조하느냐 마느냐 하는 게 문제가 아니다. 1억의 거
액을 던져서라도 자식을 찾고 싶은 것이 부모 된 사람의 심정이

다. 홍상파는 부모로서 가장 부모다운 행동을 했을 뿐이다. 허 걸이 그런 생각을 하고 있는데 조 태가 질문을 던져 왔다.

"홍이 범인으로부터 시청 앞에 있는 D빌딩 지하 중국 음식점으로 오라는 전화를 받은 게 6시 5분이었어. 그리고 거기에 도착한 게 50분 뒤인 6시 55분이었어. 10분 정도면 충분할 거리인데 어째서 50분이나 걸렸지?"

"그건 미행자를 따돌리느라고 시간이 걸렸기 때문입니다."

조 태의 조그마한 눈이 더욱 작아졌다. 그는 뚝배기에 남아 있는 국물을 마저 마셨다. 그리고 손등으로 입술을 훔치고 나서 말했다.

"다음과 같은 점에 주의를 할 필요가 있어. 왜 하필 그 집 아이를 유괴했는가 하는 점, 하나밖에 없는 그 집 아이를 왜 점찍었는가 하는 점에 주의를 기울일 필요가 있어."

"네, 저도 그 점을 생각해 봤습니다만 아직 뭐라고 판단을 내리지 못하겠습니다."

"범인한테서 전화도 걸려 오지 않고…… 어떡하면 좋지?"

허 걸은 뭐라고 답변할 말이 없었다. 범인한테서는 더 이상 전화가 걸려 오지 않을 것이라는 것을 그 자신도 잘 알고 있었다.

"뭘 가지고 수사를 하느냔 말이야?"

"처음부터 다시 시작하는 수밖에 없겠죠. 다른 뾰족한 수가 없는 한……"

해가 뜨자 도시의 거리는 더워지기 시작했다.

폭염 아래서는 수사도 제대로 안 된다. 그러나 청미 유괴 사건을 맡은 수사관들은 더욱 바빠지기 시작했다. 전담 수사원만도 50여 명으로 불어나면서 수사는 보다 구체적인 방향으로 가지를 치기 시작했다.

그 첫째는 청미가 살해되어 어딘가에 매장되었을 것이라는 가정 하에 그 시체를 찾는 일이었다. 시체를 찾아내면 단서가 잡힐지도 모를 일이었다.

둘째는 범인이 가져 간 1억 원의 행방을 쫓는 일이었다. 그 돈의 일련번호를 경찰은 모두 파악하고 있었기 때문에 범인이 그 돈을 사용할 것에 대비, 사람들이 많이 몰리는 백화점이나 음식점, 술집, 터미널, 역, 담뱃가게 등에 수사 요원이나 정보원을 배치하든지 또는 지폐의 일련번호를 가르쳐 주어 문제의 지폐가 나타나는 대로 경찰에 신고해 줄 것을 당부했다.

셋째는 당구장 종업원 황미숙의 증언을 토대로 몽타주를 수만 장 만들어 시내 요소요소에 붙이든지 뿌려 신고가 들어오기를 기다렸다.

넷째는 청미가 아직 살해되지 않았을 경우에 대비하여 그녀의 사진을 수만 장 찍어 시내에 배포함으로써 신고가 들어오기를 기다렸다.

이렇게 되자 홍상파는 따로 시내 각 일간지에 딸을 찾는 광고를 게재했다. 딸이 있는 곳을 알려 주든지 찾아 주는 사람에겐 1천만 원의 현상금을 주겠다고 단서를 달았다. 그것은 경찰에게도 해당되는 조건이었다.

이렇게 되자 수사는 자연 공개수사가 되고 말았다.

기자들이 몰려들었다. 청미의 외삼촌인 송태하 기자가 여러

보도 기관에서 몰려온 기자들을 상대했다. 거의가 잘 아는 기자들이었기 때문에 그는 그들에게 커피 한 잔씩을 제공한 다음 잘 부탁한다고만 말했다. 이왕 수사가 공개될 바에는 철저히 공개되어 전 국민적인 관심사가 되는 것이 차라리 나을 것이라는 것이 그의 생각이었다.

홍상파의 아내 송묘임은 급기야 병원에 입원하고 말았다. 온몸에 열이 나는 데다 헛소리를 하는 바람에 입원시키지 않을 수 없었던 것이다.

홍상파는 회사에 휴직원을 제출했다. 기한은 일단 6개월로 잡아두었다.

허 걸은 홍상파와 함께 N백화점에 가서 007가방을 하나 구입했다. 그것은 홍상파가 돈 1억 원을 넣어 가지고 다녔던 가방과 똑같은 것이었다. 그것을 수사본부로 가지고 와 신문지만 들어 있는 범인의 가방과 비교해 보았다. 상파가 말했던 대로 두 가방은 주의해서 보지 않으면 모를 정도로 아주 비슷해 보였다.

"어쩌면 두 가방이 이렇게 비슷하지? 아무리 검정색 007가방에다 돈을 넣어 가지고 오라고 했다지만 어쩌면 이렇게 비슷하냔 말이야? 검정색 007가방도 종류가 아주 다양할 텐데 말이야. 이 점에 대해서는 어떻게 생각하나?"

조 태가 가방을 열었다 닫으며 물었다.

"저도 그 점이 좀 이상했습니다. 우연이라고 보면 아무것도 아닐지 모르지만 그렇게 보지 않을 경우에는 그냥 짚고 넘어갈 수 없을 것 같습니다. 그런데 제 생각에는 범인이 돈 가방을 미리 봐두지 않았나 생각됩니다. 그렇게 생각하면 문제될 게 하나도 없습니다만……"

"그게 무슨 말이지? 범인이 돈 가방을 어떻게 미리 봐두었다는 거지?"

그 자리에는 마침 송태하 기자도 있었다. 허 걸의 말에 그 역시 의아한 표정을 지었다.

"그거야 별로 어려운 일이 아닙니다. 범인은 홍상파 씨를 나오게 해서 돈 가방을 들고 돌아다니게 했습니다. 그 사이에 가방을 보아둔 것입니다. 거리에서, 또는 전철 속 같은 데서 보아 두었겠죠. 그러고 나서 비슷한 가방을 구입했을 거라고 생각합니다. 그럴 시간은 충분히 있었으니까요."

"그럴듯하군."

조 태는 맥 빠진 모습으로 중얼거렸다.

그들은 홍상파를 데리고 종로 보신각 뒤 목마 다방으로 갔다. 시간도 일부러 어제와 같은 시간에 맞춰 나갔다. 송태하 기자가 기어코 따라오겠다는 바람에 하는 수 없이 그의 동행을 허락했고, 그래서 일행은 모두 네 명이 되었다. 태하는 아예 신문사로부터 이번 사건만을 전담하라는 허락을 받아낸 터였기 때문에 시간에 구애받지 않고 취재에 열을 올리고 있었다. 하지만 그의 경우에 있어서는 다른 기자들처럼 냉정하게 객관성을 유지하면서 취재에만 전념할 수 없는 애로가 있었다. 사실 그는 취재하는 것이 목적이 아니라 조카를 찾는 것이 더욱 큰일이었다. 취재 따위야 뒷전의 일이었다.

홍상파는 어제의 행적을 남들 앞에서 되풀이해 보인다는 것이 별로 내키지 않는 꺼림칙한 일이었지만 그런 것을 내색할 처지도 못 되거니와 어떻게든 수사에 협조해야 한다는 생각에서 형 사들이 시키는 대로 가방을 들고 먼저 목마 다방으로 들어갔다. 범인 역은 허 걸이 맡았다.

모든 것이 어제 일어났던 그대로 재연되었다. 조 태와 송태하 는 홍상파의 뒤만 따라다녔다.

사소한 것 하나라도 빠트려서는 안 된다고 당부했기 때문에 상파는 세심하게 주의를 기울여 가면서 행동했다. 허 걸은 시간 에 맞춰 상파에게 전화를 걸어 지시를 내렸고 그때마다 상파는 지시대로 움직여 주었다.

당구장에서도 똑같은 상황이 재연되었다. 먼저 허 걸이 007 가방을 들고 당구장에 나타나 카운터의 황미숙에게 가방을 맡기 고 그녀가 소개해 준 어떤 청년과 당구를 치기 시작했다. 도중에 그는 카운터로 와서 황미숙에게 가방을 달라고 하여 그 안에서 무엇인가 꺼내는 척하다가 가방을 도로 닫았다. 그리고 처음과는 반대쪽에 가방을 내려놓으려고 했다. 황미숙이 그것을 얼른 받아 그대로 책상 안 오른쪽에 세워 놓았다. 40분 후 홍상파가 역시 비 슷하게 생긴 가방을 들고 나타났다. 그는 벤치에 앉아 있다가 가 방을 황미숙에게 맡기고 황미숙이 소개해 주는 모르는 청년과 내 기 당구를 치기 시작했다. 황미숙은 상파의 가방을 책상 밑 왼쪽 에 내려놓았다. 허 걸은 상파의 움직임을 관찰하다가 카운터로 가서 황미숙에게 말했다. '가방 좀 잘 봐줘요, 중요한 것이 들어 있으니까.' 그러면서 그는 상파의 가방을 가리켜 보였다. 황미숙 은 눈웃음을 치며 알았다고 말했다. 허 걸은 8시 40분경에 함께 당구를 치고 있는 청년에게 잠깐 실례하겠다고 양해를 구한 다음 당구장 한쪽에 있는 공중전화기쪽으로 갔다. 동전을 집어넣고 다이얼을 돌렸다. 황미숙이 수화기를 집어 드는 모습이 보였다.

'당구장이죠?' '네, 그렇습니다.' '손님 중에 홍상파라는 분 있으면 좀 바꿔 주십시오.' '잠깐 기다리세요.' 잠시 후 홍상파가 나왔다. '전화 바꿨습니다.' '지금 뭐 하고 있지요?' '당구 치고 있습니다.' '지금 바로 그곳을 나와 지하철을 타시오. 종로 2가에 가서 S호텔에 박철민이라는 이름으로 투숙하시오.' '알겠습니다.' 전화를 끊고 난 홍상파는 청년에게 일이 있어 먼저 나가 봐야겠다고 말하고 게임 비를 지불한 다음 카운터로 가서 계산을 치르고는 가방을 달라고 말했다. '이거죠?' 황미숙이 검정 가방을 책상 위에 올려놓으며 물었다. 상파는 고개를 끄덕이며 가방을 받아 들고 당구장을 나갔다. 5분 후 허 걸이 카운터로 다가섰다. 그는 계산을 치른 다음 가방을 달라고 말했다. 황미숙은 잠자코 가방을 책상 위에 올려놓았다. 허 걸은 그것을 들고 당구장을 빠져 나왔다.

호텔에 도착한 홍상파는 박철민이라는 이름으로 투숙했다. 허 걸은 공중전화로 호텔 프런트 데스크에 전화를 걸었다. '조금 전에 박철민이라는 이름으로 투숙한 사람이 있을 겁니다. 그 방으로 이 전화를 연결시켜 주시오.' 잠시 후 홍상파가 나왔다. '거기서 뭘 하고 있는 거지요?' '기다리고 있습니다. 경찰은 없습니다. 빨리 이리로 와서 돈을 가져가십시오.' '돈을 가져가라고? 돈은 이미 내 손에 들어와 있어. 믿지 못하겠으면 가방을 열어 봐.' '이럴 수가! 바꿔치기했군. 어디서 바꿔치기했지? 아무튼 좋아. 약속대로 우리 청미를 돌려보내.' '청미는 돌아가고 싶지 않대.

나하고 살고 싶다는 거야. 청미는 잊는 게 좋아.’

　허 걸은 당구장을 다시 찾아갔다.
　“돈 가방을 가져 간 그 자와 당구를 함께 친 청년을 보면 얼굴을 기억할 수 있겠나?”
　황미숙은 눈을 깜박거리고 나서 대답했다.
　“네, 알 수 있을 것 같아요.”
　“처음 보는 청년이라고 했지?”
　“네, 하지만 그 사람 친구들을 알고 있어요. 그 사람 친구들은 여기 가끔 들러요.”
　허 걸의 낯빛이 굳어졌다.
　“지금 여기에는 없나?”
　“오늘은 오지 않았어요.”
　“그 친구들이 여기에 오면 나한테 알려 줘요.”
　허 걸은 그녀에게 수사본부의 전화번호와 자신의 이름을 대 주었다.
　“그 청년의 특징 같은 걸 아는 대로 말해 봐요.”
　“키는 중간 정도였어요. 눈이 크고 체크무늬 남방을 입고 있었어요. 아, 그리고 이마에 흉터가 있었어요.”
　“나이는?”
　“스물 댓 정도 됐어요.”
　그 청년을 찾을 수 있다면 단서가 잡힐지도 모른다고 허 걸은 생각했다. 단서가 잡히지 않더라도 그는 범인과 한참 동안 당구를 쳤으니 범인의 얼굴을 누구보다도 잘 알고 있을 것이라는 생각이 들었다. 범인이 당구장에 들어선 것은 7시 20분경이었다.
그리고 당구장을 나선 것은 8시 45분경이었다. 그러니까 1시간
25분 동안 당구장 안에 있었다는 말이 된다. 그 동안 그는 그 청
년과 당구를 쳤다. 따라서 그 청년은 범인의 얼굴을 충분히 보아
두었을 것이다.

수사본부로 돌아온 허 걸은 몽타주 작성을 며칠 연기해 줄 것
을 요청했다. 이유는 몽타주 작성을 보다 정확히 만들어 줄 수 있
는 인물의 신병을 곧 확보할 수 있을 것 같기 때문이라고 말했다.
신임 수사 본부장은 그의 청을 들어주었다.

신임 수사 본부장은 정년퇴임을 1년 앞두고 있는 사람이었다.
수사 계통에서만 30년 넘게 몸담아 온 그는 자신의 경력에 어울
리게 노회한 얼굴을 하고 있었다. 본래는 승부욕이 강한 사람이
었지만 퇴임을 1년 앞둔 지금은 무슨 일에나 흥분하지 않고 담담
한 표정인 것이 과거의 추억에 젖어 있는 듯이 보이는 것이었다.

그는 당구장에서 전화가 걸려 오기를 기다리고 있을 게 아니
라 거기에 잠복하고 있으라고 지시했다.

허 걸은 조 태와 함께 다시 당구장에 갔다. 당구장의 문 닫는
시간은 일정치 않지만 대개 10시쯤이면 끝난다고 했다. 그들은
문 닫을 때까지 당구를 치다가 내일 다시 오기로 하고 수사본부
로 돌아왔다.

낮에 북적거리던 수사본부는 조용히 가라앉아 있었다. 본부
를 지키고 있는 사람들은 하나같이 지친 표정들이었다. 그들의
얼굴만 보고도 허 걸은 새로운 사실이 하나도 없었다는 것을 알
수 있었다.

"좀 시일이 지나야 놈이 돈을 쓰고 다닐 거야. 아주 조심해서 말이야."

수사본부장이 소파에 앉아 텔레비전을 보다 말고 말했다. 일리 있는 말이었다. 영리한 범인이라면 경찰이 지폐의 일련번호를 파악하고 있을 것이라는 것을 알고 있을 것이고, 그렇다면 함부로 돈을 쓰고 다니지는 않을 것이다. 그러나 궁하면 그 돈을 쓰지 않을 수 없을 것이다. 경찰은 그때를 기다리고 있었다.

청미의 시체 수색만 해도 그렇다. 그것은 시체가 어디쯤 묻혀 있을 것이라는 가정 하에서 실시되고 있는 게 아니었다. 대단히 막연한 가정 하에서 서울 근교 야산이나 강변을 중심으로 아주 광범위하게 실시되고 있는 만큼 금방 성과가 나타날 것으로 기대한다는 것은 어리석은 일이었다. 그것 역시 기다리고 기다려야 할 일이었다.

7월 21일 목요일,

그러니까 허 걸과 조 태가 당구장에 잠복한 지 사흘째 되는 날 오후 4시 조금 지나 4명의 청년들이 당구장에 들어섰다. 한껏 멋을 부리고 있는 것이 얼른 보기에도 건실한 청년들 같지가 않은, 건달 같은 모습들이었다.

안으로 들어선 그들은 짝을 지어 당구를 치기 시작했다.

허 걸은 카운터의 황미숙을 바라보았다. 황미숙이 의미 있는 눈짓을 보내며 빗을 꺼내 머리를 빗기 시작했다. 허 걸은 즉시 본부로 지원 요청을 했다. 상대는 4명이었으므로 둘이서 그들을 감당하기가 아무래도 힘들 것 같았기 때문이다.

30분쯤 지나자 본부 요원 10명이 당구장에 들이닥쳤다.

당구에 열중하고 있던 손님들이 심상치 않은 기미를 느끼고 그들을 바라보았다.

조 태가 앞으로 나섰다.

"잠깐 실례합니다. 경찰입니다. 저쪽 네 사람한테 용무가 있으니까 다른 분들은 당구를 치셔도 좋습니다."

그의 말이 끝나기 무섭게 4명 중 1명이 창문 밖으로 몸을 날렸다. 수사관들은 남은 3명에게 우 하고 달려들었다. 3명은 일제히 품속에서 칼을 빼들었다. 수사관들은 의자를 집어 들고 그들을 구석으로 몰아붙였다. 놀란 손님들은 다투어 밖으로 빠져 나갔다. 순식간에 당구장은 수라장이 되었다.

"쓸데없는 짓 하지 말고 칼을 버려!"

허 걸은 날카롭게 소리쳤다. 그러나 그들은 포위망을 뚫으려고 눈을 번득이고 있었다.

"칼을 버려!"

어느새 수사본부장이 들어와 소리치고 있었다.

"버리지 않으면 쏠 테다!"

그는 권총을 뽑아 들더니 청년들을 겨누었다. 그래도 그들은 칼을 버리려 들지 않았다.

"열 셀 동안까지 칼을 던지고 자수하지 않으면 모두 사살하겠다! 하나…… 둘…… 셋…… 넷…… 다섯…… 여섯…… 일곱…… 여덟…… 아홉…… 열!"

주름투성이의 노회한 얼굴이 굳어지는가 싶더니 벼락 치는 것 같은 소리가 탕 하고 났다.

뒤에 걸려 있던 대형 거울이 박살이 나자 청년들은 혼비백산

해서 칼을 던지고 바닥에 납작 엎드렸다. 형사들이 달려들어 그들의 손목에 수갑을 채웠다.

먼저 2층에서 뛰어내렸던 청년은 다리가 부러져 도망가지도 못한 채 구급차에 실려 있었다. 그를 병원에 입원시키고 3명은 수사본부로 데리고 갔다.

다리가 부러진 자의 이름은 한동식(韓東埴)이었고, 다른 3명은 이길재(李吉在), 김평오(金平伍), 서삼수(徐三授)였다.

그들에 대한 심문은 밤새 계속되었다. 한 가지를 대놓고 묻지 않고 스스로 털어놓도록 유도했다. 한편으로는 지문을 조회하고 주소지의 경찰서에도 연락을 취했다. 새벽 4시경에 서삼수가 먼저 입을 열기 시작했다. 지문 조회 결과 그는 전과가 없었다. 이길재도 전과가 없었다. 그러나 한동식과 김평오는 강도 전과가 두 번이나 있었다. 그리고 지금 지명 수배 중이었다.

"……조직 이름은 코브라입니다. 저는 멋모르고 가입했다가 어쩔 수 없이 그만 그런 짓을 하게 됐습니다."

서삼수는 울먹이는 소리로 말했다.

"자세히 말해 봐. 우리한테 들어와 있는 신고와 그리고 우리가 확보하고 있는 정보와도 맞아야 하니까 자세히 말해 봐."

형사들은 긴장했다. 이제 바야흐로 청미를 유괴해 간 범행 전모가 밝혀질 것이었다.

"저는 두 번밖에 참가하지 않았습니다. 처음에는 강남에 있는 아파트를 털었습니다. 그리고 두 번째는 평창동에 있는 주택을 털었습니다."

형사들의 얼굴에 실망의 빛이 나타났다.

"여자들도 건드렸지?"

서삼수는 고개를 깊이 숙였다.

"이놈들은 가장 악질적인 강도 강간범들입니다."

그들을 추적해 온 형사의 말이었다.

"청미는 어디 있지?"

이 질문에 서삼수는 처음으로 의아한 표정을 지었다.

"청미가 누굽니까? 처음 들어 보는 이름인데요."

"거짓말 마! 홍청미 말이야! 너희들이 유괴해 간 어린 소녀 말이야!"

허 걸은 코브라파의 강도 강간 행각에 대해서는 관심이 없었다. 그런 것이야 아무래도 좋다는 생각이었다. 그는 오로지 유괴 사건에만 관심이 있었다. 그런데 기대에 어긋나게도 서삼수는 펄쩍 뛰었다.

"유괴라니요!? 어린이를 유괴해 간 적은 없습니다! 맹세코 그런 짓은 하지 않았습니다!"

다른 자들도 마찬가지였다. 강도 강간에 대해서는 모두 자백을 했지만 청미 유괴 사건에 대해서만은 금시초문이라는 표정들이었다.

형사들은 그쪽으로 어떻게든 이야기를 끌어내 보려고 했지만 끝내 실패하고 말았다.

그는 왜 살해되었나

코브라파의 일당은 모두 9명이었다.

수사관들은 유괴 사건 쪽으로 그들을 몰아붙였지만 그들은 그 점에 대해서는 완강하게 부인하고 나왔다.

허 걸은 하는 수 없이 마지막 카드를 꺼냈다.

"너희들 가운데 오른쪽 이마에 흉터 있는 놈 이름이 뭐지? 미남 말이야. 체크무늬 남방에 머리가 긴 놈 말이야."

"강치수입니다."

"어디 가면 그놈을 만날 수 있지?"

"강남에 있는 디스코홀에서 내일 밤 여덟 시에 만나기로 되어 있습니다. 만일 우리 네 명이 아무 연락 없이 한꺼번에 빠지면 무슨 일이 일어난 줄 알 겁니다."

그 디스코홀의 이름은 '이스탄불' 이었다.

7월 22일,

밤이 되자 전담 수사 요원 20명이 이스탄불로 출동했다. 그들은 각자 여자 한 명씩을 데리고 디스코홀에 잠입해 들어갔다. 수사본부에서 요원들에게 여자를 붙여 준 것은 아니었다. 수사본부장은 각자 책임지고 여자 한 명씩을 데리고 몇 시까지 정해진 장소로 나오라고 명령을 내렸는데, 걱정을 태산같이 하면서 각자 여자를 구하러 나갔던 그들은 놀랍게도 한 사람도 빠짐없이 여자를 한 명씩 달고 나왔던 것이다.

사실 수사본부장은 반 수 정도만 여자들을 달고 나오면 성공이라고 생각했었다. 그런데 모두가 한 명씩 달고 나왔으니 오히려 거추장스럽게 되고 말았다. 본부장은 수사비만 축내게 되었다고 이맛살을 찌푸렸지만 그렇다고 여자들을 문전에서 되돌려 보낼 수도 없었다.

"술 너무 많이 마시지 마."

수사본부장은 결국 그 말밖에 할 말이 없었다.

여자들의 직업은 각양각색이었다. 다방 레지, 미장원 아가씨, 여대생, 과부, 여동생에다 자기 부인까지 데리고 나온 사람도 있었다. 조 태는 단골로 드나드는 술집 여주인을 데리고 나왔고, 허 걸은 아내를 불러냈다.

허 걸 부부는 아이가 없기 때문에 부부가 함께 나들이하는 것이 가능했다. 저녁을 사 줄 테니 나오라고 하자 허 걸의 아내는 처음에는 어리둥절한 기색이더니,

"웬일이세요? 해가 서쪽에서 뜨겠네요."

하면서 몹시 기뻐했다.

요원들은 4인 1조가 되어 행동했다. 조 태와 허 걸, 그리고 다른 요원 두 명은 강치수 담당이었다.

이스탄불 맞은편에는 여섯 대의 차가 주차해 있었다. 모두가 평범한 자가용들이었다. 본래가 그곳은 노상 주차장이기 때문에 거기에 차가 주차해 있는 것은 하등 이상할 것이 없었다. 그런데 저녁때가 되자 교통순경이 나타나 먼저 주차해 있던 차들을 몰아내고 그 자리에 그 여섯 대를 주차시켰던 것이다. 먼저 주차해 있던 차의 주인들이 따지고 들자 교통순경은 특별한 사정이 있어서 그러니 협조해 달라고 사정하다가, 도대체 그 사정이란 것이 무엇인지 한번 들어 보자고 눌어붙자 나중에는 나 몰라라 하고 도망가 버렸다.

여섯 대의 차 중 다섯 대의 차 속에는 남녀 한 쌍씩 앉아 있었다. 얼른 보기에는 데이트족 같았지만 남자들은 모두 수사 요원들이었다. 그들은 각자 손에 무전기를 들고 있었다.

가운데에 자리 잡고 있는 차 속에는 수사본부장이 다른 세 사람과 함께 앉아 있었다. 세 사람 중 두 명은 수사 요원들이었고 나머지 한 명은 코브라파의 서삼수였다. 여섯 대의 차는 모두 불을 끄고 있었다.

허 걸은 아내를 불러낸 것을 후회했다. 그는 아내에게 몹시 미안했다.

그녀는 잔뜩 부어서 그를 외면한 채 창밖만 바라보고 있었다.

"흥, 이젠 저까지 끌어들이는군요. 기가 막혀서……"

"미안해. 하는 수 있어야지. 본부장이 여자를 데리고 나오라는데 나야 당신이 아는 바와 같이 데리고 나올 만한 여자가 있어

야지. 나한테 여자란 오직 당신 하나뿐이잖아. 자, 그러니까 이해
하라구."

허 걸이 손을 뻗어 그녀의 손을 잡으려고 하자 그녀는 그의 손
을 홱 뿌리쳤다.

"뭐? 저녁을 사준다고요? 갈비탕 한 그릇 사주고…… 나, 기
가 막혀서……"

아내가 화를 낼 만도 한 것이 그들 부부가 밖에서 만난 것은
꼭 여섯 달 만이었다. 그녀는 소녀처럼 잔뜩 기대에 부풀어 나오
면서 저녁을 먹고 나서 영화 구경을 시켜 달라고 해야겠다고 마
음먹었던 것이었다. 아주 소박한 바람이었는데 웬걸, 남편은 그
런 소박한 바람에 찬물을 끼얹고 만 것이다.

"나 먼저 집에 갈래요."

아내가 문을 열고 나가려고 했다.

허 걸은 질겁하고 아내의 옷자락을 붙잡았다.

"안 돼, 가면 안 돼! 잠깐이면 끝날 테니까 좀 기다려. 왜 이렇
게 인내심이 없어?"

"놔요! 가겠어요!"

바로 그때 그의 무전기에서 '삐익!' 하는 소리가 날카롭게 들
려 왔다.

"5조! 나와라!"

본부장의 목소리가 차내를 울렸다.

허 걸은 아내를 놓고 무전기를 집어 들었다.

"여기는 5조!"

"손님이 나타나셨다! 흰 티셔츠를 입은 놈이다. 빨간 티셔츠

를 입은 여자와 동행이다!”

손님이란 강치수를 말하는 것이었다.

허 걸은 이스탄불 출입구를 바라보았다.

과연 흰 티셔츠 차림의 청년이 빨간 티셔츠를 입은 계집애와 함께 출입구로 접근하고 있는 것이 보였다.

“바로 저 사람이에요?”

허 걸의 아내가 눈을 반짝이며 물었다.

“응, 그런가 봐.”

젊은 남녀가 이스탄불 안으로 사라지자 허 걸은 차에서 내렸다. 그의 아내도 따라 내렸다. 그녀는 이제 집에 가겠다는 말은 하지 않았다.

홀은 어느새 손님들로 초만원이었다. 거의가 젊은이들이었다. 그들은 번쩍거리는 불빛과 시끄러운 음악 속으로 용해되어 들어가는 것 같았다.

허 걸 부부는 조 태가 자리 잡고 있는 테이블 쪽으로 다가가 앉았다.

“놈이 나타났습니다.”

허 걸은 턱으로 강치수를 가리켰다.

“저쪽에 흰 티셔츠를 입고 있는 놈입니다.”

“빨간 티셔츠를 입고 있는 계집애하고 같이 앉아 있는 놈 말인가?”

“네, 바로 그놈입니다.”

옆 테이블에는 같은 조원 두 명이 여자들과 잡담을 나누고 있었다. 허 걸은 그들에게도 강치수를 지적해 주었다.

강치수가 앉아 있는 긴 테이블에는 다른 네 명의 청년들이 동석하고 있었다. 그들 옆에는 여자들도 앉아 있었다.

"일당들이 다 모인 모양이군."

"아마 그런 것 같습니다."

마침내 수사본부상이 홀 안으로 들어섰다. 그는 두 명의 수사 요원과 함께 구석 자리에 자리 잡고 앉았다. 그가 호각을 불어대면 수사 요원들은 행동을 개시하도록 되어 있었다.

그런데 다섯 명이 몰려 앉아 있는 것이 행동을 개시하는 데 장애 요인이 되고 있었다. 따로따로 앉아 있다면 조별로 기습하기에 아주 좋으련만 놈들은 하필이면 몰려 앉아 있었다.

한편, 코브라파 다섯 명은 시간이 흐름에 따라 초조한 기색을 보이기 시작했다. 약속 시간이 거의 1시간 가까이 지났는데 두목을 비롯한 네 명이 아직 나타나지 않고 있었다.

"웬일이야, 누가 연락 못 받았어?"

강치수가 주위를 둘러보며 물었다. 몹시 빠른 말투였다.

네 명이 고개를 흔들었다. 그들 중 한 명이 짝이 없었는데 강치수의 애인에게 춤 한번 추자고 손을 내밀자 그녀는 기다렸다는 듯이 따라 일어섰다.

그들이 플로어로 나가자 다른 세 명도 여자들을 데리고 일어섰다.

자리에는 이제 강치수 혼자 남았다. 경찰에게는 절호의 기회였다. 다른 조의 수사 요원들이 각자 여자들을 데리고 플로어로 나가는 것이 보였다. 플로어에서 춤을 추다가 그들을 덮칠 모양이었다.

"슬슬 일어서 볼까?"

조 태가 허 걸을 쳐다보며 말했다.

"우리가 제일 불리하겠는데요."

그때 웨이터가 강치수에게 다가서는 것이 보였다.

강치수는 플로어에서 춤추는 사람들을 바라보고 있다가 웨이터가 내미는 메모 쪽지를 받았다.

"이게 뭐야?"

"어떤 손님이 전해 달라고 하던데요."

"누가?"

강치수는 얼굴을 치켜들고 웨이터를 올려다보았다.

"저기 있는 남자 손님이 부탁했습니다. 3번 룸입니다."

홀 한쪽에는 룸이 몇 개 달려 있었는데 커튼으로 내부를 가리도록 되어 있었다.

강치수는 메모지에 쓰여 있는 글을 읽어 보려고 했지만 어두워서 잘 알아볼 수가 없었다. 그래서 그는 라이터 불을 켜서 그것을 읽어보았다. 거기에는 이렇게 쓰여 있었다.

'빨리 피하라. 너희들은 경찰에 포위되어 있다. 경찰이 너희들의 움직임을 주시하고 있다. 출구는 봉쇄되어 있으니 화장실 창문을 통해 달아나라.'

강치수는 라이터 불을 껐다. 그는 당황하지 않으려고 애쓰면서 주위를 가만히 둘러보았다. 이윽고 그의 눈은 플로어에서 춤추고 있는 친구들에게 향했다. 그들에겐 신호를 보낼 여유가 없었다. 만일 신호를 보내면 경찰이 덮칠 것이다. 그는 공기가 심상치 않은 것을 의식했다. 날카로운 눈들이 번득이고 있는 것을 느

낄 수 있었다. 그런데 이 쪽지를 보낸 사람은 누구일까? 그는 몸
을 일으켜 3번 룸 쪽으로 향했다.

네 명의 수사 요원들은 토끼눈이 되어 그의 움직임을 주시하
고 있었다.

강치수는 커튼을 젖히고 안을 들여다보았다. 룸은 텅 비어 있
었다.

그는 메모 쪽지를 바지 주머니 속에 쑤셔 넣고 화장실 쪽으로
향했다.

"화장실에 가는 모양인데 어떡할까요?"

허 걸이 조 태에게 물었다.

"입구에서 기다리고 있다가 덮칠까?"

본부장에게 좀 기다려 달라는 사인을 보낸 후 그들은 화장실
쪽으로 향했다.

화장실에 가려면 좁고 가파른 계단을 올라가야 했다. 그들은
계단 아래에서 기다리기로 하고 그 주위에 자연스럽게 흩어져 앉
았다.

강치수는 화장실 문을 두드렸다.

조금 있자 문이 열리면서 여자가 나왔다.

강치수는 그녀를 잡아먹을 듯이 흘겨보면서 안으로 들어가
문을 걸어 잠갔다.

키 높이에 사람이 겨우 하나 빠져 나갈 수 있는 작은 창문이
달려 있었다. 그런데 창문에는 나무 창살이 견고하게 달라붙어
있었다.

그는 두 손으로 창살 하나를 움켜쥐고 힘껏 잡아당겨 보았다.

보기보다는 나무토막이 쉽게 빠졌다. 창살은 모두 네 개 달려 있었다. 못이 빠질 때 나는 끽끽 하는 소리가 몹시 귀에 거슬렸다. 그는 소리가 나지 않도록 극도로 조심하면서 창살을 하나씩 떼어 냈다.

이윽고 창살을 모두 떼어 내자 다음에는 창문을 뜯어냈다. 창문은 먼지가 쌓이고 깨어지고 해서 더럽기 짝이 없었다.

마침내 화장실 벽에 하나의 직사각형 공간이 시커먼 입을 벌리고 있었다.

그는 몸이 호리호리한데다 움직임이 재빨라서 도망치는 데는 그를 따를 자가 없었다. 그래서 그에게는 장어라는 별명이 붙어 다녔다.

장어는 벽을 타고 기어 올라갔다.

먼저 머리를 밖으로 빼내 주위를 살펴보았다. 밖은 좁은 골목이었는데 몹시 어두운데다 사람의 왕래가 거의 없는 편이었다. 그는 잘 됐다 싶었다.

숨을 몰아 쉰 다음 상체를 먼저 밖으로 뽑아냈다. 다음에는 오른쪽 다리를 창틀에 걸쳤다. 몸을 돌리면서 두 다리를 차례대로 밖으로 빼내는 데 성공했다.

디스코홀이 지하에 자리 잡고 있었기 때문에 화장실은 일 층에 있는 셈이었다.

따라서 화장실 창문에서 골목 바닥까지는 별로 높지가 않았다. 그러나 어두웠기 때문에 그는 조심스럽게 뛰어내렸다.

발이 땅에 닿는 것과 동시에 그는 격심한 고통을 느끼면서 비틀거렸다. 발을 잘못 디딘 것이었다. 반사적으로 허리를 구부려 오른쪽 발목을 움켜잡았다. 그의 입에서는 절로 '아이구!' 하는 신음 소리가 흘러 나왔다.

그때 시커먼 그림자 하나가 그를 덮쳤다. 너무 갑작스럽게 일어난 일이었기 때문에 그는 손을 쓸 여유가 없었다.

전혀 색다른 고통이 등을 꿰뚫고 들어왔다.

"아악!"

비명을 지르면서 그는 상체를 뒤틀었다. 그리고 거기에 서 있는 사람을 뚫어지게 쏘아보았다.

"너…… 너…… 너는……"

그의 입을 새로운 고통이 틀어막았다. 날카로운 통증이 복부를 뚫고 들어오는 것을 그는 느꼈다.

"으으윽!"

장어는 천천히 무릎을 꺾었다.

이윽고 그의 몸뚱이가 상대방의 발치에 흡사 썩은 통나무처럼 '쿵!' 하고 쓰러졌다.

허 걸은 아무래도 시간이 좀 오래 걸리는 것 같다고 생각했다. 그는 이상하다는 듯 화장실 입구를 올려다보다가 조 태를 쳐다보고 고개를 갸우뚱했다.

"이상한데요. 시간이 너무 오래 걸리지 않습니까?"

"글쎄, 그런 것 같은데……"

조 태도 조그만 눈을 더욱 가늘게 뜨면서 계단 위쪽을 쳐다보았다.

"올라가 볼까요?"

"그러는 게 좋을 것 같은데……"

그들이 막 몸을 일으키려고 했을 때 날카로운 호각소리가 요란스럽게 홀 안을 울렸다.

그것을 신호로, 그때까지 춤을 추고 있던 수사 요원들이 네 명의 코브라파 청년들에게 맹수처럼 달려들었다.

홀 안은 순식간에 수라장이 되었다. 여기저기서 여자들의 째지는 듯한 비명 소리가 터져 나왔다. 욕설이 어지럽게 난무했고, 탁자와 술병이 부딪치고 깨지는 소리가 시끄러웠다.

허 걸은 계단을 두 칸씩 뛰어올라갔다. 그 뒤를 조 태와 두 명의 다른 요원들이 따라왔다.

"조심해!"

뒤에서 조 태가 소리치는 것도 듣지 않고 허 걸은 화장실로 뛰어들었다.

홀에서 일어나는 소동에는 아랑곳하지 않고 한가롭게 소변을 보고 있던 두 명의 청년들이 고개를 돌려 의아한 듯 그들을 멀뚱히 쳐다보았다.

아가씨 한 명이 대변실 앞에 서서 문을 두드려대고 있었다.

수사관들은 눈을 부릅뜨고 두 명의 청년들을 에워쌌다. 그러나 그들 중 어느 한쪽도 강치수는 아니었다.

"아니, 왜 이러십니까?"

청년 한 명이 바지 지퍼를 끌어올리며 경계의 눈초리로 그들을 쳐다보았다.

"아, 미안합니다."

허 걸은 아가씨 쪽으로 몸을 돌렸다.

아가씨가 문을 잡아당겼다. 문이 덜컹거렸다.

"아무도 없나요?"

하고 허 걸이 물었다.

"이상해요. 문은 안으로 잠겨 있는데 아무리 두드려도 응답이 없어요."

아가씨는 급하다는 듯 발을 동동 굴렀다.

"아가씨가 급하게 됐군."

하고 조 태가 무뚝뚝하게 중얼거렸다.

"안에서 아가씨가 오줌을 누다가 기절해 버린 모양인데요."

소변을 보고 난 또 한 청년이 거들먹거리면서 말했다.

"이 안에 아가씨가 들어갔나요?"

허 걸은 눈을 크게 뜨고 그 청년에게 물었다.

"모르겠는데요."

청년은 장난기 어린 웃음을 흘리며 밖으로 사라졌다.

"문을 부숴!"

조 태가 소리치자 젊은 수사관 한 명이 문손잡이를 힘껏 잡아당겼다.

몇 번 그렇게 잡아당겨 보았지만 문은 도무지 열릴 기미를 보이지 않았다.

"빌어먹을! 저리 비켜!"

조 태는 뒤로 두어 걸음 물러서더니 끙 하고 힘을 쓰면서 그 육중한 몸을 통째로 문에다 내던졌다.

우지끈 하는 소리와 함께 문짝이 떨어져 나갔다.

안에는 아무도 없었다. 있는 것은 날개를 파닥거리고 있는 날

벌레 한 마리뿐이었다.

"이럴 수가……"

허 걸은 나무 창틀 조각을 구둣발로 냅다 걷어찬 다음 휭하니 뚫려 있는 창구멍을 바라보았다.

"빨리 밖으로!"

조 태가 먼저 고함치면서 계단을 구르듯 달려 내려갔다.

홀 안은 여전히 난장판이 되어 있었다.

네 명의 코브라파 청년들은 저마다 잡히지 않으려고 발악적으로 나오고 있었지만, 수적으로 우세한 수사관들에게 꼼짝없이 몰리고 있었다. 수사관 한 명은 한 청년의 등을 타고 앉아 팔을 뒤로 꺾어 반항하는 청년의 손목에 수갑을 채우느라고 무진 애를 쓰고 있었다.

이스탄불 뒤 좁은 골목으로 맨 처음 뛰어든 조 태는 하마터면 땅바닥에 엎어져 있는 사람에게 걸려 넘어질 뻔했다.

몸이 비대하면서도 그럴 때는 매우 민첩하게 대응하는 그였다. 그는 비틀거리며 반사적으로 두어 걸음 물러서면서 앞을 노려보았다.

거친 숨소리와 함께 가느다란 신음소리가 들려 왔다. 골목으로 흘러 들어오는 가느다란 불빛 속에 사람의 윤곽이 천천히 떠올랐다.

뒤따라온 수사관들도 잠시 움직임을 멈추고 땅바닥에 누워 있는 사람을 바라보고 있었다.

"강치수 아닙니까?"

허 걸이 마침내 신음을 토해 내듯 말했다.

나머지 사람들은 아무도 대꾸하려 들지 않았다.

"어디 가서 플래시 좀 빌려 와!"

조 태가 참을 수 없다는 듯이 소리치자 수사관 두 명이 골목 밖으로 뛰쳐나갔다.

마침 빗방울이 하나, 둘씩 떨어지기 시작하고 있었다.

조 태와 허 걸은 꼼짝하지 않고 그 자리에 못 박힌 듯 서 있었다.

빗방울이 차츰 굵어지기 시작하더니 이윽고 소낙비가 쏴아 소리를 내며 쏟아지기 시작했다.

플래시를 구하러 갔던 수사관들이 플래시를 켜들고 헐레벌떡 달려왔다.

강치수는 입을 크게 벌린 채 가쁜 숨을 몰아쉬고 있었다. 눈은 이미 초점을 잃은 채 허공을 향하고 있었고, 얼굴 근육은 푸들푸들 경련을 일으키고 있었다. 두 손은 복부 위에 얹혀 있었는데, 거기에는 칼이 손잡이 부분까지 깊이 박혀 있었다. 옷도 손도 모두 피로 흥건히 젖어 있었다.

그런 모든 것 위로 비가 내리고 있었다.

"빨리 구급차를 불러!"

조 태가 벼락처럼 소리를 질렀고, 수사관 한 명이 골목을 뛰어나갔다.

"차가 오기 전에 끝나겠는데요."

라고 허 걸이 중얼거렸다.

그는 무릎을 꺾고 앉아 마지막 숨을 몰아쉬고 있는 강치수를 내려다보며 그의 어깨를 잡아 흔들었다. 아무리 악한 자라도 이 세상을 떠나면서 마지막으로 할 말이 있을 것이다. 그는 그 한마디를 듣고 싶었다.

"강치수! 너는 왜 죽어야 하지? 누가 너에게 이런 짓을 했지? 그 자가 누구야? 말해 봐, 누구냔 말이야!"

강치수의 호흡이 길어지고 있었다. 그는 숨을 들이켰다가 한참 만에 내쉬곤 했다.

여러 사람들의 발소리가 골목을 울렸다.

"강치수! 우리는 경찰이야! 네가 누군지도 알고 있어! 넌 살아날 수 없어! 아무 말이라도 좋으니까 마지막으로 한마디만 해봐! 한마디만 말이야!"

강치수의 오른손이 조금 쳐들려지는 듯하다가 도로 밑으로 떨어졌다. 그의 입술이 보일 듯 말 듯 움직였다. 허 걸은 손을 들어 다른 사람들이 조용해 주기를 부탁했다. 그리고 강치수의 입 가까이 귀를 갖다 댔다.

"2…… 4…… 3……"

그는 계속 입술을 움직였지만 그 이상 소리가 되어 나오지가 않았다.

"말해 봐! 잘 안 들려! 좀 더 큰 소리로 말해 봐!"

갑자기 강치수는 숨을 크게 들이마셨다. 그게 마지막이었다. 그는 더 이상 숨을 내쉬지 않았다. 입술도 움직이지 않았다. 모든 것이 정지한 것이다.

허 걸은 허공을 향해 떠 있는 눈을 감겨 주면서,

"2…… 4…… 3……이라고? 그게 뭐지?"

하고 중얼거렸다. 그리고 몸을 일으켰다.

“죽었습니다.”

그리고 그는 누구에게랄 것도 없이 말했다.

그의 머리카락 끝에서 빗물이 주르륵 흘러내렸다.

“뭐라고 그랬지?”

수사본부장이 분노에 찬 목소리로 물었다.

“무슨 암호 숫자 같은 것을 말했습니다. 2, 4, 3이라고만 말했습니다.”

“2, 4, 3이라고? 그게 뭐지?”

“모르겠습니다.”

허 걸은 다시 엎드려 강치수의 호주머니를 뒤지더니 메모 쪽지 하나를 꺼내 들었다.

정보가 새고 있다

수사반이 죽은 강치수에게서 얻은 것은 다음의 두 가지였다. 하나는 그가 숨을 넘기기 직전에 중얼거린 '2, 4, 3'이라는 이상한 암호 같은 숫자였고, 다른 하나는 그의 호주머니에서 나온 메모 쪽지였다.

'2, 4, 3'이라는 숫자는 수사관들이 아무리 머리를 싸매고 생각해도 알 수 없는 숫자였다. 그것이 무엇을 의미하는지 아무도 짐작조차 못하고 있었다. 반면 메모 쪽지는 분명한 의미를 보여주고 있었다. 거기에는 다음과 같은 말이 볼펜으로 적혀 있었던 것이다.

'빨리 피하라. 너희들은 경찰에 포위되어 있다. 경찰이 너희들의 움직임을 주시하고 있다. 출구는 봉쇄되어 있으니 화장실 창문을 통해 달아나라.'

그것은 충격적인 내용이었다. 그것을 한 번씩 읽어 본 수사 요원들은 소스라치게 놀랐다.

"이건 단적으로 우리의 수사 정보가 새고 있다는 것을 말해 주고 있는 거야. 도대체 어떻게 된 일이야?"

수시본부장은 흥분한 나머지 책상을 두드리며 수사 요원들을 쏘아보았다. 그가 흥분하는 것도 무리는 아니었다. 체포 직전에 정보가 새어 나감으로써 범인 체포에 결정적인 증언을 해줄지도 모를 인물을 잃었으니 말이다.

"클럽에서 강치수에게 메모지를 전해 달라고 부탁한 자의 인상이 당구장에서 돈 가방을 가지고 간 자의 인상과 흡사합니다. 웨이터의 증언입니다."

조 태가 상사의 눈치를 살피며 조심스럽게 말했다. 그는 이스탄불의 웨이터를 데려다가 신문했던 것이다. 그 웨이터는 어떤 사람의 부탁을 받고 강치수에게 메모지를 전달해 주었던 청년인데, 그 바람에 장시간은 아니지만 수사본부에 연행되어 곤욕을 치러야 했던 것이다.

"그 자가 바로 범인이야! 범인은 대담하게도 나이트클럽 안에까지 들어왔던 게 분명해! 그 메모지를 전달해 주기 위해서는 클럽 안에 들어올 수밖에 없었어! 놈은 그러니까 우리 손아귀에 들어왔다가 달아난 거야!"

본부장은 억울해 못 견디겠다는 투로 말했다.

수사 요원들은 모두 흥분해 있었다.

사건은 해결되기는커녕 더욱 크게 확대되었던 것이다. 이제 사건은 단순한 유괴 사건 정도가 아니었다. 엄연히 살인 사건으로 확대된 것이다.

"놈은 왜 기를 쓰고 그 메모지를 강치수에게 전달해 주려고 했을까?"

본부장은 좌중을 둘러보며 물었다.

"그거야 강치수를 밖으로 유인해 내어 제거하려고 그런 거 아닙니까."

한 수사관이 재빨리 말했다.

"맞았어! 바로 그거야! 강치수는 놈이 누군지 알고 있어.!그래서 범인은 우리보다 한 발 앞서 강치수를 제거한 거야! 문제는 범인이 우리가 이스탄불을 덮친다는 것을 어떻게 알았느냐 하는 점이야! 이건 정보가 새지 않으면 알 수 없는 일이야! 정보가 새고 있어! 이 중에 누군가가……"

수사본부장은 마지막 말만은 차마 말 할 수 없었던지 말끝을 흐렸다.

"범인은 적시에 나타나서 강치수를 제거한 것 같습니다."

허 걸이 말했다. 그 역시 정보가 새고 있다는 데 대해서는 이의가 없었다. 경찰의 수사 정보가 새고 있다면 그것은 정말 큰일이었다.

"왜 정보가 새고 있지? 범인이 수사본부 안에 도청 장치라도 했단 말인가?"

"범인은 혼자가 아닌 것 같습니다. 공범이 있지 않고는 수사 정보를 얻기가 어려울 것입니다."

누군가가 말했다.

"나도 그렇게 생각해. 공범이 있을 가능성이 많아. 이제부터 여러분이 신경을 쓸 것은 수사 정보가 새지 않도록 조심하는 일이야. 이 안에서 주고받은 말을 밖에 나가 흘리면 절대 안 돼. 기자들에게 발표하는 것은 일단 내 허가를 받고 나서 하도록. 그리고 정보가 새고 있는 곳을 빠른 시간 안에 알아내야 해. 그걸 알아내면 범인은 체포한 거나 마찬가지일 거야.”

본부장은 조 태와 허 걸을 따로 불러 정보가 누구로부터 새고 있는지 그것을 탐지해 내라고 특별히 당부했다.

“범인이 혼자가 아니고 공범이 있다고 생각하십니까?”

수사본부를 나서면서 허 걸이 조 태에게 물었다.

“글쎄, 그럴 가능성이 많지 않아?”

“꼭 그렇다고는 볼 수 없습니다. 범인은 혼자일 수도 있습니다. 수사 정보란 우연히 얻어 들을 수도 있지 않습니까?”

“난 우연이라고 생각지는 않아.”

“저도 우연이라고 생각지는 않습니다.”

“정보가 어디서 새고 있는지 어떻게 알아내지?”

“이제부터 알아봐야겠죠. 범인은 의외로 가까운 데 있는지도 모릅니다. 가까운 데서 우리들의 움직임을 웃으며 바라보고 있는지도 모릅니다.”

“나는 이 사건이 제 1단계로 접어들었다고 생각해. 유괴 사건이 마침내 살인 사건을 몰고 왔다고 생각해. 제 2, 제 3의 살인 사건이 일어날 가능성도 있어. 그리고 청미는 이미 살해되었을 가능성이 더 커졌어. 강치수를 칼로 찔러 죽인 잔인성으로 보아 인질을 지금까지 살려두었을 것 같지가 않아.”

“범인이 강치수를 살해하면서까지 자신을 지키려고 한 것으로 보아 그럴 가능성이 매우 높다고 볼 수 있죠. 하지만 예외라는 것에 저는 기대를 걸고 싶습니다. 언제나 변수가 작용하게 마련이니까요."

"자넨 언제나 낙관적이야."

경찰은 코브라파 일당을 밤새 신문했다. 죽은 강치수가 범인을 알고 있다면 그들도 마찬가지일 것이라고 생각해서였다. 그들의 다른 범죄 행위 따위는 아무래도 좋았다. 경찰은 오로지 그들이 유괴범을 알고 있는지, 그리고 그들이 이번 유괴 사건과 관계가 있는지에 대해서만 관심이 있었고, 그래서 그 점에 대해서만 집중적으로 추궁해 들어갔다.

그러나 밤을 꼬박 새우면서 신문한 결과는 아무것도 없다 라는 것이었다. 그들은 유괴 사건과 아무런 관계도 없었고 범인의 얼굴을 알지도 못했다. 홍상파가 1억 원을 날리던 날 밤 코브라파 일당은 당구장에 있지도 않았다. 오직 강치수만이 당구장에서 범인과 당구를 쳤던 것이다.

강치수는 스물아홉 살이었다. 그리고 그는 혼자 몸이 아니었다. 변두리에 있는 사글세방에는 그의 아내와 일곱 살짜리 아들이 살고 있었다. 그의 아내는 만삭이 된 몸으로 형사들을 맞이했다. 형사들은 먼저 범인의 몽타주를 보였다. 그것을 들여다본 그녀는 고개를 흔들었다. 그녀는 전혀 모르는 것 같았다. 그녀는 남편의 죽음까지도 아직 모르고 있었다. 남편의 죽음을 알리자 그제야 어린 아들을 부둥켜안고 울었다. 형사들은 다시 몽타주를 보이면서,

"이놈이 바로 당신 남편을 죽인 범인이오. 집에 한 번쯤 찾아

왔을 텐데 그래도 모르겠소?"

하고 다그쳤지만 그녀는 원망 어린 눈으로 그것을 들여다보면서 고개를 흔들 뿐이었다.

신원 조회 결과 강치수에게는 전과가 있었다. 7년 전 그는 강도 강간으로 4년 형을 언도받고 복역한 경력이 있었다. 그 후로는 전과가 없었다. 그러나 코브라파 일당을 족친 결과 그 동안 드러나지 않은 범죄가 15건이나 되었다.

허 걸은 강치수에게 메모지를 전해 준 이스탄불의 웨이터를 다시 한 번 만나 보았다.

"자, 처음부터 다시 한 번 말해 봐요. 자세히 말이야. 이건 아주 중요한 살인 사건이니까 귀찮겠지만 사실대로, 그리고 아는 대로 이야기해 봐요."

지칠 대로 지친 웨이터는 이맛살을 찌푸렸다.

"다 이야기했는데요."

"알고 있어요. 하지만 다시 한 번 말해 봐요. 새로운 사실이 드러날지도 모르니까. 그 손님 전에 본 적이 있나?"

"아뇨, 처음이에요. 그 손님이 들어온 것은 오후 8시경이었어요. 룸을 달라고 하기에 3번 룸으로 안내했어요. 어떤 아가씨하고 함께 왔었어요."

웨이터의 말이 그 아가씨는 미인 측에 들기는 어려운 그저 그렇고 그런 차림의 좀 야한 여자였다고 했다. 덧붙여 말하는 것이 못생겼기 때문에 별로 기억이 나지 않는다고 했다.

"그 손님은 맥주 네 병과 안주를 시켰습니다. 그리고 9시쯤 되었을 때 저를 불렀습니다. 술값을 미리 계산하면서 거스름돈 5천

원을 저에게 팁으로 주었습니다. 그러면서 메모 쪽지를 전해 달라고 했습니다. 흰 티셔츠를 입은 청년을 가리키면서 그 청년에게 쪽지를 전해 달라고 했습니다. 그래서 시키는 대로 전해 주었을 뿐입니다. 전 그 사람 알지도 못하고, 잘못한 것도 없습니다."

웨이터는 피곤에 지친 얼굴로 말했다.

"그 사람이 클럽을 떠난 것은 언제였나?"

"그러니까 쪽지를 전해 주고 나서 바로 돌아 가 보니 보이지 않았습니다. 감쪽같이 사라져서 좀 이상하다고 생각했습니다만……"

"여자와 함께 사라졌나?"

"네, 3번 룸이 텅 비어 있었으니까요."

"쪽지를 전해 받은 청년은 뭐라고 했나?"

"이게 뭐냐고 했습니다. 그래서 3번 룸에 있는 어떤 손님이 전해 달라고 부탁하더라고 했습니다. 나중에 보니까 그 손님이 3번 룸에 가보는 것 같았습니다만 그때는 그 손님이 떠나고 난 뒤였습니다."

"3번 룸에 있던 그 손님 인상착의를 말해 주겠나? 자세히 말이야."

"안경을 끼고 있었습니다. 테가 검은 안경이었습니다. 키는 작은 편이었고 나이는 마흔쯤 돼 보였습니다. 턱은 뾰족했고 광대뼈가 튀어나와 있었습니다. 눈은 움푹 들어가 있었습니다. 말투가 몹시 느리고…… 어쩐지 기분 나쁜 목소리였습니다. 머리는 기름으로 발라 붙였습니다. 그리고 위에는 흰색 사파리를 입고 있었습니다. 더 이상 할 말이 없습니다."

허 걸은 다음에 강치수의 애인을 만나 보았다.

그녀는 강치수가 피살되던 날 밤 그와 함께 이스탄불에 춤추러 왔던 아가씨였다. 그녀는 여대생으로 강치수를 알게 된 지는 두 달쯤 된다고 말했다. 어리석게도 그녀는 강치수에게 아내가 있는지도 모른 채 그와 결혼까지 약속했던 모양이었다. 하지만 강치수의 죽음에 별로 슬퍼하는 기색은 아니었다.

"혹시 이 사람 본 적 있나요? 강치수와 자주 만난 걸로 알고 있는데……"

허 걸은 범인의 몽타주를 내보였다.

"본 적 없어요."

그녀는 머리를 흔들었다.

'2, 4, 3'은 무엇을 의미하는 것일까.

어떻게 경찰의 수사 정보가 새어 나갔을까. 정말 공범이 있는 것일까.

범인은 앞으로 좀처럼 자신을 노출시키려 들지 않을 것이다. 그것이 얼마나 위험한 짓인가를 알고 있기 때문에. 하긴 자신을 노출시킬 일도 앞으로는 별로 없을 것이다.

범인은 지금까지 두 번 자신을 노출시켰다. 한 번은 당구장에 나타나 돈 가방을 챙겨 갈 때, 또 한 번은 강치수를 제거하기 위해 이스탄불에 나타난 것이 그것이다. 놈은 수사 정보에 접근하는 것도 삼갈 것이다. 일단 위험 요인을 제거한 이상 수사 정보에 접근할 필요도 없을 것이다.

그는 수사원 외에 수사 정보에 접근할 수 있는 사람들을 하나

하나 짚어 보았다. 먼저 생각난 사람이 홍상파였다.

홍상파·송묘임·송태하·송지회로 이어지는 얼굴들이 어지럽게 나타났다가 사라졌다. 그들과 함께 기자들의 얼굴도 떠올랐다.

* 홍상파 : 그는 유괴된 청미의 아버지다. 그에게 어떻게 의심을 둔단 말인가.

* 송묘임 : 그녀는 유괴된 청미의 어머니다. 그녀를 의심할 수는 없다.

* 송태하 : 그는 유괴된 청미의 외삼촌이다. 왜 조카를 유괴하겠는가.

* 송지회 : 그녀는 청미의 이모이다. 그녀 역시 수사 대상에서 제외시킬 수밖에 없다.

* 기자들 : 그들은 항상 수사본부에 드나들면서 정보에 접할 수 있는 기회가 많다. 그러나 그들 중의 누군가가 범인과 내통하고 있다고 보기는 어렵다.

* 수사반 : 정말 곤란한 상대다. 의심하는 것은 좋지만 그들을 난처하게 만들지는 말자.

그러고 보니 아무도 의심할 만한 사람이 없다. 모두가 신원이 확실하고 청미가 돌아오기만을 애타게 기다리고 있는 사람들뿐이다.

그러나 일단은 모든 주위 사람들을 의심해 볼 수도 있는 일이다. 범인은 의외로 가까운 데서 맴돌고 있을지도 모른다. 그렇다면 주위에 있는 사람들을 의심해 보는 것도 그렇게 나쁘지는 않을 것이다. 믿는 도끼에 발등 찍힌다는 말이 있지 않은가. 수사관이라면 누구도 믿어서는 안 된다. 모든 사람들을 일단 의심해 볼 필요가 있다. 정보가 새고 있다는 것이 확실하다면 말이다.

그러고 보니 짚이는 인물이 한 명 있었다. 청미의 외삼촌인 송태하 기자였다. 그는 청미의 외삼촌이기 때문에 수사 정보에 자연스럽게 접근할 수 있다. 더구나 그는 기자가 아닌가. 그는 물론 경찰이 이스탄불을 덮친다는 것도 알고 있었다. 다른 기자들이 모르는 것도 그는 알고 있다. 그는 양쪽에 다리를 걸치고 있기 때문에 정보원이 풍부하다. 그러나 그를 맞대 놓고 신문한다는 것은 어리석은 짓이다.

송태하 기자의 일과는 아침 9시에 신문사에 출근하여 1시간가량 머물다가 수사본부로 가서 그곳에서 하루 종일 시간을 보낸 다음 오후 5시에 신문사로 돌아와 6시에 퇴근하는 것으로 되어 있었다. 그런데 퇴근 후에도 그는 수사본부에서 거의 시간을 보내는 경우가 많았다. 그리고 밤이 깊어서야 8층에 있는 누나의 아파트로 가서 잠자리에 드는 것이었다.

강치수가 살해된 지 이틀 후,

그러니까 7월 24일 오후 5시 조금 지나 J일보 사회부의 전화벨이 요란스럽게 울렸다. 전화통 앞에 앉아 있던 기자가 전화를 받더니 그것을 송태하 기자에게 넘겼다.

"나…… 장만두네, 잘 있었나?"

태하는 소스라치게 놀랐다. 그는 자기 귀를 의심하고 다시 한번 물었다.

"네? 누구시라구요?"

"장만두라니까. 기억하겠나?"

"아이구, 난 또 누구시라구요! 하도 오랜만에 전화를 주셔서 미처 못 알아들었습니다. 죄송합니다."

수인사가 지난 후 상대방은 물었다.

"저녁에 시간 좀 낼 수 없겠나?"

태하는 몹시 난처했다. 오랜 세월이 흐른 지금 그를 만나야 할 이유 같은 것이 생각나지 않았던 것이다. 그렇다고 오랜만에 전화를 걸어 온 사람한테 무슨 일로 그러느냐고 따져 묻기도 곤란했다. 그런 것도 그런 것이지만 그는 퇴근 후에 약속이 있었다.

그에게는 결혼을 약속한 애인이 있었다. 그들은 10월쯤 해서 식을 올리기로 되어 있었다. 두 달 전 맞선을 보고 서로 마음에 들어 거의 매일이다시피 만나고 있었는데 갑자기 그의 조카가 유괴되는 사건이 발생하는 바람에 서로 만나지 못한 지가 일주일이 넘었다. 그도 여자가 보고 싶었고 여자도 그를 보고 싶어 했다. 그래서 오늘 퇴근 후에 만나기로 했던 것이다.

"네, 좋습니다."

그는 장만두를 만나 보기로 했다. 뭔가 부탁하려고 그러는 것이겠지 하고 그는 생각했다.

"6시 반에 어떤가?"

"7시면 좋겠는데요."

태하는 6시 반에 약속 장소에서 애인을 만났다. 그리고 중요한 일로 가봐야 한다고 하면서 차만 한 잔 마시고 일어섰다. 그의 애인은 모욕을 당한 듯 얼굴빛이 붉어졌다.

7시 5분에 그는 장만두와 약속한 다방으로 들어섰다.

장만두는 먼저 와서 기다리고 있었다.

9년 만의 대면이었다.

장만두(張萬斗)는 많이 늙어 있었다. 이제 마흔인데 흰머리가 눈에 띄게 많아 보였고 얼굴의 주름살도 훨씬 많아져 있었다. 그는 중키에 마른 편이었고 얼굴빛이 조금 검어 보였다. 젊은 시절의 희망을 접어 둔 채 외롭게 나이가 들어가는 중년 사내의 초라함 같은 것이 그의 몸에는 배어 있는 듯했다. 한 가지 변하지 않은 것이 있다면 그의 맑은 눈빛이었다. '누나가 이 남자에게 끌린 것은 저 눈빛 때문이었을 거야' 하고 태하는 생각했다.

장만두…… 그는 송묘임의 과거 애인이었다. 그러나 그들의 사랑은 이뤄지지 못한 채 비련으로 끝나야 했다. 그것이 순전히 누이 때문이라는 것을 태하는 알고 있었다.

두 사람은 악수를 나눈 다음 자리를 잡고 앉았다.

차를 마시는 동안은 의례적인 이야기만을 나누었다.

"어떻게 지내십니까?"

"나야 뭐 여전하지. 지금은 K여고에 있네."

그는 수학 교사였다. 송묘임은 여고 시절 그에게서 수학을 배웠다. 그러니까 그는 송묘임의 은사인 셈이었다.

"자제분은 몇이나 되십니까?"

그 질문에 대해 장만두는 쓸쓸하게 웃어 보였다.

"난 아직 결혼을 못 했네."

그 말을 듣는 순간 뭉클한 것이 가슴에 와 닿는 것을 태하는 느끼지 않을 수 없었다. 괜한 것을 물었다고 그는 생각했다.

그는 장만두가 그의 누이를 얼마나 깊이 사랑했던가를 잘 알

고 있었다. 누이와 헤어진 뒤 아직까지 그 상처에서 헤어나지 못
하고 있다는 말인가. 그는 맞은편에 앉아 있는 사내에게 괜히 미
안한 생각이 들었다.

그의 누이와 장만두가 어떻게 맺어지게 되었는가는 태하도
자세한 것은 잘 모르고 있었다. 아무튼 그들은 집안이 다 알도록
열렬히 사랑했고, 결혼까지 약속한 사이였다. 태하도 그를 좋아
했다. 그는 겸손하고 조용한 인품을 지니고 있었다. 그리고 법 없
이도 살 만큼 선량했다.

그런데 집안에서는 그들의 결혼을 한사코 반대했다. 일개 평
교사에게 딸을 시집보낼 수 없다는 것이 가장 큰 이유였다. 그러
다 보니 나이 차이가 많다느니 신랑 측이 너무 가난하다느니 하
는 것들이 들먹여졌다. 사실 장만두의 집안은 몹시 가난했다. 그
는 5남매의 맏이였다. 그리고 부모가 다 살아 있었다. 따라서 결
혼하면 묘임이 그 집안에 들어가서 시부모를 모셔야 하고 시동생
들의 뒤치다꺼리까지 맡아 해야 할 판이었다. 그러니 묘임의 집
안에서 한사코 반대하고 나선 것도 무리는 아니었다. 묘임은 그
사이에서 고민했다.

이러지도 저러지도 못하고 있는데 그녀 앞에 홍상파가 나타
났던 것이다. 그를 보자 그녀의 마음은 갈대처럼 흔들렸다. 그는
잘생기고 멋진 사내였다. 그리고 얼마든지 뻗어 나갈 수 있는 남
자 같았다. 그에 비해 장만두는 초라하기 짝이 없는 수학 교사였
다. 고민 끝에 그녀는 마침내 장만두를 떠나 홍상파의 품에 안겼
다. 그것이 지금부터 9년 전의 일이었다. 결국 그녀가 그를 배신
한 셈이었다. 태하는 그때 누나를 신랄하게 비난했었다. 그때 그

는 대학생이었는데, 누나의 배신행위가 더없이 비열하게 생각되었던 것이다. 그러나 그것도 세월이 흐르자 눈 녹듯이 사라져 버리고 장만두라는 사람에 대한 기억도 희미해질 대로 희미해져 뇌리에서 거의 사라져 가고 있었던 것이다.

"참, 제가 J일보에 근무하고 있다는 것은 어떻게 알고 전화를 하셨습니까?"

"우리는 각별한 사이였지 않았나. 난 항상 만나지는 못해도 자네를 생각하고 있었지. 그리고 난 J일보 애독자 아닌가. 사회면 기사 끝에 실리는 자네 이름을 보고 자네가 거기에 있다는 것을 오래 전부터 알고 있었지. 자네 기사가 나오면 빼놓지 않고 보고 있다네."

"그러셨군요."

묘임을 통해 알게 된 그들은 그의 말마따나 각별한 사이였다. 태하는 앞으로 매형이 될 그를 아주 좋아했다. 그러나 누나가 그와 헤어짐으로 해서 태하 역시 그를 만나지 않게 되었던 것이다.

차를 마시고 난 그들은 식당으로 자리를 옮겼다. 만두가 저녁을 사겠다고 하면서 태하를 일식집으로 안내했다.

"자네 누나가 몹시 고통을 겪고 있다는 것은 신문을 통해 알고 있지."

글라스에 맥주를 따라 주면서 만두가 말했다. 마침내 누나에 관한 이야기를 꺼내기 시작한 것이다.

태하는 맥주를 단숨에 들이켰다.

"누님 댁은 풍비박산입니다. 모든 것이 정지 상태입니다."

"아이 이름이 청미라고 했지?"

"네, 그렇습니다. 아주 귀여운 아입니다."

"가능성이 전혀 없나?"

"절망적입니다."

태하는 신음하듯 말했다.

그렇지 않아도 검은 장만두의 얼굴이 더욱 검어지는 듯했다.

"왜 하필 그 애를……"

만두는 혼잣말처럼 중얼거렸다.

"제가 하는 말이 바로 그 말입니다. 그 많은 아이들 중에 왜 하필 그 애를 유괴했을까 하는 점입니다. 아무리 생각해도 이해할 수 없습니다."

과거의 애인(愛人)

"왜 하필 그 애를⋯⋯"

만두는 똑같은 말을 한 번 더 되풀이했다. 그러고 나서 담배에 불을 붙였다. 한동안 아무 말 없이 괴로운 표정으로 담배만 피우다가 이윽고 그는 담배를 비벼 끄고 태하를 바라보았다.

"신문에 난 기사를 보고 모른 체할 수가 없었네."

이 사람은 아직도 누나를 생각하고 있구나 하고 생각하니 태하는 가슴이 쓰려 왔다. 한 번도 사랑이라는 것을 해본 적이 없는 그는 마흔 살이나 먹은 사나이의 그와 같은 순수한 감정이 퍽이나 신기하게만 생각되었다.

"감사합니다."

"난 자식을 길러 보지는 않았지만⋯⋯ 그런 경우 부모의 심정이 어떠하리라는 것은 충분히 짐작이 가고도 남네."

“정말 옆에서 보는 사람까지 환장할 지경입니다. 유괴야말로 범죄 중에서도 가장 사악한 범죄입니다.”

“내가 직접 당하지는 않았지만 나는 신문을 보고는 전율했네. 왜, 하필이면 누님한테 그런 일이 생겼을까 하고 하늘을 원망하기까지 했네.”

“누님의 딸을 보신 적 있습니까?”

“유괴된 아이 말인가?”

“네, 그 아이 이름이 홍청미입니다.”

만두의 시선이 태하의 눈길을 벗어나 허공에 잠시 머물렀다. 마치 허공을 더듬는 것 같았다.

“그 아이라면…… 아주 오래 전에 한 번 우연히 본 적이 있지. 5년 전인가 6년 전에…… 고궁에서 한 번 본 적이 있어. 가을이었는데…… 고궁에 노란 은행잎이 비단처럼 깔려 있었는데…… 그 위를 귀여운 아기가 아장 걸음으로 걸어 다니는 것을 본 적이 있지. 그때 누나는…… 열심히 사진을 찍고 있었지. 그게 마지막이었어. 그 뒤로는 한 번도 보지 못했지. 누나는 아이가 몇이지?”

과거를 회상하는 그의 눈길은 호수처럼 깊이 잠겨 있었다.

“그 애 하나뿐입니다.”

“저런…… 정말 충격이 크겠군.”

그는 미간을 모으며 혀를 끌끌 찼다.

“만일 청미를 영영 찾지 못하게 되면 누님의 가정은 그대로 무너져버리고 말 겁니다.”

“정말 큰일이군, 큰일이야.”

만두는 크게 한탄했다.

“저도 어떻게 해야 할지 모르겠습니다. 매시간 마다 피가 마르는 기분입니다.”

“그럴 테지. 신문에 보니까 누나가 입원했다고 하던데 좀 어떤 가?”

“식음을 전폐하고 누워 있다가 결국 의식을 잃는 바람에 병원으로 실려 갔었죠. 지금은 조금 정신을 차린 모양입니다만⋯⋯ 청미가 돌아오기 전에는 아무래도 다시 일어나기가 어려울 것 같습니다.”

“어느 병원에 입원해 있나?”

“을지로에 있는 H병원입니다.”

“내가 한번 가보고 싶은데⋯⋯”

만두는 목소리를 낮추어 중얼거리듯 말했다.

그 말에 태하는 멈칫했다. 비로소 장만두가 왜 갑자기 그를 만나자고 했는지 그 이유를 알 것 같았다. 태하는 얼른 판단을 내리기가 어려웠다. 갑자기 나타난 그를 보고 누나가 어떻게 나올지도 알 수 없는 일이고 거기서 혹시나 매형이라도 만나게 되면 서로 입장이 난처해질 것이다.

“누나의 몰골이 말이 아닙니다. 안 보시는 게 좋을 겁니다.”

“아니야, 몇 호실인지 가르쳐 주게. 이럴 때 찾아보지 않고 언제 찾아보겠나. 불편하게 하지 않을 테니까 좀 가르쳐 주게.”

태하는 난처했다. 누나를 만나 보겠다는 만두의 의지는 의외로 강경한 것 같았다. 생각 끝에 결국 태하는 만두의 요구를 들어주기로 했다.

“509호실입니다.”

"병실에서는 누가 간호하고 있나?"

"아마 어머니가 아니면 지회가 간호하고 있을 겁니다."

지회도 만두를 알고 있었다.

"사실은 몇 번이나 망설이다가 자네한테 연락을 취한 거지. 내가 하는 짓이 과연 옳은 짓인지 그른 짓인지 따지기에 앞서…… 그런 불행을 당했는데 모른 체하고 있을 수가 없었어."

"감사합니다. 누나도 형님을 보시면 기뻐할 겁니다. 제가 안내해 드리겠습니다. 혼자 가는 것보다 저하고 함께 가는 게 좋을 것 같습니다."

"바쁘지 않나?"

"괜찮습니다."

그들은 병원에 가기 위해 일어섰다.

송묘임은 특실에 입원해 있었다.

청미가 유괴된 이후 지금까지 내내 울고만 있었기 때문에 이제는 눈물마저 말라붙어 더 이상 눈물도 나오지 않았다. 그녀는 하루 종일 넋 빠진 상태로 창밖만 바라보고 있었다. 거의 아무것도 먹으려 들지 않았기 때문에 링거 주사로 겨우 몸을 지탱하고 있었다.

그녀의 동생인 지회는 자신의 의상실은 종업원들에게 맡겨둔 채 잠시도 언니 곁을 떠나지 않고 있었다. 거의 제정신이 아닌 언니가 무슨 일을 저지를지 알 수 없었기 때문이다.

태하가 병실 안으로 들어섰을 때 묘임은 여전히 어두운 창밖을 바라보고 있었고 지회는 책을 보고 있었다.

두 여자는 태하의 표정부터 살폈다. 반가운 소식이라도 없을까 해서였다. 태하의 표정이 굳어 있는 것을 보고 그녀들의 표정도 굳어졌다.

"무슨 소식 없었어요?"

그래도 지회가 가느다란 희망을 품은 채 물었다.

"없어."

태하는 천천히 머리를 젓고 나서,

"손님이 왔는데……"

라고 말했다.

묘임은 말없이 태하를 바라보았고 지회는 누가 왔느냐고 물었다.

"장만두 씨가 오셨어요."

태하는 누나에게 똑바로 말했다. 그 말을 듣는 순간 그녀의 얼굴에 경련이 스쳐가는 것 같았다. 그녀는 비스듬히 기울이고 있던 상체를 벌떡 일으켰다.

"어머, 그분이 여긴 웬일이에요?"

지회가 놀라서 물었다.

"문병을 오고 싶다고 하기에 내가 모시고 왔어."

"오빠도 참…… 이제 와서 그분을 여기 모시고 오면 어쩌자는 거예요?"

"어쩌자는 게 아니야. 순수한 뜻으로 받아 줘서 그리 나쁠 것 없잖아."

"형부라도 오시면 어떡하려고 그래요?"

"내가 알아서 할 테니까 그런 건 걱정 마."

태하가 묘임을 보니 그녀는 어느새 빗으로 머리를 빗고 있었다. 핏기 없이 하얗기만 하던 얼굴에는 분명히 뭐라고 말할 수 없는 변화가 일고 있었다. 거울을 보고 옷매무새를 고쳤다.

"언니, 어떡하실래요?"

지회가 묘임의 눈치를 보며 물었다.

"들어오시라고 해."

묘임은 갑자기 딴 사람이 된 듯했다. 정색을 하고 문 쪽을 바라봤다.

태하는 밖에 기다리고 있는 만두를 불러 들였다.

만두는 서글픈 듯한 미소를 띤 채 병실로 들어섰다.

묘임과 만두의 시선이 뜨겁게 부딪쳤다. 그들은 아무 말도 하지 않았다. 만두의 시선이 지회에게 향했다. 지회의 입가에는 씁쓸한 미소가 잠깐 나타났다가 사라졌다.

"안녕하세요."

지회가 먼저 고개를 까딱해 보이며 인사했다.

"아, 지회……"

만두는 성숙할 대로 성숙한 미녀를 잠시 넋을 잃고 바라보았다. 그녀가 여고생일 때 보고는 처음 보는 것이었다.

태하가 눈짓을 보내자 지회는 병실을 나갔다. 태하도 자리를 비켜주었다.

이제 병실에는 두 사람만 남아 있었다.

만두는 침대가로 다가섰다.

묘임은 과거의 애인을 뚫어지게 올려다보았다. 만두도 그녀에게서 눈을 떼려고 하지 않았다. 묘임의 두 눈에 눈물이 가득 이는가 했더니 이윽고 야윈 뺨 위로 눈물이 흘러내렸다.

만두가 옆으로 다가서서 그녀의 떨리는 어깨 위에 손을 올려 놓았다. 그녀는 기다렸다는 듯이 남자의 몸에 얼굴을 묻으면서 울음을 터뜨렸다.

여자가 우는 동안 남자는 계속해서 그녀의 어깨를 어루만져 주었다. 그는 여자가 실컷 울도록 내버려두었다.

두 사람의 모습은 부부 이상으로 정감어린 모습이었다. 아무리 부부라 할지라도 그런 모습일 수는 없었다. 진실로 사랑하는 사람들만이 그런 모습을 취할 수가 있었다.

한참 울고 난 묘임은 고개를 들어 과거의 애인을 올려다보았다. 그리고 가냘픈 목소리로 들릴락 말락 하게,

"보고 싶었어요."

라고 말했다.

"나도 보고 싶었어. 보고 싶어서 참을 수가 없었어."

남자는 침대 옆에 있는 의자에 앉으며 그녀의 손을 잡았다.

"손이 차군. 너무 야위었어. 이러면 안 돼. 힘을 내야지. 힘이 없으면 아이를 찾지 못해. 강하지 않으면 범인을 이기지 못해."

"그 애의 울음소리가 들려요. 자다가도 들려서 잠을 깨곤 해요. 우리 청미를 찾아 주세요. 청미가 없으면…… 전 살 수 없어요. 우리 청미를 찾아 주세요."

그녀는 다시 흐느껴 울었다. 남자의 손에 얼굴을 비비면서 흐느꼈다.

"왜 하필 그 애를…… 죽일 놈 같으니……"

남자의 얼굴이 비통하게 일그러졌다.

"그 애가 없으면 전 살 수 없어요. 그 애가 없어졌을 때…… 제일 먼저 선생님이 생각났어요. 선생님밖에 생각나지 않았어요. 오늘도 선생님을 생각하고 있었어요. 선생님이 이렇게 오신 걸 보니까…… 신비한 생각이 들어요. 선생님, 결혼하셨죠?"

눈에 눈물을 가득 담은 채 그녀는 만두를 올려다보았다.

남자는 천천히 머리를 흔들었다.

"난 결혼하지 않을 거야. 결혼할 수가 없어, 도저히……"

여자는 남자의 손바닥에 입술을 갖다 댔다. 그리고 떨리는 소리로,

"선생님…… 죄송해요…… 용서해 주세요."
하고 말했다.

"그런 말 하지 말아요. 이제 와서 그런 말해서 무슨 소용이 있어."

"선생님을 생각할 때마다 항상 죄책감에 사로잡히곤 했어요. 시간이 흐르면 잊을 수 있을 줄 알았는데 그게 아니었어요. 시간이 흐를수록 죄책감은 더욱 깊어 가기만 했어요."

"그런 생각은 집어치워요. 모두 과거의 일이야. 한때의 불장난으로 생각하면 돼."

남자는 감정을 최대한 억제하고 있었다.

"불장난이 아니에요. 선생님은 위험을 무릅쓰고 저를 이렇게 찾아오시지 않았어요. 선생님의 그 눈빛을 보고 저는 알았어요. 선생님의 감정은 조금도 변하지 않았다는 것을……"

"내가 여기 찾아온 것은 옛날 감정을 품고 찾아온 게 아니야. 나는 옛날의 그 감정에서 벗어난 지 이미 오래야. 오해하지 마."

"그럼 왜 오셨어요? 두 분이 마주치기라도 하면 어쩌시려고 찾아오셨어요?"

"모른 체할 수가 없었어. 신문에 난 기사를 보고 나서 오래도록 생각해 봤어. 결국 무엇엔가 떠밀리다시피 하면서 여기까지 오게 된 거야. 신문사에 전화를 걸이 태하를 찾았었지."

"뭐라고 말씀하셔도 좋아요. 용서해 주세요."

"벌써…… 용서했어."

여자는 어깨를 떨었다. 남자는 그녀의 어깨를 끌어안았다가 문득 정신을 차린 듯 얼른 일어나 창가로 걸어갔다.

"왜 하필 그 애를……"

그는 창밖을 바라보면서 혼잣말처럼 똑같은 말을 되풀이해 중얼거렸다. 그러자 여자가 이렇게 말했다.

"저는 선생님한테 또 한 번 죄를 지었어요."

남자는 아무 대꾸 없이 등을 보인 채 장승처럼 서 있었다.

허 걸 형사는 병원 건물 맞은편 골목에 서서 병원에서 나오는 사람들을 줄곧 감시하고 있었다.

그는 송태하 기자를 미행해서 그곳까지 온 것이었다. 그런데 그는 지금 송 기자보다도 그와 함께 병원에 들어간 그 비쩍 마른 중년의 사나이에게 더 관심을 두고 있었다. 그 사나이는 처음 보는 사나이였다. 나이 차이가 나는 것으로 보아 송 기자와 그 사나이는 친구 사이도 아닌 것 같았다. 묘임이 입원해 있는 병원에 함께 들어간 것으로 보아 그녀를 문병하러 온 것 같았다. 혹시 묘임과 관계가 있는 인물이 아닐까. 관계가 있다면 어떤 관계일까. 단순한 친척 관계가 아닐까. 아무튼 그 자를 조사해 볼 필요가 있을 것 같았다.

30분쯤 지나 송 기자와 그 사나이가 나오는 것이 보였다.

허 형사는 적당한 간격을 두고 그들을 미행했다. 송태하는 현역 기자이기 때문에 여간 조심하지 않으면 그에게 미행을 눈치 채일 염려가 있었다. 그래서 허 형사는 멀찍이 떨어져서 그들을 따라갔다.

얼마쯤 걸어가던 그들은 이윽고 어느 카페로 들어갔다. 허 형사는 별수 없이 밖에서 그들이 나오기를 기다릴 수밖에 없었다.

시간은 이미 10시가 지나고 있었다. 생각 끝에 그는 조 태에게 전화를 걸어 지원을 부탁했다. 상황 설명을 하고 나서 수사 요원 두 명만 급히 보내 달라고 요청했다. 20분쯤 지나 조 태는 수사 요원 두 명을 데리고 직접 달려왔다.

두 명은 송 기자에게 얼굴이 팔리지 않은 사람들이었다. 그 중 한 명이 카페에 들어가 동정을 살펴보고 나왔다.

"두 사람은 카운터에 앉아서 술을 마시고 있습니다."

"다시 들어가서 바텐더에게 그들이 무슨 말을 하고 있는지 잘 좀 들어 두라고 해."

그 형사는 다시 안으로 들어갔다.

그는 카운터를 피해 한쪽 구석진 곳에 앉아 바텐더를 불렀다. 바텐더는 여자였다. 그녀가 의아한 듯 다가오자 형사는 그녀에게 자리를 권했다. 그녀는 바쁘기 때문에 자리에 앉을 수가 없다고 말했다. 형사는 잠시면 된다고 하면서 그녀를 붙들어 앉혔다. 그런 다음 자신의 신분증을 보여 주고 나서 용건을 이야기했다.

"자, 이거 얼마 안 되지만……"

팁을 주자 그녀는 안 받으려고 했다. 형사는 억지로 그녀의 손에 팁을 쥐어주고 나서 다시 들르기로 하고 그곳을 나왔다. 그것도 모르고 송태하와 장만두는 이야기에 열중하고 있었다.

그들이 그 카페에서 나온 것은 11시 10분 전이었다. 그들이 나오는 것과 동시에 아까의 그 형사가 급히 안으로 들어갔고 나머지 세 사람은 송 기자와 장만두를 미행하기 시작했다.

허 걸과 조 태는 차도 건너편으로 건너가 그들을 미행했다. 차도 이쪽에서는 형사 하나가 그들을 따라갔다.

갑자기 송 기자가 손을 번쩍 들어 빈 택시를 잡았다. 두 사람은 악수를 나누었다. 장만두 혼자 택시 안으로 들어갔다. 조 태는 이쪽에 있는 형사에게 빨리 택시를 잡아타라고 손짓을 해보였다. 허 걸도 급히 택시를 잡았다.

"앞차로 가겠습니다, 뒤차로 오십시오."

한 택시에 둘이 타는 것보다는 따로따로 타고 미행하는 것이 안전하기 때문에 허 걸이 먼저 혼자서 택시를 잡아타고 출발했던 것이다.

다행히 그 거리에는 빈 택시가 즐비했다. 허 걸이 뒤돌아보니 조 태도 막 택시에 오르고 있었다. 이제 송 기자는 형사들의 미행 대상이 아니었다.

세 명의 형사들은 25분쯤 지나 어느 아파트 앞에서 다시 만났다. 맨 먼저 도착한 것은 박이라는 성을 가진 형사였다. 그 뒤를 이어 허 걸이 택시에서 내렸고 조금 후에는 조 태가 탄 택시가 굴러 들어왔다.

그곳은 서민 아파트 단지였다. 낡은 아파트 건물들이 유령처럼 서 있는 공간에 형사들은 한동안 서 있었다.

"아, 저기 불이 들어왔습니다. 저 집인 모양입니다."

박 형사가 손을 들어 5층을 가리켰다.

"저 안으로 들어갔나?"

시커멓게 입을 벌리고 있는 아파트 입구를 가리키며 조 형사가 물었다.

"네, 저리로 들어갔습니다."

서민 아파트 단지라 경비실 같은 것도 보이지 않았다.

"그럴 것 없이 들어가 보지."

조 태가 답답하다는 듯이 말했다.

허 걸은 펄쩍 뛰었다.

"안 됩니다."

"괜히 헛다리짚고 있는 거 아니야?"

"그렇더라도 안 됩니다. 제가 조사해 보겠습니다. 본부로 돌아가십시오."

그러나 조 태는 말은 그렇게 했지만 돌아가려고 하지 않았다.

그들은 한시가 급했기 때문에 밤이 늦었다고 해서 내일로 일을 미룰 수가 없었다.

"자네는 아까 그 카페에 전화를 걸어 봐. 우리는 동네 반장을 만나 볼 테니까."

박 형사는 공중전화를 찾아 달려갔다. 마침 단지 안에 공중전화가 있었다. 카페에서는 그때까지 젊은 형사가 기다리고 있다가 박 형사의 전화를 받았다.

그 동네 반장은 형사들의 방문을 받고 몹시 놀라는 눈치였다. 밤늦게 갑자기 형사들이 들이닥쳤으니 놀라는 것도 무리는 아니었다. 반장은 중년의 여인이었다. 형사들은 불안해하는 그녀를 밖으로 불러냈다.

"저기 저 집은 몇 호입니까? 저기 5층에 불이 켜져 있는 집 말입니다."

"506호예요."

"그 집에 누가 살고 있습니까?"

"어떤 남자가 어머니를 모시고 살고 있어요."

"중키에 마른 남자 말입니까? 나이는 마흔 안팎이고……"

"네, 맞아요."

"뭐 하는 사람입니까?"

"학교 선생님이래요."

"어느 학교에 나가는가요?"

"그것까지는 자세히 모르겠어요. 여학생들이 가끔 찾아오곤 해요."

"혹시 그 집에 어린 소녀가 없던가요? 여덟 살쯤 된 소녀 말입니다."

"그런 애는 없는데요."

"우리가 이렇게 찾아와서 그 사람에 대해서 물은 것을 누구한테도 이야기해서는 절대 안 됩니다. 이야기하면 큰일 납니다. 아시겠죠?"

"이야기 안 해요."

"그 사람 이름이 뭡니까?"

“장 뭐라고 하는데…… 잠깐 기다려 보세요, 수첩에 적어 놓
은 게 있으니까요.”

그녀가 집 안으로 들어간 사이에 박 형사가 나타났다.

“두 사람이 나눈 대화의 내용은 유괴된 아이에 대한 것이었답
니다. 그 사람은 송묘임을 잘 아는 것 같았답니다. 송 기자가 누나
에 대해서 이야기하면 그 사람은 아는 체를 하곤 했답니다. 송 기
자는 그 사람을 형님이라고 불렀답니다. 그 사람은 송묘임과 청
미에 대해서 몹시 걱정을 늘어놓은 모양입니다.”

“송 기자가 그 사람을 형님이라고 불렀다고?”

조 태가 눈을 크게 뜨고 물었다.

“네, 그런 모양입니다.”

“헛다리짚은 거 아니야?”

조 태가 허 걸을 향해 물었다.

“글쎄요, 어떻게 되는 형인지 알아봐야죠.”

허 걸은 쉽게 포기하려 들지 않았다.

그때 빗방울이 떨어지기 시작했다. 갑자기 천둥과 번개가 치
더니 소나기가 쏴아 하고 쏟아졌다.

그들은 비를 피해 아파트 건물 입구 쪽으로 달려갔다.

잠시 후 반장 여인이 그곳으로 달려왔다. 그녀는 숨을 가쁘게
몰아쉬며,

“장만두라고 해요.”
라고 말했다.

“만두라고요? 이름 한번 잊어먹지 않겠군.”

그들은 관할 파출소로 가서 장만두의 카드를 찾아보았다. 파

출소에는 관할 구역 주민들에 대한 신상 조사 카드가 세대별로
비치되어 있었다.

장만두는 세대주였다. 나이는 마흔 살이었고 현재 K여고에
근무하고 있었다. 가족은 그와 예순셋의 노모뿐이었다.

"마흔 살이나 먹었는데 혼자란 말인가?"

조 태가 이상하다는 듯 고개를 갸우뚱했다.

"K여고로 가봐야겠습니다."

허 걸은 다른 사람들이 따라오건 말건 상관하지 않고 밖으로
나가 택시를 잡았다. 조 태는 박 형사를 본부로 돌려보내고 못마
땅한 얼굴로 허 걸을 따라갔다.

"밤새에 끝장을 볼 셈인가?"

"이런 상태에서 두 다릴 뻗고 잘 수야 없지 않습니까."

K여고는 꽤 먼 거리에 있었다. 거의 40분 가까이 달려서야 그
곳에 닿을 수가 있었다.

숙직 근무를 보고 있던 두 명의 교사가 놀란 얼굴로 그들을 맞
았다.

"밤늦게 죄송합니다."

조 태는 신분을 밝힌 다음 직원들의 인사 기록 카드를 좀 보자
고 했다. 장만두에 대해서는 일언반구도 묻지 않았다.

두 명의 젊은 교사는 파자마 바람으로 그들을 교무실로 안내
했다.

스승과 제자

조금 후 형사들 앞에 인사 기록 카드 묶음이 놓여졌다.

교사 두 명은 형사들 앞에 붙어 서서 숨을 죽이고 그들의 움직임을 주시하고 있었다.

"잠시만 자리를 좀 비켜 주시겠습니까?"

허 걸은 노골적으로 그들에게 자리를 비켜 줄 것을 요구했다. 영문도 모르는 교사들은 형사가 요구하는 대로 교무실 밖으로 나갔다.

허 걸은 인사 기록 카드 묶음 속에서 재빨리 장만두 교사의 카드를 찾아보았다. 그 속에 장만두 교사의 카드가 있었다. 거기에 붙어 있는 사진은 아까 저녁때 송태하 기자와 만난 그 얼굴이 틀림없었다. 허 걸은 카드에 적혀 있는 인적 사항을 수첩에다 급히 적어 넣었다.

본　　명 : 장만두(張萬斗)

생년월일 : 1944년 5월 10일생

본　　적 : 경기도 수원시 ××동 256번지

주　　소 : 서울 도봉구 ×동 175번지 D아파트 5동 506

가족관계 : 김순이(61세, 모친)

신　　장 : 171센티미터

흉　　위 : 88센티미터

혈 액 형 : AB형

상　　벌 : 없음

담당과목 : 수학

학　　력 : S사대 수학과 졸업(1968년)

경　　력 : H여고(1970 · 3 ~ 1978 · 5)

　　　　　　K여고(1978 · 5~)

　인적 사항을 모두 적고 난 형사들은 복도에 나가 있는 교사들을 불러들였다.

　"매우 미안합니다. 협조해 주셔서 고맙습니다."

　조 태는 정중히 감사를 표했다.

　"무슨 일로 그러시는지……?"

　교사들은 궁금한 눈치를 보였다.

　"미안합니다. 말씀드렸으면 좋겠지만 사정상 말씀드릴 수가 없습니다. 우리가 찾아온 건 비밀로 해주셨으면 좋겠습니다."

　"교장 선생님한테 보고를 드려야 합니다. 아무 일 없었던 것처럼 할 수는 없습니다."

고지식한 교사들인지라 밤 사이에 일어난 일을 교장한테 보고하지 않는다는 것은 상상도 할 수 없는 일이었다. 더구나 밤중에 형사들이 학교에 찾아와 아무 이유도 밝히지 않은 채 교직원들의 인사 기록 카드를 조사했다는 것은 교사들이 볼 때는 매우 큰 사건임에 틀림없었다.

학교를 나온 형사들은 수사본부로 향하다가 목을 축이기 위해 도중에 어느 맥주홀에 들렀다.

그들은 생맥주 한 잔씩을 시켜 놓고 앉아 장만두 교사에 대해 이야기했다. 허 걸이 적어 가지고 온 인적 사항을 훑어보고 난 조태는,

"마흔 살이나 먹은 사내치고는 이력이 그야말로 단순하고 깨끗하군."

하고 말했다.

"저도 그렇게 생각했습니다. 사범 대학을 졸업해서 지금까지 교편을 잡은 것 외에는 아무것도 없습니다. 학교도 한 번밖에 옮기지 않았습니다."

"더 이상 조사할 필요가 있을까?"

"아직 조사가 끝나지 않았습니다. 이건 그에 대한 객관적인 사실이고…… 그 사람이 송묘임과 어떤 관계인지는 아직 밝혀지지 않았습니다. 장만두가 병원까지 찾아간 것을 보면 어떤 관계가 있는 것만은 틀림없는 것 같습니다. 제가 알고 싶은 건 바로 그겁니다."

"그렇다면 알아볼 수 있는 한 알아봐. 난 다른 걸 조사해야겠어. 이러다간 정말 미궁에 빠지겠어."

유괴된 아이를 찾기는커녕 1억 원을 날린 데다 살인 사건까지 발생한 터였다. 경찰은 궁지에 몰리고 있었다.

그 시간에 묘임은 과거의 은사이자 애인이었던 장만두를 생각하고 있었다. 그의 갑작스런 방문은 그녀의 입장에서 볼 때는 확실히 충격적인 일이 아닐 수 없었다.

장만두 선생님을 생각할 때면 그녀는 슬픈 사랑의 종말에 항상 목이 잠기곤 했다. 그와 헤어지고 난 뒤에야 비로소 그의 사랑이 얼마나 지극했으며 진실했던가를 그녀는 깨달을 수 있었다. 그러나 그때는 이미 모든 것이 돌이킬 수 없을 정도로 너무 늦어 있었던 것이다.

그녀가 장만두를 처음 만난 것은 그녀의 나이 열아홉 살 때였다. 그때 그녀는 H여고 3학년에 재학 중이었는데 장만두가 그 학교에 총각 교사로 부임하면서 알게 되었던 것이다.

그들 사이에 애정이 싹트기 시작한 것은 그들이 만난 지 두 달쯤 지나서부터였다. 그들은 개인적으로 만나는 횟수가 늘어감에 따라 스승과 제자라는 특수한 관계의 벽을 허물어뜨려 나갔다. 그리고 묘임이 대학생이 되었을 때는 그들의 관계는 완전히 애인 관계로 확고하게 굳어져 있었다. 대학 4년 동안을 묘임은 완전히 만두의 그늘 속에서 그의 사랑을 마음껏 향유하며 보냈다. 그것을 아주 당연한 것으로 생각했기 때문에 특별히 감동적이라거나 하는 느낌 같은 것은 없었다. 여학교 시절 품었던 선생님에 대한 동경과 사모의 정 같은 것도 사라지고 없었다. 이 세상에는 더 좋은 직장에서 일하고 있는 더 멋있는 사람들이 얼마든지 있다는 것도 알게 되었다. 그러나 장만두가 그녀의 주위에 쌓아 올린 애정의 벽은 높고도 튼튼했다. 그녀는 감히 그 벽을 뛰어넘는다는 것을 생각조차 할 수 없었다. 그와 결혼한다는 것은 아주 당연한 것으로 되어 있었고, 그 시기를 그녀의 대학 졸업 후로 두 사람은 잡고 있었다.

그런데 거기에 제동을 걸고 나온 것이 묘임의 부모였다. 그들은 여러 가지 이유를 들어 그들의 결혼을 한사코 반대했다.

묘임은 유복한 집안의 맏딸이었다. 따라서 당연히 장래가 촉망되는 엘리트 청년과 결혼해야 한다는 것이 그녀의 부모가 오래전부터 품어 온 생각이었다. 그런데 고교 시절의 수학 선생님과 결혼하겠다니, 그녀의 부모가 볼 때는 그것은 말도 안 되는 어리석은 소리였다.

속된 말로 장만두는 우선 엘리트가 아니었다. 월급이나 받고 근근이 살아가는, 장래 희망이라고는 손톱만큼도 없는 평범한 수학 교사에 불과했다. 그리고 그는 나이도 많은 편이었다. 묘임과의 나이 차이가 7살이나 되었다. 그밖에도 그의 집안은 너무나 가난했다. 부모가 살아 있는데다 그는 5남매의 맏이였다. 묘임이 그와 결혼하게 되면 그 집안에 들어가서 시부모를 모셔야 하고 넷이나 되는 시동생들의 뒤치다꺼리를 해야 할 판이었다. 어느 부모가 그런 결혼을 찬성하겠는가.

장만두와 묘임과의 관계가 그런 이유들로 해서 난처한 지경에 빠져 있을 때 묘임 앞에 키가 훤칠하게 큰 미남이 나타났다. 바로 지금의 남편인 홍상파였다. 그를 만나게 된 것은 어머니의 극성 때문이었다. 좋은 남자가 있으니 한번 선을 보라는 어머니의

성화에 그녀는 마지못해 약속 장소에 나가게 되었는데 첫눈에 그
만 홍상파에게 호감을 느끼게 되었던 것이다. 홍상파도 그녀에게
반했는지 적극적으로 나왔다. 그는 집안도 좋은 편이었고 학벌도
훌륭했고, 재벌 기업의 엘리트로 활약하고 있었다. 모든 점이 묘
임의 부모 마음에 들었고, 처녀들이 좋아할 조건과 매력을 그는
모두 갖추고 있었다.

　　만두와의 관계가 6년 동안이나 길게 질질 끌어온 것에 비한다
면 상파와의 관계는 그야말로 전광석화 같았다고나 할까. 그들의
감정은 만난 순간부터 뜨겁게 달아오르기 시작했고, 급기야 한
달 만에 결혼식을 올리게 되었다. 그 전에 묘임의 어머니는 만두
를 따로 불러 만났다. 그리고 스승과 제자는 언제까지나 스승과
제자로 남아 있어야지 그 관계가 변질되어서는 안 된다고 점잖게
꾸짖었다. 철도 없는 나이 어린것을 스승이 유혹했는지, 아니면
묘임이 겁도 없이 스승에게 달려들었는지도 모르지만 아무튼 과
거는 과거고 이제는 두 사람 다 제각기 자기 갈 길로 가야 하지 않
느냐, 두 사람은 나이 차이도 많고 그 외에도 여러 가지 사정이 맞
지 않으니 터무니없는 생각일랑 하지도 말아 달라, 묘임은 곧 결
혼하게 될 것 같다 등등. 만두는 그 자리에서 부끄러워 고개도 들
지 못한 채,

　　"네, 잘 알겠습니다."
하고 나와 버렸다.

　　다음 날 묘임으로부터 그녀가 다른 남자와 결혼하게 됐다는
말을 직접 듣게 되었다. 그때가 결혼을 불과 일주일 앞두고서였
다. 그녀는 울며 그 이야기를 했고 자기의 행동을 용서해 달라고

빌었다.

　그날 밤 그들은 이별의 마지막 의식으로 육체관계를 가졌고, 그리고 헤어졌다. 물론 그 전에도 육체관계를 가지긴 했지만 그날 밤의 관계는 특별한 의미가 있었다. 그것이 벌써 9년 전의 일이었다. 그 이후 그들은 딱 한 번 만난 적이 있었다. 6년 전, 그러니까 헤어진 지 4년이 되던 해 가을 어느 날 고궁에서 우연히 만났던 것이다.

　그때 묘임의 남편은 회사일로 외국에 출장 중이었고, 묘임은 그 날 딸애를 데리고 은행잎이 노랗게 깔린 고궁에 놀러 갔다가 우연히 만두를 보게 되었던 것이다. 만두는 그때 혼자서 벤치에 앉아 있었다.

　"언니, 그 사람 생각하고 있어요?"

　지회가 걱정스러운 얼굴로 물었다.

　묘임은 침대 위에 앉아 창밖만 바라보고 있었다. 그녀는 지회의 물음에 아무 반응도 보이지 않은 채 잠자코 있었다.

　"언니, 그 사람 생각하지 말아요."

　묘임은 여전히 그린 듯이 앉아 있다.

　"지금 와서 어쩌자고 찾아온 거죠?"

　지회는 답답했다. 언니가 뭐라고 말해 주면 좋겠는데 벙어리가 됐는지 도무지 말이 없다.

　"그 사람이 뭐라고 말했어요?"

　"……"

　"아직도 독신이라면서요? 혼자 살고 있는 이유가 뭔가요? 아직도 언니를 못 잊어 하고 있나요?”

“……”

“다시 찾아오면 단호하게 가라고 하세요. 언니가 말하기 곤란하면 제가 대신 말하겠어요. 지금은 과거의 감정에 사로잡힐 때가 아니잖아요.”

묘임은 비로소 얼굴을 돌려 지회를 바라보았다. 그 눈은 제발 그러지 말라고 호소하고 있었다. 그러나 입을 열어 말하지는 않았다.

그 날 저녁, 잠이 오지 않기는 장만두도 마찬가지였다. 못 마시는 술을 꽤 마셨기 때문에 그는 상당히 취해 있었다.

그는 변두리에 있는 17평짜리 서민 아파트에서 노모와 단둘이 살고 있었다. 그 동안 그는 집안을 위해서 자신을 희생했다고 할 수 있었다. 5남매의 맏이인 그는 그 동안 동생들을 모두 결혼시켜 내보냈고 아버지의 장례식까지 도맡아 치러야 했었다. 그 힘든 일들을 그는 얼굴 한 번 찌푸리지 않고 어렵게나마 해냈었다. 그리고 그런 일들을 모두 끝내고 나니 그의 나이 어느새 마흔이 다 되어 있었다. 그의 노모는 중년이 다 된 아들을 두고 떠날 수가 없었다.

무엇보다도 밥이며 빨래가 제일 문제였다. 아들이 그 나이에 손수 밥을 지어 먹고 빨래를 한다는 것이 노모로서는 견디기 어려운 일이었다. 그래서 그녀는 둘째 아들네 집에서 함께 있자는 것을 뿌리치고 지금까지 맏아들 뒤치다꺼리를 해주면서 그와 단둘이 살아오고 있는 터였다.

만두는 그러한 노모에게 더할 수 없이 미안한 생각이 들었다. 그러나 노모를 위해서 하기 싫은 결혼을 아무하고나 할 수도 없는 노릇이었다. 그는 누가 뭐래도 엄연한 독신주의자였다. 혼자 살기로 결심한 것은 9년 전 묘임과 헤어지고 나서였다. 그 결심이 흔들린 적은 지금까지 한 번도 없었다.

그는 어둠 속에 길게 드러누운 채 머리맡으로 손을 뻗어 담배를 집어 들었다. 담배에 불을 붙인 다음 두어 모금 연기를 내뿜고 나서 몸을 돌려 엎드렸다. 가슴에 베개를 괸 다음 왼손으로 턱을 받쳤다.

밖에는 비 내리는 소리가 시끄러웠다. 비바람이 창문을 후려치는 바람에 창문이 떨어져 나갈 듯 흔들거렸다. 지은 지 오래된 서민 아파트였기 때문에 창틀 같은 것들이 이미 뒤틀려 있었고, 그래서 바람만 조금 불어도 위태롭게 덜컹거리는 것이었다. 지금까지 많지 않은 월급이긴 하지만 제대로 모아 왔다면 번듯한 아파트 하나쯤은 마련했을 것이다. 그러나 그는 동생들을 뒷바라지하고 또 그들을 모두 결혼시키느라고 도무지 저축이란 것을 해볼 수가 없었다.

캄캄한 방 안에서 담뱃불이 빨갛게 달아오르다가 사그라지곤 했다. 간간이 옆방에서 어머니의 기침소리가 쿨럭쿨럭 들려오곤 했다.

그는 병원에 들러 묘임을 만난 것을 후회하고 있었다. 내가 왜 그런 짓을 했을까. 이미 과거의 여자가 아닌가. 얼어붙었던 가슴이 녹으면서 피를 흘리는 것 같은 기분이었다. 그 여자한테 무슨 불행이 닥쳤든 내가 상관할 일이 아니지 않은가. 나는 너무 감상적이었다. 이제 와서 도대체 어쩌자는 것인가. 과거의 인연을 생각해서 단지 그녀를 위로하기 위해 찾아간 것일까. 아니, 그렇지는 않을 것이다. 나는 그녀에게서 과거의 얼굴을 보고 싶었던 것이다. 그리고 그녀와 아픔을 같이하고 싶었던 것이다. 아이를 잃은 데 대한 아픔을 말이다.

장만두는 누구일까? 그는 왜 병원으로 송묘임을 찾아갔을까? 그와 송묘임은 어떤 관계일까?

허 걸은 의문에 싸여 더 이상 앉아 있을 수가 없었다.

다음 날 오후 허 형사는 늦은 점심을 먹고 나서 병원으로 묘임을 찾아갔다.

병원으로 가는 택시 속에서 문득 이런 의문이 일었다. 그녀는 왜 딸 하나밖에 낳지 못했을까?

이런 경우 만일 청미가 죽거나 영영 돌아오지 못하게 된다면 상파와 묘임 부부는 자식 하나 없는 외로운 부부가 되고 말 것이다. 그들 부부는 왜 딸 하나밖에 두지 않았을까? 청미가 지금 여덟 살이니까 그 사이에 자식 하나쯤은 더 있어야 옳은 법이다. 청미가 아들이라면 또 모른다. 한국 사람치고 대를 이을 아들을 바라지 않는 사람이 과연 있을까. 딸 하나만 낳고 단산하는 부부가 있을까. 그 점에서 그들 부부에게는 석연치 않은 데가 있다. 분명 거기에는 무슨 이유가 있을 것이다. 그 이유를 어떤 식으로 알아보면 좋을까.

이런저런 생각들을 하고 있는데 택시는 어느새 병원 앞에 다가서고 있었다.

묘임 자매는 불안한 눈으로 형사를 맞이했다. 불길한 소식이라도 가져오지 않았나 싶었기 때문이다. 형사가 병원에 입원중인 묘임을 찾아온 것도 처음 있는 일이었기 때문에 더욱 불안할 수밖에 없었다.

"지나는 길에 한번 들러 봤습니다. 좀 어떠십니까?"

허 걸은 그녀들이 불안해하지 않도록 부드럽게 입을 열었다.

그녀들의 표정에서 비로소 불안한 빛이 가시는 것 같았다.

"새로운 소식은 없나요?"

지회가 팔짱을 끼면서 물었다. 그녀의 얼굴에는 경찰에 대한 불신의 빛이 역력히 나타나 있었다.

"없습니다. 죄송합니다."

허 걸은 마치 자신이 경찰을 대표해서 그녀에게 사과하는 기분이었다.

묘임은 이내 창밖으로 시선을 돌려 버렸다. 그러고는 허 걸을 두 번 다시 쳐다보지 않았다.

"뭐 할 이야기라도 있으신가요?"

허 걸이 가지 않고 머뭇거리자 지회가 사무적으로 물었다.

"네, 몇 마디 좀 물어 볼 말이 있는데…… 자리 좀 비켜 주시겠습니까?"

허 걸은 매우 미안해하면서 그녀에게 양해를 구했다.

"네, 그러죠 뭐."

그녀는 선선히 밖으로 나가 주었다.

실내에 질식할 것 같은 무거운 침묵이 찾아왔다.

허 걸은 묘임이 내다보고 있는 창가로 다가가서 그녀처럼 창밖을 바라보았다.

정원의 나뭇잎과 풀들은 폭염을 견디지 못하고 힘없이 늘어진 모습들을 하고 있었다. 도심에서는 좀처럼 보기 어려운 나비 두 마리가 날아다니고 있는 것이 보였다. 노랑나비들이었다.

병실 안은 냉방이 되어 있어서 시원한 편이었다.

"나는 여기 오면서 이런 생각을 했습니다. 왜 그 집안에는 딸이 하나뿐일까 하고 말입니다."

묘임은 미동도 하지 않고 창밖만 바라보고 있었다.

허 걸은 그녀가 듣든 말든 이야기를 계속하기로 마음먹었다.

"나는 남의 자식에 대해서 유난히 관심이 많은 편입니다. 왜냐하면 내 자식이 없기 때문이죠. 결혼한 지 10년째지만 아직도 자식이 없습니다. 그래서 남의 자식들을 보면 부러워하죠."

굳어 있던 묘임의 표정이 순간적으로 흔들리는 듯했다. 그녀가 갑자기 고개를 돌렸다. 그리고 똑바로 허 걸을 바라보았다. 이번에는 허 걸이 그녀의 시선을 피했다.

"이제는 자식을 기다리는 데 지쳤습니다. 하지만 나는 아직도 포기하지는 않습니다. 언젠가는 아내가 아기를 낳아 줄 것이라고 믿습니다. 아내는 임신을 매우 어렵게 하는데다 유산을 잘 하는 체질입니다. 지금까지 아내는 두 번이나 임신했는데 모두 유산하고 말았죠."

허 걸은 그녀의 반응을 기다렸지만 묘임은 아무 말도 해오지 않았다.

"우리나라 어느 부부치고 슬하에 딸 하나에 만족하는 부부는 없을 겁니다. 어떻게든 아들을 보려고 야단들인데 두 분께서는 어째서 딸 하나만 두셨나요? 청미 나이가 여덟 살이 되도록 말입니다."

이번에는 좀 더 시간을 두고 기다려 보았다. 그러나 대답하지 않기는 마찬가지였다.

"혹시 뒤에 낳은 아이를 잃으셨든가 그러지는 않았습니까?"

"아뇨."

마침내 그녀가 입을 열었다. 너무 목소리가 작아서 주의해서 듣지 않으면 알아듣기 어려울 정도였다.

"그럼 청미 하나만 낳으시고 지금까지 쭉 아기가 없었나요?"

그녀는 가만히 고개를 끄덕였다.

"단산하셨나요?"

"아뇨, 그런 건 생각해 보지도 않았어요."

"그럼 딸 하나만으로 만족하시나요?"

"아뇨, 그이는 아들을 낳기를 원하고 있어요. 저도 마찬가지구요."

"그럼 왜 지금까지……?"

그녀는 대답하기 거북한 듯 잠시 허공을 바라보다가 시선을 밑으로 내렸다.

"저도 잘 모르겠어요. 청미는 결혼하자마자 가졌는데 그 애를 낳고 나서는 아기가 생기지 않아요. 노력해 봤지만 가질 수가 없었어요."

"병원에 가서 진찰을 받아 보셨나요?"

"네, 아무 이상이 없대요."

"홍 선생님 쪽은 어떤가요?"

"그이도 아무 이상이 없대요."

"이상이 없는데 임신이 안 된다는 건 정말 이상한 일이군요. 하긴 진찰이란 걸 전적으로 믿을 건 못 됩니다만……"

둘 중 누군가 어딘가 이상이 있겠지. 그러니까 더 이상 아기를 못 낳는 것이겠지.

허 걸은 다른 데로 화제를 돌렸다.

"실례지만 간략하게 이력을 좀 말씀해 주시겠습니까?"

느닷없는 질문에 그녀는 의아한 표정을 지었다.

그녀는 유괴된 청미의 생모인 만큼 지금까지 수사 대상에서 제외되어 왔었다. 그 점에서는 홍상파 역시 마찬가지였다. 그러나 수사도 해보지 않고 미리 특정 인물을 수사 대상에서 제외시킨다는 것은 중대한 잘못일 수가 있다. 아무리 피해자의 부모라 해도 말이다. 허 걸은 뒤늦게야 그것을 깨달은 것이다.

"이력이라니요?"

"우선 생년월일부터 좀 말씀해 주시겠습니까?"

"1952년 8월 23일생이에요."

"본적은 어딥니까?"

"서울 토박이에요."

"부모님에 대해서 좀 말씀해 주시겠습니까?"

그녀의 아버지는 은행에서 평생을 보낸 은행원이었다. 지금은 모 은행 은행장으로 일하고 있다. 위인이 고지식하고 청렴해서 별 탈 없이 지금의 자리에 오른 것이었다. 묘임의 어머니 역시 온화한 성품으로 무리 없이 세상을 살아온 여인답게 곱게 늙어 있었다. 그녀는 지금 묘임의 집에 와 있기 때문에 허 걸도 그녀를

자주 볼 수가 있었는데, 그녀를 보면 볼수록 곱게 늙었다는 생각
이 들곤 했다.

"학교는 물론 서울서 쭉 다니셨겠군요?"

"네, H여중고를 졸업하고 나서 Y대 응용미술학과에 입학했
어요."

H여중고라는 말에 허 걸은 귀가 번쩍 뜨였다.

"H여중고라고 하셨나요?"

"네……"

그녀는 갑자기 조심스런 얼굴이 되면서 허 걸의 표정을 살피
기 시작했다.

허 걸은 수첩을 꺼내 장만두의 인적 사항을 적어 둔 부분을 들
여다보았다. 거기에는 분명히 장만두가 1970년 3월부터 78년 5
월까지 H여고에 근무한 사실이 기록되어 있었다. 허 걸은 수첩을
접었다. 그녀에게는 아직 장만두에 관한 것을 꺼낼 필요가 없다
고 생각하면서 질문을 던졌다.

"H여고를 졸업한 게 몇 년도였나요?"

"71년도였어요."

"그리고 그 해에 바로 대학에 들어가셨나요?"

"네……"

"결혼은 언제 하셨나요?"

"스물다섯에 했어요."

"두 분은 연애 결혼하셨나요? 아니면……?"

묘임은 시선을 밑으로 떨어뜨렸다. 그리고 억지로 입을 열어
대답했다.

"중매 결혼했어요."

허 걸은 숨을 깊이 들이켰다.

"두 분의 관계는 원만하신가요?"

"네……?"

그 대답은 너무 작아서 거의 들리지 않았다.

그녀가 갑자기 고개를 쳐들었다.

"그런 것은 청미 아빠한테 가서 물어 보세요."

"물론 물어 볼 겁니다. 두 분의 말씀이 일치하는지……"

허 걸이 복도로 나왔을 때 지회는 지루한 표정으로 복도를 왔다 갔다 하고 있었다.

그들은 마주보고 섰다. 허 걸은 묘임 이상으로 그녀가 아름답다고 생각했다. 차이점이 있다면 지회에게서는 차가운 지성 같은 것이 느껴지는 점이었다.

길고 어두운 터널

지회가 옆으로 그냥 지나치려는 것을 허 걸이 불러 세웠다.

"아, 잠깐…… 나하고 이야기 좀 합시다."

지회는 돌아서서 그를 빤히 쳐다보았다. 조금의 틈도 보이지 않는 이지적인 얼굴이었다. '이 여자는 나를 싫어하고 있구나' 하고 허 걸은 생각했다. 청미가 유괴된 지 10일이 지나도록 경찰이 아무 성과도 올리지 못하고 있으니 그녀가 형사를 싫어하는 것도 무리는 아니라는 생각이 들었다.

복도에서 이야기를 나누는 것도 뭣하고 해서 허 걸은 그녀를 데리고 밖으로 나가 나무 그늘 밑에 있는 벤치에 앉았다.

허 걸이 그녀와 단둘이 앉아 이야기를 나누기는 처음 있는 일이었다. 그가 갑자기 이야기를 하자고 하자 지회는 조금 긴장하는 것 같았다.

"언니에 관한 것인데…… 언니는 왜 딸 하나만 낳았습니까?"

질문이 엉뚱하다고 생각했는지 지회의 표정이 변했다. 그녀는 얼른 대답을 못하고 당혹한 표정을 지었다.

"……"

"그냥 좀 알아보고 싶어서 물어 본 겁니다. 어느 부부이든 딸 하나에 만족하는 부부는 없지 않습니까. 더욱이 하나밖에 없는 딸이 유괴 당했으니……"

그는 차마 그 다음 말을 이을 수가 없었다.

지회는 무언가 생각해 보는 듯 멀리 시선을 던졌다가 입을 열었다.

"그것 때문에 병원에 오셨나요?"

"겸사겸사해서 왔습니다."

나무 그늘 밑에 앉아 있었지만 바람 한 점 없었기 때문에 무더웠다. 아까 병실 안에서 보았던 노랑나비 두 마리가 그들 앞을 지나갔다. 허 걸은 참 오랜만에 나비를 본다고 생각했다. 두 사람의 시선이 신기한 듯 한동안 나비를 좇았다.

"그렇지 않아도 그 문제 때문에 집안에서 모두 걱정하고 있었어요. 언니 부부라고 왜 아들을 바라지 않겠어요? 언니도 형부도 아들을 몹시 바라고 있어요. 아들이 아니라도 하나만 더 갖고 싶어 했어요. 하지만 그게 마음대로 안 되나 봐요."

"일부러 자식을 안 갖는 게 아니군요?"

"네, 일부러 그런 게 아니고…… 가지고 싶어도 아기가 안 생기나 봐요."

"왜 그럴까요?"

"그건 잘 모르겠어요. 병원에 가서 진찰해 봤는데 두 분 다 정상이래요. 아기를 갖지 못할 이유가 발견되지 않았나 봐요. 결혼하고 열 달 만에 청미를 낳은 것만 보아도 두 사람이 정상이란 걸 알 수 있지 않아요."

하지만 청미를 낳고 나서 두 사람 중 누군가에게 이상이 생겼는지도 모른다. 그렇지 않고서야 어떻게 그럴 수가 있겠는가. 그러나 두 사람 모두 정상이라고 하지 않는가. 정상이라고? 젊은데도 불구하고 아기를 더 이상 낳지 못하는 부부가 정상일 수 있을까? 어딘가 이상이 있기에 아기를 못 낳는 게 아닐까? 이를테면 자동차에 비유해 보자. 아무리 점검해 보아도 이상이 없는데 자동차가 가지 않는다. 이상이 없는데 자동차가 못 갈 수 있을까? 그렇지 않다. 어딘가 이상이 있기 때문에 자동차가 못 가는 것이다. 송묘임…… 홍상파 부부의 경우도 마찬가지가 아닐까. 그들은 이상이 없다고 믿고 있지만 무엇인가 의학적으로 밝힐 수 없는 이상이 있기 때문에 아기를 못 낳고 있는 것이다. 두 사람에게 모두 이상이 있든가 아니면 두 사람 중 어느 한쪽에 이상이 있는 것이다.

"둘 다 이상이 없는데 아기를 못 낳는다는 거…… 좀 이상하지 않습니까?"

"네, 그렇긴 해요. 하지만 전…… 모르겠어요."

그녀는 도대체 그런 것이 지금 무슨 문제가 되느냐는 듯 성난 눈으로 그를 쳐다보았다.

허 걸은 그만 머쓱해졌다. 사실 그것은 피해자 측에서 볼 때는 더할 나위 없는 한가로운 질문이라고 할 수 있었다. 아이가 유괴되어 생사를 알 수 없는 판에 수사관이 왜 아이를 하나밖에 두지 않았느냐, 하는 따위의 질문으로 시간을 보낼 수 있는가.

"이건 사건과 직접 관계가 없는 질문일지도 모른다고 생각하실겁니다. 하지만 그런 생각일랑 하지 마십시오. 쓸데없이 여기에 온 건 아니니까요."

"그럼 언니가 아기를 못 낳는 거하고 이번 사건하고 무슨 관계가 있다는 건가요?"

"그렇다는 말은 아닙니다. 어떤 일이나 모든 사실들을 종합한 후에 결론을 내리는 거 아닙니까? 지금은 모든 가능성을 조사하고 있는 겁니다. 그러니까 이해해 주십시오. 사건을 빨리 해결하지 못해 몹시 안타깝습니다. 하지만 어떡합니까, 사건이 해결될 때까지 수사는 계속해야 하는 거 아닙니까?"

'범인은 멀리 있지 않고 오히려 아주 가까운 곳에 있는지도 모릅니다.' 하고 말하려다가 허 걸은 입을 다물었다.

그는 정보가 새고 있다는 사실에 주목하고 있었다. 그 사실 때문에 옆에 앉아 있는 송지회라는 여인에 대해서까지도 신뢰감을 가질 수가 없었다. 이 여자도 범인일 수 있다고 생각하자 갑자기 긴장감에 사로잡히는 것이었다.

그는 청미와 아주 가까운 관계에 있는 사람으로서 범인이 아니라고 확신할 수 있는 사람의 도움을 받고 싶었다.

그렇다면 이쪽에서 먼저 성실성을 보여 줄 필요가 있을 것 같았다.

"두 분이 정상이라는 것은 어떻게 알았습니까? 함께 병원에 가보셨나요?"

“아뇨, 이야기를 듣고 알았어요.”

“누구한테서 이야기를 들으셨나요?”

“어머니한테서 들었어요. 그리고 나중에 언니한테서도 들었어요. 그렇게 정 의심이 나신다면 언니한테 직접 물어 보시지 그래요?”

“언니에게 물어 봤습니다만…… 별다른 말이 없었습니다. 두 분 다 정상인데, 이상하게 아기가 생기지 않는다고만 말씀하시더군요.”

허 형사는 지회의 옆모습을 가만히 바라보았다. 투명할 정도로 맑은 얼굴이라는 생각이 들었다. 그녀는 현재 스물 여덟 살로 아직 미혼이고 의상실을 경영하고 있다. 조카가 유괴되자 가게 문을 닫은 채 그림자처럼 언니 곁에 붙어 있다. 이 여자를 믿어도 될까. 한 번 믿어 볼까. 모험을 하지 않고는 실체에 접근하기가 어려울 것 같다.

“저기…… 한 가지 부탁드리고 싶은 게 있는데…… 꼭 좀 들어주었으면 합니다.”

지회는 잠자코 형사의 다음 말을 기다렸다.

“지회 씨가 가장 적임자인 것 같아서 말씀드리는 겁니다.”

“제가 뭐 도와 드릴 일이라도 있나요?”

그녀는 긴장된 표정으로 의아한 듯 물었다.

“네, 있습니다. 묘임 씨가 청미를 낳을 때, 어느 병원에서 낳았는지…… 그걸 좀 알아봐 주십시오.”

“그건 알아서 뭣 하려구요?”

“글쎄, 그런 건 아실 필요 없고 좀 알아봐 주십시오.”

“알고 있어요.”

“어느 병원입니까?”

“김효선 산부인과 의원이에요.”

“그 병원이 어디에 있습니까?”

“을지로 4가에 있어요.”

허 걸은 수첩에다 부지런히 메모했다.

“다음에는 언니 부부가 어느 병원에서 불임 여부에 대해 진찰을 받았는지…… 그 시기와 진찰을 받은 병원 이름을 알아봐 주십시오. 함께 진찰을 받았는지, 아니면 따로따로 진찰을 받았는지 그 점도 알아봐 주십시오.”

“어떻게 그런 걸 알아보죠?”

“쉽다면 쉽고 어렵다면 어려운 문제입니다. 부탁합니다.”

“직접 본인들한테 물어 보시면 될 거 아니에요?”

“본인들이 알면 곤란하기 때문에 그렇습니다. 본인들 몰래 알아내야 하기 때문에 그렇습니다.”

“그렇다면 쉬운 문제가 아닌데요.”

지희는 난감한 표정이었다.

“본인들 몰래 알아낸다는 게 쉬운 일은 아니죠. 하지만 알아내야 합니다. 본인들한테는 절대 비밀로 해야 합니다. 오빠는 물론 부모님한테도 비밀로 해주십시오. 내가 그런 부탁을 했다는 사실 자체를 절대 입 밖에 내서는 안 됩니다.”

“가족들한테까지 그런 것을 비밀로 해야 할 무슨 이유라도 있나요?”

아무래도 이해할 수 없다는 듯 그녀가 물었다.

"네, 그럴 만한 이유가 충분히 있습니다."

"무슨 이유인가요?"

지회의 얼굴에 짙은 의혹의 그림자가 나타났다.

허 걸은 심히 망설여졌다. 그녀에게 사실대로 이야기하는 것이 과연 옳은 짓인지 그른 짓인지 그는 얼른 판단을 내릴 수가 없었다.

"지회 씨를 믿고 말씀드리죠. 지금 정보가 새고 있습니다."

그는 이스탄불에서 살해된 강치수 이야기를 꺼냈다. 그의 이야기를 듣고 난 지회는 안색이 하얗게 변했다.

"그렇다면 만일 정보가 새지 않았다면 그 사람은 죽지 않았을 거라는 말씀인가요?"

"네, 그렇습니다. 급하게 정보를 입수한 범인은 경찰 포위망을 뚫고 들어와 강치수를 살해한 겁니다. 그렇지 않고서야 거기서 강치수가 살해될 이유가 없습니다. 범인이 강치수에게 남긴 메모 쪽지가 그것을 잘 말해 주고 있습니다."

"그렇다면 그 정보가 우리 가족들한테서 새나갔다는 말씀인가요?"

"꼭 그렇다는 건 아닙니다. 우리는 여러 각도에서 그 점을 수사하고 있습니다. 수사 정보는 수사관한테서도 기자들한테서도 흘러 나갈 수 있습니다. 중요한 것은 범인의 귀와 눈이 경찰 수사본부 안에까지 침투해 있다는 점입니다. 범인이 현재 자유스럽게 수사본부를 출입하고 있는지, 아니면 피해자 가족이나 수사관, 또는 출입 기자들 가운데 그 누군가가 범인과 내통하고 있는지 그건 알 수 없습니다. 알 수 없기 때문에 모든 가능성에 대비하고 있는 것입니다.”

“우리 가족들을 의심한다는 건 정말 모욕적인 일이에요. 모두가 제정신을 못 차리고 있는 판인데…… 위로는 못해 줄망정 의심의 눈초리로 본다는 건 언어도단이에요! 왜 경찰은 밖에서 범인을 찾으려고 하지 않고 안에서 찾는 거예요!? 그러니까 오늘까지 수사가 이렇게 지지부진하게 된 거 아니에요!”

분노로 눈물까지 글썽이며 그녀는 입술을 깨물었다.

“미안합니다. 하지만 감정을 앞세워 문제를 간과해서는 안 됩니다. 우리 경찰은 사건의 특수성 때문에 누구나 다 의심하고 있습니다. 일단 청미 양과 관계가 있는 사람이면 빠짐없이 의심하고 있습니다.”

“그럼 왜 저한테 그런 걸 부탁하나요? 경찰이 저는 의심하지 않나요?”

“물론 의심하고 있습니다.”

허 걸의 분명한 어조에 지회는 사뭇 경악하는 표정이었다.

“의심하고 있지만 어쩔 수 없이 부탁하는 겁니다. 물론 이건 모험이지요. 모험이라는 것을 알면서도 부탁하는 겁니다. 이것은 누군가에게 부탁해야 할 일입니다. 그러나 청미 양 가족이나 친지들 중 그럴 만한 적당한 사람이 없습니다. 하지만 그 가운데서 누군가를 선정해야 했습니다.”

“그래서 제가 선정된 것이군요. 아주 영광이군요.”

“빈정거리지 마십시오. 모두 다 청미 양을 찾기 위해서 그러는 겁니다.”

“어느 병원에서 청미를 낳았고 언니 부부가 어느 병원에서 진찰을 받았는가 하는 것이 도대체 청미를 찾는 일하고 무슨 관계가 있나요?"

"관계가 전혀 없을지도 모르죠. 하지만 관계가 있을 수도 있습니다."

"저는 자신이 없어요. 어떻게 그런 걸 알아내야 할지 모르겠어요. 방법을 좀 가르쳐 주세요."

"방법은 없습니다. 상대방이 눈치 채지 않게 아주 자연스럽게 알아내셔야 합니다. 할 수 있겠습니까?"

"글쎄, 모르겠어요. 알아보긴 하겠지만, 그렇다고 못 알아낸다고 해서 저를 나무라지는 마세요."

"꼭 비밀을 지키셔야 합니다. 우리 두 사람만이 아는 비밀로 말입니다."

"알겠어요. 누구의 부탁이라고 안 듣겠어요?"

어디론가 사라졌던 노랑나비 두 마리가 다시 나타났다. 허 걸은 나비를 눈으로 좇으며 일어섰다.

H여고 서무과 주임은 40대 중반의 도수 높은 안경을 낀 깐깐한 모습의 남자였다.

퇴근 채비를 하던 그는 갑작스런 형사의 방문을 받고는 기급하듯 놀랐다.

이미 지난주 토요일로 1학기가 끝나 학생들은 방학에 들어가 있었다. 그러나 교직원들은 업무가 밀려서 월말까지는 정상 근무하도록 지시가 내려져 있었다.

전혀 형사 같지 않아 보이는 자그마한 키의 젊은 형사는 70년

부터 72년까지의 졸업생 명단을 요구했다. 그리고 당시의 교직원 명단도 보여 줄 것을 요청했다.

놀란 서무주임은 무슨 일로 그러느냐고 물었지만, 형사는 거기에 대해서는 단 한마디도 꺼내지 않은 채 빨리 보여 달라고 독촉하기만 했다.

서무주임은 형사의 요구를 들어주기에 앞서 먼저 교장한테 형사의 방문과 요구 사항을 보고했다. 조금 있자 교장이 직접 허겁지겁 달려왔다.

허 걸은 교직에 있는 사람들은 역시 순진한 데가 있다고 생각하면서 잠시나마 그들을 놀라게 한 것이 좀 미안했다. 그러나 그들에게 찾아온 용건을 사실대로 이야기해 줄 수는 없었다. 단지 과거의 졸업생 가운데 모종의 사건에 연루된 사람이 있어 조사차 들렀다고만 말해 두었다.

졸업생 기록 카드를 조사하던 허 걸에게 눈에 띄게 빼어난 미모의 여고생 사진 한 장이 들어와 박혔다. 바로 송묘임의 사진이었다. 흰 칼라의 제복에 머리를 양쪽으로 땋아 늘인 소녀의 모습은 너무도 싱그러워 보였다.

그녀는 1971년도 졸업생이었다. 교직원 명단에는 수학 교사 장만두의 이름도 들어 있었다.

송묘임의 성적은 상위 그룹에 속해 있었다. 그녀는 본인의 진술대로 여고를 졸업하던 그 해에 Y대 응용미술학과에 입학한 것으로 되어 있었다. 그 해에 H여고를 졸업하고 Y대에 입학한 학생 수는 모두 29명이었고, 응용미술학과에 진학한 학생은 송묘임까지 합해 4명이었다.

허 걸은 29명의 인적 사항을 모두 복사했다.

벌써 10여 년 전의 일이라 그들이 여고 때의 주소지에 살고 있을 가능성은 거의 없을 것이다. 지금쯤은 30대의 유부녀로 다른 곳에서 가정을 꾸리고 살아가고 있을 것이고 보면 그들을 찾아간다는 것이 쉬운 일은 아닌 성싶었다. 또한 그들이 놀라는 것을 본다는 것도 언짢은 일이었다. 그러나 그런 것 저런 것을 고려하면 아무 일도 못 한다.

여형사 엄주희(嚴姝熙)는 평퍼짐한 얼굴을 한 24살의 처녀였다. 후덕스럽게 보이는 것이 수사 형사라고는 도저히 볼 수 없는 인상이었다.

허 걸이 사주는 냉면을 먹고 난 그녀는 다방으로 들어가 어디론가 전화를 걸었다. 저녁 7시가 지난 시각이었다.

"여보세요, 거기 이미옥 씨 댁인가요?"

"아닙니다."

그녀는 허 걸이 적어 준 명단을 들여다보면서 두 번째 전화를 걸었다.

"여보세요, 거기 김선희 씨 댁인가요?"

"누구요?"

"김선희 씨 댁이냐구요?"

"그런 사람 없어요."

그렇게 네 번까지 허탕을 치고 다섯 번째에야 가까스로 낚시에 고기가 걸렸다.

"실례지만 박찬희 씨 댁인가요?"

"네, 그런데요."

나이 든 여자의 목소리가 경계하듯 들려 왔다.

"저기…… 찬희 지금 댁에 있는가요?"

"누구신가요?"

"지는 찬희 고등학교 동기 동창인 이미옥이라고 해요. 미국 가서 살고 있는데 이번에 볼일이 있어 잠시 귀국했어요. 찬희하고는 아주 친했어요. 그 동안 통 연락을 못 해서 한번 만나보고 싶어서 전화 걸었어요. 실례지만 어머님 되시는가요?"

박찬희의 어머니는 딸이 시집가서 얼마나 잘 살고 있는지, 딸 자랑을 실컷 늘어놓고 나서 전화번호를 가르쳐 주었다.

그로부터 1시간 후 허 걸과 엄주희 형사는 박찬희의 집 앞에 서 있었다.

이미 전화를 걸어 두었기 때문에 박찬희는 긴장한 모습으로 그들을 맞이했다.

그녀는 큰 저택에서 사치스럽게 꾸며 놓고 살고 있었다. 모 건설 회사 사장인 그녀의 남편은 그녀보다 적어도 스므 살 이상은 더 나이가 들어 보였다. 아마도 그녀는 그 집에 재취로 들어간 것 같았다.

그녀는 으리으리하게 꾸며진 응접실로 손님들을 안내했다.

허 걸 대신 엄주희가 박찬희를 상대로 입을 열었다.

"전화로 이야기해도 되는데 비밀 보장이 필요하기 때문에 이렇게 직접 찾아왔어요."

그녀는 비밀을 지켜 줄 것을 당부한 다음,

"송묘임 씨를 아시나요?"

하고 물었다.

"묘임이요? 네, 알아요."

"어느 정도 알고 계시나요?"

"고등학교, 대학교 동기 동창이에요. 대학에서는 과가 달랐어요. 그 애는 응용미술과이었고…… 저는 피아노과였어요."

그녀는 신경을 곤두세운 채 바짝 긴장해서 말했다.

"두 분은 친한 사이였나요? 요즘도 만나고 계시나요?"

"별로 친한 사이는 아니었어요. 그 애를 만나 보지 못한 지도 몇 년 돼요. 묘임이의 딸이 유괴된 것은 신문에서 보고 알았어요. 참 안됐어요."

그렇지 않아도 동창들끼리 묘임을 위로하러 가자고 말이 나왔지만 아직은 그럴 단계가 아닌 것 같아 주춤하고 있다고 그녀는 말했다.

"아직 아이를 찾지 못했죠?"

"네, 아직 해결되지 않았어요. 송묘임 씨와 친하게 지내는 친구 분은 누구인가요? 아시는 대로 좀 말씀해 주시겠어요?"

"글쎄, 동창들 중 누구하고 친하게 지내고 있는지 잘 모르겠어요. 별로 관심 있게 보지 않아서요."

"좀 알아봐 주실 수 없을까요? 동창 분들한테 전화 걸어 보시면 대강 알 수 있지 않을까요?"

허 걸이 끼어들면서 말했다.

박찬희는 전화통을 끌어당기더니 여기저기에다 전화를 걸기 시작했다.

"아, 난데 말이야, 우리 친구들 중에서 송묘임하고 친하게 지내는 애가 누구니? ……묘임이가 누구냐고? 이 애가…… 이번에 딸이 유괴된 애 있지 않아. ……바로 그 애 말이야 ……그 애하고 가장 친한 애가 누구냔 말이야 ……모른다고? ……누구한테 알아보지? ……누구? ……아, 옥련이! ……옥련이 전화번호가 어떻게 되지?”

그녀가 이런 식으로 여기저기에다 요란스럽게 전화를 걸고 있는 동안 허 걸과 엄주희는 얌전하게 앉아 있었다.

한참 후 박찬희는 전화를 끊고 그들에게 메모지를 내밀었다.

“바로 이 애가 묘임이하고 제일 친하게 지내고 있대요.”

메모지에 ‘김옥련’이라는 이름과 함께 그녀의 전화번호가 적혀 있었다.

“묘임이하고 함께 같은 응용미술과에 들어간 친구예요.”

“이 전화번호는 어디 번호인가요?”

“그 애 집 전화번호예요.”

“혹시 장만두라는 분을 아십니까?”

“장만두요?”

그녀는 고개를 갸우뚱하다가 생각이 난다는 듯 얼굴 표정이 환해졌다.

“아, 이제 생각나요. 고등학교 때 수학 선생님이었어요. 만두라는 이름 때문에 특별히 기억하고 있어요.”

“그분을 더러 만나십니까?”

“아뇨, 고등학교 졸업하고는 한 번도 못 만나 봤어요. 묘임이 같으면 또 모르지요.”

그녀는 아차 싶어서 얼른 입을 다물었다. 그러나 형사들이 그것을 놓칠 리 없었다.

"그게 무슨 말입니까?"

"아, 아무것도 아니에요."

그녀는 머리를 흔들며 얼버무리려 했지만 허 걸은 집요하게 추궁해 들어갔다.

"여기서 한 말씀은 비밀을 보장해 드리니까 숨기지 말고 말씀해 주십시오."

박찬희는 곤혹스런 표정으로 안절부절못하다가 가까스로 입을 열었다.

"묘임이와 장 선생님 사이가 보통이 아니었다는 소문이 파다했어요."

"묘임 씨가 고등학교에 다닐 때 말입니까?"

"네, 흔히 그럴 수 있잖아요."

사랑의 미로

　박찬희와는 더 이상 이야기가 진전되지 않았다. 송묘임과 장만두가 과거에 보통 사이가 아니었다는 정도밖에는 더 이상 자세한 이야기를 들을 수가 없었다.

　허 걸은 박찬희가 가르쳐 준 김옥련을 만나 보기로 했다. 그날은 밤이 늦었기 때문에 다음 날 11시경에 그녀를 찾아갔다.

　김옥련은 S여대 회화과 전임 강사로 나가고 있었다. 방학 중이라 그녀는 낮인데도 집에 있었다. 그녀는 같은 동기들 중에서 그래도 성공한 축에 들고 있는 것 같았다. 그녀의 남편 역시 대학 교수로 재직하고 있었다. 그녀는 화실에서 작업을 하고 있다가 허 걸을 맞았다.

　교양 있는 여자이기 때문에 친구에 대해 입을 열게 한다는 것이 쉬운 일이 아니었다. 그녀는 정숙하게 생긴 그대로 몹시 입이 무거웠다.

"두 분이 가까운 사이라는 것을 알고 찾아왔습니다. 이렇게 찾아온 이유는 다른 데 있지 않습니다. 유괴된 청미 양을 찾기 위해 그러는 겁니다. 그러니까 제가 묻는 대로 숨김없이 말씀해 주십시오. 우리 사이의 이야기는 절대 비밀로 하겠습니다. 협조해 주십시오."

그녀는 미인은 아니었다. 아니 미인이기는커녕 여자치고는 못생긴 편이었다. 그러나 지성과 품위가 그것을 커버하고 있어서 못생겼다고 생각되지가 않았다.

"수고 많으십니다. 그렇지 않아도 어제 병원에 가서 묘임이를 만나봤습니다. 너무 기가 막힌 일이었기 때문에 아무 말도 못 하고 돌아왔어요. 그 애는 저를 붙잡고 울기만 했어요."

김옥련의 두 눈에 물기가 번지는 것 같았다. 그러나 그녀는 눈물을 흘리지는 않았다.

허 걸은 그녀를 재촉하지 않았다. 그녀가 알아서 이야기해 줄 때까지 잠자코 기다렸다.

그녀는 자세를 고쳐 앉은 다음 마침내 허 걸이 기다리고 있는 내용에 대해 입을 열기 시작했다.

"개인적인 문제를 제 3자가 남에게 이야기한다는 것은 옳지 않다고 생각해요. 하지만 수사에 관련된 것이니까 말씀드리겠어요. 묘임이는 만나보셨으니까 아시겠지만…… 워낙 미인이어서 고등학교 때 선생님들의 귀여움을 독차지했어요. 특히 장만두 선생님은 그 애를 유난히 귀여워해 주셨어요. 선생님이 그렇게 나오시니까 묘임이도 선생님을 따르게 됐어요. 묘임이는 저한테 숨김없이 선생님 이야기를 해주었기 때문에 저는 다른 애들보다는 비교적 그 두 사람 관계를 소상히 알고 있었어요. 장 선생님이 우리 학교에 오신 건 3학년 1학기가 시작되었을 때였어요. 그때부터 두 사람은 가까이 지내게 됐는데…… 관계가 심각해지면서 학생들 사이에 소문이 파다하게 퍼지게 됐어요. 두 사람 관계는 스승과 제자 관계 이상으로 발전하는 것 같았어요. 그리고 그 관계는 우리가 학교를 졸업하면서부터 더욱 깊어지는 것 같았어요. 두 사람은 정말로 깊이 사랑했어요. 묘임이도 선생님도 정말 순수했어요. 그들의 사랑은 6년 동안 계속됐지요. 묘임이가 대학을 졸업할 때까지 계속됐으니까요. 그들은 묘임이가 대학을 졸업하는 대로 결혼하기로 약속했어요. 제가 보기에 그들의 사랑은 어떤 힘으로도 갈라놓지 못할 것 같았어요. 그만큼 사랑이 진실하고 강렬했다고나 할까요. 저는 그들의 사랑이 결실을 맺길 바랐어요. 그런데 갑자기……”

여기서 말을 끊고 그녀는 다음 말을 잇기가 힘들다는 듯 잠시 입을 다물었다.

마침 전화가 걸려 왔기 때문에 그녀는 전화를 받고 나서 다시 입을 열었다.

“그런데 갑자기 묘임이가 다른 남자와 결혼하게 됐다고 알려 왔어요. 그것도 결혼식을 불과 일주일 앞두고 저한테 알려 왔어요. 그때의 놀라움이란 말할 수 없이 컸어요. 저는 기대했던 것이 와르르 무너지는 것 같은 충격을 느꼈어요. 과연 그럴 수 있는 것일까 하고 몇 번이나 생각하곤 했어요. 두 사람의 결별은 순전히 묘임의 일방적인 처사였다는 것을 알고는 더욱 놀랐어요. 제가 일종의 배신감 같은 것을 느낄 정도였으니까요. 6년 동안 사랑해 온 사람을 저버리고 어떻게 처음 보는 남자와 결혼할 수가 있는지 저는 도무지 이해할 수 없었어요. 그 일로 저는 묘임이를 다시 보게 됐어요. 지금까지 내가 친구를 잘못 보아 왔다고 생각하게 됐어요."

침착한 그녀도 그 부분에 이르러서는 감정을 억제할 수 없는지 얼굴이 창백해지는 것이었다. 말은 안 했지만 그녀가 묘임을 경멸하고 있다는 것을 허 걸은 알 수 있었다.

"송묘임 씨는 왜 장 선생을 버리고 다른 남자와 결혼했나요?"

"그 이유란 것이 아주 세속적인 것이었어요. 서로 이상이 안 맞다 거나 성격이 안 맞는다면, 그런 이유로 헤어졌다면 얼마든지 이해할 수 있어요. 하지만 그런 이유가 아니었어요. 아시겠지만 묘임이네는 살기에 부족한 것이 없는 여유 있는 집안이에요. 아버지가 은행장이었으니까요. 묘임이가 상류 가정인 데 비해 장 선생님은 가난한데다가 형제가 많았어요. 더구나 장 선생님은 맏이였어요. 그리고 묘임이와 장 선생님은 나이 차이가 일곱 살이나 됐고요. 거기다 더 결정적인 이유는…… 선생님의 직업이었어요. 학교 교사라는 것은 결혼 조건으로는 매우 불리한 것인가 봐요. 대학을 졸업하고 집안이 좀 괜찮다 싶은 아가씨치고 학교 교사와 결혼하려는 사람은 없을 거예요. 여고 때야 사춘기 때니까 뭣 모르고 선생님을 따르지만 일단 대학을 다니고 사회에 나오게 되면 여고 때의 선생님이라는 것이 얼마나 하찮은 존재인가를 깨닫게 되죠. 돈 많고 지위가 높은 사람만 눈에 보이기 때문이죠. 그런 것 저런 것을 들어 묘임이의 부모님은 한사코 장 선생님과의 결혼을 반대하셨어요. 부모님이야 반대하시는 게 당연하겠지요. 딸을 좀 더 잘 사는 집안에 시집보내고 싶은 게 모든 부모들의 공통된 심정이니까요. 제가 알기로는 그때 묘임이 부모는 장 선생님을 직접 만나 결혼은 절대 안 된다고 말씀하셨어요. 그렇지만 제가 보기에는 결정권은 묘임이에게 있었어요. 아무리 부모님이 완강히 반대하시더라도 본인이 굳은 결심을 밝히고 그대로 밀고 나갔다면 성사가 됐을 거예요. 그런데 묘임이는 그러는 것 같지가 않았어요. 모든 것을 부모님 결정에 따르겠다는 식으로 아주 소극적으로 나갔어요. 제가 보기에는 묘임이 자신이 이미 장 선생님과 결혼할 의사가 없었던 것 같았어요. 그 애는 새로 나타난 남자에게 정신을 빼앗기고 있는 것 같았어요.”

“그 사람이 지금의 남편입니까?”

“네, 지금의 남편인 홍상파 씨였어요. 그분은 묘임이가 반할 만큼 미남이었고 집안도 좋았고 학벌도 훌륭했어요. 누가 보아도 장래가 촉망되는 엘리트 신랑감이었어요. 결국…… 묘임이는 장 선생님을 버리고 홍상파 씨와 결혼하고 말았어요. 많은 사람들이 묘임이와 홍상파 씨의 결혼을 축복해 주었지요. 지나칠 정도로 축복해 주었어요. 그러나 한편에서는 비통에 잠겨 있는 사람이 있었어요. 바로 장 선생님이었어요. 묘임이가 결혼하고 나서 저는 장 선생님을 위로해 드리기 위해 그분을 몇 번 만났어요. 그때 그분의 비통에 잠긴 모습은 차마 볼 수가 없었어요. 생에 대한 모든 의욕을 잃어버리시고 앞으로 어떻게 살아야 할지를 모르는 사람 같았으니까요. 저는 선생님이 고통으로부터 헤어나서 새로운 용기를 가지고 살아가시기를 빌었어요. 하지만 선생님은 묘임이를 결코 잊지 못하셨어요. 그 후 저도 결혼하게 돼서 선생님을 뵐 기회가 없었어요. 수년 후에 한번 뵈었는데 선생님이 그 상처에서 벗어나신 것 같아서 저는 몹시 기뻤어요. 하지만 아직까지 선생님이 결혼하시지 않고 계시다는 말을 들었어요. 선생님은 다른 여자를 도저히 사랑할 수 없으신가 봐요. 상처에서 벗어나시긴 했지만 배신의 상처가 앙금처럼 가라앉아 여자를 가까이 하기가 두려우신가 봐요. 아마 선생님은 결혼하시지 않고 평생을 혼자 사실 것 같아요."

허 걸은 이 여자가 장만두에 대해 유난히 관심이 많고, 또 많은 것을 알고 있다고 생각했다. 필요 이상으로 그에 대해 많은 관심을 기울이고 있고 그를 동정하고 있는 것 같았다. 15년 전 한 때 가르침을 받았던 교사한테 이토록 관심을 가지고 있는 이유는 무엇일까.

물감투성이의 작업복 차림으로 의자에 앉아 담담한 표정으로, 때로는 살짝 감정을 드러내 보이며 이야기하는 그녀의 모습은 상당히 매력적으로 보였다.

"장 선생을 마지막으로 만난 게 언제였습니까?"

"일 년 전에 한 번 뵙고는 아직 만나지 못했어요."

그녀는 약간 당황해서 말했다.

허 걸은 일어설 듯하다가 도로 주저앉으며 김옥련을 바라보았다.

"두 사람이 6년 동안 사랑했다면…… 두 사람은 관계가 아주 깊었겠군요?"

"서로 사랑했으니까요."

그녀는 아주 당연하다는 듯 말했다.

"제 말은 어느 정도 관계가 깊었는가 하는 겁니다. 이를테면 그 사랑이라는 것이 순전히 정신적인 사랑이었는지 아니면, 정신과 육체가 일치된 사랑이었는지……"

그녀는 고개를 가만히 흔들었다.

"모르겠어요. 그 정도까지는 모르겠습니다."

"묘임 씨가 모든 것을 숨김없이 이야기해 주었다고 하지 않았습니까?"

"네, 그래요. 하지만 그런 말은 하지 않았어요. 아무리 가까운 사이라 하더라도 어떻게 그런 말을 하겠어요?"

"그래도 짐작이라는 게 있지 않습니까?"

허 걸은 그 점에 대해 집요하게 캐물었지만 옥련은 한사코 대답하기를 피했다.

그런 것을 물은 자체가 어리석은 일이었는지도 모른다. 아무리 스승과 제자였다 해도 이미 결혼을 약속했고 서로 깊이 사랑했던 사이라면 물어 보나마나 육체관계를 가졌을 것이다. 장만두라는 사람이 얼마나 고결한 인품을 지니고 있고 금욕적인 인물인지는 몰라도 십중팔구는 미녀의 육체를 탐했을 것이다. 그것이 정상적인 남자의 반응이 아닐까. 교사로서 사춘기 소녀를 애정의 대상으로 삼았다는 것 자체가 그의 도덕적 수준을 말해 주는 것이다. 그가 묘임이에게 손끝 하나 대지 않았다는 것은 생각도 할 수 없는 일이다.

형사가 가고 난 뒤 김옥련은 몹시 마음이 혼란스러웠다. 형사가 묘임과 장 선생님과의 관계를 집요하게 추궁하고 간 것이 아무래도 심상치가 않았다. 혹시 장 선생님이 이번 사건과 관계가 있지 않을까?

그녀는 장만두를 사랑하고 있었다. 지금은 그저 담담한 마음으로 가끔 만나고 있지만 그녀가 결혼하기 전까지만 해도 그를 사모했었다.

장만두와의 관계는 묘임이 그를 버리고 결혼하고 난 뒤부터 시작되었다고 할 수 있었다. 그러나 실제로 그녀가 그에게 연모의 감정을 품기 시작한 것은 그가 H여고에 부임하면서부터였다. 그 총각 선생을 처음 본 순간 사춘기 소녀는 그만 반해 버리고 말았던 것이다. 그러나 그녀는 못생긴데다 너무도 수줍음을 잘 탔다. 장 선생과 시선이 마주치기만 해도 숨이 막히고 기절할 것만 같았던 것이다. 그녀에 비해 묘임은 얼굴도 잘생기고 명랑했다. 그녀는 별로 수줍음도 타지 않았고 장 선생님에게 적극적으로 접근했다. 그러한 그녀를 옥련은 먼발치로 바라보면서 속만 태울 수밖에 없었다.

그러한 관계가 6년 동안 계속되었다. 그 기간 동안 그녀는 묘임을 앞세우고 간접적으로 장 선생님과 접촉할 수 있었을 뿐이다. 다시 말해 장 선생님과 묘임이 만나는 데 들러리 정도의 역할을 했다고 할 수 있었다. 그 기간 동안 그녀는 한 번도 장 선생님에게 연모의 감정을 노출시키지 않았다. 그것을 마음 속 깊은 곳에 감추어 둔 채 무표정하게 그를 만났던 것이다. 그러니까 무관심을 가장한 채 장 선생님과 묘임이 만나는 것을 지켜보고만 있었던 것이다.

그러한 그녀가 장 선생님에게 그 동안 숨겨 온 감정을 털어놓기 시작한 것은 묘임이 결혼하고 난 직후부터였다. 묘임이 다른 남자와 결혼하기 전 옥련에게 부탁처럼 한 말은 매우 인상적이었다. 옥련은 지금도 그 말을 잊지 않고 기억하고 있었다.

"난 지금 장 선생님을 배신하고 떠나는 거야. 난 그렇다고 하지만 넌 제발 그러지 마. 장 선생님을 진실로 위해 줄 사람은 너밖에 없어. 난 네가 장 선생님을 사랑하고 있다는 것을 벌써부터 알고 있었어. 넌 조금도 그런 내색을 하지 않았지만 난 이미 눈치 채고 있었어. 여자의 육감이라는 거 있지 않아. 지금 와서 생각하면 난 아주 나쁜 애였어. 난 네 앞에서 장 선생님과 데이트하는 게 그렇게 즐거울 수가 없었어. 네가 속으로 얼마나 괴로워하고 있을까 하고 생각하면 그렇게 즐거울 수가 없었어. 나라는 년은 그렇게 못돼먹었어. 용서해 줘. 나는 너만큼 장 선생님을 사랑할 수가 없었는지도 몰라. 너만큼 장 선생님을 사랑할 수 있는 사람은 아마 없을 거야. 네 자존심을 상하게 해서 미안하지만…… 장 선생님을 잘 부탁해. 장 선생님을 혼자 있게 그대로 두면 위험해. 그분은 지금 정신을 차릴 수 없을 정도로 비탄에 잠겨 있어. 그분을 위로해 줄 수 있는 사람은 너밖에 없어. 부탁이야, 제발 장 선생님한테 가봐."

옥련이 비탄에 잠겨 있는 장 선생님을 찾아간 것은 묘임의 부탁 때문이 아니었다. 묘임의 말대로 그를 사랑했기 때문에 스스로 찾아간 것이다. 그리고 그때부터 그녀는 그에게 향한 연모의 감정을 노출시키기 시작했던 것이다.

그러나 장 선생님은 그녀의 감정을 받아들이지 않았다. 그는 오로지 묘임만을 사랑하고 있었고 그 밖의 여자에 대해서는 관심이 없었다. 하지만 옥련은 지성으로 장 선생님을 만나러 다녔다. 그녀는 상대방이 어떻게 나오든 그런 것은 상관하지 않고 자신의 사랑을 온통 장 선생님한테 쏟아 부었다. 장 선생님이 자신과 결코 결혼해 주지 않을 것이라는 것을 잘 알고 있으면서도 그를 따르고 섬겼다.

집안의 강요로 별로 마음에도 없는 지금의 남편과 결혼하고 난 뒤에도 장 선생님에게 향한 그녀의 마음은 변함이 없었다. 그것은 순전히 정신적인 사랑이었다. 장 선생님이 그녀의 몸을 요구했다면 그녀는 서슴없이 자신을 내맡겼을 것이다. 그러나 그는 그녀에게 손도 대지 않았던 것이다.

이제 와서 그들의 관계는 애인 관계도, 그렇다고 스승과 제자만의 관계도 아닌 아리송한 관계로 지속되고 있었다. 세월이 흐르다 보니 이제는 감정도 많이 가라앉고 세속적인 남녀 관계를 뛰어넘은 순수한 관계로 승화되어 있었다.

옥련은 장 선생님이 이번 사건에 관련이 되어 있을 것이라고는 상상도 할 수 없었다. 그녀가 알고 있는 장만두 선생님은 그야말로 청렴한 교육자였다. 그를 볼 때마다 그녀는 깨끗한 선비를 보는 것 같았고, 바로 그 점에 그녀는 반했던 것이다. 그런 분이 유괴 사건에 관련되었을 리 없다. 하지만 형사들이 그분에 대해 조사하고 있지 않은가. 그녀는 그대로 모른 체할 수 없다고 생각했다. 형사는 절대 비밀을 지켜야 한다고 말했지만 그녀는 그럴 수가 없었다.

한참을 망설이다가 그녀는 마침내 수화기를 들고 다이얼을 돌렸다.

장만두는 마침 집에 있었다.

"저 옥련이에요."

"아, 옥련이……"

다정다감한 목소리가 수화기를 타고 들려 왔다.

"선생님, 제가 점심 사드릴게 나오세요."

"점심은 무슨……"

그는 언제나 사양한다.

"드릴 말씀도 있고 하니까 나오세요."

"지금 좀 바쁜데……"

"묘임이하고 관계된 일이에요."

그 말에 그는 긴장하는 것 같았다.

"그게 무슨 말이지?"

"전화로 말씀드리기는 뭣하니까 잠시 나오세요. 선생님 뵙고 싶어요."

"알았어, 나가지."

장 선생님을 만나기는 한 달 만이었다. 형사한테는 1년 전에 만나고 통 만나지 못했다고 말했지만 사실은 평균 1달에 한 번씩은 만나고 있는 셈이었다.

1시간 후 호텔 커피숍에서 만난 그들은 일식집으로 자리를 옮겨 앉았다.

"선생님 미워요."

"왜?"

"제가 만나자고 하니까 바쁘다고 하시더니 묘임이 때문이라고 하니까 금방 나오시지 않았어요?”

“난 또 뭐라고…… 사실 바쁜데 나왔어. 묘임이는 지금 말할 수 없는 고통을 겪고 있잖아. 우리가 도울 수 있으면 도와야 해. 그저께 난 묘임이가 입원해 있는 병원에 다녀왔어. 눈 뜨고 못 보겠더군.”

“벌써 다녀오셨군요. 저도 어제 갔다 왔어요. 저를 붙잡고 어떻게나 우는지 혼났어요.”

식사가 날라져 왔지만 만두는 거기에 손도 대지 않았다. 옥련이 어서 먹자고 말했지만 그는 완전히 다른 데 정신이 팔려 있는 듯했다.

그는 눈에 띄게 초췌해져 있었고 잠을 못 잤는지 두 눈이 잔뜩 충혈 되어 있었다.

“선생님 어디 아프세요?”

“아니……”

묘임이가 현재 받고 있는 고통이 선생님에게 전해져 온 모양이라고 옥련은 자기 나름대로 생각했다.

“묘임이하고 관계된 일이라는 게 뭐지?”

“선생님 식사 드시면 말씀드리겠어요.”

옥련은 맥주를 잔뜩 따라 주면서 말했다.

그녀의 말에 만두는 고개를 끄덕이고 나서 천천히 식사를 들기 시작했다.

그가 식사를 반 이상 하고 났을 때 옥련은 마침내 참았던 입을 열었다.

“형사가 다녀갔어요. 오늘 아침에 다녀갔어요.”

만두는 그녀를 힐끗 쳐다보고 나서 잠자코 잔에 남은 맥주를 들이켰다. 그러고 나서 물었다.

"그게 무슨 말이지?"

"묘임이와 제가 친하다는 걸 어떻게 알았는지 형사가 집으로 찾아왔어요. 지를 찾아와서는 선생님과 묘임이와의 관계를 물었어요."

거기까지 말해 놓고 그녀는 만두의 표정을 살폈다.

만두의 얼굴 위로 경련이 스쳐갔다. 순간적으로 스쳐간 것이지만 옥련의 눈에는 그것이 또렷이 보였다. 그의 얼굴은 금방 창백해졌고 입술에서도 핏기가 사라졌다.

"형사는 선생님과 묘임이와의 과거 관계에 대해서 물어 왔어요. 이미 어느 정도 알고 온 눈치였어요."

"그래서 뭐라고 말했지?"

"사실대로 이야기했어요. 두 분이 스승과 제자였다는 사실에서부터 시작해서 6년 동안에 걸친 관계를 소상히 이야기해 줬어요. 두 분이 왜 결혼하지 못하게 됐는지에 대해서도 이야기했어요. 그 형사는 거기에 관심이 있는 것 같았어요."

"내 뒷조사를 하고 있는가 보군."

만두는 한숨과 함께 담배 연기를 토하면서 혼잣말처럼 중얼거렸다.

"제가 말을 잘못했나요?"

"아니, 상관없어."

"사실 거짓말을 할 수도 없고 모른다고 잡아뗄 수도 없었어요. 그 형사가 하도 집요하게 물어 왔고, 또 그럴 필요도 없는 것 같아서 사실대로 이야기했어요. 수사에 도움이 된다면 숨길 필요가 뭐 있겠냐 싶어……”

“잘 했어, 숨길 필요도 없는 이야기니까. 그렇지 않아도 요새 밖에 나가면 미행을 당하는 기분이었어.”

“형사들이 미행했나 보죠?”

“나에 대해서 조사를 시작했다면 충분히 그럴 수 있는 일이지. 사건이 사건인만큼 그럴 수 있는 일이지.”

그는 애써 침착을 찾으려고 하는 것 같았다.

“왜 경찰에서 선생님에 대해 조사를 하죠? 전 걱정이 돼서 선생님에게 연락을 드린 거예요.”

“뭐 별일은 없을 거야. 형식적인 조사에 불과할 거야. 강력 사건이 일어나면 다방면으로 수사하게 마련이니까 나에 대해서도 조사하는 거겠지.”

“선생님에 대해 묻는 형사의 표정이 몹시 심각했어요. 저는 겁이 나서 혼났어요.”

“걱정할 건 없어. 우리가 진실로 걱정해야 할 것은 청미의 생사야. 어린애가 유괴되어 보름이 지나도록 생사를 천혀 알 수 없으니……”

만두의 선량한 눈빛에 물기가 비치는 것 같았다.

옥련은 손수건을 꺼내 눈물을 닦았다.

낙 화(落花)

장만두는 수사망에 걸린 대어급 용의자라고 할 수 있었다. 충분히 신문해 볼 만한 가치가 있는 인물이었다.

허 걸로부터 장만두에 대한 상세한 이야기를 듣고 난 조 태는 손바닥으로 책상을 쳤다.

"당장 데려다가 신문해!"

"좀 더 두고 보는 게 어떨까요?"

허 걸은 좀 망설였다.

"시간이 없어, 이건 시간을 다투는 일이란 말이야!"

사실 시간을 다투는 사건이었다.

"알겠습니다. 먼저 송태하 기자의 이야기를 들어 보고 나서 그 사람을 데려오죠."

"송 기자는 왜?"

"아무래도 송 기자가 그 사람에 대해 잘 알고 있는 것 같아서입니다."

"우선 장만두 신병을 확보해 놓으라구. 그러고 나서 송 기자 이야기를 들어 봐도 되잖아. 장 교사가 그 동안에 잠적이라도 해버리면 곤란하잖아."

"그럼 그렇게 하죠."

허 걸은 경찰관을 한 사람 데리고 갈까 하다가 혼자 장만두를 찾아가 보기로 했다. 이미 그의 집을 알고 있기 때문에 집으로 직접 찾아갔다.

오후 3시경이었는데 장만두는 집에 없었다. 그의 노모가 나와 허 걸을 맞았는데 매우 쇠약해 보이긴 했지만 인자한 인상이었다. 반백의 머리에 깔끔한 모습이 마음에 들었다. 어디서 왔느냐고 묻는데 차마 경찰에서 왔다고 말할 수가 없었다. 곧 올 테니 들어와서 기다리라는 것을 사양하고 계단을 내려왔다.

송태하 기자는 펄쩍 뛰었다.

"그건 난센스입니다!"

그는 한마디로 형사들의 말을 일축해 버렸다.

"송 기자는 왜 그 사람을 굳이 옹호하려고 드는 거지요?"

조 태가 알 수 없다는 듯 실눈을 가늘게 뜨고 상대방을 쳐다보며 물었다.

"옹호하는 게 아닙니다. 그럴 사람이 아니기 때문에 말하는 겁니다. 그 사람을 의심하지 마십시오. 그 사람은 신문을 보고 사건을 알았고, 그래서 병문안을 갔던 것뿐입니다. 그것도 제가 안내해 준 겁니다.”

“두 사람은 6년 동안이나 사랑하던 사이였어요. 그리고 결혼까지 굳게 약속한 사이였어요. 그런데 일방적으로 송묘임 씨는 장 교사를 버리고 다른 남자와 결혼해 버렸어요. 장 교사가 배신감을 느꼈을 것은 뻔한 이치 아닌가?”

“차암, 반장님두…… 그건 벌써 9년 전의 일입니다, 9년 전의 일이란 말입니다!”

“알고 있어요. 하지만 그는 지금도 독신으로 지내고 있고 이제 와서 병원에 문병까지 갔어요. 송 기자의 누님을 잊지 않고 있다는 얘기야!”

“그래서 장만두 씨가 청미를 유괴했다는 겁니까?”

“가능성이 없는 것도 아니지. 사람이란 평생을 두고 복수의 칼을 가는 수도 있으니까.”

“그 사람은 그럴 사람이 아닙니다!”

태하는 격해서 말했다.

“어떻게 그렇게 단정할 수 있지요?”

허 걸이 물었다.

“저는 그 사람의 인품을 잘 알고 있습니다. 절대 그런 흉악한 짓을 저지를 사람이 아닙니다.”

“믿는 도끼에 발등을 찍히는 수도 있지요. 알다가도 모르는 것이 사람 속이니까요.”

“그렇긴 해도 그 사람은 아닙니다.”

“그 사람에게 단단히 반해 있군요.”

조 태가 빈정거리는 투로 말했다.

바로 그때 문 두드리는 소리가 들려 왔다.

형사 한 명이 방 안으로 들어오더니 조 태의 귀에다 대고 무엇인가 속삭였다. 송태하는 기자의 본능으로 그들이 하는 수작을 신경을 곤두세우고 바라보았다.

조 태의 안색이 창백해지고 있었다.

형사가 나가고 나자 조 태는 얼어붙은 표정으로 꼼짝도 하지 않은 채 앉아 있었다.

"무슨 일이 있습니까?"

송 기자가 답답하다는 듯 물었다.

허 걸은 잠자코 조 반장이 입을 열기를 기다리고 있었다.

"이야기해도 괜찮겠지?"

이윽고 조 반장은 두 사람을 번갈아 바라보았다.

"곤란하면 제가 자리를 피해 드릴까요?"

"아, 그럴 필요 없어요. 어차피 송 기자도 알게 될 테니까 그대로 있어요."

두 사람은 긴장해서 조 태의 표정을 살폈다.

조 태는 얼른 담배를 한 대 피워 물고 나서 연기를 한번 길게 내뿜었다. 그런 다음 갑자기 목소리를 낮추고,

"청미 시체가 발견됐대."

하고 말했다.

두 사람은 얼빠진 표정으로 서로 쳐다보기만 했다. 그 한마디는 너무도 큰 충격을 그들에게 안겨 주었던 것이다.

청미가 아직 살아 있을지도 모른다는 가느다란 희망마저 이제 모두 날아가 버린 것이다. 일시에 긴장이 확 풀리면서 허탈감

이 밀려 왔다.

"부산역에서 발견됐대. 대형 트렁크 속에 들어 있는 것을 승무원이 발견했나 봐. 조금 전에 발견했다는군."

"열차 속에서 발견했나요?"

"그런가 봐."

"그럴 수가……"

조 태는 손목시계를 들여다보더니 벌떡 일어섰다.

"지금 바로 출발하면 7시 비행기를 탈 수 있겠어. 자, 빨리 가자구."

이렇게 되면 장만두를 만나는 것은 뒤로 미루는 수밖에 없다고 생각하면서 허 걸도 자리를 차고 일어섰다.

송묘임에게는 충격에 견디지 못할 것을 생각해서 다음에 알려 주기로 하고 우선 홍상파에게만 송 기자가 연락을 취하기로 했다. 부모 중의 누구 한 사람이 직접 부산에 내려가서 청미의 시체임을 확인해야 하기 때문에 형사들은 홍상파와 함께 내려가고 싶어 했다.

수사관들이 직접 지켜보는 앞에서 태하는 매형의 집으로 전화를 걸었다. 매형의 집과 같은 아파트 건물 아래층에 수사본부를 차리고 있었기 때문에 엘리베이터를 타고 직접 올라갈 수도 있었지만 그는 차마 매형을 마주 대하고 말할 수가 없을 것 같아 전화로 그 불행한 소식을 전했다.

"저…… 태하입니다."

그는 목이 잠겨 말을 꺼내기가 몹시 힘들었다. 귀여운 조카의 죽음에 금방이라도 울음을 터뜨릴 것만 같았지만 그것을 목구멍으로 집어삼키면서 가까스로 입을 열었다.

"저기…… 조용히 제 말을 들어 주십시오. 청미에 대해 좋지 않은 소식이 지금 막 들어온 것 같습니다."

"무, 무슨 소식……!?"

상파는 펄쩍 뛰는 것 같았다.

그는 집 안에 칩거하고 있었다. 거의 넋이 빠져 아무 일도 못 하고 있었다.

"방금 소식이 들어왔는데…… 청미가……"

태하는 마른침을 꿀꺽 삼키면서 수화기를 바꾸어 들었다.

"청미가 어떻게 됐다는 거야!?"

"죽은 것 같습니다."

"뭐라고!? 도대체 무슨 소리를 하는 거야? 자네 미쳤나? 다시 한 번 말해 봐!"

"청미의 시체가 부산에서 발견되었답니다. 그래서……"

"개소리 말아!"

"그래서……"

"개소리 말란 말이야!"

전화를 동댕이치는 소리가 들려 왔다.

송 기자는 손등으로 눈물을 훔치면서 수화기를 내려놓았다.

"제 말을 믿지 않습니다. 조금 기다려 보죠. 이쪽으로 내려오 실 겁니다."

"시간이 없는데……"

조 반장은 미간을 찌푸렸다.

조금 있자 홍상파가 수사본부 안으로 뛰어 들어왔다. 거의 제

정신이 아니었다.

"청미가 죽었다고? 누가, 누가 그런 말을 해?"

금방이라도 누구를 때려죽일 듯이 노려본다. 그 기세에 눌려 사람들은 차마 말을 못하고 서로 눈치만 보았다.

"당신이 그런 말을 했지!?"

상파는 급기야 조 반장의 멱살을 움켜잡았다.

"이러지 마십시오. 진정하십시오."

조 반장은 몹시 곤혹스런 얼굴로 상파의 손을 떼어 내면서 말했다.

"우리 청미는 어디 있어? 말해 봐! 우리 청미는 어디 있느냐 말이야!?"

송 기자가 두 사람 사이에 끼어들어 상파를 떼어 냈다.

상파는 길길이 뛰면서 거의 울부짖다시피 소리치고 있었다.

그는 청미의 죽음을 믿으려 들지 않았다.

형사들은 발광하는 부정(父情)에 한동안 어쩔 줄을 모르고 쳐다보기만 했다.

"우리도 방금 연락을 받고 현장에 가보려고 하는 참입니다. 직접 눈으로 보지 않았기 때문에 뭐라고 단정을 내릴 수 없습니다. 지금 빨리 가면 7시 비행기를 탈 수 있으니까 우리와 함께 좀 갑시다."

"난 갈 수 없어! 내가 왜 거길 가? 당신들이나 가보라구!"

안 가겠다고 버티는 그를 억지로 데리고 갈 수도 없는 노릇이라 그들은 하는 수 없이 그를 거기에 남겨 두고 밖으로 나갔다. 그런데 그들이 공항으로 막 출발하려고 할 때 상파가 뛰어나와 차에 올라탔다.

　청미의 시체는 발견됐을 때 그대로 트렁크 속에 든 채 어느 병원 영안실에 놓여 있었다.

　트렁크를 열자 시체 썩는 냄새가 코를 찔렀다.

　"죽은 지 닷새쯤 됩니다."

　이것은 검시의의 말이었다.

　"그렇다면 21일에 죽었다는 말입니까?"

　조 반장이 날카로운 어조로 물었다.

　"네, 그쯤 됩니다."

　검시의는 머리가 훌렁 벗겨져 있었다.

　트렁크는 검정색 가죽으로 만들어진 대형 가방으로 밑에는 바퀴가 달려 있었다.

　"시체는 비닐 속에 봉해져 있었습니다. 냄새가 밖으로 새지 않게 하려고 그렇게 한 모양입니다."

　관할 구역의 형사 반장이 말했다.

　"사인은 뭡니까?"

　"다량의 수면제를 먹여서 죽였습니다."

　검시의는 대머리에 달라붙은 파리를 손으로 휘둘러 쫓으면서 말했다.

　그들의 이야기는 상파의 처절한 통곡소리 때문에 때때로 막히곤 했다.

　시체는 몰라볼 정도로 부패하지는 않았기 때문에 아직은 제 모습을 그대로 간직하고 있었다.

"청미 양이 맞습니까?"

조 반장이 상파를 보고 냉정하게 물었지만 그는 거기에는 대답하지 않고 시체를 끌어안고 목 놓아 울고 있었다. 사실 물어 보나마나한 일이었다. 자기 자식이 아니라면 썩은 시체를 부둥켜안고 그렇게 통곡할 리가 없었던 것이다.

그래도 형사들은 확인을 받고 싶었다. 그래서 이번에는 송 기자를 붙들고 똑같은 질문을 던졌다.

"청미가 맞습니까?"

"맞습니다."

태하는 울음을 삼키며 고개를 끄덕였다.

조 반장은 형사들에게 홍상파를 밖으로 데리고 나가라고 눈짓을 보냈다.

형사 두 명이 몸부림치는 상파를 끌다시피 밖으로 데리고 나가자 비로소 실내가 좀 조용해지는 것 같았다.

청미는 지난 7월 15일 아침 학교에 갈 때의 그 차림 그대로 노란 비옷을 입고 있었다. 그것은 나중에 상파의 입을 통해 확인한 사실이었다.

허 걸은 시체의 머리카락을 만져 보았다. 숱이 많은 검은 머리칼은 양 갈래로 길게 땋아져 있었다. 그런데 가만 보니 한쪽 갈래가 다른쪽보다 짧아 보였다. 대충 보아 5센티미터 이상은 짧은 것 같았다. 허 걸은 그 부분을 손으로 어루만지며 조 반장을 쳐다보았다.

"머리가 잘렸는데요."

"음, 그렇군."

“일부러 자른 모양인데요.”

조 반장은 잘린 머리를 힐끗 쳐다보고 나서 관심이 없는 듯 시선을 돌려 버렸다.

“유괴되기 전에도 한쪽 머리칼이 이렇게 짧았나요?”

허 걸은 송 기자에게 물어 보았다.

“글쎄요, 잘 모르겠는데요. 제가 청미를 본 지는 서너 달 전이었으니까요.”

상파에게 딸의 시체를 다시 보인다는 것은 가슴 아픈 일이었지만 의심나는 것을 알아보기 위해서는 하는 수 없는 일이었다.

다행히 상파는 더 이상 울고 있지 않았다. 그래서 그를 데리고 들어와 시체를 보이고 필요한 것들을 물어 볼 수 있었다.

“청미 양 머리칼이 원래 이렇게 짧았나요?”

허 걸은 잘린 머리칼을 만지며 물었다.

상파는 고개를 흔들었다.

“아니오, 이렇지는 않았습니다. 양 갈래 길이가 똑같았습니다. 아내는 매일 딸애의 머리를 땋아 주곤 했습니다.”

그렇다면 범인이 머리칼을 자른 모양이라고 허 걸은 생각했다. 왜 아이의 머리칼을 잘랐을까? 겁을 주려고 그랬던 것일까? 참혹한 기분에 이어서 분노가 치밀어 올랐다.

“만일 범인을 잡으면 내 손으로 죽일 겁니다. 반드시 내 손으로……”

상파는 주먹을 쥐고 몸을 부르르 떨었다. 눈물이 볼을 타고 주르르 흘러내리고 있었다. 그러나 아까처럼 비통하게 울부짖지는 않았다.

청미의 시체를 맨 처음 발견한 사람은 역 구내에서 일하는 잡역부였다.

7월 26일 낮 12시 정각에 서울을 출발한 새마을 열차는 정확히 오후 4시 40분에 부산역 플랫폼에 들어섰다. 사람들이 쏟아져 나오고 조금 있자 잡역부들이 객실 칸으로 올라갔다. 그들은 의자에 씌워 놓은 커버도 벗기고 객실을 청소하는 일을 맡고 있었다. 그들 중의 한 사람이 객실 안 선반 위에서 큼직한 가방을 한 개 발견한 것이다. 가방을 들어 보니 묵직했다. 호기심에서 가방을 열어 본 그는 기겁을 하고 뒤로 물러났다.

청미가 시체로 발견됨으로써 유괴 사건은 새로운 단계로 접어들었다.

수사본부는 거의 절망적인 분위기 속에 빠져 있었다.

범인은 이제 골칫거리를 해치워 버리고 영원히 어둠속으로 잠적해 버릴 셈인 것 같았다.

서울로 돌아온 송태하는 왠지 장만두에게 연락을 취하고 싶어졌다.

전화를 걸자 그는 이미 뉴스에서 들었다며 청미의 죽음을 알고 있었다. 그는 목이 메어 말을 잘 잇지 못하고 있었다.

"누님은 알고 있나?"

"네, 조금 전에 하는 수 없이 이야기해 주었지요."

누님이 눈을 뒤집으며 쓰러지는 것을 보았다는 말만은 하고 싶지 않았다.

"지금 바쁘십니까?"

“아니, 아무것도 손에 잡히지가 않아 그냥 앉아 있네.”

“그러지 말고 나오시죠.”

약속 장소로 나온 장만두는 송태하를 보자마자 눈물을 주르르 흘렸다.

“어린애를 죽이다니…… 세상에 그럴 수가……”

그의 비통해 하는 모습은 태하가 보기에도 민망할 정도였다.

태하는 조카인 청미가 살해되긴 했지만 그 정도로 비통해 하지는 않았다. 감정이 무딘 편이기도 하지만 사실 조카와 그렇게 정이 든 것도 아니어서 비통한 감정에서 빨리 헤어날 수가 있었던 것이다.

그가 알기로는 장 교사도 청미와 그렇게 정이 든 것은 아니었다. 정이 들기는커녕 얼굴도 제대로 모르고 있을 것이다. 그는 5년인가 6년 전에 고궁에서 우연히 청미를 한 번 본 적이 있었다고 말하지 않았던가. 그렇다면 지금쯤은 그 애의 얼굴도 제대로 기억하고 있지 못할 것이다. 그런데도 이렇게 비통해 할 수 있을까. 누님을 아직 사랑하고 있기 때문일까. 그렇더라도 누님이 죽은 것은 아니지 않은가. 태하는 상대방의 비통해 하는 모습을 보고는 오히려 의아한 생각이 들었다.

“경찰에서 무슨 연락이 없었나요?”

“아니……”

만두는 충혈된 눈으로 송태하를 바라보았는데, 조금 놀라는 눈치였다.

“사실은 경찰이 형님의 과거를 캐고 있습니다. 그러니까 누님과의 관계를 캐고 있는 것 같습니다.”

잠시 침묵이 흘렀다.

비통에 잠겨 있던 표정이 딱딱하게 굳어지고 있는 것을 송태하는 놓치지 않고 관찰했다.

"어떻게 그걸 알았지?"

기어들어가는 목소리로 만두가 물었다.

"아마 우리가 병원에 찾아가던 날 경찰이 우리를 미행한 것 같습니다."

"사실은 어제 내가 집에 없을 때 집으로 누가 나를 찾아왔었나 봐."

"아마 경찰일 겁니다."

"경찰이 나를 의심하고 있나?"

"저한테 형님에 관한 것을 꼬치꼬치 캐물었습니다. 경찰에서는 형님한테 혐의를 두는 것 같기에 저는 그럴 리가 없다고 펄쩍 뛰었지요. 걱정하실 필요는 없을 겁니다. 원래 수사관들이란 아무것도 아닌 걸 가지고 신경을 쓰는 수가 있으니까요. 이렇게 말씀드리는 것은 형님께서 마음의 준비를 하고 계시는 게 좋을 것 같아서입니다."

"고맙네, 생각해 줘서……"

허 걸이 장만두의 집에 도착한 것은 만두가 송 기자를 만나기 위해 집을 나간 지 10분도 채 못 되어서였다.

허 걸은 이번에는 돌아가지 않고 집에서 그가 돌아오기를 기다리기로 했다.

만두의 모친은 차를 끓여 온다, 과일을 깎아 내온다 하면서 허 걸이 지루해 하지 않게 신경을 써주었다.

　17평 아파트라 몹시 비좁아 보였다. 더구나 날씨까지 무더워 더욱 답답한 느낌이 들었다. 그러나 집 안은 구석구석 손이 미치지 않은 곳이 없을 정도로 깨끗이 정돈되어 있었다. 집 안을 한 번 휘 둘러본 허 걸은 검소하고 근면한 인상을 받았다. 만두의 모친은 허 걸을 아들의 친구쯤으로 생각하고 있었다.

　"장 교사는 결혼하지 않을 겁니까?"

　"아이고, 말도 말아요."

　그녀는 손을 휘휘 내저었다.

　"그렇게 장가를 가라 해도 통 듣지를 않아요. 작년까지만 해도 선 보자는 데가 더러 있었는데 올해는 그것도 없어요. 이젠 나도 지쳐서 더 말을 못 하겠어요. 자식 눈치가 보여서 함께 있기도 불편해요. 개도 나한테 미안한가 봐요. 하여간 이해할 수 없는 애예요. 옛날에 아가씨를 한 명 데리고 온 적이 있는데, 아마 그게 처음이자 마지막이 아니었는가 생각되는군요. 그 후로는 여자를 집으로 데려온 적이 없었으니까요. 난 그 아가씨하고 결혼하게 되는 줄 알았는데 그게 아니었나 봐요. 아주 집안도 좋고 예쁜 아가씨여서, 우리 애 형편에는 좀 과분하다 싶었는데…… 아니나 다를까, 나중에 알고 보니까 그 아가씨가 다른 남자한테 시집을 가버렸나 봐요. 그 애가 상심하는 걸 옆에서 보자니까 내가 더 마음이 아프더군요. 그 뒤로는 여자라고 하면 고개를 흔들어요."

　그녀는 의외로 말을 술술 잘 늘어놓았다.

　"왜 결혼하지 않는 겁니까?"

　"글쎄, 나도 모르겠어요. 하여간 그때 그 아가씨 때문에 너무 상심을 했나 봐요."

"하지만 벌써 오래 전 일 아닙니까?"

"그렇지요, 오래 전 일이지요. 내 자식이긴 하지만 그 애 속은 아무래도 모르겠어요."

작은 아파트라 조그만 방이 두 개 나란히 잇대어 붙어 있었다. 그중 조금 큰 방을 장만두가 사용하고 있었다.

두 사람은 만두의 방에 앉아 있었다.

창가에 작은 앉은뱅이 책상이 하나 놓여 있었고 한쪽 벽에는 커다란 책장이 두 개 세워져 있었다. 책장 속에는 책들이 가득 꽂혀 있었다.

방 안을 더듬던 허 걸의 시선이 문득 책장 한쪽에 머물렀다.

책장의 중간쯤 되는 선반 위에 인형이 하나 세워져 있었다.

"요새는 그 애한테서 홀아비 냄새가 나요."

그녀는 말끝에 입을 가리고 소리 없이 웃었다.

"친구 분들이 주위에서 서둘러서 장가를 좀 보내 줘요."

"잘 알겠습니다."

그것은 앞치마를 두른 소녀 인형이었다. 소녀는 한 손에 바구니를 들고 웃고 있었다. 눈이 아주 큰 소녀였다. 머리칼이 유난히도 까맣게 빛나고 있었다. 얼른 보기에도 정성을 들여 잘 만든 인형 같았다.

장 교사의 모친이 잠시 밖으로 나간 틈을 타서 그는 인형 앞으로 다가섰다.

마흔 살의 노총각 방에 소녀 인형이 있다는 것은 어쩐지 이상하지 않은가. 그가 인형을 만지작거리고 있는데 장 교사의 모친이 들어왔다.

"예쁘게 생긴 인형이군요."

"아, 그건……"

말을 하려던 노파는 입을 벌린 채 의아한 눈으로 인형을 바라보았다.

"어머님께서 사다 놓으신 겁니까?"

"아니에요. 우리 애가 작년에 어디서 사가지고 온 건데…… 프랑스에서 만든 거래요."

"왜 이런 걸 사다 놓았을까요?"

"글쎄요, 장가도 못 가는 것이 자식은 가지고 싶었던 모양이죠. 그런데 참 이상하네."

그녀는 고개를 갸우뚱했다.

"뭐가 이상합니까?"

"그때는 머리가 금발이었는데 지금 보니까 까만색이네. 내가 잘못 보았나? 내가 죽을 때가 됐나 보지요?"

그러면서 그녀는 쓸쓸하게 웃어 보였다.

알리바이를 대시오

기다리기에 지쳐 허 걸이 가려고 막 일어서는데 초인종 소리
가 들려왔다.

장만두의 모친이 달려가 현관문을 열어 주자, 장만두가 땀에
젖은 모습으로 들어서다가 허 걸을 보고는 안색이 창백해진다.

"손님이 오셨어. 한참 기다리셨다."

허 형사는 웃으며 고개를 끄덕해 보였다.

"어떻게 오셨습니까?"

"구청에서 왔습니다."

장만두의 눈에 혼란이 이는 것 같았다.

"난 친구 분이신 줄 알았는데……"

만두의 모친도 당황하는 것 같았다.

만두는 화장실로 들어가 얼굴을 씻고 나왔다.

방으로 들어온 그는 문을 닫았다. 어머니에게 말소리가 들리지 않게 하려고 그러는 것 같았다.

"구청에서 오신 게 아니죠?"

그는 너무 긴장한 나머지 목소리까지 떨리고 있었다.

"네, 어머님께서 놀라실까 봐 그렇게 말씀드린 겁니다. 경찰에서 왔습니다."

"오실 줄 알았습니다."

한숨 섞인 소리로 그가 말했다.

"준비하고 있었다 이 말씀이군요?"

"준비할 것도 없죠, 뭐."

문이 열리더니 장만두의 모친이 저녁식사를 차려도 되겠느냐고 물어 왔다.

"이따가 먹겠습니다."

"저녁을 먹어 두는 게 좋을 겁니다."

일단 수사본부에 연행되면 먹는 것이 시원찮기 때문에 하는 말이었다.

"아뇨, 지금은 생각이 없습니다."

하긴 지금 무슨 정신으로 저녁을 먹겠는가.

모친이 나가자 허 형사는 목소리를 낮추어 말했다.

"함께 좀 가주셔야겠습니다."

만두는 알겠다는 듯 고개를 끄덕였다.

"가자고 하면 갈 수밖에 없겠지만…… 무슨 이유로 저를 연행하려고 하는지 그 이유를 알고 싶군요."

"이미 알고 계시겠지만, 유괴 살해된 청미 양 사건 때문에 뭐 좀 알아볼 게 있어서 그럽니다. 강제로 연행할 수도 있지만 장 선생은 교육자이시니까 그러고 싶지 않습니다.”

“저를 의심하시는군요?”

“그 이야기는 가서 합시다.”

두 사람이 심각한 표정으로 나가려고 하자 장만두의 모친은 의아한 표정을 지었다. 이 밤중에 식사도 하지 않고 어디 가느냐는 어머니의 근심 어린 물음에 만두는 웃으며 말했다.

“잠시 다녀올 데가 있어서 나갔다 오겠습니다. 혹시 오늘 밤 못 들어오더라고 기다리지 마십시오.”

택시를 타고 수사본부로 가는 동안 두 사람은 약속이나 한 듯 입을 굳게 다문 채 한 마디도 나누지 않았다.

장만두는 참담한 표정으로 창밖만 바라보고 있었다.

수사본부에서는 조 태가 토끼눈을 한 채 허 형사가 장만두를 데려오기를 기다리고 있었다.

허 걸은 장만두를 조 태에게 넘기면서 귓속말로,

“청미 양 시체는 어디 있습니까?”

하고 물었다.

“아직 집에 있을 거야.”

조 태는 턱으로 위를 가리켰다.

“내일 화장할 모양이야.”

“잠깐 다녀오겠습니다.”

“뭣 하러? 공기가 험악하던데……”

허 걸은 거기에는 대답하지 않고 얼른 밖으로 나와 엘리베이터를 타고 8층으로 올라갔다.

청미네 집에는 많은 사람들이 와 있었다. 거의가 친척들 같았는데, 모두가 꿀 먹은 벙어리처럼 말없이 앉아 있었다. 그 무겁고 침통한 분위기에 압도된 허 걸은 안으로 들어서기가 망설여졌다. 더구나 그를 쳐다보는 사람들의 눈에는 하나같이 적의가 번득이고 있었다. 그것은 유괴범 하나 체포하지 못하고 결국 아이를 죽게 한 무능한 경찰에 대한 적대감이었다.

그렇다고 발길을 돌려 나가기도 뭣했다. 그때 다행히 송태하 기자가 방에서 나오다가 그를 발견하고는 집 안으로 맞아 들였다. 허 형사가 눈짓을 하자 송 기자는 그를 아무도 없는 방으로 안내했다.

"청미 양이 지금 여기 있습니까?"

"네, 자기 방에 있습니다. 내일 화장할 겁니다."

"시신을 다시 한 번 봤으면 하는데……"

"뭐 하려고요?"

송 기자가 노골적으로 불쾌감을 보이며 물었다.

"그럴 일이 있어서 그럽니다. 잠깐이면 됩니다."

"무슨 일인지 말씀해 보십시오."

"지금은 말할 수 없습니다."

"그럼 시신을 보여 줄 수 없습니다. 절대로……"

송 기자는 머리를 세차게 흔들었다.

"이건 수삽니다. 수사상 필요해서 그러니까 보여 주십시오. 보여 주지 않으면 강권을 발동할 수도 있습니다."

"강권?"

송 기자는 코웃음을 쳤다.

"웃기지 마시오. 애가 이미 죽어 버렸는데 수사는 해서 뭣 합니까? 그건 당신네 경찰이 할 일이고, 이제 우리와는 상관없는 일이에요!"

송 기자는 상당히 격해 있었다.

허 걸은 난감했다.

"사건기자라면 누구보다도 우리 경찰을 잘 이해해 줄 줄 알았는데……"

허 걸이 섭섭하다는 투로 이렇게 말하자 송 기자는 또 코웃음을 쳤다.

"이해하라구요!? 더 이상 어떻게 이해하라는 겁니까!?"

허 걸은 송 기자를 한참 쏘아보다가 하는 수 없다는 듯 고개를 끄덕였다.

"정 알고 싶다면 말하죠. 일단 시신을 보여 주시오. 그 방에는 지금 누가 있습니까?"

"누님 내외가 있습니다."

"누님도 와 계십니까?"

"병원에 그대로 입원해 있으라고 했지만 막무가내였어요."

그들이 청미의 방에 들어갔을 때, 상파와 묘임은 약속이나 한 듯 똑같은 자세로 앉아 있었다. 그들은 벽에 등을 기댄 채 무릎 위에 올려놓은 팔 사이에 얼굴을 묻은 채 죽은 듯이 앉아 있었다.

태하가 매형을 부르면서 조심스럽게 어깨를 흔들자 상파가 고개를 쳐들었다. 하지만 허 걸은 상파의 충혈된 눈에 살기가 서려 있는 것을 보고 주춤했다.

태하는 다음에 누님을 불렀다.

어깨에 손이 닿자 그녀는 부르르 떨면서 얼굴을 쳐들었다. 헝클어진 머리칼 사이로 공포에 젖은 두 눈이 두 사람을 이상한 듯 바라보고 있었다.

"잠깐 자리를 좀 비켜 주십시오."

송 기자가 두 번 되풀이해서 말하자 그들은 아무것도 묻지 않고 잠자코 일어섰다. 쓰러질 듯 비틀거리는 묘임을 상파가 재빨리 부축해서 밖으로 데리고 나갔다.

방 안에는 향냄새가 가득했다.

윗목에 병풍이 쳐져 있었고 병풍 앞에는 상이 놓여 있었다.

상 위에는 청미의 사진을 넣은 액자가 세워져 있었다. 볼우물을 지으며 웃고 있는 귀여운 사진이었다.

허 형사는 향불을 피우고 나서 선 채로 고개를 숙여 어린 영혼의 명복을 빌었다.

송 기자가 문을 잠갔다.

두 사람은 병풍을 걷었다.

조그만 관은 흰 천에 덮여 있었다.

"뚜껑에 못질을 했나요?"

"아직 못 했습니다. 누님 내외가 한사코 그렇게 하지 못하게 말리는 바람에……"

"다행이군요. 염은 했나요?"

"아뇨, 그것도 반대하는 바람에……"

"하긴 뭐 화장할 거라면……"

송 기자가 흰 천을 걷어 내고 뚜껑을 열었다.

소녀는 색동저고리를 입고 있었다. 묘임이 입혀 준 모양이라고 허 형사는 생각했다. 관 속에는 청미가 좋아하는 인형들이 시체와 함께 가득 들어 있었다.

움푹 꺼진 눈자위를 보지 않으려고 애쓰면서 허 걸은 호주머니 속에서 성냥갑을 하나 꺼냈다. 그것은 빈 성냥갑이었다. 허 형사는 성냥갑 속에서 실같이 가느다란 것 두 개를 끄집어냈다.

"그게 뭡니까?"

송 기자가 의아한 표정으로 물었다.

"머리카락 같습니다. 이것이 청미 양의 잘린 머리카락인지 아닌지 알아보겠습니다."

"그건 어디서 났습니까?"

거기에는 아무 대답도 하지 않고 허 형사는 시신 위로 허리를 굽혔다.

양 갈래로 땋아진 머리칼 중 5센티미터쯤 짧은 쪽에다 손에 들고 있는 머리카락을 갖다 대보았다. 우연의 일치인지는 몰라도 그렇게 대보니 긴 쪽 머리칼과 길이가 비슷해 보였다. 머리카락의 촉감이나 빛깔도 비슷해 보였다.

"이럴 수가……"

허 걸은 창백해지면서 중얼거렸다. 그리고 송 기자를 돌아보았다.

송 기자의 안색도 창백해지고 있었다.

"송 기자가 직접 한번 살펴보세요."

허 걸은 손에 들고 있는 머리카락을 송 기자에게 건네주었다.

송 기자는 그것을 조심스럽게 집어 들고 허 걸이 했던 것처럼 짧은 쪽에다 대보았다.

"똑같군요. 이럴 수가……"

이윽고 그는 허리를 펴면서 허 걸을 쏘아보았다.

"육안으로 정확히 판별하기는 어렵지만 촉감과 빛깔까지도 두 머리칼은 비슷한 것 같아요. 정확한 것은 전문가에게 의뢰해야겠지만……"

"도대체 이건 어디서 났습니까?"

송 기자는 흥분을 억제하고 물었다. 너무 흥분한 나머지 목소리까지 떨리고 있었다.

"놀라지 마십시오."

"놀라지 않을 테니까 말해 주십시오. 어디서 났습니까?"

"약속했으니까 말해야겠지요. 하지만 당분간 비밀로 해야 합니다. 약속하지 않으면 말해 줄 수 없어요."

"약속합니다. 허락 없이는 절대 공개하지 않겠습니다."

"장만두 선생 집에서 가져 온 겁니다."

허 걸은 그것을 가져오게 된 경위를 이야기해 주었다.

"정말 우연이었습니다. 장 교사의 모친이 인형의 머리칼이 금발에서 검정색으로 바뀐 것 같다고 말하는 순간 퍼뜩 머리에 짚이는 것이 있었습니다. 그전에 부산에 가서 청미 양의 시신을 보고 머리칼 한쪽이 잘린 것을 보아 두었기에 망정이지 그렇지 않았다면 전혀 생각지도 못했을 겁니다. 장 교사를 기다리는 동안 모친 몰래 머리카락을 두어 개 그 인형에서 떼어 냈지요. 비교해 보려고 말입니다."

"장만두는 지금 어디 있습니까?"

송 기자의 얼굴에 살기가 돋고 있었다.

"우리가 이미 신병을 확보해 두었습니다. 아직 단언하기는 일러요. 전문가의 검사가 필요해요. 그때까지 기다리지 않으면 안 됩니다."

"장만두는 지금 어디 있어요!?"

"수사본부에 데려다 놨어요."

"그 새끼를!"

뛰쳐나가려는 송 기자를 허 형사가 붙들었다.

"이거 왜 이래요? 다 된 밥에 재 뿌리는 거요? 약속했으면 가만 있어야지 왜 이래요?"

"그런 놈은 모가지를 비틀어 버려야 합니다!"

송 기자는 분을 이기지 못해 씩씩거렸다.

"냉철해야 할 기자 양반이 왜 이렇게 감정을 주체하지 못해요? 아직 화를 내기는 일러요. 시간을 두고 증거를 확보하지 않으면 안 됩니다. 첫째, 그 인형을 가져오지 않으면 안 됩니다. 둘째, 전문가에게 양쪽 머리칼을 보여야 합니다. 셋째, 화장을 연기시키든지 시신을 매장하든지 해야 합니다. 넷째, 이건 첫 번째 증거에 불과합니다. 범행을 뒷받침할 수 있는 증거물을 계속 찾아내야 합니다."

듣고 보니 그건 옳은 말이었다. 성미 급한 송 기자는 금방 수그러졌다.

"화장을 연기시키든지 매장해야 하는 문제가 간단하지 않을지도 모릅니다. 하지만 내일 화장해 버리면 이 머리카락을 대조해 볼 수가 없습니다. 이것을 증거로 채택하려면 청미 양의 머리를 이 상태로 당분간 보존해 두어야 합니다.”

“머리카락을 잘라 두면 되지 않을까요?”

“과연 부모가 동의할까요? 더구나 어린것을 욕되게 하는 것 같고……”

허 걸이 망설이는 눈치를 보이자 송 기자는 손을 들어 그를 제지했다.

“오히려 그것이 그 애를 덜 욕되게 하는 것입니다.”

사실 그럴지도 모른다고 허 형사가 생각했다. 화장을 연기할 경우 시체는 더운 날씨에 더욱 썩을 것이다. 그런 것을 사람들에게 보인다는 것은 어린 영혼을 욕되게 하는 짓이다. 가매장을 해 둔다 해도 역시 마찬가지이다.

“청미 양 머리칼은 두 갈래로 되어 있는 것을 몽땅 잘라 내야 할 겁니다.”

“알겠습니다. 제가 매형한테 이야기해 보겠습니다.”

“감사합니다. 여러 사람이 입회해야 하니까 내가 연락할 때까지 허락만 받아 놓으십시오.”

허 형사는 송 기자에게 가위를 가져오게 하여 우선 검사용으로 청미의 머리카락 몇 가닥을 잘라 냈다.

그 시간에 수사본부의 한 방에서는 조 태가 장만두를 심문하고 있었다.

조 반장은 윗옷을 벗어부치고 본격적으로 심문에 나서고 있었다.

그가 먹이를 앞에 놓고 입맛을 다시고 있는 고양이라면 장만두는 공포에 떨고 있는 한 마리 생쥐 같았다. 그는 정말 보기에 애처로울 정도로 바들바들 떨고 있었다.

조 태는 수건으로 얼굴과 목에 흐르는 땀을 닦으며 매서운 눈초리로 장만두를 노려보고 있었다.

"청미 양이 유괴된 날의 알리바이를 대지 못하면 장 선생의 입장이 매우 불리해진다는 걸 알아야 해요."

청미가 유괴된 날은 7월 15일이었다. 그 날은 금요일이었으므로 모든 학교는 정상 수업을 가졌다. 그러나 장 교사가 근무하는 K여고만은 그 날이 하필 개교 기념일로, 관례에 따라 수업을 하지 않았다. 장 교사는 청미가 유괴된 날이 하필 K여고의 개교 기념일과 겹치게 된 것을 자못 한탄했다.

"자, 그 날 낮 12시 전후해서 어디서 무얼 했죠? 개교기념일 같았으면 기억날 거 아니오?"

만두는 앞에 버티고 앉아 있는 뚱뚱한 형사가 무서웠다. 흡사 자기를 지옥으로 데려갈 염라대왕 같다고 생각했다.

도저히 이 무지막지하게 생긴 사나이의 손에서 벗어날 수 있을 것 같지가 않았다.

조 태는 상대방의 표정 하나 놓치지 않겠다는 듯, 조그만 눈을 날카롭게 치뜬 채 장만두를 노려보고 있었다. 이 자의 입을 찢어서라도 자백을 받아 내고야 말겠다고 그는 결심하고 있었다. 유괴된 아이가 살해된 시체로 발견되는 바람에 그의 신경은 극도의 흥분 상태에 놓여 있었다.

"학부형을 만나러 갔었습니다."

만두는 가까스로 입을 열어 말했다.

"구체적으로 말해 보시오. 언제 어디서 무슨 일로 누구를 만났는지 자세히 말해 보시오."

책상 위에는 소형 녹음기가 작동하고 있었다. 그 밖에 메모지와 볼펜도 놓여 있었다.

"그 날 아침 어느 학부형한테서 전화가 걸려 왔습니다. 김수희라는 학생의 어머니라고 하면서 수희 양의 생일인데 꼭 점심을 대접하고 싶다고 했습니다. 저는 말씀은 고맙지만 사양하겠다고 했습니다. 수희 양은 제가 맡고 있는 반의 학생으로 자주 말썽을 일으키는 문제 학생입니다. 학급 석차는 하위 그룹에 속해 있습니다. 아버지가 큰 사업을 하고 있는 유복한 가정의 딸로 알고 있습니다. 저는 학부형의 대접을 받는 게 싫었을 뿐만 아니라 그날 따라 비바람이 몹시 치고 있었기 때문에 수희 어머니의 요청을 거절했던 겁니다. 그런데 수희 어머니는 제가 거절하자 아주 노골적으로 유감의 뜻을 표시했습니다. 수희가 선생님한테 드릴 선물까지 사놓았는데 그럴 수가 있느냐는 거였습니다. 차를 보낼 테니 잠시만이라도 들러 달라는 거였지요. 저는 몹시 난처했습니다. 학부형이 점심을 대접하겠다고 집요하게 나오는 데는 어쩔 수가 없었습니다. 결국 하는 수 없이 응하고 말았지요. 수희 어머니는 차를 보낼 테니까 그걸 타고 R호텔 커피숍으로 오라고 했습니다. R호텔은 얼마 전에 수희 아버지가 신축한 호텔로 거기서 수희의 생일 파티를 한다는 거였습니다. 11시 반쯤 되니까 우리집 앞으로 수희 어머니가 보낸 자가용이 왔습니다. R호텔에 도착한 것이 아마 12시 조금 지나서였을 겁니다. R호텔은 아주 크고 호화롭게 지은 호텔이었습니다. 저는 수희 어머니의 말대로 커피숍에 가서 기다리고 있었습니다. 거의 1시간 넘게 기다리고 있었지만 아무도 오지 않았습니다. 그래서 호텔 직원한테 물어 보았습니다. 이 호텔 주인 딸의 생일 파티가 있는 걸로 아는데 어디서 열리고 있느냐고 물었지요. 그 직원은 여기저기 전화를 걸어 보더니 그런 파티는 없다는 거였습니다. 덧붙여 말하기를 이 호텔 사장님한테는 아들만 있지 딸은 없다는 거였습니다. 저는 몹시 당황했습니다. 그때처럼 당황해 보기는 처음이었습니다. 그럴 리가 없다고 하면서 1시간 정도 더 기다려 보았습니다만 역시 저를 데리러 오는 사람은 아무도 없었습니다. 호텔을 나온 것은 그러니까 2시가 넘어서였습니다.”

조 태는 담배 연기 사이로 냉소를 띤 채 만두를 잡아먹을 듯이 바라보고 있다가, 급히 담배를 재떨이에 비벼 끄고 상체를 앞으로 구부렸다.

“그럴 듯한 말이군요. 꾸며 내느라고 수고가 많았습니다.

“꾸민 게 아닙니다. 사실입니다.”

만두는 주눅이 들어 말했다.

“그 말을 증명해 줄 증인이 있습니까?”

“그 호텔 직원이라면……”

“당신이 그 호텔 직원한테 물어 본 것은 1시가 지나서였어요. 호텔에 도착해서 1시간 넘게 기다리다 지쳐서 그 사람한테 물어 본 거예요. 그렇죠?”

“네, 그렇습니다.”

“바로 그 시간에 청미는 유괴되었어요. 내 생각으로는 청미는 12시 조금 지나 유괴되었어요. 청미를 차에 태워 가지고 1시경에

R호텔에 도착하는 것은 얼마든지 가능해요. R호텔에 도착해서 알리바이를 만들기 위해 호텔 직원한테 말을 걸었겠지요.”

만두는 억울하다는 표정으로 머리를 흔들었다.

“상상할 수도 없는 일입니다.”

“그럼 12시에서 1시 사이에 당신이 그 호텔에 있었다는 것을 증명해 줄 증인을 말해 봐요! 그걸 증명하지 못하면 당신 말은 모두 거짓말이야!”

“저를 태워다 준 운전사가 있습니다.”

“수희네 자가용 운전사인가?”

“아닙니다. 나중에 알아봤더니 수희네와는 관계없는 사람이 었습니다. 차도 물론 수희네 것이 아니었습니다.”

“무슨 차였어요?”

“정확히는 잘 모르겠습니다. 흔하게 굴러다니는 로얄 같았는데 검정색이었습니다.”

“차 넘버는?”

“모릅니다.”

조 반장은 볼펜을 집어 던지고 상체를 뒤로 젖혔다. 팔꿈치를 책상 위에 올려놓고 통통히 살찐 두 손을 깍지 끼었다.

“당신은 절망적이야. 가능성이 없어. 허무맹랑한 이야기를 꾸며 내 가지고 빠져 나가려고 하지 마. 교육자라면 교육자답게 솔직히 털어놔. 교육자로서 조금이라도 양심이 있으면 말이야. 우리가 조사한 바에 의하면 당신이라는 사람은 교육자의 탈을 쓰고 어린 여학생들을 농락해 온 사이비 교육자야.”

장만두의 시선이 밑으로 떨어졌다. 그는 고개를 숙인 채 아무 말도 못했다. 마치 가장 아픈 곳을 찔린 것처럼.

"당신이 꾸며 낸 알리바이만 해도 그래. 김수희라는 학생의 어머니가 왜 그런 허무맹랑한 전화를 했겠어? 그 전화 확인해 봤어요?"

"나중에 알아보았습니다. 다음 날 학교에서 수희 양을 불러 알아보았더니 모두 거짓말이었습니다. 수희 양의 생일은 12월이고, R호텔도 자기 아버지 것이 아니라고 했습니다. 오후에는 정말로 수희 어머니한테서 전화가 걸려 왔습니다. 수희한테서 들었다면서 어제 자기는 저한테 그런 전화를 건 적이 없다고 했습니다. 목소리도 그 여자와는 달랐습니다. 곰곰이 생각해 보니까 누가 저를 골탕 먹이려고 그런 전화를 했던 게 분명합니다."

"골탕 먹이려고 차까지 보냈다는 말이지?"

"그렇게 생각할 수밖에 더 있겠습니까?"

조 태는 코웃음을 쳤다.

"그런 말이 통할 것 같아요?"

"통하든 안 통하든 사실입니다."

"그야 당신만이 아는 사실이겠지. 아무도 증명해 주지 않는 사실 말이야."

"누군가가 저를 불러내려고……"

말끝을 흐리며 만두는 두 손으로 머리를 감싸 쥐었다. 그의 입에서 괴로운 신음소리가 흘러 나왔다.

네가 범인(犯人)이다!

　　빨리 올라와 보라는 허 걸로부터 연락을 받고 조 태는 만두를 취조하다 말고 수사본부를 나와 상파의 아파트로 올라갔다.

　　"이걸 한번 맞춰 보십시오."

　　조 반장은 허 걸이 내주는 머리카락을 받아 들고 청미의 시체 위로 허리를 구부렸다.

　　상체를 일으킨 그는 그때까지도 뭐가 뭔지 모르겠다는 표정이었다. 허 걸로부터 설명을 듣고서야 안색이 확 변했다.

　　"지금 당장 급한 건 장 교사의 집으로 가서 그 인형을 확보하는 겁니다. 그것이 없어지기 전에 말입니다."

　　"뭘 꾸물거리고 있는 거야!? 당장 가서 확보해! 그리고 그 밖에 증거가 되는 것이 있을지 모르니까 샅샅이 뒤지라구!"

　　조 반장은 자못 흥분해서 소리쳤다.

"가택 수색 영장이 없어서……"

허 걸이 난처한 표정을 짓자 그는 벌떡 일어섰다.

"영장이라구!? 영장 좋아하네! 이럴 때 그런 거 기다리다가는 다 놓치고 말아. 가택 수색 영장이 아니라 장만두 구속 영장을 받아 오겠어. 먼저 가서 기다리고 있어, 뒤따라 갈 테니까!"

허 걸은 다른 형사 한 명과 함께 쫓기다시피 수사본부를 나와 장만두의 집으로 향했다.

아들 하나만을 의지하며 살아가는 가랑잎 같은 노파를 놀라게 한다는 것은 정말이지 아무리 직업이 형사라고 하지만 내키지 않는 일이었다. 하지만 허 걸은 마음을 다부지게 먹고, 놀란 눈으로 그들을 바라보는 노파를 묵살하고 집 안으로 들어갔다. 노파는 그를 알아보고는 어떻게 된 일이냐, 우리 아들은 어떻게 됐느냐고 떨리는 목소리로 물었다.

"놀라게 해서 죄송합니다. 사실은 구청에서 온 게 아니라 경찰입니다. 아드님은 아마 오늘 밤 못 오시게 될 겁니다. 조사할 일이 좀 있어서요."

"아이고, 우리 아들이 무슨 죄를 지었나요? 착하기만 한 우리 아들이……"

노파는 털썩 주저앉으며 눈물부터 닦았다.

허 걸은 먼저 만두의 방에 들어가 보았다. 다행히 그 인형은 그가 처음 보았던 그 자리에 그대로 놓여 있었다.

"이 인형이 그전에는 분명히 머리가 금발이었나요?"

노파는 눈물을 찍으며 고개를 끄덕였다.

"네, 우리 아들이 사가지고 왔을 때는 금발이었어요. 그 동안 머리 색깔이 변했나 봐요.”

“그랬나 보군요.”

두 명의 형사들은 얌전히 앉아 있었다.

두 시간쯤 뒤에 나타난 조 태는 그때까지 아무 일도 하지 않고 앉아 있는 부하들을 어이없다는 듯 쳐다보다가 벌컥 화를 냈다.

“도대체 뭣들 하고 있는 거야!? 영장 받아 왔으니까 빨리 시작해! 인형은, 인형은 어디 있어!?”

그는 노파 따위는 거들떠보지도 않고 있었다.

“여기 있습니다.”

허 걸이 턱으로 책상 선반 위에 놓여 있는 인형을 가리키자 조 반장의 눈이 번쩍 빛났다. 그는 그것을 무서운 눈으로 노려보다가 이윽고 조심스럽게 손을 뻗어 그것을 집어 들고 머리 부분을 한참 동안 들여다보았다.

“참, 기가 막힐 노릇이군! 어린애 머리칼을 잘라 붙이다니…… 이건 엽기야, 엽기…… 자, 이거 집어넣어!”

조 반장이 인형을 형사에게 넘기자 그는 그것을 미리 준비해 온 대형 가방 속에다 넣었다. 그것을 보고 노파가 의아한 얼굴로 항의를 했다.

“아니, 그건 왜 가져가나요?”

“미안합니다. 저희가 좀 보관했다가 나중에 돌려드리겠습니다. 사실은 압수 수색 영장을 가지고 왔습니다.”

노파는 허 걸의 말뜻을 알아듣지 못하는 눈치였다. 공포에 떠는 눈으로 그들을 쳐다보기만 했다. 경찰이 가져가겠다면 가져가는 수밖에 다른 도리가 있겠느냐고 그 눈은 말하고 있었다.

"압수 수색 영장이란 법적으로 증거가 될 수 있는 물건을 압수할 수 있고 또 집 안을 수색할 수 있는 권한을 말합니다. 그러니까 우리는 필요한 물건을 가져 갈 수 있고 또 집 안을 조사할 수가 있습니다. 이해해 주시기 바랍니다."

허 걸이 말을 끝내자 조 반장이 영장을 내보였다. 그러나 노파는 여전히 모르겠다는 표정이었다. 거기에 상관없이 형사들은 집 안을 뒤지기 시작했다.

조그만 아파트였기 때문에 시간이 오래 걸릴 것도 없었다.

세 명의 남자들이 집안을 깡그리 뒤집어 놓는 동안 노파는 한쪽에서 부들부들 떨며 서 있었다. 우리 아들한테 무슨 일이 일어나도 크게 일어났구나, 불안에 떠는 노파의 표정은 그렇게 말하고 있었다.

허 걸은 장롱 서랍을 차례로 열어 보았다. 그것은 아주 낡은 장롱이었다. 서랍 속에는 옷가지들이 들어 있었다.

서랍은 세 단으로 되어 있었다. 그는 옷들을 모두 꺼내 바닥까지 훑어본 다음 도로 그것들을 대강 집어넣고 서랍을 제자리에 밀어 넣었다. 마지막 칸에도 증거가 될 만한 것은 없었다.

서랍을 제자리에 밀어 넣었다가 문득 생각이 달라져 허 걸은 그것을 도로 완전히 빼냈다. 빈 공간이 나왔다. 밑은 방바닥이었다. 어두워서 잘 보이지가 않았다. 손을 넣어 휘저어 보았다. 손에 먼지만 묻어 나왔다. 손을 턴 다음 라이터를 꺼내 들고 엎드렸다. 손을 깊숙이 넣어 라이터 불을 켰다. 불을 이리저리 옮기면서 안쪽 끝까지 비춰 보았다. 맨 구석 쪽에 무엇인가 희끄무레한 것이 보였다.

어깨 부위까지 팔을 밀어 넣자 손끝에 와 닿는 감촉이 있었다. 팔이 짧아 잡히지가 않았다. 볼펜을 꺼내 쥐고 팔을 다시 뻗어 보았다. 볼펜 끝으로 긁어대자 그것이 밀려왔다.

꺼내 보니 무엇인가 신문지에 둘둘 싸여 있었다. 풀어지지 않게 중간에 고무줄이 둘러쳐져 있었다. 먼지를 털어 내고 노파를 돌아보았다.

"이게 뭡니까?"

"글쎄, 아들이……"

노파는 모르겠다는 듯 말끝을 흐렸다.

고무줄을 벗겨 내고 신문지를 풀자 돈다발이 나왔다. 빳빳한 만 원짜리 묶음이 네 개나 되었다. 4백만 원인 것 같았다.

"돈이군요. 미안합니다."

그것들을 신문지에 도로 싸려다 말고 그는 갑자기 생각이 나서 주머니 속에서 수첩을 꺼내 펴보았다.

그가 펼쳐 든 페이지에는 지폐 번호가 적혀 있었다. 그것은 지난 7월 18일 홍상파로부터 범인의 손에 넘어간 1억 원의 일련 번호였다.

그는 자신의 눈을 믿을 수 없다는 듯 두 번, 세 번 양쪽의 번호를 대조해 보았다. 장롱 밑에서 꺼낸 네 다발을 풀어 놓고 수첩에 적어 놓은 번호와 맞추어 보니 놀랍게도 번호가 서로 일치하는 것이었다.

허 걸은 처음에는 몹시 놀랐고, 그 상태가 지나자 희열을 느꼈다. 그것은 결정적인 증거를 자신이 찾아냈다는 데서 온 희열이었다. 그는 들뜬 목소리로 조 반장을 불렀다.

"이걸 보십시오, 번호가 일치합니다!"

조 태의 눈이 번득였다. 눈을 번득이면서 양쪽의 번호를 맞추어 본 그는 무릎을 치면서 기쁨에 넘친 목소리로,

"됐다! 됐어!"

하고 소리쳤다.

그들이 결정적인 증거물들을 가지고 수사본부에 도착했을 때, 장만두는 형사들을 상대로 마지막 안간힘을 다하고 있었다.

장만두가 갇혀 있는 방으로 들어가려던 허 걸은 마침 거기에 대기하고 있는 송태하 기자의 제지를 받았다.

"나 좀 봅시다. 그자가 범인이라는 것은 의심할 여지가 없습니까? 구속 영장이 떨어졌다는데?"

"거의 결정적입니다. 확실한 증거를 또 하나 잡았습니다."

허 걸은 낮은 소리로 지폐 건을 이야기했다.

이야기를 듣고 난 송 기자는 살기 어린 눈으로 만두가 들어 있는 방을 노려보았다.

"기다리십시오, 이럴수록 냉정해야 합니다. 처리는 우리 경찰에 맡기십시오."

송 기자는 치밀어오르는 분노의 눈물을 삼키느라고 한동안 입을 열지 못했다.

"믿을 수가 없군요. 하지만 청미가 죽은 마당에 그놈이 범인이면 뭐합니까? 그렇다고 청미가 살아나는 것도 아니잖습니까."

송 기자는 금방이라도 울음을 터뜨릴 것만 같은 얼굴로 허 걸을 바라보았다.

“뭐라고 할 말이 없군요.”

“청미는 내일 예정대로 화장될 겁니다. 하지만 청미 머리칼은 자르기로 했습니다. 누님 내외가 동의했습니다.”

“감사합니다. 이따가 봅시다.”

허 걸이 혼자 방으로 들어가려고 하자 송 기자가 뒤따라 밀고 들어왔다.

“나도 협조했으니까 취재를 방해하지 마십시오.”

워낙 거세게 밀고 들어오는 바람에 어쩔 수가 없었다. 마침 수사본부엔 기자라고는 그 한 명뿐이었기 때문에 형사들은 그가 밀고 들어오는 것을 마지 못하는 체 받아 주었다.

장만두와 송 기자의 시선이 뜨겁게 부딪쳤다. 장만두가 당황한 표정인데 반해 송 기자는 살기 어린 얼굴이었다. 먼저 황망히 시선을 거둔 쪽은 장만두 쪽이었다.

그때 조 반장이 책상을 치면서 소리쳤다.

“수갑을 채워!”

구속 영장이 떨어진 만큼 손목에 수갑을 채우는 것은 당연한 일이었다. 옆에 서 있던 형사가 장만두의 손목에 수갑을 채운 다음 두 손을 책상 위에 올려놓았다.

만두의 얼굴은 완전히 흙빛이었다. 그는 공포에 질려 부들부들 떨고 있었다. 너무 떨어대고 있었기 때문에 보기에 딱할 정도였다.

“당신은 어린이를 유괴했어. 그것만도 큰 죄야. 그런데 그 애를 무참히 살해했어. 그 결과가 어떤 건지 알아? 교사니까 그 정도는 알겠지.”

"난 아, 아무것도……"

떠느라고 만두는 제대로 말도 못 하고 있었다.

"당신은 살고 싶어서 범행을 끝까지 부인하겠지. 죽으면서까지 아니라고 부인하겠지. 극악무도한 파렴치범은 죽으면서도 거짓말을 하니까. 그러지 말고 이왕 죽을 거 깨끗이 죽는 게 어때? 솔직히 털어놓고 유족들한테 용서를 빈 다음 편안한 마음으로 죽는 게 어때?"

장만두는 절망적으로 머리를 흔들었다.

"저한테는 노모가 계십니다. 저는 어머님보다 먼저 죽을 수가 없습니다."

"어린 것은 먼저 죽어도 좋단 말인가?"

"아닙니다, 그렇지 않습니다!"

"어떻게 유괴했는지, 그것부터 이야기해 봐. 차근차근 자세히 이야기해 봐."

실내는 팽팽한 긴장과 열기에 휩싸여 있었다. 이제 만두로부터 자백을 받아 내기만 하면 되는 것이었다. 만일의 경우 그가 자백하지 않는다 해도 결정적인 증거들이 있기 때문에 그가 유죄를 받는 데 문제될 것은 없었다.

아직 재판만 받지 않았다 뿐이지 그는 분명한 범인이었다. 머지않아 그에게는 사형 언도가 내려질 것이고, 그리하여 그는 노모를 홀로 이 세상에 남겨 둔 채 사형대의 이슬로 사라질 것이다. 이것은 모든 수사관들의 생각이었다. 심지어 송 기자까지도 그렇게 생각하고 있었다.

그는 장만두가 왜 청미를 유괴해 살해했는지 그 이유를 알고

싶었다. 그 이유를 듣고 싶어 그는 분노를 누르며 거기에 버티고
있었다.

"저는 청미 양을 유괴하지 않았습니다."

만두가 기어들어가는 목소리로 말했다.

"더럽게 살고 싶은 모양이군. 왜 그 애를 유괴했지? 배신에 대
한 앙갚음이었나, 아니면 돈이 필요했나?"

만두는 힘없이 머리를 가로 젓는다.

"그것도 저것도 아니라면 변태 성욕자인가? 어린 소녀만을
유괴해서 강간 살해하는……"

만두는 심하게 경련했다.

"말해 봐, 당신 변태 성욕자지? 그래서 지금까지 결혼도 못한
거지?"

"어떻게 그런 말씀을……"

"시간 끌지 마! 시간 없어! 우리는 처자식이 있고 가정도 있
어! 얼른 일을 끝내고 집에 돌아가 옷도 갈아입고 목욕도 하고 잠
좀 자야겠어. 7월 15일부터 차근차근 이야기해 봐. 그 날 청미를
어떻게 유괴해 갔지? 유괴해서 어디로 데려갔지? 집으로 데려갔
나? 당신 어머니한테 물어 보면 알겠군."

"아, 안 됩니다! 어머니한테만은 제발……"

만두는 수갑 찬 두 손을 쳐들었다가 책상 위로 힘없이 떨어뜨
렸다. 그 바람에 수갑이 쩔그럭 소리를 냈다.

"끔찍이 어머니를 생각하는군. 청미를 택시에 태워서 데리고
갔나? 아니면 공범이 자가용을 몰고 왔었나?"

"저는 청미 양을 유괴하지 않았습니다. 왜 제가 그런 어리석

은 짓을 하겠습니까?"

만두는 울음을 터뜨릴 것 같은 표정으로 말했다.

"거짓말 마!"

조 반장은 주먹으로 책상을 치면서 벌떡 몸을 일으켰다.

조 반장의 무서운 눈초리에 만두는 더욱 조그맣게 위축되어 어깨를 움츠렸다. 그것을 보고 조 반장은 입가에 차가운 미소를 흘렸다.

"이 밤이 다 새도록 끝까지 거짓말을 하겠다 이 말이지? 양심에 기대한 내가 잘못이지."

그는 자리에 도로 앉더니 오른손을 밑으로 뻗어 가방을 열고 그 안에서 인형을 꺼냈다.

"이건 당신 집에서 가져 온 인형이야."

조 반장은 인형을 책상 위에 올려놓았다.

"이제부터 가장 민주적이고 과학적인 심문을 하겠소. 장 선생, 이거 당신 방에 있는 인형 맞지요? 당신 어머니가 보는 앞에서 가져 왔으니까 부인하지는 못하겠지."

만두의 두 눈이 흡사 무슨 괴물을 보듯이 커졌다.

"맞아, 안 맞아!?"

조 반장이 신경질적으로 고함을 질렀다.

"마, 맞습니다."

그렇게 대답하는 만두의 표정은 수학 교사치고는 더없이 바보스러워 보였다.

"그래도 범행을 부인하겠나?"

조 반장은 상체를 앞으로 구부려 만두의 얼굴을 들여다보듯이 하고 묻는다.

만두가 침묵을 지키자 그는 마침내 참을 수 없다는 듯 손을 들어 인형의 머리카락을 쓰다듬었다.

"이게 무슨 색깔이지?"

"검정색입니다."

"당신이 처음 이 인형을 사왔을 때는 금발이었어. 그렇지 않았나?"

만두는 천천히 상체를 일으켰다. 옆에 서 있는 형사가 그의 어깨를 눌러 앉혔다.

"금발이었어, 금발이 아니었어?"

"그, 금발이었습니다. 그런데……"

"그런데 뭐야!? 모르는 사이에 퇴색되어 검정색으로 변했다는 거야? 수학 교사가 그런 비논리적인 주장은 하지 않겠지."

조 태는 코웃음을 쳤다.

둘러서 있는 형사들 모두가 코웃음을 쳤다.

"저도 이제야 알았습니다. 그것이 왜 검정색으로 변했는지 모르겠습니다."

만두는 변명하려고 기를 쓰고 있었다.

그럴수록 심문자는 더욱 기세등등하게 나오고 있었다.

"검정색으로 변한 게 아니야! 금발이 어떻게 검정색으로 변하겠어? 금발이 어떻게 흑발로 둔갑이 됐는지는 당신이 누구보다도 잘 알지 않아? 이게 누구 머리칼이지?"

조 반장은 머리카락을 몇 가닥 집어 올려 비벼댔다.

만두의 얼굴은 온통 땀으로 젖어 있었다. 그것은 더워서 흘리는 땀이 아니라 곤혹스러워서 흘리는 진땀이었다.

"누구 머리카락인지 말해 보란 말이야!"

"모, 모르겠습니다."

그의 말이 떨어지기 무섭게 조 반장은 손을 뻗어 만두의 머리칼을 움켜쥐고 흔들었다.

"거짓말하지 마! 거짓말도 논리가 있어야 되는 거야!"

손을 놓자 만두의 머리칼은 수세미처럼 뒤엉켜 있었다.

"이거, 입이 아파 죽겠군. 일일이 다 이야기해야 하니 말이야. 허 형사, 이야기해 줘."

허 걸은 의자를 끌어당겨 앉았다. 그리고 부드러운 목소리로 입을 열었다.

"장 선생, 우리는 자백을 강요할 생각은 추호도 없습니다. 강요된 자백은 하나도 도움이 안 되니까요. 장 선생이 끝까지 부인하더라도 우리는 결정적인 증거를 가지고 있으니까 당신을 검찰로 송치할 겁니다. 굳이 밤을 지새우면서까지 입씨름할 생각은 없습니다."

"그 결정적인 증거란 게 도대체 무엇입니까?"

처음으로 만두는 따지듯이 물었다.

"바로 이겁니다."

허 걸은 인형의 머리를 쓰다듬었다.

"이 머리카락은…… 우리가 조사한 바로는 유괴 살해된 청미 양의 머리카락입니다. 청미의 시체를 우리가 발견했을 때 청미의 머리카락 한쪽이 잘려 있었습니다. 양 갈래로 땋아진 머리의 한쪽이 잘려 있었단 말입니다. 그런데……"

만두는 놀라 부릅뜬 눈으로 허 걸을 뚫어질 듯 쳐다보고 있었다. 그의 말이 끝나고 한참이 지날 때까지도 그는 그런 표정으로 앉아 있었다.

이윽고 그의 입에서 흘러나온 것은 신음 같은 한마디였다.

"믿어지지 않는 일입니다."

"네, 정말 믿어지지 않는 일입니다. 하지만 이것은 청미 양의 머리카락입니다. 아직 과학적으로 입증되지는 않았지만 청미의 머리카락임에 거의 분명합니다. 장 선생이 자신의 방에 사다 놓은 인형의 머리카락이 죽은 청미의 머리카락으로 바뀌었다는 것은 무엇을 의미하지요?"

"당신은 엽기적인 살인자야!"

조 반장이 소리쳤다.

"내가 설명할까? 당신은 청미를 살해한 다음 그 애 머리를 잘랐어. 아니, 죽이기 전에 잘라 냈는지도 모르지. 아무튼 잘라 냈어. 그것을 집으로 가져 가 인형의 머리에서 금발을 떼어 내고 접착제로 청미의 머리칼을 하나하나 옮겨 붙였어. 바로 그 점이 엽기적이란 말이야. 그 심리는 심리학자들의 연구 대상이 될 거야. 안 그래?"

"기가 막힌 말씀이군요."

만두가 자조하듯 중얼거렸다.

"기가 막히고말고. 유괴범이 어린애를 살해하고 나서 그 머리카락을 인형에다 옮겨 심다니, 정말 기막힌 이야기이고말고. 이건 변태야!"

모두가 증오하는 눈길로 만두를 쏘아보고 있었다. 특히 만두를 쏘아보는 송 기자의 두 눈에는 불길이 활활 일고 있었다. 그래도 얼굴에 감정을 드러내지 않고 있는 사람은 허 걸이었다.

"장 선생, 그런데 이 인형을 구입하신 게 언제였나요?"
하고 그가 물었다.

"작년 봄이었습니다. 백화점에서 샀습니다."

"외제 인형인 것 같은데, 비싸게 줬겠군요?"

"네, 좀 비싸게 줬습니다. 이건 프랑스제인데 6만 원인가 줬습니다."

"어느 백화점에서 샀습니까?"

"시내 H백화점에서 샀습니다."

"이상하군요. 결혼도 안 한 사람이 이런 비싼 인형을 사다니, 아무래도 이해할 수가 없군요. 이유가 뭡니까?"

만두의 얼굴이 다시 당혹감으로 일그러졌다. 그 얼굴에 어두운 그림자가 잠시 나타났다가 사라졌다. 그는 대답을 못 하고 머뭇거렸다.

"왜 대답을 못 합니까? 이유가 있어서 샀을 게 아닙니까?"

"그냥…… 사고 싶어서 샀습니다. 인형이 예뻐서 샀습니다."

허 걸은 머리를 흔들었다.

"그 정도로는 이해가 되지 않습니다. 처녀가 예쁜 인형을 모은다면 이해가 갑니다. 그러나 당신은 40대의 남자입니다. 파이프 같은 것을 수집해야 어울릴 중년 사내란 말입니다. 안 그렇습니까?"

만두의 어두운 얼굴이 밑으로 숙여졌다. 그는 대꾸할 말을 잊은 듯했다.

"그런 거야 아무래도 좋습니다. 문제는 이 인형의 머리카락이 청미의 것이라는 데 있습니다. 왜 당신의 인형에 청미의 머리카락이 붙어 있을까요?"

"모르는 일입니다."

조 반장이 가방을 들어 뒤집었다.

책상 위로 네 개의 돈다발이 굴러 떨어졌다.

"당신 집 장롱 밑에서 나온 돈이야! 4백만 원이야! 지난 7월 18일 청미와의 교환 조건으로 범인이 가지고 간 1억 원 중의 일부야. 우리는 지폐 넘버를 모두 적어 놨는데, 번호가 모두 일치해! 이래도 잡아떼겠어!?"

만두는 돈다발을 얼빠진 표정으로 바라보다가 천천히 몸을 일으켰다. 그리고 머리를 가로 저으면서 말했다.

"뭐가 뭔지 도무지 모르겠습니다."
라고 말했다.

그 말이 떨어지기가 무섭게 송 기자가 거친 숨을 내쉬며 그에게 돌진했다.

"모르긴 뭘 몰라!? 이 살인자!"

아빠의 눈물

장만두에 대한 심문은 계속되었다. 계속될 수밖에 없었다.

심문은 가혹할 정도로 계속되었다. 의심할 여지가 없는 결정적인 증거들을 확보한 경찰은 그를 진범으로 단정하고 밤사이에 자백을 받아 내기 위해 혹독하게 추궁해 들어갔다.

그러나 장만두는 쉽게 자백하려 들지 않았다. 증거물에 대해서 추궁하면 자기는 모르는 일이라고 완강히 잡아떼는 것이었다. 그는 겁에 질려 떨어대면서도, 그리고 더없이 나약해 보인만큼 쉽게 무너질 것 같으면서도 좀처럼 자백하려 들지 않았다.

밤사이에 끝날 줄 알았던 심문은 이튿날까지 하루 종일 계속되었다.

장만두에게는 휴식이 전혀 허용되지 않았다. 책상 위에 엎드려 잠깐 눈을 붙이는 것도 금지되었다. 그가 기진맥진한 나머지 더 이상 버티지 못하고 입을 열 때까지 그러한 고통은 계속될 수밖에 없었다.

반면 수사관들은 휴식을 취하면서 교대로 그를 상대했기 때문에 얼마든지 버텨 나갈 수가 있었다. 그들은 장만두가 보기보다는 의외로 끈질기고 강인한 사나이라는 것을 뒤늦게 깨달았다. 하긴 흉악한 살인범이니 그럴 만도 하겠다고 그들은 생각했다. 겉으로 나약한 체 구는 것은 위장일 것이라는 데 그들은 의견을 같이했다.

그가 여간해서는 자백할 것 같지 않자 경찰은 그의 모친까지 연행해 왔다. 좀 가혹한 짓이었지만 사건을 빨리 종결짓기 위해서는 부득이한 일이었다. 장만두의 모친은 허 걸이 맡아서 심문했다. 그는 아주 공손하고 조심스럽게 말문을 열었다.

"아드님께서는 왜 지금까지 결혼을 하지 않았나요?"

이 질문은 처음 장만두의 집을 방문했을 때에도 그녀에게 물어 본 말이었다. 그녀는 똑같은 대답을 했다.

"글쎄, 저도 잘 모르겠어요. 함께 살고 있기는 하지만 그 애 속을 통 모르겠어요. 아무리 결혼하라고 해도 통 듣지를 않아요. 작년까지만 해도 그래도 중매가 들어오곤 했는데 마흔 살에 딱 접어드니까 중매쟁이 발길도 딱 끊어지네요. 본인이 우선 서둘러야 하는데 그렇지가 않으니까 결혼이 자꾸만 늦어질 수밖에 없지요. 이젠 제가 그 애하고 함께 있기가 민망해져요."

"사귀는 여자도 없습니까?"

"없는가 봐요. 그 전에 한 아가씨를 집에 데려온 적이 있는데…… 난 그 색시하고 결혼할 줄 알았는데 그 색시가 결국 우리 애를 떠나 다른 남자한테 시집가 버렸나 봐요. 인물도 곱고 집안도 좋은 색시라 우리 애한테는 좀 과분하다 싶었는데 아니나 다를까 결국 우리 애 가슴에 못을 박고 가버렸지요."

"그 여자 이름을 기억하고 계십니까?"

혹시나 해서 물어 봤는데 그녀는 그 이름을 정확히 기억하고 있었다.

"네, 알고 있어요. 제 기억이 정확하다면…… 그 색시 이름은 송묘임이라고 했을 거예요."

그녀는 거짓말을 하고 있지 않았다.

"아드님께서는 지금까지도 그 여자를 못 잊어하고 있는 게 아닙니까?"

그 말에 그녀는 희미하게 웃었다.

"글쎄요. 그건 잘 모르겠지만…… 벌써 아주 오래 전 일인데 여태껏 그럴려구요. 애들도 아니고 나이 마흔이나 됐는데 그렇지는 않을 거예요."

"인형 말인데 그건 6만 원이나 되는 비싼 인형입니다. 아드님은 왜 그런 비싼 인형을 샀을까요?"

"글쎄요, 저도 처음에는 의아하게 생각했지만 물어보지는 않았어요."

"혹시 누구에게 주려고 산 게 아닙니까?"

"글쎄, 그건 잘 모르겠어요."

"그 전에도 인형을 산 적이 있습니까?"

"아니오. 그런 걸 산 것은 그때가 처음이었어요."

만두의 모친은 머리를 가만히 흔들었다.

독신의 중년 남자가 비싼 인형을 샀다. 앞치마를 두른 소녀 인형을. 그는 돈 많은 사람도 아니다. 겨우 월급을 받아 생활하는 처지이다. 그런데 6만 원이나 주고 인형을 구입했다. 왜? 무슨 이유로 그것을 구입했을까? 그 이유를 알 수 있다면 얼마나 좋을까? 허 걸은 답답했다. 뚫릴 것 같으면서도 뚫리지 않는 시야가 말할 수 없이 답답하기만 했다. 장식용으로 사다 놓은 것일까? 아니야. 허 걸은 머리를 저었다. 누구에게 주려고 샀던 게 분명해. 누구에게 주려고 샀을까? 혹시 청미에게 주려고 샀던 게 아닐까? 왜 청미한테 그 인형을 주려고 했을까?

"그 인형을 산지가 1년이 훨씬 넘었는데…… 그 동안 그것은 쭉 집에만 있었습니까?"

인형이 살아 움직이지 않는 이상 집주인이 놓아 둔 그 자리에 언제까지고 놓여 있게 마련이다. 그러나 허 형사의 질문은 그런 뜻이 아니었다. 만두의 모친이 미처 그의 말뜻을 못 알아듣는 것 같아서 그는 다시 말했다.

"혹시 그 동안 그 인형이 다른 집에 가 있지 않았나 물어 보는 겁니다."

"아니오, 그런 적은 없어요."

그녀는 천부당만부당하다는 듯 고개를 내저었다.

"쭉 집 안에서 굴러다녔어요."

"굴러다녔다는 건 한 곳에만 놓여 있지 않고 여기저기에 놓여 있었다 이 말씀입니까?"

"네, 그래요."

"아드님은 그 인형을 아꼈습니까?"

"네, 몹시 아꼈어요."

그 인형을 청미한테 주고 싶었다면 누구를 통해서라도 전해 줄 수 있었을 것이다. 그런데 그 인형은 청미 손에 들어가지 않은 채 그의 집 안에서 굴러다니고 있었다. 왜 그랬을까?

"아드님은 아이들을 좋아하지 않습니까?"

"아이들을 무척이나 좋아해요."

그녀는 떨고 있었다. 그러면서도 성실히 답변하려고 애쓰고 있는 것이 얼굴에 역력히 나타나고 있었다.

"만일 결혼하지 않을 생각이라면 어디서 아이를 하나 데려다가 기르고 싶을 만도 하겠군요? 아드님께서 혹시 아이를 하나 데려다가 기르겠다고 하지 않던가요?"

허 걸은 처음으로 눈을 치뜨고 그녀를 쏘아보았다.

그녀는 당황해서 머리를 흔들었다.

"아, 아니오. 그런 말 한 적은 없어요."

"두 식구만으로는 적적하니까 그럴 수도 있는 거 아닙니까? 결코 이상한 이야기가 아니라고 생각하는데요."

"네, 그럴 수도 있겠지요. 하지만 우리 아들이 아이를 하나 데려다가 기르고 싶다고 말한 적은 없어요. 그런 말은 들어 보지 못했어요."

허 걸은 마침내 청미의 사진을 꺼냈다.

"이 사진을 한 번 봐주시겠습니까?"

만두의 모친은 허 걸이 내민 사진을 떨리는 손으로 받아 들고 한참 동안 그것을 들여다본다. 허 걸은 그녀의 표정의 변화를 읽으려고 눈을 날카롭게 치떴다.

"자, 이제 솔직히 말씀해 주십시오. 이 아이를 보고 싶지 않으십니까?"

당혹감으로 그녀의 얼굴이 일그러졌다. 그녀는 더욱 몸을 떨어댔다.

"이 아이가…… 누구, 누구 아이인가요?"

그녀가 더듬거렸다.

허 걸은 울화가 치밀었다.

"이 아이를 모른다는 말씀입니까?"

"네, 모르겠어요. 처음 보는 아이에요."

"이럴 수가……"

허 걸은 벌떡 일어났다가 도로 주저앉았다.

"이 아이를 정말 모르시겠습니까?"

"네, 모르는 아이에요."

"이 아이가 며칠 동안 댁에 갇혀 있었다는 거 다 알고 있어요. 아드님은 이미 자백했어요. 아드님은 이 아이가 댁에 며칠 동안 있었다고 자백했습니다. 그런데 왜 모친께서는 부인하십니까?"

그녀의 얼굴에 경련이 일었다. 그러나 그녀는 이윽고 완강히 머리를 흔들었다.

"그럴 리가 없어요. 그 애가 그런 거짓말을 할 리가 없어요. 우리 집에는 이런 어린아이가 머문 적이 없어요. 하늘에 맹세코 이 아이는 처음 보는 아이에요. 우리 애가 지금 어떤 처지에 놓여 있는지는 몰라도 난 거짓말은 할 수 없어요. 목에 칼이 들어와도 그런 터무니없는 말은 할 수 없어요."

허 걸은 그녀의 단호한 태도에 내심 적지 않게 놀랐다. 그는 어떻게 대처해야 할지 몰라 머뭇거리다가 자신 없는 투로 이렇게 물었다.

"네, 좋습니다. 제가 그 점은 오해했나 봅니다. 미안합니다. 그건 그렇고…… 장롱 밑에서 발견된 돈다발에 대해서 좀 말씀해 주십시오. 그건 4백만 원이나 되는 큰 돈이던데 어디서 난 돈입니까?"

"그건 정말이지 전 모르는 돈이에요. 거기에 그런 돈이 들어 있는 줄도 몰랐어요. 아마 우리 애가 놔둔 모양이죠."

경찰은 1억 원의 행방을 찾기 위해 만두의 집 안을 샅샅이 뒤졌지만 장롱 밑에서 발견된 4백만 원이 전부였다. 그 이상은 발견되지 않았다. 집 안에서 찾아낸 두 개의 통장에 입금되어 있는 저금 액의 총액은 8백만 원 정도밖에 되지 않았다. 그리고 마지막 입금 날짜는 7월 5일로 되어 있었다. 7월 5일이라면 청미가 유괴되기 훨씬 전이다.

다시 밤이 찾아왔다.

취조관들도 이젠 지쳐 있었다.

"더 이상 진척이 없습니다. 시간 낭비인 것 같은데요."

부하의 보고에 수사본부장은 조서를 작성해서 검찰로 송치하라고 명령했다.

허 걸은 아무래도 마음이 개운치가 않았다. 움직일 수 없는 물증을 확보했기 때문에 그것을 근거로 장만두가 유죄 판결을 받을 공산은 컸다. 그런데도 불구하고 기분이 납덩이처럼 무겁기만 했다. 마치 위 속에서 고깃덩이가 삭지 않은 채 그대로 덩어리째 남아 있는 것 같았다. 왜 그럴까.

"그대로 검찰로 송치할 겁니까?"

"빨리 치워 버린 다음 발이나 뻗고 자고 싶어. 더 이상 질질 끌 필요가 없잖아."

조 반장은 지긋지긋하다는 듯 머리를 흔들었다.

"그는 자백하지 않았습니다."

"자백은 아무 증거도 될 수 없어. 자신한테 불리한 자백일수록 말이야. 물증이 모든 걸 말해 주고 있지 않아? 그게 골치도 아프지 않고 가장 합리적으로 일을 해결할 수 있는 길이야."

"하지만 그가 자백해 준다면 그것을 근거로 해서 더욱 구체적인 증거를 확보할 수 있지 않습니까. 이를테면 청미를 유괴한 방법이라든지, 청미를 가둬 둔 곳이라든지, 청미의 시체를 담은 가방을 구입한 곳이라든지, 1억 원의 행방 따위를 알게 되면 보다 구체적인 증거물들을 확보할 수 있지 않겠습니까? 공범 관계도 드러나야 하고 강치수를 살해한 것도 장만두의 짓인지 밝혀내야 합니다. 그렇지 않고 성급히 검찰로 송치한다면 나중에 문제가 생길지도모릅니다."

"문제가 생기면 그때 가서 처리하면 되는 거고 일단 확보된 물증을 가지고 처리하는 거야. 이미 확보된 물증만으로도 충분하다고 생각해."

허 걸은 장만두를 검찰에 송치하기 전에 한 번 더 만나야겠다고 생각했다. 그는 진정으로 그와 속을 털어놓고 이야기를 나누고 싶었다.

그가 취조실에 들어갔을 때 장만두는 책상 위에 엎드려 자고 있었다. 책상을 두드려도 그는 쉽게 깨어나지를 않았다. 이름을 부르며 어깨를 잡아 흔들자 가까스로 얼굴을 쳐들었는데 두 눈은 수면 부족으로 벌겋게 충혈 되어 있었다.

"확보된 증거들을 우리는 포기할 수 없습니다. 장 선생한테서 억지로 자백을 받아 내려고 했던 우리가 잘못이었습니다. 지금까지 확보된 물증만으로도 당신은 충분히 기소될 수 있고 유죄 판결을 받게 될 겁니다."

지칠 대로 지친 얼굴에는 아무런 표정도 없다. 처음의 그 공포 어린 빛도 이제는 보이지 않았다.

"당신은 곧 검찰로 송치될 겁니다."

알겠다는 듯 그는 끄덕였다.

"당신은 일을 어렵게 만들고 있어요."

"그런지도 모르지요. 하지만 거짓말을 해서까지 죄를 뒤집어 쓸 수는 없지 않습니까?"

"당신이 범인이 아니라면 우리가 확보한 물증에 대한 납득할 만한 해명이 있어야 해요. 그런데 당신은 그저 처음부터 끝까지 모르겠다고만 일관하고 있어요. 그런 식의 답변은 통하지가 않아요. 만약에 당신 말이 맞는다면 누군가가, 물론 그 사람이 범인이거나 범인을 도운 공범이겠지만, 그 누군가가 있어 당신 집에 몰래 들어가 인형의 머리칼을 금발에서 흑발로 바꿔치기했다는 말이 됩니다. 아니면 똑같은 인형을 구해 미리 머리칼을 청미의 머리칼로 바꾼 다음 그것을 들고 당신 집으로 가서 당신의 인형과 바꿔치기했을 수도 있지요. 그리고 또 바로 그 사람이 장롱 밑에 4백만 원을 넣어 두었다는 말이 됩니다. 당신 말대로라면 이와 같은 결론이 나오고, 당신은 결국 그 누군가에 의해 함정에 빠졌다는 말이 됩니다.”

장만두는 어깨를 웅크린 채 가만히 앉아 있었다. 그때까지도 그는 아무런 반응을 보이지 않고 있었다.

“자, 그렇다면 누가 과연 당신을 함정에 빠뜨렸을까요? 그럴 만한 사람이 생각납니까?”

장만두는 천천히 고개를 저었다.

“생각나지 않습니다.”

“당신을 이처럼 함정에 빠뜨려 이득을 볼 수 있는 사람은 누구일까요?”

“모르겠습니다.”

“당신 집에 도둑이 들었던 적은 없습니까?”

“없습니다.”

“그렇다면 최근에 당신 집을 방문했던 사람들을 기억할 수 있습니까?”

“우리 집에는 아무도 찾아오지 않아요.”

“1년 전 일을 한 번 기억해 주기 바랍니다. 작년 봄에 당신은 H백화점에서 그 인형을 구입했다고 했는데 그것은 프랑스제로 흔한 인형은 아닐 겁니다. 그렇지 않습니까?”

“네, 흔한 건 아닙니다.”

“내가 보기에는 구하기 어려운 인형일 것 같은데……, 당신이 작년에 그것을 구입할 때 그곳에는 그와 같은 인형이 몇 개나 있었나요?”

만두는 생각에 잠기는 표정을 지었다. 한참 후 그는 머리를 갸우뚱하며 입을 열었다.

“두 개 있었던 걸로 기억합니다.”

“그 중에 하나를 당신이 샀군요.”

만두는 끄덕였다.

“그때 백화점 여점원이 당신에게 뭐라고 말했는지 기억할 수 있겠습니까?”

“네, 어느 정도는……”

그는 다시 생각에 잠기는 표정을 지었다가 말을 이었다.

“그 인형들을 내놓으면서 어떤 사람이 프랑스에게 가져 온 것으로 매우 귀한 것이라고 말했던 것 같습니다.”

“지금도 그 인형이 H백화점에 남아 있을까요?”

“그건 모르겠군요.”

그때 허 걸은 시간을 내어 H백화점에 한번 들러야겠다고 생각했다.

“제발 이번 질문에는 대답해 주십시오. 다른 것은 몰라도 이번 질문에는 대답할 수 있으리라고 보는데……”

“어떤 질문입니까?”

“왜 비싼 돈을 주고 그런 인형을 구입했습니까?”

“그냥 지나가다가 예뻐서 샀습니다.”

“이해가 안 가는군요. 당신은 제 물음에 계속 똑같은 대답으로 답변을 회피하는군요. 당신이 대답하지 않아도 나는 알 수가 있을 것 같습니다. 그렇지만 나는 당신의 솔직한 대답을 듣고 싶습니다.”

눈꺼풀이 무겁게 내려와 있던 만두의 두 눈이 갑자기 커지는 것 같았다. 형사를 바라보는 그의 두 눈에 일말의 불안한 그림자가 스쳐갔다.

"당신이 왜 그 인형을 구입했는지 내 입으로 꼭 말해야 되겠습니까?"

허 걸의 쏘아보는 눈초리를 견디지 못한 만두는 시선을 다른 곳으로 돌렸다.

"청미한테 주려고 산 게 아닙니까?"

만두는 황급히 머리를 흔들었다.

"부인하지 마십시오!"

"내가 왜 청미한테 인형을 사줍니까? 그건 비약입니다."

그는 허 형사의 입을 틀어막기라도 하려는 듯 두 손을 들어 올렸다.

허 걸은 언성을 높였다.

"거짓말 말아요! 당신은 청미한테 주려고 그 인형을 구입한 겁니다. 그런데 어떤 이유로 전해 주지 못하고 지금까지 가지고 있었던 겁니다."

"아닙니다, 오해하지 마십시오."

"오해가 아니에요! 나는 사실을 말하는 겁니다! 나는 당신이 왜 그 인형을 청미한테 주려고 했는지 그 이유를 밝히고 말 겁니다! 나는 충분히 밝힐 수가 있어요!"

만두의 안색이 창백하게 질렸다.

허 걸은 사정없이 상대방을 몰아붙였다.

"내일이면 밝혀 낼 수 있어요! 아니, 오늘 밤중이라도 마음만 먹으면 밝혀 낼 수 있어요! 그러려면 먼저 당신의 혈액형을 검사해 봐야겠지요."

만두의 손끝이 떨리고 있는 것을 허 걸은 놓치지 않고 바라보았다.

"당신의 혈액형, 청미의 혈액형, 송묘임의 혈액형, 그리고 끝으로 홍상파의 혈액형을 조사하는 겁니다. 그러면 청미가 누구의 자식인지 드러나겠지요."

그의 말이 끝나기가 무섭게 만두는 두 손으로 그의 앞을 가로막았다.

"아, 제발…… 제발 그만하십시오!"

만두의 얼굴은 땀으로 범벅이 되어 있었다. 그는 거칠게 숨을 몰아쉬다가 원망스런 눈으로 허 걸을 쏘아보았다.

"당신 같은 사람은 처음 보겠습니다. 그렇게까지 들춰내다니 당신이라는 사람이 원망스럽습니다."

"직업이니까요."

진땀을 흘리고 있기는 허 걸도 마찬가지였다. 그는 문득 한 고비를 넘긴 것 같은 기분이 들었다.

"어떻게 알았습니까?"

만두가 여전히 숨을 헐떡이며 물었다. 이제는 입장이 뒤바뀐 것 같았다.

"짐작이었지요. 당신 집에서 청미의 머리칼을 붙인 인형이 발견됨으로써 어차피 문제는 당신과 청미를 결부시켜 생각하지 않을 수 없는 방향으로 흘러갔어요. 그래서 나는 당신 주위를 세밀하게 살펴보았어요. 조카들한테 줄 인형이라면 그렇게 비싼 걸 살 리도 없을 거고, 또 사놓고 1년이 넘게 집에 보관해 둘 이유도 없는 거고…… 그래서 그 인형이야말로 특별한 아이, 자기 분신이나 다름없는 아이한테 주려고 산 게 틀림없다고 생각하게 된 겁니다. 그런데 거기에 청미의 머리칼이 붙은 것이 발견됨으로써 내 생각을 잠시 혼란에 빠뜨렸습니다. 예쁜 인형을 선물하려고 했던 아이를 자기 손으로 죽이다니, 이건 뭔가 잘못됐다고 생각했죠. 당신이 만일 청미를 죽이지 않았다면 청미는 당신 자식이 분명합니다.”

“나는 청미를 죽이지 않았습니다.”

장만두는 갑자기 두 팔 속에 얼굴을 묻더니 흐느껴 울기 시작했다. 놀라운 변화였다. 그는 심문을 받는 동안 한 번도 눈물을 보이지 않았던 것이다. 그는 울음소리를 내지 않으려고 무진 애를 쓰며 흐느꼈다. 그것은 가슴 깊은 곳에서 터져 나오는 가슴을 찢는 것 같은 비통한 울음이었다.

허 걸은 그를 차마 건드릴 수가 없었다. 그래서 그가 실컷 울도록 내버려두었다. 실컷 울고 나면 속이 좀 풀릴 것이다. 그러고 나면 보다 깊은 이야기를 토해 낼지도 모른다.

문이 열리고 조 반장이 들어왔다. 안으로 들어서다 말고 그는 만두가 책상 위에 엎드려 흐느끼고 있는 것을 보고 눈이 휘둥그레졌다. 어떻게 된 일이냐고 눈짓으로 묻자 허 걸은 미간을 찌푸리며 빨리 나가 달라고 눈짓을 보냈다. 조 반장은 회심의 미소를 던지면서 밖으로 도로 나갔다.

만두는 오랫동안 울지는 않았다. 얼마 후에 그는 손등으로 눈물을 훔치면서 상체를 바로 했다.

“청미가…… 그 어린것이 그렇게 비참하게 죽었는데도…… 나는 마음 놓고 울어 보지도 못했습니다. 울 자격도 없는 놈이지만 그 어린 것이 너무 불쌍하군요. 어떤 놈이 청미를 죽였는지는 모르지만…… 그 자를 내 손으로 죽이고 싶군요."

선량해 보이기만 하던 얼굴에 처음으로 살기가 돌았다.

"생전에 그 애를 한 번도 안아 보지 못한 게 한스럽습니다. 그 애한테 아빠라는 말을 들을 자격도 없는 놈이지만 그래도 단 한 번만이라도 그 애를 안아 보는 게 소원이었는데…… 그런 기회를 가져 보기도 전에 그 애는 가버렸습니다. 그 애는 나의 희망이었지요."

혈액형 (血液型)

허 걸은 벌어진 입이 다물어지지 않았다.

막연히 추측했을 뿐이었던 것을 한 번 넘겨짚어 말해 본 것이었는데 그것이 그만 딱 들어맞아 버린 것이다. 이 자는 청미가 자기 피를 받은 딸이라고 고백하지 않는가! 창백하고 고뇌 어린 표정으로 봐서는 거짓말을 하고 있는 것 같지는 않다. 그것은 너무도 놀라운 사실이었기 때문에 허 걸은 오히려 저항감을 느꼈다.

"청미가 정말 당신 딸입니까? 이왕 말이 나왔으니까 정직하게 말씀해 주십시오."

허 걸은 반신반의하는 기분으로 물었다.

만두는 한숨을 길게 내쉬었다. 그리고는 한동안 침묵을 지키고 있다가 결심한 듯 대답했다.

"네, 청미는 제 자식입니다."

"무엇으로 그걸 증명할 수 있죠? 과학적으로 그걸 증명할 수 있습니까?"

"아니오. 과학적으로 증명하는 것은 불가능합니다."

"왜 불가능하죠?"

"이건 공개되어서는 안 되는 비밀이기 때문에 그렇습니다. 과학적으로 증명하기 위해 송묘임을 끌어들여서도 안 되고…… 더구나 청미는 죽었습니다."

"그래도 청미가 당신의 자식이라는 사실을 당신 말로만 가지고 입증할 수는 없는 거 아닙니까? 그 사실을 당신 말고 또 누가 알고 있습니까? 송묘임 씨는 알고 있겠죠. 자기가 낳은 자식이니까……"

"사실은 저도 묘임이 말을 해서 알았습니다."

"당신은 그 여자의 말만 듣고 청미가 당신 자식이라고 믿었다는 겁니까?"

만두는 당연하다는 듯 끄덕였다.

"네, 저는 굳게 믿었습니다. 그 여자가 왜 그런 거짓말을 하겠습니까. 뱃속에 있는 아기가 누구의 씨인가는 아기를 배고 있는 여자가 잘 압니다. 그 여자는 제 아기를 가졌다고 고백했고, 내 말을 듣지 않고 청미를 낳았던 겁니다. 이런 사실을 제발 송묘임에게 추궁해서 확인하려고 하지 마십시오. 그 여자는 지금 너무 큰 충격을 받고 있습니다. 그런 여자한테 또 그런 것을 추궁한다는 것은 지독한 고문 행위나 다름없습니다. 제발 제 선에서 끝내 주시기 바랍니다."

만두는 애걸하는 조로 말했다.

"그것은 당신이 어떻게 말하느냐에 따라 달려 있습니다. 청미가 당신 자식이라는 사실을 납득할 수 있도록 좀더 구체적으로 말해 보십시오."

만두는 다시 한숨을 내쉬고 괴로운 표정으로 입을 열었다.

"그러니까 9년 전 초겨울이었죠. 그녀가 결혼하기 일주일 전이었습니다. 우리는 저녁때 늘상 만나는 찻집에서 만났지요."

그는 그때를 회상하듯 잠시 허공에 시선을 던졌다.

두 남녀는 굳은 표정으로 앉아 있었다. 이미 전날 묘임의 어머니로부터 묘임이 곧 다른 남자와 결혼하게 될 것이니 딸과 손을 끊어 달라는 말을 들었던 터라 만두는 얼굴이 굳어질 수밖에 없었다. 묘임은 자기 어머니와 만두 사이에 그런 말이 있었다는 것을 아직 모르고 있었다. 그러나 그녀 역시 이제 자기 입으로 결혼하게 됐다는 말을 해야 하기 때문에 긴장된 표정으로 상대방의 눈치를 살피지 않을 수 없었다.

그들은 찻집을 나와 조용한 양식집으로 자리를 옮겼다. 그녀가 저녁을 사겠다고 제의를 했던 것이고, 만두는 거기에 잠자코 응했던 것이다.

한동안 만두의 눈치를 살피다가 묘임이 마침내 입을 열었다.

"저…… 결혼하게 됐어요."

가까스로 그렇게 말한 그녀는 고개를 숙였다.

"알고 있어."

그는 무뚝뚝하게 말했다. 묘임은 고개를 번쩍 들었다.

"어떻게 아셨어요?"

“어머님이 말씀하시지 않던가? 나 만났다고 말이야.”

그의 목소리는 격앙되어 있다기보다는 차갑게 가라앉아 있었다. 얼굴빛도 창백했다.

“아뇨, 못 들었어요. 언제 우리 엄마 만나셨어요?”

“어제. S호텔 커피숍에서 만났어. 갑자기 만나자고 전화 연락이 와서 나갔더니 그런 말씀을 하시더군. 결혼하게 됐으니 제발 헤어지라고 말이야.”

그는 노한 눈길로 그녀를 한 번 쏘아보더니 그만 말하기 싫다는 듯 입을 다물었다. 그리고는 아무것도 묻지 않았다. 그녀의 배신을 탓하지도 않았다.

숨 막힐 듯한 무거운 침묵이 흐른 뒤 그녀가 입을 열었다.

“죄송해요. 저도 이렇게 될 줄 몰랐어요.”

그는 식사에는 손도 대지 않은 채 허공에다 시선을 던지고 있었다. 아무 생각도 하지 않는 사람 같았다.

“하지만 선생님을 사랑하지 않는 게 아니에요.”

곤혹스런 빛이 그의 얼굴 위에 나타났다가 사라졌다.

“다른 남자와 결혼하더라도 저는 선생님 아기를 낳을 거예요.”

허공에 머물러 있던 만두의 시선이 곧장 묘임의 눈 속으로 파고들어 왔다. 그들은 한 달 전에 육체 관계를 가졌었다. 그 일이 있고 나서 달마다 정확히 있어 왔던 월경이 없어졌다. 그 전에도 자주 관계를 가져왔었지만 두 사람은 임신을 피하려고 서로 노력했기 때문에 별 문제가 생기지 않았었다. 그런데 한 달 전에는 너무 격정에 몸을 맡기다 보니 그만 조심한다는 것을 서로가 잊고

말았다. 별일 없겠지 하고 그들은 하던 짓을 계속했었는데, 그게
그만 문제의 씨가 되었던 것이다. 책임은 남자 쪽이 더 컸다. 그는
평소에 사정을 하지 않든가 밖에다 사정하곤 했는데, 그때는 그
만 참지 못하고 그녀의 몸속에다 그 뜨거운 것을 분출하고 말았
던 것이다. 달마다 있던 월경이 없자 묘임은 산부인과에 가서 진
찰을 받았다. 결과는 임신 2개월이라는 진단이었다. 그때는 이미
홍상파와 데이트가 시작되고 있을 무렵이었다.

　묘임은 임신한 사실을 만두에게 알렸다. 그녀는 임신으로 심
한 갈등을 겪고 있었지만 그녀와의 결혼을 굳게 믿고 있던 만두
는 그녀의 임신 사실에 내심 크게 기뻐하며 결혼을 서둘러야겠다
고 마음을 먹었다. 그러고 있는 차에 그녀가 다른 남자와 결혼하
겠다고 나온 것이다.

　"그게 무슨 말이야? 다른 남자와 결혼하려면 당연히 아기를
떼야지."

　그의 말이 끝나기 무섭게 그녀는 고개를 흔들었다.

　"싫어요! 그럴 수는 없어요! 아기를 그냥 낳겠어요!"

　그는 어리둥절했다. 그녀의 마음을 이해할 수 없었다.

　"도대체 지금 무슨 말을 하는 거야? 그 사람하고 결혼하면 그
사람 아기를 낳아야지 왜 내 아기를 낳겠다는 거야!? 대체 그게
무슨 짓이야! 결혼이 어린애 장난인 줄 알아! 지금 당장 나하고
병원에 가!"

　"싫어요! 아기를 낳고 안 낳고는 제 자유예요! 선생님이 간섭
하실 일이 아니에요!"

　"왜 내가 간섭할 일이 아니야! 아기 아빠가 누군데 간섭해서

는 안 된다는 거야? 지금 감상적으로 일을 처리해서는 안 돼. 묘임이는 한 남자의 아내가 될 몸이야. 당연히 그 남자의 아기를 낳고 행복하게 살아야 해.”

“선생님 아기를 낳고도 얼마든지 행복하게 살 수 있어요.”

“바보 같으니! 남편이 그걸 알면 가만있을 것 같아? 당장 이혼하고 말 거야!”

“비밀로 하죠, 뭐. 영원한 비밀로…… 남자들은 바보니까.”

“비밀이 지켜질 줄 알아? 어리석은 소리 하지 마!”

“그 사실을 알고 있는 사람은 저하고 선생님밖에 없어요. 그러니까 우리 두 사람만 입을 다물고 있으면 돼요.”

갈수록 가관이라는 생각이 들었다.

“그 몸으로 결혼해서 아기를 낳으면 예정보다 한두 달 빨리 아기를 낳게 돼. 그래도 남편이 의심하지 않는다는 거야?”

“한 달쯤 빨리 낳는 건 얼마든지 있을 수 있어요. 조산했다고 그러죠, 뭐. 멍청한 남자가 뭘 아나요?”

만두는 그녀를 노려보다가 차마 때리지는 못하고 어깨를 잡아 흔들었다.

“정신 좀 차려! 그리고 현실을 직시해!”

“전 지금 정상이에요. 그리고 현실을 똑바로 보고 있어요.”

그때는 그에게 죄의식을 느낀 나머지 괜히 한번 그렇게 말해본 것일 거라고 생각했었다. 그래서 결혼하기 전 꼭 병원에 가서 아기를 떼라고 이른 다음 그녀와 헤어졌었다. 그리고 그 문제에 대해서는 그렇게 심각하게 생각지 않은 채 그녀의 결혼식에도 참석했었다.

그는 그녀의 배신으로 입은 상처에서 벗어나려고 몸부림쳤다. 그때는 그것이 최대 과제였다. 상처에서 벗어나 담담한 마음가짐을 유지하기까지는 상당한 기간이 걸렸다.

다음 해 여름. 장마가 계속되던 어느 날 아침, 만두는 느닷없이 걸려 온 묘임의 전화를 받았다. 생각지도 않은 전화였기 때문에 그는 기쁘기도 하면서 꽤 당황했다. 그가 뭐라고 말하기도 전에 그녀가 말했다.

"저 지금 병원에 있어요. 병원에서 전화를 거는 거예요."

그녀의 목소리는 약하디 약하게 들려 왔다. 마치 중병에 걸린 사람처럼. 정말 그는 묘임이 중병에 걸려 병원에 입원한 줄 알았다. 그런데 그녀의 다음 말은 그게 아니었다.

"어젯밤 아기를 낳았어요. 선생님의 아기를 낳았어요. 딸이에요. 선생님을 닮은 딸이에요."

그는 정신을 차릴 수가 없었다. 뭐라고 말은 해야겠는데 무슨 말을 해야 할 지 말이 나오지 않았다. 무거운 침묵이 흐른 다음 그녀가 다시 말했다. 그가 아무 반응을 보이지 않자 그녀가 다시 입을 연 것이다.

"정말이에요. 그때 제가 그랬잖아요, 선생님의 아기를 낳겠다고요."

"어느 병원이야?"

그는 겨우 그렇게 물었다. 그 이외의 다른 말은 할 수가 없었다. 그는 빨리 달려가 아기를 보고 싶었다.

"오실려구요? 아기가 보고 싶으세요?"

"……"

"안 돼요, 오시면 안 돼요."

그가 뭐라고 말하기도 전에 그녀는 전화를 끊어 버렸다.

허 걸은 막혔던 시야가 갑자기 확 트이는 느낌이었다. 그는 마른침을 꿀꺽 삼키고 상대방을 뚫어지게 바라보았다.

무거운 침묵이 한참 동안 흘렀다. 장만두는 다음 말을 꺼내기가 싫은지 미간을 찌푸리고 있었다. 몹시 어두운 얼굴빛이었다. 허 걸은 기다리다 못해 물었다.

"그 뒤에 어떻게 됐나요?"

만두는 한숨을 길게 내쉬고 나서 할 수 없다는 듯 무겁게 입을 열었다.

"그 뒤로는 아무 연락도 받지 못했고 만날 수도 없었습니다. 저도 굳이 만나 볼 생각은 없었습니다. 아니, 만나보고 싶었죠. 아기도 보고 싶었죠. 하지만 참았습니다. 그리고 잊으려고 노력했습니다. 그렇게 3년인가 흘렀는데 어느 가을 날 고궁에서 우연히 묘임과 딸애를 보게 되었지요.

저는 그때 머리를 식힐 겸해서 혼자서 고궁에 들렀더랬죠. 그날은 토요일이었습니다. 학교 수업을 일찍 파하고 나자 마땅히 갈 곳도 없고 해서 고궁에 갔던 겁니다. 고궁에는 은행잎이 노랗게 깔려 있었습니다. 거기서 묘임이와 딸애를 보게 된 겁니다. 딸애는 낙엽 위를 뛰어다니며 놀고 있었고 묘임은 사진을 찍어 주느라고 열심이었습니다. 딸애는 정말 귀여웠습니다. 아장 걸음으로 뛰어다니는 모습이 그렇게 귀여워 보일 수가 없었습니다. 저 애가 정말 내 피를 받은 아이일까 하고 생각하니 믿어지지가 않았습니다.

　얼마 후 묘임이 저를 발견하고 놀라는 것 같았습니다. 그녀는 제 곁으로 다가왔습니다. 그녀는 남편이 외국에 출장 중이라 딸애를 데리고 놀러 나왔다고 했습니다. 그러면서 딸애가 갈수록 저를 닮아 간다고 말했습니다. 묘임은 딸애를 저한테 안겨 주었습니다. 그 애 이름이 청미라는 것도 그때 처음 알았죠. 청미는 이상할 정도로 저를 어려워하지 않고 제 품에 안겼습니다. 자세히 뜯어보니 정말 저를 닮은 데가 많았습니다.

　저는 그 애를 보는 순간 그 애가 제 피를 받았다는 것을 거의 본능적으로 느꼈습니다. 그 애도 그것을 느꼈는지 제 목을 끌어안고 놓으려고 하지 않았습니다. 저는 묘임에게 남편이 아기를 귀여워하느냐고 물었습니다. 그것은 다시 말해 남편이 청미를 자기 자식으로 알고 있느냐는 물음이나 같았습니다. 묘임은 남편이 끔찍할 정도로 딸애를 귀여워하고 있다고 말하면서 행복한 표정을 지었습니다. 그 말을 들으니 질투가 나면서도 다소 안심이 되었습니다.

　그 날 우리는 날이 어두워질 때까지 고궁에서 놀았습니다. 그리고 저녁을 먹은 뒤 헤어졌습니다. 헤어질 때 청미는 저한테서 떨어지지 않으려고 마구 울어댔습니다. 우리는 언제 다시 만나자는 약속도 없이 헤어졌습니다. 그 뒤로 두 번 다시 저는 청미를 볼 수가 없었습니다. 묘임도 물론 만나지 못했습니다. 만나려고 했다면 만날 수 있었겠지만 저는 일부러 만나는 것을 피했습니다. 묘임과 딸애가 행복하게 살고 있다면 그것으로 다행이라고 생각한 거죠. 저는 될수록 그들을 생각지 않으려고 노력했습니다.

그럭저럭 하는 사이에 어느새 수년이 흘러갔습니다. 그런데 작년 봄에 H백화점에 갈 기회가 있었습니다. 기성복이나 하나 사 입을까 하고 갔었지요. 그런데 장난감 코너를 지나다가 우연히 그 인형이 눈에 띄었던 것입니다. 똑같은 게 두 개 있었습니다. 그 걸 보고 있자니 불현듯 청미 생각이 났습니다. 견딜 수 없도록 청 미가 보고 싶었습니다. 그래서 정신없이 호주머니를 털어 그 인 형을 샀습니다. 그것을 살 때는 청미에게 선물로 주어야겠다는 생각이었지요.

그런데 막상 사고 보니 전해 줄 수가 없었습니다. 그것을 전해 주기 위해 그 아이를 불러낸다는 것이 그렇게 힘들게 느껴질 수 가 없었습니다. 만나서는 안 된다는 생각이 자꾸만 들었습니다. 그 애가 제 피를 받았다고 해서 그 애를 제 자식이라고 생각하는 것 자체가 잘못된 생각이라고 저를 타일렀습니다. 그 애는 내 자 식이 아니고 홍상파의 자식이라고 타일렀죠.

그렇게 생각하니까 인형을 전해 줄 수가 없었습니다. 그래서 지금까지 집에다 놔두었던 겁니다. 그렇다고 그것을 없애기도 싫 었습니다. 누구한테 주기는 더더욱 싫었습니다. 언젠가 우연히 청미를 만날 기회가 있으면 그때 주리라고 막연히 마음먹고 있었 습니다."

만두가 이야기를 마쳤을 때 허 걸은 고개를 숙이고 있었다. 그 는 한 손으로 턱을 괸 채 생각에 잠겨 있었다. 이윽고 그는 만두를 보지 않은 채,

"장 선생의 혈액형이 뭐죠?"

하고 물었다.

“AB형입니다.”

만두는 조심스럽게 대답했다.

허 걸은 수첩을 뒤적여 보았다. 장만두가 근무하고 있는 K여고에 가서 그의 인사 기록 카드를 보고 적어 두었던 것을 찾아내 읽어 보았다. 거기에도 장만두의 혈액형이 AB형이라고 적혀 있었다.

허 걸은 갑자기 허탈감과 함께 현기증을 느꼈다. 그는 녹음기를 집어 들고 천천히 몸을 일으키면서 말했다.

“어디 한번 조사해 봅시다. 혈액형을 조사해 보면 알 수가 있겠지요.”

“묘임과 그녀의 남편한테는 비밀로 해주십시오!”

만두가 벌떡 일어나 허 걸의 등 뒤에다 대고 소리쳤다. 허 걸은 대꾸 없이 문을 닫았다.

“어떻게 됐어? 만두가 자백했나?”

밖에서 이제나저제나 하고 그를 기다리고 있던 조 태가 다급한 목소리로 물었다.

“잘못 짚은 것 같습니다. 이걸 한번 들어 보십시오.”

허 걸은 녹음테이프를 뒤로 돌렸다가 앞으로 전진시켰다. 장만두의 목소리가 흘러나오기 시작했다. 조 태는 상체를 앞으로 기울이고 녹음소리에 귀를 기울였다. 그의 안색이 점점 굳어지는 것을 허 걸은 흥미 있는 눈으로 지켜보고 있었다.

마침내 장만두의 진술이 모두 끝났을 때 조 반장의 얼굴은 온통 땀으로 젖어 있었다.

“이게 어떻게 된 일이야?”

그는 숨이 차는지 숨을 몰아쉬며 물었다. 허 걸은 상사를 잠자코 쳐다보기만 했다.

"이걸 사실이라고 믿나?"

"거짓말인 것 같지는 않습니다."

"무슨 말이 그래? 사실이면 사실이고 아니면 아니지."

"사실인 것 같지만 아직 확인해 보지 않았기 때문에 뭐라고 단정을 내리지는 못하겠습니다."

"어떻게 확인하지? 송묘임한테 달려가서 직접 대놓고 물어 볼 텐가?"

"그건 마지막에 가서나 해보는 거고……, 우선 필요한 것은 혈액 검사입니다. 네 사람의 혈액 검사를 해보는 겁니다. 장만두, 송묘임, 청미, 그리고 홍상파에 대해서 말입니다. 장만두의 혈액형은 알고 있습니다. 그는 AB형입니다."

"혈액형을 가지고 친자 확인을 하겠다는 거야?"

"네, 그렇습니다."

"만일 장만두와 홍상파의 혈액형이 같으면 어떡할 텐가?"

"그렇게 되면 확인이 불가능한 거죠. 다른 방법을 찾아야겠지만 혈액형이 다르기를 기대해 볼 수밖에 없죠."

"그런데 청미의 혈액형은 어떻게 알아보지? 이미 시신을 화장했는데……?"

"어딘가에 청미에 대한 서류가 있을 겁니다. 거기에 혈액형이 밝혀져 있을 겁니다. 청미 엄마에게 물어 봐도 되구요."

"그건 안 돼. 그 여자는 거짓말을 할 수도 있으니까."

"그렇군요."

"만일 청미가 장만두의 말대로 그의 친자식이라는 것이 밝혀지면……?"

"그렇게 되면 장만두의 혐의가 일단 벗겨지는 거죠. 자기 자식을 죽이는 부모는 없을 테니까요. 정신병자가 아닌 다음에야 말입니다."

조 태는 말을 잃은 것 같았다. 그는 잠시 허공을 바라보다가,

"자, 그러면 빨리 혈액형을 알아봐."

하고 말했다.

조 반장은 형사 한 명을 홍상파가 근무하는 회사로 보냈다.

웬만한 회사에서는 거의 다 사원에 대한 건강 체크를 정기적으로 실시하고 있다. 따라서 사원에 대한 건강 기록 카드가 비치되어 있게 마련이다. 조 반장이 부하에게 내린 지시는 홍상파의 건강 기록 카드를 은밀하게 복사해 오라는 것이었다.

허 걸은 먼저 경찰 법의를 찾아갔다. 살인사건이 일어났을 때 언제나 피사체를 다루는 그 의사는 일흔 가까운 노인이었다. 머리는 거의 빠지고 얼굴이 홀쭉한데다 도수 높은 안경까지 끼고 있어서 가운만 벗으면 정말 볼품없는 노인이었다. 수없이 많은 피살자를 다루어 온 그는 아무리 끔찍한 시체라 하더라도 무슨 물건을 다루듯 얼굴 하나 찌푸리지 않고 처리해 냈다. 허 걸은 그가 싫었다. 그러나 오늘은 그를 만나 보아야 할 일이 있었다.

노인은 자기 방에서 텔레비전을 보고 있다가 그를 맞았다. 스위치를 얼른 끄는 걸로 보아 비디오테이프를 돌리고 있었던 모양이다. 무슨 테이프였을까?

"어서 오시오. 허 형사가 여기엔 웬일이오?"

노인은 태연한 척하려고 애를 쓰고 있었다.

"뭐 좀 알아볼 게 있어서 왔습니다."

"뭔데요? 자, 앉아요."

노인은 허 걸에게 자리를 권한 다음 간호원을 불러 커피 두 잔을 시키라고 일렀다. 그러고 나서 이번에는 또 무슨 일이냐고 다시 물어 왔다.

"다름이 아니고 혈액형에 대해서 좀 여쭤 보려고 왔습니다."

"네, 물어 봐요."

"남자가 AB형일 경우 자식의 혈액형이 어떻게 나타나는지 그걸 알고 싶어서 왔습니다."

"아, 난 또 뭐라고. 그거야 간단히 알 수가 있지요."

허 걸이 알아낸 것은 다음과 같았다.

	장만두의 혈액형		송묘임의 혈액형		홍청미의 혈액형
1	AB	×	O	→	A, B
2	AB	×	B	→	A, B, AB
3	AB	×	AB	→	A, B, AB
4	AB	×	A	→	A, B, AB

다음에는 '모자의 혈액형으로 부권을 부정할 수 있는 남자의 혈액형' 에 대해서도 알아보았다.

1). 어머니가 O형이고 자식이 O형일 경우 아버지는 AB형

일 수가 없다.

2). 어머니가 O형이고 자식이 A형일 경우 아버지는 O형
이나 B형일 수 없다.

3). 어머니가 O형이고 자식이 B형일 경우 아버지는 O형
이나 A형일 수 없다.

4). 어머니가 O형일 때 자식은 결코 AB형일 수 없다.

5). 어머니가 A형이고 자식이 O형일 경우 아버지는 AB형
일 수 없다.

6). 어머니가 A형이고 자식이 A형일 경우 아버지는 부정
될 형이 없다.

7). 어머니가 A형이고 자식이 B형일 경우 아버지는 O형
이나 A형일 수 없다.

8). 어머니가 A형이고 자식이 AB형일 경우 아버지는 O형
이나 A형일 수 없다.

9). 어머니가 B형이고 자식이 O형일 경우 아버지는 AB형
일 수 없다.

10). 어머니가 B형이고 자식이 A형일 경우 아버지는 O형
이나 B형일 수 없다.

11). 어머니가 B형이고 자식이 B형일 경우 아버지는 부정
될 형이 없다.

12). 어머니가 B형이고 자식이 AB형일 경우 아버지는 O
형이나 B형일 수 없다.

13). 어머니가 AB형일 때 자식은 결코 O형일 수 없다.

14). 어머니가 AB형이고 자식이 A형일 경우 아버지는 부

정될 형이 없다.

15). 어머니가 AB형이고 자식이 B형일 경우 아버지는 부정될 형이 없다.

16). 어머니가 AB형이고 자식이 AB형일 경우 아버지는 O형일 수 없다.

그것을 그는 도표로 그려 보았다.

* 모자의 혈액형으로 부권을 부정할 수 있는 남자의 혈액형

ABO식 혈액형의 경우

모　자	O	A	B	AB
O	AB	O, B	O, A	—
A	AB	×	O, A	O, A
B	AB	O, B	×	O, B
AB	—	×	×	O

(—) : 실제 불가능한 모자의 혈액 조합

(×) : 부정될 형이 없음.

혈액형을 찾아라

병원을 나선 허 걸은 다음에 을지로 4가에 있는 김효선 산부
인과 의원을 찾아갔다. 그곳은 전에 송묘임의 동생인 지회를 통
해서 알아낸 병원으로 청미는 바로 그 산부인과 의원에서 태어났
던 것이다.

김효선 산부인과 의원은 바로 큰길가에 자리 잡고 있었기 때
문에 쉽게 눈에 띄었다.

신생아 기록 카드가 제발 지금까지 비치되어 있기를 바라면
서 그는 길을 건너 병원 쪽으로 다가갔다.

병원에 들어서기 전에 그는 그 앞에 있는 공중전화 부스 안으
로 들어가 수사본부로 전화를 걸었다.

"송지회를 은밀히 불러내서 청미의 생년월일을 알아봐 주십
시오. 조금 후에 다시 전화를 걸겠습니다."

조 반장은 10분 후에 전화를 걸어 달라고 말했다.

허 걸은 부스에서 나와 10분 동안 그 곁에 서서 서성거렸다.

그는 초조하게 담배를 두 대나 피우고 나서 10분이 지나 다시 부스 안으로 들어가 수사본부로 전화를 걸었다.

지금이 1982년이니까 아마도 청미는 1975년생일 것이라고 생각하면서 조 반장의 대답을 기다렸다.

그가 생각했던 대로 청미는 1975년생이었다.

"청미는 1975년 4월 28일생이야. 송지회 씨가 여기 수사본부에 와 있는데 한번 통화할 텐가?"

"네, 좀 바꿔 주십시오."

"여보세요."

지회의 목소리가 수화기를 통해 들려 왔다.

얼마 전에 허 걸은 홍상파 부부가 청미를 낳은 후 지금까지 아기를 가지지 않은 데 대해 알아본 적이 있었다. 그 결과 그들 부부는 아기를 가지려고 하지만 임신이 안 된다는 것을 알았다. 그것이 어느 쪽에 책임이 있는지 그것을 알아보기 위해서 그들이 출입한 병원을 찾아가 볼 생각으로 지회에게 그 병원을 알아봐 달라고 부탁한 적이 있었다.

그는 묘임 쪽보다는 상파 쪽에 더 초점을 두고 있었다. 그것은 묘임은 이미 청미를 낳은 적이 있고, 그 청미가 상파와의 관계에서 낳은 딸이 아니고 장만두의 자식이라는 점에서 묘임에게는 결점이 없다고 이미 단정을 내리고 있었기 때문이다.

"아, 안녕하십니까? 그전에 부탁한 일 알아보셨는지요? 홍상파 씨가 출입했던 병원 말입니다."

"못 알아봤어요. 알아볼 수가 없었어요. 언니도 그 병원은 모르고 있었어요. 형부 혼자만 알고 있는 모양이지만 어떻게 그런 걸 물어 보겠어요?"

"네, 잘 알겠습니다."

허 걸은 수화기를 내려놓고 부스에서 나와 김효선 산부인과로 들어갔다.

다행히 그때까지 청미의 카드는 그 병원에 비치되어 있었다.

산모의 이름을 대고 청미의 출생 년도와 날짜를 알려 주자 간호원은 잠시 후에 신생아 기록 카드를 가져 왔다. 그것은 날짜별로 철해져 있었기 때문에 청미의 카드는 쉽게 찾았다. 물론 그 카드에는 신생아의 이름은 없었고 산모의 이름인 송묘임의 이름만 적혀 있었다.

허 걸은 신생아 기록 카드를 훑어보았다.

'생년월일: 1975년 4월 28일 1시 8분, 체중 3.4kg, 신장 52cm, 머리 둘레 35cm, 가슴둘레 34cm……'

혈액형은 나와 있지 않았다. 허 걸은 실망했다.

그곳을 나온 그는 다시 수사본부로 전화를 걸었다.

"청미를 받은 산부인과에 가서 신생아 기록 카드를 검토해 보았는데 거기에는 혈액형이 나와 있지 않았습니다. 아무래도 청미가 드나들었던 소아과 병원을 찾아야 할 것 같습니다."

"5분 후에 다시 전화를 걸어달라고, 내가 송지회한테 알아볼 테니까."

"지회를 직접 바꿔 주십시오."

"알았어."

허 걸은 전화를 끊고 잠시 기다렸다. 지회한테 직접 전화를 걸 수도 있었다. 그러나 비밀을 유지하기 위해 그녀를 아래층에 자리 잡고 있는 수사본부로 내려오게 하여 전화를 받게 하고 싶었던 것이다.

5분 후에 그는 다시 전화를 걸었다. 그리고 직접 지회와 통화가 되었다.

"청미가 단골로 다니는 병원이 있나요?"

"네, 있어요. 저도 한 번 청미를 데리고 간 적이 있는데, 여기서 얼마 멀지 않은 곳에 있어요."

30분 후, 허 걸은 지회가 알려 준 소아과 병원에 도착했다.

병원 안으로 들어서자 대기실에 지회가 앉아 그를 기다리고 있었다. 그를 보자 그녀는 발딱 일어섰다. 허 걸은 반갑기도 하면서 당황했다.

"무슨 일인지 궁금해서 왔어요."

그녀가 탐색하듯 예민한 눈길로 그를 쳐다보며 말했다.

"청미의 혈액형을 알아보러 왔습니다."

"그건 뭐 하려고요?"

거기에는 대답하지 않고 허 걸은 그녀에게 잠깐 기다리라고 한 다음 원장실로 들어갔다.

용건을 이야기하고 청미 이름을 대자 원장은,

"아, 그 애라면 잘 알고 있죠."

하면서 안색이 굳어졌다.

"그 아이, 정말 귀여운 아이였는데 정말 안됐습니다."

원장은 보도를 통해 이미 청미의 죽음을 알고 있었다.

조금 있자 간호원이 청미의 기록 카드를 가져 왔다. 다행히 거기에는 청미의 혈액형이 나와 있었다.

청미는 B형이었다.

밖으로 나오자 지회가 다가서며 물었다.

"알아냈어요?"

"네, B형이더군요. 혹시 언니 혈액형을 알고 있나요?"

"언니는 O형이에요."

그녀는 서슴없이 말했다.

"어떻게 그걸 알고 있죠?"

"어릴 때부터 알고 있어요. 언니하고 저는 학교 다닐 때에 혈액형을 놓고 서로 자랑하고 그랬어요. 그래서 알고 있어요."

"그래도 보다 정확히 알 수 없을까요?"

소아과 병원을 나온 그들은 가까운 찻집을 향했다.

"제가 커피 한 잔 사죠. 형사 아저씨들 정말 수고하시는데 제가 커피 대접해 드리겠어요."

"고맙습니다."

그곳은 손님이 별로 없는 조용한 찻집이었다.

자리를 잡고 앉은 다음 지회는 커피 두 잔을 시켰다.

"언니 혈액형이라면 산부인과에서 알아보시지 그러세요? 제가 그때 알려 드렸잖아요, 김효선 산부인과라고. 거기 가면 언니 카드가 있을 거예요."

그는 멀거니 그녀를 바라보다가 무릎을 탁 쳤다.

"그렇군요. 난 그런 줄도 모르고 청미 카드만 봤는데, 원 이럴 수가……"

"거기에는 산모와 신생아 카드가 함께 있을걸요."

"난 그런 줄도 모르고 청미 카드만 보고 왔어요. 이런 바보 같으니."

그는 한심하다는 듯 머리를 흔들었다.

"그런데 혈액형은 왜 그렇게 조사를 하세요?"

"그럴 이유가 있어요."

이 아가씨는 무엇인가 정보를 얻으려고 나온 게 아닐까 하고 허 걸은 생각했다.

그렇게 생각이 들자 함부로 입을 놀릴 수가 없었다.

"잠깐 전화 좀 걸고 오겠습니다."

허 걸은 카운터로 가서 수사본부로 다시 전화를 걸었다. 조 반장이 기다리고 있다가 전화를 받았다.

"청미 혈액형이 밝혀졌습니다. B형입니다. 지금 송지회하고 함께 있습니다."

"아니, 그 아가씨는 왜 거기 있지?"

"소아과 병원에 갔더니 거기 기다리고 있더군요. 뭘 알아보려고 온 것 같습니다."

"조심해! 함부로 입을 놀리면 안 돼."

"네, 알고 있습니다. 그 아가씨의 말이 송 묘임의 혈액형은 O형이랍니다. 그렇다면 청미가 장만두의 피를 받았다는 것은 맞습니다. 혈액형상으로는 말입니다. 장만두는 AB형이고 묘임은 O형입니다. 그 사이에 태어날 수 있는 자식의 혈액형은 A형 아니면 B형이거든요."

그는 수첩을 보면서 말했다.

"홍상파의 혈액형은 알아냈나요?"

"응, 방금 연락이 왔어."

"무슨 형입니까?"

"홍상파는 O형으로 밝혀졌어. O형과 O형 사이에 B형이 태어
날 수 있나?"

"잠깐 기다리십시오."

허 걸은 재빨리 수첩에 적어 놓은 것을 훑어보았다. 그리고 외
치듯 말했다.

"안 됩니다. 어머니가 O형이고 자식이 B형일 경우 아버지는
O형이나 A형일 수 없습니다. 그건 틀린 조합입니다."

"음, 그렇다면……"

조 반장의 신음소리가 나직이 들려 왔다.

"지금부터 더 조사해야 할 일이 있습니다. 그것은 홍상파가
출입했던 병원을 찾는 일입니다. 제 생각에 홍상파는 분명히 아
기를 낳고 싶어서 병원에 찾아갔으리라고 생각합니다. 자기한테
여자를 임신시킬 수 있는 능력이 있는지 없는지 그걸 알려고 병
원을 찾아 다녔을 겁니다. 그 병원에 가서 홍상파의 기록 카드를
찾아보면 그가 여자를 임신시킬 수 있는 능력이 있는지 없는지
밝혀질 겁니다."

"그걸 알아서 뭐하지?"

"그걸 알아내면, 만일 자기가 생식 기능이 없다는 것을 이미
알았다면 청미가 자기 자식이 아니라는 것도 그는 이미 알고 있
었을 겁니다."

"응, 그렇겠군."

"지원을 받아서 시내 비뇨기과 의원을 전부 뒤지면 될 겁니다. 그런 건 비뇨기과 의원에서 치료하니까요."

"알았어, 즉시 알아보지."

전화를 걸고 나서 자리로 돌아가자 지회는 우두커니 앉아 있었다.

"바쁘시군요."

"바빠질 것 같습니다. 두 분은 좀 어떻습니까?"

홍상파와 송묘임을 가리키는 말이었다.

청미가 죽은 후 그들 부부의 동태는 거의 알 수가 없었다. 그것은 그들이 문 밖으로 나오지 않고 집에서 두문불출하고 있기 때문이었다. 수사진도 거의 밖에서만 돌고 있었기 때문에 그들을 만날 기회가 없었다. 비통에 잠긴 그들을 만나서 이야기를 걸고 싶지도 않았다.

"다들 잘 있어요. 어떡하겠어요, 슬퍼하고만 있을 수도 없고 잊어야죠."

그렇게 말하는 지회는 슬픔을 극복한 것 같았다.

허 걸은 그녀의 얼굴을 바라보면서 새삼 그녀가 아름답다고 생각했다.

"혈액형을 조사하는 것이 혹시 청미가 누구 자식인가를 알아보려고 그러는 것 아니에요?"

허 걸은 깜짝 놀라 그녀를 쳐다봤다.

"상당히 눈치가 빠르시군요."

"그거야 어렵지 않잖아요? 청미 혈액형, 언니 혈액형, 그리고 장만두 씨와 홍상파 씨의 혈액형을 알면 뭔가 결과가 나오겠죠.

두 남자 분 혈액형은 알아냈나요?”

“알아냈습니다. 장만두 씨는 혈액형이 AB형이고 홍상파 씨는 O형입니다.”

“그러면 청미는 누구 자식인가요?”

“청미는 B형이니까, 장만두와 송묘임 사이에서 태어난 자식입니다.”

지회는 허 걸을 빤히 쳐다보다가 허공으로 시선을 던졌다. 한참 말없이 허공을 응시하다가,

“참, 어처구니없는 일이군요.”
라고 말했다.

“그게 열쇠였던 것 같습니다.”

“언니는 그걸 알고 있었겠군요?”

“물론이죠. 자기가 낳은 자식이니까 누구 피를 받았는지는 잘 알고 있었겠죠.”

“장만두 씨도 그걸 알고 있었나요?”

“물론 알고 있었습니다.”

“형부는요? 형부는 청미를 끔찍이 사랑했는데……”

“형부가 그 사실을 알고 있었는지 아닌지는 아직 잘 모르겠습니다. 그 결과는 곧 밝혀지리라고 생각합니다.”

“범인도 곧 밝혀지겠군요?”

“장만두는 적어도 범인은 아닙니다. 자기 자식을 죽이는 사람은 없을 테니까요.”

“그럼 누가 범인인가요?”

“조금 더 기다려 보면 밝혀지겠죠.”

"하지만 그게 무슨 의미가 있겠어요. 죽은 청미가 그렇다고 살아나나요?"

"그렇다고 범인을 그대로 내버려둘 수야 없지 않습니까?"

그녀는 머리를 격렬히 흔들었다. 손으로 얼굴을 가리며,

"믿을 수가 없어요. 도저히 믿을 수가 없어요. 청미가 장만두 씨 딸이라는 건 정말 믿을 수 없어요."

하고 중얼거렸다.

"나도 처음에는 믿을 수가 없었죠. 장 선생이 그렇게 자백했을 때 믿어지지가 않았기 때문에 혈액형을 조사해 본 겁니다. 홍상파 씨도 O형이고 송묘임 씨도 O형입니다. 지회 씨가 언니 혈액형이 O형이라고 했기 때문에 나는 송묘임 씨 혈액형이 O형이라고 믿고 있습니다. O형과 O형 사이에서는 B형인 청미가 태어날 수가 없습니다. 따라서 청미는 홍상파의 자식이 아니라 장만두의 자식이 분명합니다."

침묵이 흘렀다. 무거운 침묵이 한참 동안 흐른 뒤 지회는 다시 머리를 흔들었다.

"무서워요, 그 결과가 어떻게 될지 무서워요."

"이미 결과는 나타난 것 아닙니까. 청미는 살해됐습니다. 청미는 그러니까 장만두 씨와 송묘임 씨가 만든 **비련의 화인**이었던 셈이죠. 비극적인 사랑의 씨는 불로 지진 도장 자국처럼 지워지지 않고 남아 있었던 거죠."

"앞으로 어떻게 되는 거죠?"

지회가 걱정스러운 표정으로 물었다.

"나도 잘 모르겠습니다. 아무튼 결과에 모두가 승복해 줬으면

좋겠습니다. 어떤 결과가 나오든 거기에 승복하고 새로운 삶을 찾아 떠나는 거죠."

지회는 무엇을 생각해 보는 듯 한참 침묵을 지키다가 다시 입을 열었다.

"형부는 아마 이 사실을 모르고 있을 거예요. 그래요, 형부는 모르고 있어요. 형부는 청미를 얼마나 끔찍이 사랑했다고요. 청미가 자기 자식이 아니라는 것을 알았으면 그렇게 사랑할 수 없었을 거예요. 그리고 벌써 언니하고도 이혼했을 거고요."

"그건 모르는 일이죠. 아무도 사람 속은 알 수 없으니까요."

허 걸은 냉정히 말했다.

"아니에요, 그럴 리가 없어요. 형부는 모르고 있었어요. 부탁이에요, 제발 형부한테 이런 사실을 밝히지 말아 주세요."

"물론 가정을 파탄시키는 일은 가급적 피할 겁니다. 홍 선생이 어쩔 수 없이 알게 되는 건 할 수 없지만 그렇지 않고서는 일부러 그 사람을 불러서 이런 사실을 말하지는 않을 겁니다. 하지만 어쩐지 내 생각에는 홍상파 씨가 이미 이 사실을 알고 있었던 것 같은 생각이 드는군요. 좀 더 두고 봐야겠지만……"

"아니에요, 그럴 리가 없어요. 형부는 모르고 있어요."

그녀는 입술을 깨물었다. 얼굴에 분노의 빛이 나타났다.

"언니가 나빠요. 세상에 어떻게 그렇게 함께 살면서 남편을 속일 수가 있어요? 언니가 그런 여자인 줄 몰랐어요. 언니는 남편뿐만 아니라 우리 모두를 속인 거예요."

분노의 눈물이 그녀의 뺨 위로 흘러내리고 있었다.

허 걸은 그녀의 분노를 충분히 이해할 수 있을 것 같았다.

"언니가 미워요, 저주스러워요! 이렇게 된 건 모두 언니 탓이에요. 청미가 죽은 것도 언니 탓이에요."

허 걸은 할 말이 없었다. 지회의 말은 틀린 말이 아니다.

잠시 후 지회는 눈물을 훔치고 일어섰다.

"전 언니를 만나야겠어요. 언니를 만나서 따지겠어요."

"그러면 안 됩니다. 갑자기 그런 사실을 들이대면서 따져서는 안 됩니다. 그렇지 않아도 언니는 충격이 큰데 거기다가 그런 질문을 던지면 안 됩니다. 우리도 그래서 삼가고 있는 겁니다."

그러나 지회는 듣지 않았다. 밖으로 나서자 그녀는 택시를 타고 혼자 가버렸다.

허 걸은 김효선 산부인과를 찾아갔다. 거기서 청미를 임신했을 당시 묘임의 기록 카드를 찾아보니 다행히 아직까지 그 카드가 보존되어 있었다. 그리고 그 카드에는 분명히 묘임의 혈액형이 O형으로 나와 있었다.

언니 아파트에 도착한 지회는 집 안으로 뛰어들었다.

집 안은 무거운 정적 속에 잠겨 있었다.

그 날부터 홍상파는 회사에 출근하고 있었고 그 동안 집에 와 있던 친척들도 모두 가버리고 없었다. 묘임 혼자서 집을 지키고 있다가 얼굴이 하얗게 질려서 뛰어 들어오는 지회를 가만히 지켜보았다.

"언니, 세상에 그럴 수 있어요?"

지회는 소파에 핸드백을 내던지며 털썩 주저앉았다.

묘임은 의아한 눈으로 동생을 바라보았다.

"언니는 나빠요! 모든 게 언니 때문에 일어난 거예요! 청미가 죽고 난 후에도 언니는 그 비밀을 지금까지 지키고 있어요! 형부한테 버림받기 싫어서 말이에요! 형부가 언니를 버릴까 봐 겁이 나서 비밀을 지키고 있는 거죠!?"

순간 묘임의 표정이 홱 변했다. 얼굴이 하얗게 굳어지더니 경련이 스치고 지나갔다.

그녀는 동생을 무섭게 노려보더니 갑자기 손을 들어 지회의 따귀를 후려갈겼다. 철썩 하는 소리가 방 안을 울렸다.

두 자매는 한참 동안 서로 쏘아보다가 지회가 먼저 울음을 터뜨리는 바람에 자세가 흐트러졌다.

묘임은 흐느끼는 동생을 바라보며 입을 열었다.

"그런 말을 어디다가 함부로 지껄이는 거야?"

"왜! 못 할 게 뭐가 있어요? 청미가 무참히 죽은 마당에 왜 그런 말을 못 해요?"

"넌 지금 뭔가 단단히 오해하고 있어. 내가 무슨 거짓말을 했다는 거야? 내가 이혼당할 것이 두려워서 뭘 숨기고 있다는 거야? 도대체 너 무슨 말을 하는 거니?"

"제 입으로 꼭 말해야겠어요? 언니는 왜 제 뺨을 때렸죠? 어디 그 이유나 들어 봐요."

지회는 언니 곁으로 바싹 붙어 앉았다.

"비켜! 가까이 오지 마!"

묘임이 그녀를 떠밀었다.

"언니가 꼭 말하기 싫다면 제 입으로 말하겠어요. 청미는 홍상파 씨의 자식이 아니고 장만두 씨의 피를 받은 자식이에요. 언

니는 누구보다도 잘 알고 있을 거예요. 언니 자신이 낳은 자식이
니까요."

"아니, 뭐라고?"

묘임이 부들부들 떨었다.

"제발 더 이상 거짓말하지 마세요. 더 이상 부인하지 마세요.
모든 게 다 드러났어요. 장만두 씨가 자백했어요. 자기 자식이라
고요. 그리고 경찰에서는 혈액형을 모두 조사해 갔어요. 언니는
O형이고 형부도 O형이에요. 청미는 B형이고요. O형과 O형 사이
에서는 B형이 나올 수가 없어요. 장만두 씨는 AB형이에요. AB
형과 O형 사이에서는 B형이 나올 수가 있어요. 이보다 더 분명한
사실이 어디 있어요? 그래도 부인하겠어요?"

묘임은 경악한 표정으로 동생을 바라보다가 밑으로 고개를
떨어뜨렸다. 그리고 아무 말 없이 꼼짝 하지 않고 한참을 그렇게
앉아 있었다.

무거운 침묵이 한동안 흘렀다. 지회도 더 이상 언니를 몰아붙
이지는 않았다.

한참 시간이 흐른 후 묘임은 천천히 몸을 일으켰다. 그리고 안
방으로 들어가 버렸다.

안방 쪽에서 언니의 흐느끼는 소리가 들려오자 지회는 발딱
일어섰다. 그리고 안방으로 뛰어 들어갔다.

묘임은 침대 밑에 무릎을 꿇은 채 그 위에 머리를 묻고 흐느끼
고 있었다. 온몸이 격하게 떨리고 있었다. 지회는 언니를 내려다
보다가 어깨를 잡아 흔들었다.

"언니, 울지 마. 내가 잘못했어요."

묘임은 미친 듯 머리를 흔들었다.

"모두 내 탓이야. 맞아, 네 말이 맞아. 청미는 장만두 씨의 자식이야. 홍상파 씨하고는 관계없는 아이야. 하지만 우리 가정은 행복했었어. 그 사실 때문에 불행한 적은 한 번도 없었어. 형부는 그 사실을 모르고 있었으니까. 형부는 청미를 끔찍이 사랑했어. 나도 사랑하고 말이야. 그런데 내가 왜 그 사실을 밝혀 가지고 불행을 자초하겠니? 너라면 그러고 싶겠니?"

묘임은 얼굴을 들고 눈물 어린 눈으로 동생을 바라보았다.

"너라면 그럴 수 있겠니?"

지회는 할 말을 잃었다. 모두가 행복을 추구한다. 거짓말을 해서라도 행복을 추구하는 게 사람의 마음이다. 언니라고 별수 있었겠는가.

"그리고 나는 그 때문에 청미가 살해됐다고 생각지는 않아."

"경찰은 이제 장만두 씨가 범인이 아니래요."

"범인일 수가 없지. 나는 처음부터 알고 있었으니까."

"그럼 누가 범인이라는 거예요?"

"난 모르겠어. 그걸 내가 어떻게 알아."

불임(不妊) 환자

"언니는 형부하고 계속 살 수 있을 것 같아요?"

"그럼, 살아야지. 함께 못 살 게 뭐가 있니?"

"정말 언니는 위선 덩어리이군요. 언니는 자신을 기만하고 있는 거예요. 지금이라도 늦지 않았어요. 장만두 씨가 기다리고 있잖아요. 언니와 장만두 씨는 그때 결혼했어야 했어요. 언니는 지금도 그 사람을 못 잊고 있어요. 저는 분명히 알아요."

"그만, 그만하라고! 그런 말 하지 마. 나는 지금 형부하고 헤어져서도 안 되고 헤어질 필요도 없어. 제발 상관하지 마. 내 일은 내가 알아서 할 테니까 너는 네 일이나 하란 말이야."

지회는 언니를 쏘아보다가 밖으로 뛰쳐나왔다.

그녀는 망설이다가 수사본부로 내려왔다. 거기에는 허 걸이 이미 돌아와 있었다.

"언니 혈액형을 알아보셨나요?"

"네, 알아봤습니다. 역시 말씀하신 대로 O형이더군요."

"형부가 이 사실을 알고 있는지 모르겠군요."

지희가 생각에 잠기는 표정으로 중얼거렸다. 그 말은 즉 청미가 홍상파의 피를 받은 자식이 아니라는 사실을 과연 홍상파가 알고 있느냐는 물음이었다. 그렇다고 그것을 본인한테 직접 물어볼 수도 없는 노릇이었다.

"언니는 그것을 홍상파 씨한테 비밀로 했나요?"

물론이라는 듯 그녀는 고개를 끄덕였다.

"언니는 그것을 조금도 개의치 않는 것 같았어요. 어떻게 그럴 수가 있는지 전 도무지 이해할 수가 없어요. 저는 언니한테 실망했어요."

그때 송태하 기자가 나타났다.

두 사람이 동시에 입을 다무는 것을 보고 그는 금방 눈치를 채고는 두 사람 사이에 끼어들어 무슨 일이냐고 캐물었다.

지희는 허 형사의 눈치를 보고 나서 오빠에게 내용을 이야기해 주었다.

이야기를 듣고 난 그는 별로 놀라는 기색도 없이,

"흥, 말세군."

하고 중얼거렸다.

"형부는 청미가 자기 자식이 아니라는 것을 이미 알고 있었을까요?"

허 형사가 두 오누이를 바라보며 물었다.

"알았을 리가 있어요? 알았다면 벌써 헤어졌겠죠."

지회의 말에 송 기자가 머리를 흔들었다.

"꼭 그렇지도 않아. 그 양반, 워낙 드러나게 내색을 하지 않으니까 말이야."

홍상파에 대해서 송 기자는 별로 좋은 감정을 품고 있는 것 같지가 않았다.

"그럼 그 사실을 알고서도 모른 체하고 있을지 모른다 이 말입니까?"

"충분히 그럴 수 있는 인물이죠."

"오빠, 말 함부로 하지 말아요!"

지회가 날카로운 어조로 말했다.

"함부로 말한 게 아니야. 난 사실대로 말한 것뿐이야."

"그런 엄청난 사실을 알았다면 어떻게 가만있을 수가 있어요? 그건 말도 안 되는 소리예요."

"아무 의미도 없는 말은 삼가는 게 좋겠지. 청미가 죽은 마당에 그런 건 따져서 뭐 하겠어?"

두 오누이가 주고받는 말을 들으면서 허 걸은 생각에 잠겼다.

그가 가장 알고 싶은 것은, 홍상파가 과연 청미가 자기 자식이 아니라는 사실을 이미 알고 있었을까 하는 점이었다. 그와 동시에 만일 그가 그것을 알고 있었다면 과연 언제 그것을 알았겠느냐 하는 점이었다.

송묘임이 남편한테 그 비밀을 직접 이야기하지 않은 것은 거의 확실한 것 같았다. 그렇다면 그가 그 비밀을 알고 있었다는 것을 가정할 때 그는 그것을 언제 어떻게 해서 알게 되었을까.

"범인이 아주 가까운 주변에 있다는 것은 이번 일로 더욱 확실해졌습니다. 강치수가 살해됐을 때 우리는 정보가 새고 있다는 것을 알았습니다. 그것은 즉 범인이 가까운 곳에 있다는 것을 의미하는 것이었습니다. 그런데 장만두가 범인이 아니라는 사실이 밝혀짐으로써 그 가능성은 더욱 확실해졌습니다. 우리의 가까운 곳에서 범인은 수사가 어떻게 돌아가고 있는가 내내 지켜보고 있습니다. 주목할 점은 범인이 장만두 씨와 송묘임 씨와의 관계도 이미 알고 있었다는 사실입니다. 그래서 범인은 장만두 씨를 범인으로 만들기 위해 인형에다가 청미의 머리칼을 붙여 두는 기상천외한 짓을 저질렀고, 또 갈취한 돈을 장롱 밑에다 숨겨 두기도 했던 것입니다."

허 걸의 말에 송태하와 지회는 얼굴빛이 굳어졌다.

"그리고 범인은 혼자가 아니지. 범인은 둘 이상이야."

어느새 들어왔는지 조 태가 조그만 눈을 반짝이며 말했다.

"범인이 가까운 곳에 있다면 빨리 체포하지 않고 경찰은 뭘 하는 겁니까? 말씀들 하시는 걸 보니까 범인의 윤곽이 잡힌 것 같은데……"

송태하가 얼굴을 붉히며 말했다. 지회는 눈을 동그랗게 뜨고 형사들을 번갈아 쳐다보고 있었다.

"아직 확실한 증거가 없어요. 증거를 확보할 때까지는 두고 볼 수밖에 없어요."

조 태는 여유 있는 태도로 말을 이었다.

"이번에는 실패하지 않을 겁니다. 두 번 다시 실수를 저질러서는 안 되기 때문에 우리는 아주 조심하고 있죠. 서두를 것 없습니다."

"자신만만하군요. 기대해 보겠습니다."

송 기자는 빈정거리는 투의 반응을 보였다. 그러자 이번에는 지회가 입을 열어 물었다.

"경찰이 대강 윤곽을 잡고 있는 그 범인은 누구인가요?"

"그건 말씀드릴 수 없습니다."

하고 허 걸이 딱 잘라 말했다.

"우리가 범인일 수도 있지."

송 기자가 누이동생을 바라보며 중얼거렸다.

"혹시 형부를 범인으로 점찍고 있는 거 아니에요?"

지회의 날카로운 물음에 형사들은 입을 다물었다.

수사관들은 서울 시내에 산재한 비뇨기과 병원들을 이 잡듯이 뒤지고 다녔다. 그들이 찾는 것은 지난 9년 동안의 환자 기록 카드에서 홍상파의 카드를 찾아내는 일이었다. 그것은 결코 쉬운 일이 아니었다. 다행히 웬만한 병원에는 컴퓨터 시스템이 설치되어 있어서 환자들에 대한 기록이 입력되어 있었기 때문에, 버튼 하나로 조사를 끝낼 수가 있었다. 그러나 그런 설비가 되어 있지 않은 병원이 문제였다. 그런 경우에는 산더미 같은 서류철을 앞에 쌓아 놓고 하나하나 뒤져 볼 수밖에 없었다. 그것은 인내와 끈기를 요하는 일이었다.

또 하나 문제되는 것은 지난 9년 동안의 기록 카드를 모두 비치해 두고 있는 병원이 많지 않다는 점이었다. 최종 진료일자로부터 5년이 넘은 기록 카드는 대부분 파기되어 있었다.

그런저런 문제점들이 있었지만 수사팀의 조사는 끈기 있게 계속되었다.

조사가 시작된 지 사흘째 되는 날, 마침내 수사본부로 반가운 소식이 하나 날아들었다. 병원을 뒤지던 어느 수사관으로부터 걸려 온 전화였는데, 드디어 홍상파의 카드를 발견했다는 연락이었다. 연락을 받은 조 태와 허 걸은 지체하지 않고 그 병원으로 달려가 보았다.

그곳은 설립된 지 3년밖에 되지 않은 종합 병원이었다. 어느 재벌이 돈을 아끼지 않고 투자해서 지은 병원이었기 때문에 최신 시설이 많다는 소문이 나 있었고, 그래서 다른 병원에 비해서 환자가 많이 몰리고 있었다.

그 병원의 비뇨기과 과장은 바쁜데도 불구하고 일을 제쳐놓고 수사관들을 맞아 주었다.

과장이 보여 주는 환자 기록 카드를 보니 분명히 홍상파의 진료카드임이 분명했다. 혹시 동명이인일지도 몰라 생년월일·주소·본적 등을 확인해 보니 틀림없는 송묘임의 남편인 홍상파의 카드였다.

"이 환자는 작년, 그러니까 81년 12월 9일 처음 여기에 온 걸로 되어 있군요. 여기 온 원인은 불임증 여부를 검사하기 위해 왔습니다."

50대의 비뇨기과 과장은 카드를 짚어 가며 수사관들에게 설명을 해주었다.

"검사 결과는 어떻게 나왔습니까?"

성미 급한 조 반장은 그것부터 우선 알고 싶어 했다.

"임신 능력이 없는 것으로 결과가 나왔습니다."

형사들의 얼굴에 긴장이 감돌았다.

"이 카드는 선생님께서 직접 작성하신 겁니까?"

"네, 그렇습니다. 이 환자는 저를 지명해서 특진을 요청했기 때문에 제가 특별히 본 겁니다."

"그 환자와 잘 아는 사이입니까?"

"그렇지는 않습니다. 환자로서 알게 된 거죠."

"그 환자에 대해서 좀 구체적으로 말씀해 주십시오."

과장은 기억을 더듬는 듯 잠시 침묵을 지키다가 천천히 입을 열었다.

"불임증 환자의 경우 거의가 한 병원에만 가지 않죠. 이 병원 저 병원을 돌아다니며 원인을 알려고 하죠. 이 환자도 여러 군데를 돌아다니다가 마지막으로 이곳에 온 것 같았습니다. 나이가 서른일곱에 결혼한 지 7년인가 8년이 됐다는데 그때까지 자식이 없다고 했습니다. 부인은 병원에서 검사 결과 이상이 없다고 했습니다. 그래서 저는 며칠을 두고 그 환자에 대해 세밀한 검사를 해보았습니다. 병력 조사 · 신체검사 · 면역검사 · 정액 검사 · 호르몬 검사 · 고환 조직 검사 등을 해보았는데, 두 가지 원인을 찾아낼 수가 있었습니다. 하나는 정자 형성이 제대로 되지 않고 있었습니다. 임신이 되려면 고환에서 정상 정자가 하루에 약 2억 마리 정도는 생산되어야 하는데 이 환자는 그렇지가 못했습니다. 여기 보면 아시겠지만 정액 1밀리리터에 정자의 수가 1천 마리 정도에 불과합니다. 거기다 운동성 정자는 반수도 못 됩니다. 이래 가지고는 임신을 시킬 수가 없죠. 정상인이라면 검사 시 정액 1밀리리터에 1억 마리 정도는 있어야 합니다. 이 경우 임신시키는 데 필요한 최저치는 2천만 마리인데 이 환자는 그 수에도 못 미치고 있죠. 그리고 운동성 정자가 50퍼센트 이상이어야 하는데 이 환자의 정자는 그렇지가 못합니다. 둘째, 이 환자의 경우 정로가 폐쇄되어 있었습니다. 정자는 성숙되면서 정로를 통해 자연스레 체외로 사출되어야 합니다. 그런데 정로가 폐쇄되어 있으면 정자가 몸 밖으로 나갈 수가 없게 되는 거죠. 그렇게 되면 임신이 불가능해질 수밖에 없는 거죠. 홍상파 씨의 경우 이와 같은 두 가지 결함이 있었기 때문에 그때까지 자식을 못 가졌던 거죠.”

“그래서 치료를 받았습니까?”

“네, 수 개월 동안 치료를 받았습니다. 폐쇄된 정로는 수술로 개통시켰고, 정자 형성 장애는 약물요법을 이용해서 제거했습니다. 정자 형성 촉진제를 3개월 이상 썼더니 상당한 효과가 있었습니다.”

“상당한 효과가 있었다는 건 완치됐다는 말입니까?”

허 걸이 처음으로 입을 열어 물었다.

“네, 충분조건까지는 못 미쳤지만 임신을 시킬 수 있는 최저선에는 도달했었습니다. 그런데 치료가 거의 끝나갈 무렵 환자가 이런 말을 하더군요. 사실은 자기한테 일곱 살 먹은 딸이 있는데 그 애를 어떻게 해석해야 좋을지 모르겠다고 말입니다. 그 말을 듣고 저는 꽤나 당황했습니다. 문제가 꽤 심각하다고 생각했죠. 그 사람 말대로 일곱 살 먹은 딸이 있다면 그 딸은 그 사람의 피를 받은 아이가 아닌 것이 분명했죠. 홍 씨는 저한테 그걸 확인하고 싶어 했습니다. 저는 생각다 못해 낳은 자식만 자식이 아니고 기른 자식도 자식이다, 오히려 기른 정이 더 무서운 법이라고 말했

습니다. 더 달리 어떻게 말할 수가 없었습니다. 그 날 이후 홍 씨
는 나타나지 않았습니다. 소식도 없었습니다."

홍상파의 진료 카드는 복사되었다. 복사된 것은 경찰 수사진
의 손에 넘어갔다.

"자, 어떡하지?"

병원을 나서면서 조 반장이 혼자 말처럼 중얼거리 말이었다.

허 걸은 잠자코 그를 쳐다보기만 했다.

"이제 어떡하지? 홍상파는 청미가 자기 자식이 아니라는 것
을 이미 알고 있었어. 알고 있으면서 시침을 떼고 있었던 거야."

"놀라운 사실입니다. 하지만 그것이 결정적인 증거는 될 수
없습니다."

"그러니까 그에 대한 수사를 집중적으로 전개해야 해."

"병원에 대해서도 더 좀 알아보는 게 좋을 겁니다. 그 사람에
대한 진료 카드가 많이 나오면 나올수록 좋을 겁니다."

그 다음 날은 두 개의 수확이 더 있었다. 역시 비뇨기과 의원
에서 찾아낸 홍상파의 진료 카드였는데, 거기에도 처음과 같은
진료 내용이 기재되어 있었다.

사건이 발생하던 날, 그러니까 청미가 유괴되던 날의 홍상파
의 알리바이는 같은 회사의 김덕기라는 상무에 의해서 입증되고
있었다. 그러니까 그가 증인인 셈이었다. 증인은 그 말고도 두 사
람이 더 있었다. 미국인 마크 스코트와 그의 여비서인 소피아 양
인데, 그들은 미국에 있기 때문에 증언을 듣기가 사실상 어려웠
다. 따라서 자연 김 상무의 증언에 의지할 수밖에 없었다.

김 상무의 증언은 처음 수사가 시작됐을 때에도 한 번 들은 바

가 있었다. 그때 김 상무를 만난 사람은 조 반장이었다. 그러나 그때에는 다분히 형식적으로 만나 보았기 때문에 그의 증언을 재검토하기 위해서도 다시 만나 볼 필요가 있었던 것이다.

조 반장과 허 걸은 점심시간을 이용해 김덕기 상무를 밖으로 불러냈다. 회사로 찾아갔다가 혹시 홍상파의 눈에라도 띄게 되면 좋지 않을 것 같아 김 상무를 밖으로 몰래 불러냈던 것이다. 김 상무는 협조적이었기 때문에 불쾌한 기색 없이 수사관의 요구에 응해 주었다.

그들은 회사에서 얼마 떨어지지 않은 다방에서 만났다.

"또 뵙게 됐습니다. 나오시라고 해서 미안합니다. 사실 우리 같은 사람은 만나지 않을수록 좋은 건데…… 미안합니다."

조 반장이 미안해하자 김 상무는 펄쩍 뛰었다.

"무슨 말씀을 그렇게 하십니까. 조금도 그런 생각 갖지 마시고 얼마든지 물어 보십시오. 저는 경찰 쪽이지 범인 쪽은 아닙니다. 범인을 체포하는 일이라면 얼마든지 도와 드리겠습니다."

"감사합니다. 홍상파 씨는 요즘 어떻습니까?"

김 상무는 한숨을 내쉬고 나서 무겁게 입을 열었다.

"많이 변했더군요. 아직 상처에서 벗어나지 못했기 때문에 그렇겠지만 하루 종일 가야 말 한 마디 하지 않고 일만 합니다. 너무 일에만 집착하기 때문에 말을 걸기도 두렵습니다."

"그렇겠군요. 지난번에 만났을 때 들은 바 있습니다만…… 홍상파 씨의 딸이 유괴되던 지난 7월 15일의 일을 다시 한 번 말씀해 주시겠습니까? 그 날 홍상파 씨와 함께 점심식사를 했다고 들었는데……"

"네, 맞습니다. 그 날 우리는 S호텔에서 외국 바이어와 점심 약속이 있었습니다. 그래서 우리는 12시경에 회사를 출발해서 곧바로 S호텔로 갔죠. 그리고 식사를 끝내고 회사로 돌아온 게 3시경이었습니다. 그때까지 우리는 쭉 함께 행동했습니다. 화장실에 갈 때 외에는 계속 붙어 있었습니다."

"그 바이어는 누구였습니까?"

"마크 스코트라는 미국인으로 신발 회사 부사장입니다. 거기서는 인건비가 비싸니까 인건비가 싼 여기서 신발을 만들어 주면 전량 수입하겠다는 조건이었습니다. 그 일로 그 사람과 만난 겁니다."

"그래서 신발은 수출했나요?"

"못 했습니다. 계약을 하고 돌아갔는데 얼마 후 우리 직원이 미국에 가는 길에 그 회사에 들렀더니 사무실에 전화 한 대만 달랑 있더랍니다. 그러니까 유령 회사였던 셈이죠. 정말 큰일 날 뻔했습니다."

"그 날 세 사람이 점심식사를 했나요?"

"아닙니다. 바이어 쪽에서 두 명이 나왔습니다. 스코트라는 작자가 여비서라고 하면서 소피아 뭐라고 하는 여자를 데리고 왔습니다. 그쪽 두 명, 이쪽 두 명 모두 넷이서 식사를 했죠."

"그 미국인과 연락할 수 있습니까?"

허 걸의 물음에 김 상무는 머리를 흔들었다.

"불가능합니다. 그렇지 않아도 우리도 연락을 해보려고 했지만 연락이 되지 않았습니다."

"그때 무슨 식사를 했습니까?"

“중국식 뷔페를 먹었습니다. S호텔 내에 양자강이라는 중국 음식점이 있습니다. 거기서 먹었습니다.”

“그런 비즈니스 관계로 식사를 하면 물론 회사 공금으로 식사비를 내겠죠?”

“네, 그렇습니다. 나중에 영수증을 첨부해서 내면 경리과에서 돈을 내줍니다.”

“그 영수증은 보관되어 있겠군요?”

“네, 그럴 겁니다.”

“그걸 좀 보고 싶은데……”

허 걸은 집요한 데가 있었다. 그는 김 상무의 알리바이 증언에 거짓이 없는지를 확인하고 싶었다.

김 상무는 떨떠름한 표정으로 일어서더니 카운터로 가서 어디론가 전화를 걸었다. 회사로 전화를 걸겠거니 생각하면서 조 반장과 허 걸은 잠자코 자리를 지키고 앉아 있었다.

숫자의 비밀(秘密)

　김덕기 상무가 전화를 걸고 난 지 15쯤 지나자 여직원으로 보이는 제복 차림의 예쁘장한 아가씨 한 명이 다방 안으로 들어와 곧장 김 상무 쪽으로 걸어와서는 잠자코 봉투 하나를 내밀었다. 김 상무는 봉투 속에 들어 있는 것을 확인하고 나서 그녀에게 가도 좋다고 고개를 끄덕해 보였다. 그리고 그녀가 돌아가자 봉투 속에 들어 있는 것을 꺼내 형사들 앞에 내놓았다.

　조 반장과 허 걸은 재빨리 그것을 집어 들고 들여다보았다. 그것은 계산서였다. 계산서를 발급한 곳은 S호텔 내에 있는 '양자강'이라는 중국 음식점이었다. 지난 7월 15일에 발급한 것으로 합계 금액은 43,200원으로 나와 있었다.

　"이건 제가 당분간 보관하고 있겠습니다."

　허 걸은 상대방의 대답을 기다리지도 않고 그것을 주머니 속에 집어넣었다. 그리고 조 반장이 화장실에 가려고 일어서는 것을 보고 뒤따라 일어섰다.

화장실에 들어가 나란히 서서 소변을 보면서 허 걸은 조 반장에게 이렇게 말했다.

"반장님은 제가 돌아올 때까지 김 상무를 붙들고 이야기를 좀 나누십시오. 스코트라는 자와 소피아라는 여비서에 대해 집중적으로 물어 봐 주십시오. 만일 제가 좀 늦으면 김 상무를 보내도 좋습니다."

"어디 갈려구?"

"홍상파를 만나고 오겠습니다."

자리로 돌아온 조 반장은 허 걸이 시킨 대로 김 상무에게 미국인들에 대해 물어 보기 시작했다. 건성으로 물어 보는 게 아니라 세밀한 부분에까지 꼬치꼬치 캐물었다.

먼저 마크 스코트라는 자에 대해 물어 보았는데 그의 인상착의를 김 상무는 다음과 같이 이야기했다.

대머리에 둥글둥글한 얼굴. 머리칼 색깔은 엷은 갈색, 눈은 부리부리하고 회색, 코밑수염을 길렀음. 중키에 뚱보. 배가 몹시 나왔음. 가는 금테 안경을 끼었음. 시가를 즐겨 태움. 상하 흰색 양복 차림. 노란 와이셔츠에 파란 줄무늬 넥타이를 맸고 목소리는 허스키.

"코는 어떻게 생겼습니까?"

집요한 물음에 김 상무는 당황해 하고 있었다.

조 반장은 그들이 함께 식사를 했다면 그 정도쯤은 기억하고 있을 것이라고 생각하고 물은 것이었다. 그런데 상대방이 의외로 당황하는 것을 보고 조금 이상한 생각이 들었다. 그래서 더욱 자세하게 캐물었다.

"뭐 보통 미국 사람들처럼 큰 편이었습니다."

"코가 뭉툭하거나 휘어지지는 않았던가요?"

"좀 뭉툭한 것 같았습니다."

다방 안에는 냉방이 잘 되어 있었다. 그런데도 김 상무는 땀을 흘리고 있었다.

"구두 색깔은 어떤 것이었습니까?"

"거기까지는 보지 못했습니다."

"휴대품 같은 것은 없었나요? 가방 같은 것 말입니다."

"007 가방을 가지고 있었습니다."

"그 가방은 무슨 색이었나요?"

"검정색이었습니다."

"그들은 어느 호텔에 투숙하고 있었나요?"

"S호텔에 투숙하고 있었습니다."

"몇 호실에 투숙하고 있었나요?"

"그건 잘 모르겠습니다."

"홍상파 씨는 알고 있겠군요?"

"아마 알고 있을 겁니다."

"수첩 같은 데 메모해 뒀을 거라고 생각하는데……?"

"네, 아마 그랬을 겁니다."

소피아는 금발 아가씨였다. 나이는 20대 후반. 팔등신에 파란 눈을 가진 미녀. 젖가슴이 크고 히프의 곡선이 몹시 선정적. 키는 175센티 정도. 상아 목걸이를 목에 걸고 있었고 코발트색 블라우스에 흰 바지 차림. 양쪽 손가락에 반지를 끼고 있었고 선글라스도 끼고 있었음.

"선글라스를 끼고 있었다구요?"

조 반장은 이해할 수 없다는 표정으로 물었다.

7월 15일은 비가 억수같이 쏟아진 날이었다. 그런 날에, 그것도 실내에서 선글라스를 쓴 채 식사를 하다니 어쩐지 걸맞지 않다는 생각이 들었다. 그리고 선글라스를 끼고 있는데 눈이 파랗다는 것은 어떻게 알 수 있었는가?

"네, 끼고 있었습니다."

김 상무는 당황한 기색을 애써 감추려는 듯 분명한 어조로 대답했다.

"그 날은 비가 많이 내렸습니다. 비오는 날, 더구나 실내에서 선글라스를 끼고 있었다는 게 좀 이해가 안 되는군요. 그리고 선글라스에 눈이 가려 있었을 텐데 그 여자 눈이 파랗다는 건 어떻게 알 수 있었습니까?"

정곡을 찔렸는지 김 상무는 완전히 당황한 표정이 되었다.

"식사할 때는 선글라스를 벗고 있었습니다."

"아, 그러니까 선글라스를 벗었다 끼었다 한 모양이군요?"

"네, 그렇습니다."

"핸드백은 어떤 걸 가지고 있었나요?"

"숄더백을 가지고 있었던 것 같습니다."

"어깨에 메고 다니는 백말입니까?"

"네, 그렇습니다."

"그건 무슨 색이었나요?"

"밤색이었습니다."

구두는 흰 색이었다고 그는 말했다.

그 시간에 허 걸도 홍상파를 향해 조 반장과 비슷한 질문을 던지고 있었다.

그는 몹시 야위어 있었고 얼이 빠진 것 같은 표정을 하고 있었다. 허 걸이 새삼스럽게 미국인들에 관한 것을 캐묻자 그의 두 눈은 적대감으로 번득였다. 그러나 이내 다시 얼빠진 것 같은 표정으로 돌아가면서 무거운 음성으로 대답해 주었다.

허 걸은 상대방이 말해 주는 것을 하나도 놓치지 않으려는 듯 일일이 수첩에다 적어 나갔다.

1시간 뒤 홍상파와 헤어져 다방으로 돌아가니 조 반장은 혼자 앉아 그를 기다리고 있었다.

두 사람은 수첩을 펴놓고 김 상무와 홍상파의 진술 내용을 비교 검토하기 시작했다. 그런데 의외로 서로 엇갈리는 진술이 많이 드러나고 있었다. 첫째 미국인의 머리에서부터 그들의 진술은 상반되어 있었다.

"스코트가 대머리라구요? 홍상파는 스코트가 금발의 사나이라고 말했습니다. 제가 혹시 대머리가 아니더냐고 하니까 아니라고 했습니다. 그리고 코밑수염이 아니고 턱수염을 기르고 있었다고 했습니다."

허 걸은 흥분해서 말했다. 조 반장 역시 바짝 긴장한 얼굴이 되어 있었다.

"안경을 끼었다고 하던가?"

"아닙니다, 안경은 끼지 않았다고 했습니다."

"나한테는 금테 안경을 끼고 있었다고 했어. 이거…… 아무리 그렇기로서니 이렇게 얘기가 다를 수가 있나? 옷차림은 뭐라고 했지?"

"체크무늬 상의에 밤색 바지를 입고 있었다고 했습니다."

"말도 안 돼! 나한테는 그자가 아래위 흰색 싱글을 입고 있었다고 했어!"

조 반장이 흥분해서 큰 소리로 말하는 바람에 주위에 있던 손님들의 시선이 그들에게 쏠렸다.

"뭔가 이상하군요. 소피아라는 비서 아가씨에 대해서는 뭐라고 하던가요?"

조 반장은 김 상무한테서 들은 내용을 수첩을 들여다보며 말해 주었다. 그것을 듣고 난 허 걸은 고개를 흔들었다.

"저하고는 완전히 다른데요. 홍상파는 그 아가씨가 자그마하다고 했습니다. 머리가 금발인 것은 맞는데 옷차림이 다릅니다. 소피아는 흰색 블라우스에 검정 바지를 입고 있었다고 했습니다. 선글라스 같은 것은 가지고 있지도 않았구요. 핸드백은 검정색이었고 구두는 모르겠다고 했습니다."

조 반장은 수첩을 닫았다. 그리고 날카로운 어조로,

"바로 여기에 함정이 있었어!"
하고 말했다.

"두 사람 다 거짓말을 하고 있든가 아니면 둘 중 한 사람이 거짓말을 하고 있는 게 틀림없습니다."

"바로 그래서 알리바이가 성립되었던 거야. 이제 그 알리바이를 깰 수가 있어.”

“어떻게 할까요? 누구를 먼저 연행할까요?”

“그야 물론 김 상무가 먼저지. 표 나지 않게 조용히 데려다가
심문해.”

“알겠습니다.”

두 사람은 함께 밖으로 나와 한 사람은 제양상사 쪽으로, 다른
한 사람은 반대 방향으로 걸어갔다.

그 동안 쌓였던 피로를 이기지 못하고 송태하는 수사본부 안
에 있는 소파에 비스듬히 앉아 잠 속에 빠져 들고 있었다. 그는 조
카를 죽인 범인의 윤곽이 조금씩 드러남에 따라 갑자기 말이 없
어지고 극적인 순간을 맞게 되는 것을 두려워하고 있었다.

그가 악몽에 시달리고 있을 때 그를 급히 찾는 전화가 걸려 왔
다. 형사가 그를 흔들어 깨웠다.

전화를 걸어 온 사람은 사회부장이었다. 데스크의 목소리는
긴장되어 있었다.

“일가족이 자살한 사건이야. 연탄가스 자살인데 강치수의 가
족이야. 황 기자한테서 연락이 왔어. 지금 현장에 나가 있으니까
한번 가보라구.”

황 기자는 태하보다는 몇 년 후배인 신출내기 젊은 사건 기자
였다.

“강치수라니요?”

미처 정신을 차리지 못한 태하는 그렇게 물었다.

“강치수도 몰라? 얼마 전 클럽 이스탄불에서 살해된 사람 말

이야. 송 기자 조카 유괴 사건 관계로……"

"아, 알겠습니다!"

택시를 잡아타고 천호동 쪽으로 달리면서 송태하는 수첩을 뒤적였다. 곧 '강치수'라는 이름과 '243'이라는 숫자가 눈에 띄었다. 243은 강치수가 칼에 찔려 마지막 숨을 거두면서 뇌까린 말이었다. 그 동안 경찰은 그것이 무엇을 뜻하는지 이 궁리 저 궁리 해보았지만 결국 지금까지 그 암호 같은 것을 풀어내지 못하고 있었다.

송기자가 현장에 도착했을 때 그 집 앞에는 동네 사람들이 잔뜩 몰려와 있었다. 집 앞에는 경찰관이 지키고 서서 사람들의 출입을 통제하고 있었다.

먼저 와서 취재를 끝낸 후배 기자가 송태하에게 사건 전말을 대강 이야기해 주었다.

"강치수의 유족들은 이 집 단칸 셋방에 살고 있었습니다. 강치수와 부인 안계영 씨 사이에는 일곱 살 먹은 아들이 하나 있었고 강치수가 피살됐을 당시 부인은 임신 중이었습니다. 안계영 씨는 일주일 전에 딸을 낳았습니다. 남편이 죽고 나서 부인은 남편을 원망하고 세상을 몹시 비관했다고 합니다. 아기를 낳고도 미역국 하나 끓일 형편이 못 되어 주인집에서 끓여 주었을 정도였습니다. 주인여자 말로는 오늘 아침까지는 별일이 없었다고 합니다. 9시경에 부인이 마당에 나와 빨래를 너는 것을 봤다니까요. 그런데 그 뒤부터는 방에서 나오지를 않았답니다. 더운 날씨에 창문과 방문도 모두 닫은 채 점심때가 되도록 기척이 없었답니다. 그런데 아기가 몹시 울어대서 1시경에 문을 두드렸는데 응

답이 없어 문을 열려고 하니까 안으로 잠겨 있더랍니다. 부엌 쪽
으로 돌아갔더니 그쪽 문도 잠겨 있었답니다. 창문도 물론 잠겨
있었구요. 심상치가 않아 아들을 시켜 창문을 뜯어내고 방 안으
로 들어갔더니 연탄가스가 방 안에 꽉 차 있어서 숨을 쉴 수가 없
었답니다. 부인은 부엌으로 통하는 문을 열어 놓고 자살을 꾀했
습니다. 연탄아궁이 뚜껑을 열어 놓고, 부엌으로 통하는 문까지
열어 놓았기 때문에 가스는 고스란히 방 안으로 흘러 들어온 거
죠. 부인은 유서도 써놓았습니다.”

“뭐라고 써놓았나?”

“유서는 경찰이 보관하고 있습니다. 내용은 여기다 적어 놓았
습니다.”

황 기자는 수첩을 들여다보며 유서 내용을 읽어 주었다.

　‘모든 이들에게 죄송합니다. 이 세상에 태어나 좋은 일 한
번 못해 보고 떠나는 이 몸을 용서해 주십시오. 아이들이
너무 불쌍해서 함께 데리고 갑니다. 무덤을 만들지 말고
화장해 주십시오. 무덤을 돌볼 사람이 없어서 그럽니다.
죄송합니다. 유란이 엄마, 빌려 준 돈 갚지 못하고 떠나서
미안합니다. 집 보증금 20만 원 중에서 찾아가시기 바랍니
다. 나머지 돈은 화장하는 데 써주시면 고맙겠습니다.’

송태하는 가슴이 미어져 오는 것을 느꼈다.

“안에 시신이 있나?”

“없습니다. 병원에 모두 실려 갔는데 부인과 일곱 살짜리 아
들은 숨지고 갓난아기만 목숨을 건진 모양입니다.”

“난 지 일주일밖에 안 된 아기가 살아났단 말이지?”

송 기자는 놀라서 물었다.

"네, 살아났답니다."

"신기한 일이군."

그들은 강치수의 유가족이 살았던 단칸 셋방으로 들어가 보았다.

조그만 방 안은 온갖 것들이 어지럽게 널려 있었다. 많은 사람들이 짓밟고 지나간 흔적이 마치 썰물이 빠지고 난 후의 갯벌처럼 황량하게 남아 있었다.

"이 방에서 보증금 20만 원에 월 4만 원을 주고 살고 있었습니다."

황 기자의 말을 들으며 송태하는 방안 이곳저곳을 뒤지기 시작했다.

"친척 하나 없는 모양입니다. 부인은 고아로 자랐답니다."

태하는 잠바를 벗어부치고 본격적으로 방 안을 뒤져 나갔다.

"아마 그래서 자식들을 고아로 남겨 두기 싫어서 부인은 아이들을 데리고 간 모양입니다. 살아남은 갓난아기가 문젭니다. 무얼 그렇게 찾으십니까?"

송태하는 잠자코 하던 일을 계속했다. 그것을 보고 황 기자도 방 안을 뒤지기 시작했다. 조금 후에 그는 부엌으로 나갔다.

"여기에 뭐가 있는데요!"

황 기자의 말에 송태하는 부엌으로 고개를 디밀었다.

황 기자는 부엌 선반에서 라면 박스를 내리고 있었다.

그 박스 속에서 조그만 노트들이 나왔다. 들쳐보니 일기장이었다. 그것은 부인이 쓴 일기장들이었다.

“이걸 읽어 봐야겠군.”

송 기자는 박스째 들고 밖으로 나왔다.

S호텔 식당 양자강 지배인은 제양상사 국제 부장의 얼굴을 기억하고 있었다. 조 반장이 홍상파의 사진을 보이자 반색하며 말했다.

“아, 홍 부장님 말씀이군요? 네, 잘 알고말고요. 손님들하고 여기 자주 들르시는 편이죠. 저희는 제양상사 간부들을 VIP로 모시고 있습니다. 그래서 사인도 가능하죠.”

지배인은 홍상파의 딸이 유괴 살해된 사건도 잘 알고 있었고, 그 사건이 발생한 이후 홍 부장은 한 번도 양자강에 나타나지 않았다고 말했다.

“내가 알고 싶은 것은 7월 15일 제양상사의 홍 부장과 김 덕기 상무라는 사람이 여기에 왔었는가 하는 점입니다. 점심때 여기서 누구와 식사를 했는지 알고 싶습니다. 이건 그 날 여기서 발급한 계산서죠?”

지배인은 그것을 들여다보더니 틀림없다고 말했다. 그리고 덧붙여 말하기를 그것은 3인분 식사 계산서라는 것이었다.

“뷔페는 일인당 1만2천원씩입니다. 3인분이면 3만6천원…… 거기에 부가 가치세 10퍼센트와 서비스 차지(Charge)가 10퍼센트 붙습니다. 그래서 모두 합하면 음식값은 4만3천2백원이 나옵니다.”

“그럼 그 날 세 사람이 식사했다는 말이군요?”

“네, 그렇다고 볼 수 있죠.”

조 반장은 어떤 가능성을 향해 한 발짝 더 가까이 접근했다.

"그 날 미국인 두 명하고 식사했다고 하던데 기억 안 납니까? 미국인 두 명 중 한 명은 여자였다고 하던데……?"

지배인은 종업원들을 불렀다. 그리고 조 반장의 말을 그들에게 되풀이 들려주었다.

"내가 기억하기로는 그날 점심때 제양상사 홍 부장님이 외국인 두 사람하고 식사를 한 것으로 아는데…… 누구 기억하고 있는 사람 없어?"

그렇게 말하면서 지배인이 종업원들을 둘러보자 예쁘장하게 생긴 아가씨가 고개를 끄덕이며 입을 열었다.

"네, 맞아요. 그 날이었을 거예요. 외국인 두 사람하고 식사하셨는데 한 사람은 여자였어요. 제가 시중을 들었거든요."

그녀는 홍 부장이 식사를 끝내고 돌아갈 때 그녀에게 팁까지 주고 갔다고 덧붙여 말했다.

"팁은 계산에 다 포함되어 있기 때문에 거절했거든요. 그런데도 굳이 받으라고 해서……"

그때 그녀가 홍 부장으로부터 받은 팁은 5천 원이었다.

"그러니까 그 자리에는 홍 부장과 외국인 두 명만 있었나요? 그 밖에 다른 사람은 없었나요? 김덕기 상무가 함께 식사한 줄로 알고 있는데요."

조 반장의 말에 그녀는 머리를 흔들었다.

"홍 부장님하고 외국인 두 사람만 식사하셨고 그 밖에 다른 분은 없었어요."

"틀림없나요?"

"네, 틀림없어요."

"틀림없을 겁니다. 계산서에도 3인분 계산으로 나와 있으니까요."

지배인이 옆에서 그녀를 거들었다.

"나는 정확한 시간을 알고 싶습니다. 이건 아주 중요한 겁니다. 뷔페 점심은 몇 시부터 시작합니까?"

"열두 시부터입니다."

"홍 부장이 나타난 시간을 정확히 알 수 없을까요?"

조 반장은 침을 삼키며 예쁘장한 아가씨를 쳐다보았다.

그녀는 한참 생각을 더듬는 표정이다가 이윽고 입을 열었다.

"그때 그러니까…… 자리가 거의 찼을 때 홍 부장님이 외국인들하고 들어오셨거든요. 좋은 자리가 없어서 할 수 없이 저기 문쪽에다 자리를 잡아 드린 기억이 나요."

"그렇다면 한 시쯤 됐겠군. 한 시가 지났으면 지났지 그 이전은 아닐 거야."

하고 지배인이 말했다.

조 반장이 의아한 표정을 짓자 지배인이 이어서 말했다.

"손님이 거의 찼을 때 들어오셨다면 시간이 그쯤 됩니다. 문을 열자마자 손님들이 몰려들어오지는 않거든요. 대개 한 시간쯤 지나야 자리가 모두 찹니다. 그러니까 한 시경쯤 될 겁니다."

중요한 수확이었다. 바라던 증언을 얻어들은 조 반장은 증인을 데리고 수사본부로 급히 돌아갔다.

수사본부에서는 허 걸이 김덕기를 상대로 마지막 담판을 벌이고 있었다.

허 걸도 김덕기도 땀을 흘리고 있었다.

석양의 붉은 놀이 창문을 통해 비쳐 들고 있었다. 그 빛을 받은 두 사람의 얼굴은 붉게 타오르고 있었다.

조 반장은 상의를 벗어부친 채 러닝셔츠 바람으로 심문에 가세했다.

상대방은 일류 회사 간부인데다 명석한 두뇌를 가진 엘리트였다. 그런 만큼 만만하게 대할 수 있는 상대가 아니었다. 그러나 그것이 또한 약점일 수도 있었다. 이런 자들은 두뇌 회전이 빠르기 때문에 가능성이 없다 싶으면 재빨리 포기하고 나온다. 그리고 자신이 빠져 나갈 수 있는 구멍을 찾기에 혈안이 된다는 것을 허 걸은 잘 알고 있었다.

예상했던 대로 김덕기는 완강히 부인하고 나왔다. 자기는 그날 홍상파와 함께 틀림없이 S호텔 내에 있는 중국 음식점에서 외국인 두 명과 함께 식사를 했다는 것이었다.

"홍 부장한테 물어 보시면 알 게 아닙니까? 제가 왜 가지도 않은 것을 갔다고 거짓말하겠습니까? 뭔가 잘못 생각하시고 그러시는 것 같은데 다시 한 번 조사해 보십시오."

"그럼 왜 두 사람의 진술이 이렇게 다르나요? 당신은 스코트가 대머리라고 했어요. 그런데 홍 부장은 대머리가 아니라고 했어. 당신은 스코트가 금테 안경을 끼고 있었다고 했는데 홍 부장은 안경 같은 것은 끼지 않았다고 대답했어요. 왜 이렇게 서로 정반대되는 대답을 하지요? 두 사람의 진술이 어느 정도 비슷하면 나도 이해할 수 있어요. 그런데 이건 그게 아니란 말입니다. 달라도 너무 달라요. 또 말해 볼까요? 당신이 말한 스코트는 아래위 흰색 싱글 양복을 입고 있었는데 홍 부장은 그 사람이 체크무늬 상의에 밤색 바지를 입고 있었다고 했어. 도대체 어느 쪽 말이 맞는 건가요?”

“왜 그런 차이가 나는지 저도 잘 모르겠습니다. 홍 부장이 착각을 해도 단단히 착각을 하고 있는 모양입니다. 사실 홍 부장은 딸을 잃고 나서 약간 정신 상태가 이상해진 것 같습니다. 회사에서도 그 점을 심각하게 생각하고 있습니다.”

“그 사람한테 뒤집어씌우지 말아요!”

“뒤집어씌우는 게 아닙니다.”

“상반된 진술이 한두 가지가 아니란 말입니다. 소피아라는 여자에 대한 인상착의도 상반된 점이 많아요. 당신이 그 날 거기에 갔다면 그럼 홍 부장이 그 자리에 빠졌겠군요? 그렇지 않나요? 홍 부장의 알리바이를 위해 이렇게까지 곤욕을 치를 필요가 뭐 있나요?”

김덕기는 입을 다물었다. 그의 표정에 변화가 일고 있었다. 이윽고 그는 괴로운 표정으로 허 걸을 바라보았다. 물을 한 잔 청하고 나서 그는 담배를 피워 물었다. 허 걸과 조 태는 숨을 죽이고 그를 응시했다. 담배가 거의 타들어갔을 때 마침내 그가 다시 입을 열었다.

“답변하기 정말 곤란하군요. 일이 이렇게 되리라고는 생각지도 못했습니다. 정말 난처한데요.”

“당신의 진술 내용은 비밀로 부치겠소. 당신 입장을 곤란에 빠뜨리지는 않을 테니까 사실대로 말해 주시오.”

“약속은 지키셔야 합니다.”

“틀림없이 지킵니다.”

김 상무는 담배를 비벼 끄고 나서 한숨을 내쉬었다.

“이왕 이렇게 된 거 사실대로 말씀드리죠. 저도 더 이상 곤욕을 치르고 싶지는 않으니까요. 홍 부장은 학교 후배이고 제가 제일 아끼는 사람입니다. 그는 얼마든지 뻗어 나갈 수 있는 인물이기 때문에 저도 그 친구를 적극 밀어 왔죠. 그 날 12시경에 우리는 미국인들을 만나기 위해 회사를 나왔습니다. 우리는 제 차로 S호텔로 향했습니다. 차는 제가 몰았죠. 그런데 중도에 홍 부장이 자기는 긴한 볼일이 있어서 식사에 참석할 수가 없다고 했습니다. 아주 중요한 일인 것 같아 저도 그러라고 했습니다. 홍 부장은 그 사실을 비밀로 해달라고 했습니다. 누가 물으면 미국인들과 함께 식사한 걸로 해달라고 하기에 염려 말라고 했습니다. 호텔에 도착하자 홍 부장은 제 차를 빌려 타고 어디론가 갔습니다. 그리고 2시 반쯤에 호텔로 돌아와 저를 만났습니다. 저는 그때 미국인들과 헤어져 커피숍에서 그를 기다리고 있었습니다. 우리는 커피 한 잔씩을 마시고 회사로 돌아갔습니다.”

“매우 도움이 되는 말씀을 해주셔서 고맙습니다. 그 미국인들을 만나기 위해 회사를 나선 것이 정확히 몇 시쯤이었습니까? 미국인들과는 몇 시에 만나기로 했었나요?”

그때까지 잠자코 있기만 하던 조 반장이 처음으로 질문을 던졌다.

“열두 시였습니다.”

“그렇다면 열한 시 삼십분쯤 회사에서 나왔겠군요?”

"네, 아마 그쯤 될 겁니다."

"네, 잘 알겠습니다. 그런데 당신은 거짓말을 하고 있습니다. 그것도 아주 그럴 듯하게 꾸며서 말입니다!"

김덕기를 바라보는 조 반장의 눈초리가 날카로운 빛을 띠기 시작했다. 그는 여러 말 할 필요가 없다는 듯 일어서서 문을 열었다. 그리고 의자에 앉아 있는 아가씨를 향해 방 안으로 들어오라고 말했다.

"이 아가씨는 S호텔에 있는 중국 음식점 양자강에 근무하고 있는 직원입니다."

김덕기의 얼굴 표정이 순식간에 확 변하며 창백하게 굳어지기 시작했다.

피살된 강치수의 아내 안계영의 일기는 결혼과 함께 시작되고 있었다. 조그만 글씨로 또박또박 적어 나간 일기는 지난 8년 동안 하루도 거르지 않고 계속되고 있었다. 단지 강치수가 살해되던 날부터는 일기가 중단된 상태로 있었다. 아마 충격이 너무 큰 나머지 일기 쓰는 것을 그만둔 것 같았다. 일기는 작은 노트로 열다섯 권이나 되었다.

그것들을 읽고 싶은 강한 충동에 사로잡힌 송태하는 후배 황 기자와 함께 여관방에서 그것들을 나누어 읽기 시작했다.

"정보가 될 만한 게 있으면 놓치지 말고 체크하라구."

황 기자에게 단단히 일러 놓고 읽어 나가는데, 문장 같은 거야 대수로울 게 없었지만 가난한 생활을 어떻게든 꾸려 나가려고 애쓰는 그녀의 애틋한 마음씨가 구구절절이 배어 있어 마치 그녀의 애절한 호소를 듣는 것만 같아 가슴이 찡해 왔다. 그녀는 남편이 좋은 직장을 구해 하루빨리 가정이 안정되기를 바라고 있었다. 그리고 사흘거리로 집을 비우는 남편이 제발 마음을 잡고 집에 안주해 주기를 빌고 있었다. 그녀는 남편을 원망하지 않고 남편이 밖으로만 나도는 것을 그녀 탓으로 돌리고 있었다. 그녀는 남편이 밖에서 무슨 짓을 하고 돌아다니고 있는지 전혀 눈치를 못 채고 있었다. 그런데 아기를 낳고 얼마 안 있어 강치수는 강도 강간범으로 체포된다. 그리고 4년 징역을 언도받는다.

"이거 보십시오, 강치수가 교도소에 있을 때 부인이 남편을 면회했다는 기록이 나오는데요. 죄수 넘버는 2…… 4…… 3…… 8……"

송태하는 자신이 읽고 있던 일기를 집어 던지고 황 기자가 들고 있는 일기장을 홱 낚아챘다.

"어디야?"

"이 부분입니다."

송태하는 황 기자가 짚어 주는 부분에다 눈을 박았다. 그 일기는 이렇게 시작되고 있었다.

'2438—— 이것이 그의 죄수 번호다. 처음에는 그것이 눈에 보이지 않았었다. 내가 너무 울다 보니까 그 동안 보이지 않았던 모양이다. 2438—— 그것이 그의 이름이다. 오늘 그 번호는 유난히도 크게 내 눈에 들어왔다. 그이가 그렇게 된 것은 모두 내 탓이다. 내가 아내 노릇을 제대로 하지 못했기 때문이다. 방세 낼 돈으로 그이한테 사식을 넣었다. 그이는 면회 오지 말라고 하지만 나는 매일매일 가

고 싶다. 아기가 보채고 젖을 잘 먹지 않는다. 머리를 만져
보니 열이 있다. 병원에 갈 돈도 없는데 걱정스럽다.'
송태하는 손바닥으로 자신의 무릎을 탁 쳤다.
"바로 이거야!"
"뭐가 밀입니까?"
태하는 거기에는 대답하지 않고 방바닥에 벌렁 드러누워 천
장을 바라보았다.
강치수가 죽으면서 뇌까린 말 '243'은 그가 교도소 생활을
할 때의 죄수 번호인 '2438'이 틀림없다. 그는 왜 그 번호를 유언
처럼 중얼거렸을까? 그 번호에 무슨 의미가 있을까?
"부인은 정말 열녀인데요? 강치수가 교도소에 들어가 있는
동안 행상으로 생계를 꾸려 갔는데, 시장에서 떡을 받아다가 팔
았습니다."
황 기자가 태하에게 들으라는 듯이 말했다.
그는 왜 죄수 번호를 말했을까 하고 태하는 생각했다. 그러다
가 그는 벌떡 몸을 일으켰다.

마지막 얼굴

송태하가 수사본부로 들어섰을 때 거기에는 대낮처럼 불이 환히 켜져 있었고 수사관들은 심각한 얼굴로 이야기를 나누고 있었다. 그러나 태하를 보고 그들은 일제히 입을 다물었다.

태하는 결정적인 순간이 다가온 것 같은 분위기를 느끼고 허 걸 옆에 주저앉았다.

"밤늦게까지 회의를 하고 있는 것이 심상치가 않군요. 저도 좀 들어 봅시다."

허 걸은 조 태를 바라보았다. 조 태는 그의 시선을 피해 창밖으로 시선을 던졌다.

"우리 서로 바꿉시다. 나도 기막힌 정보를 하나 가져 왔으니까요."

그 말에 허 형사의 눈이 번쩍 빛났다.

"뭔데요?"

"243…… 강치수가 죽으면서 내뱉은 숫자 말입니다. 그걸 풀었거든요."

조 반장이 고개를 돌려 송태하를 쳐다보았다. 그는 고개를 끄덕하고 일어났다.

"저 방으로 들어갑시다."

송태하는 조 반장을 따라 방으로 들어갔다. 그 뒤를 허 걸이 따랐다.

"먼저 회의 내용을 듣고 싶은데요."

태하의 말에 조 반장은 허 걸에게 말해도 좋다는 듯 고개를 끄덕했다. 허 걸은 손가락으로 건너편 방을 가리켰다.

"지금 저 방에는 제양상사 상무인 김덕기 씨가 와 있습니다. 청미양이 유괴되던 날 그 시간에 홍상파 씨는 김 상무와 함께 S 호텔 안에 있는 중국 음식점에서 미국인 바이어와 함께 점심 식사를 했다고 했습니다. 그런데 조사 결과 김 상무는 그 자리에 있지 않았습니다. 그러니까 홍상파 씨 혼자 미국인 바이어를 상대한 거죠. 김 상무와 홍상파 씨는 그 날 11시 30분경에 회사를 나와 도중에 헤어졌습니다. 김 상무가 차를 몰고 나왔는데, 김 상무는 볼일이 있었기 때문에 S호텔 앞에서 홍상파 씨를 내려 주고 볼일을 보러 갔습니다. 그리고 2시 반경에 호텔로 돌아와 홍상파 씨를 태우고 3시쯤에 회사로 돌아간 거죠. 이것은 증인들이 있기 때문에 충분히 입증이 가능한 것이고 또 김 상무 자신이 조금 전에 자백한 사실입니다. 수사가 시작되었을 때 김 상무가 홍상파 씨의 알리바이를 입증해 주었기 때문에 처음부터 우리는 아무 의심도 하지 않았습니다. 더구나 홍상파 씨는 청미의 아버지였으니까 의심할 여지가 없었지요. 그런데 이제 그 알리바이가 깨진 겁니다. 김 상무가 홍상파 씨의 알리바이 조작에 더 이상 동참하는 것을 포기했기 때문입니다."

"무슨 말씀인지 얼른 이해가 안 되는데요. 청미가 유괴되는 그 시간에 매형은 바이어와 식사를 하고 있었다면서요?"

"네, 그건 엄연한 사실입니다. 중국집 종업원이 증언을 해주었으니까요. 그런데 그 시간이 문제입니다. 청미가 유괴되던 그 날 7월 15일은 토요일이었습니다. 그 날 청미 담임교사는 열두 시에 수업을 끝내고 아이들을 돌려보냈다고 했습니다. 그런데 청미는 바로 정문으로 나오지 않고 집과는 반대 방향인 학교 후문 쪽으로 갔습니다. 최민기라는 소년이 우산을 가져오지 않았기 때문에 후문까지 함께 우산을 쓰고 간 거죠. 그 아이는 아파트 단지가 아닌, 후문 쪽 방향에 있는 빈민촌에 살고 있습니다. 후문에서 아이들은 헤어졌습니다. 청미가 정문 쪽으로 돌아왔을 때는 열두 시 십오 분 내지 이십 분쯤 됐을 겁니다."

허 걸의 이야기는 계속된다.

그 날 홍상파는 11시 30분쯤 회사를 나와 김 상무가 운전하는 차를 타고 S호텔로 갔다. 회사에서 S호텔까지는 10분 거리. 따라서 호텔에 도착한 시간은 11시 40분. 김 상무는 홍상파를 호텔 앞에 내려 주고 볼일을 보러 가고, 홍상파 혼자 남는다. 홍은 즉시 다른 차를 잡아타고 청미가 다니는 학교로 달려간다. 홍이 잡아탄 차가 공범의 차인지, 아니면 일반 택시인지는 아직 밝혀지지 않았다. S호텔에서 청미 학교까지는 20분 거리. 적어도 그는 12

시 10분까지는 학교 앞에 도착했을 것이다.

"그리고 기다리고 있다가 뒤늦게 나오는 청미를 유괴했다는 겁니까?"

송태하는 소리를 죽여 물었다.

"시간적으로 볼 때 얼마든지 가능하다는 말입니다. 더구나 아빠가 학교 앞에서 기다리고 있는 것을 보고 청미는 기뻐서 뛰어가 안겼겠지요."

"그 점을 매형한테 이야기했나요?"

"아직 이야기하지 않았습니다. 아직도 해결해야 할 일이 남아 있기 때문입니다. 하던 이야기를 다시 계속해 봅시다. 이건 어디까지나 가정입니다. 아빠는 딸을 차에 태우고 학교 앞을 떠났습니다. 집으로 가지 않고 다른 데로 갔습니다. 어디로 갔는지는 모릅니다. 아무튼 한 시경에 그가 S호텔에 다시 나타났을 때는 청미 양을 데리고 있지 않고 혼자였습니다. 그는 기다리고 있던 바이어를 데리고 중국 식당으로 가서 태연히 식사를 했습니다. 그런 다음 두 시 오십 분경에 볼일을 마치고 돌아온 김 상무와 함께 회사로 돌아갔습니다. 미국인 바이어는 나중에 유령 회사를 운영하고 있는 자들로 밝혀졌다고 했습니다. 그리고 그들과는 연락이 되지 않는다고 김 상무는 말했습니다. 결국 홍상파 씨의 알리바이 조작을 도와 줄 사람은 김 상무 혼자뿐이었습니다. 그는 결국 홍상파 씨를 도와주었고, 우리는 그의 말을 믿고 지금까지 속아왔습니다. 그런데 그가 왜 남의 알리바이 조작을 도와주었는지 그 이유는 아직 밝혀지지 않았습니다. 하지만 곧 밝혀질 겁니다."

송태하는 두 주먹을 부르쥐고 형사들을 쏘아보았다.

"왜 매형을 체포하지 않습니까?"

"아직 끝나지 않았어요."

조 반장이 눈을 가늘게 뜨면서 말했다.

"공범 관계가 아직 밝혀지지 않았어요. 청미가 유괴되고 난 다음 전화를 걸어 온 그 기분 나쁜 목소리의 주인공, 일억 원을 챙겨 간 그놈이 누구냐 하는 것이 아직 밝혀지지 않았어요."

"매형을 잡아다가 자백시키면 될 거 아닙니까?"

조 반장은 고개를 가로 저었다.

"그 사람이 끝까지 부인하고 나오면 우리로서는 어쩔 수가 없어요. 결정적인 증거가 없기 때문이에요. 홍상파 씨가 청미 양을 유괴했을 거라는 심증은 가지만 목격자가 없어요. 그 밖에 다른 증거도 없어요. 이제 알리바이가 없어졌다고는 하지만 그것이 결정적인 증거가 될 수는 없어요. 자, 우리 이야기는 그만하고 243에 대해서 들어 봅시다. 그 암호를 풀었다면서요?"

송 기자는 무겁게 고개를 끄덕였다.

"네, 그건 암호도 뭐도 아닙니다."

"그건 공범 관계를 알아낼 수 있는 열쇠일 텐데요?"

허 걸이 긴장한 눈빛으로 송태하를 쳐다보았다.

"네, 그렇습니다. 그건 강치수의 교도소 시절 죄수 번호입니다. 그의 번호는 2438이었습니다."

"뭐라구요!?"

형사들은 놀라고 어이없는 표정을 지었다.

송 기자는 그것을 알게 된 경위를 이야기했다.

잠자코 그의 이야기를 듣고 난 형사들은 아직 수수께끼가 풀리지 않은 듯 깊이 생각에 잠기는 모습이었다.

"그게 강치수의 죄수 번호라면 그건 무얼 의미하지? 왜 그는 죽어가면서 그 번호를 중얼거렸지?"

"그건 그의 교소도 생활에 초점을 맞춘 게 아닐까요? 2438번을 달고 죄수 생활을 하던 그 시절 말입니다. 아무리 생각해도 다른 가능성은 없는 것 같습니다."

송 기자의 말에 허 걸이 끄덕였다.

"그런 것 같아요. 교도소 시절의 감방 동기생들을 추적해 볼 필요가 있을 것 같군요."

"그 중에 강치수를 살해했던 자가 있을지 몰라. 목소리가 듣기에 기분 나쁘고, 키가 작고, 광대뼈가 튀어나오고, 턱이 뾰족한 얼굴의 사나이를 찾으면 돼. 손에는 금반지를 끼었고 이에도 금을 해 박았어. 나이는 삼십에서 사십 사이……"

조 반장이 수첩을 보면서 말했다.

그때 노크소리가 나고 문이 열렸다. 형사 두 명이 안으로 들어섰다. 그들은 조 반장의 지시를 받고 7월 15일 점심때의 김덕기 상무의 알리바이를 확인하고 오는 길이었다.

"김 상무의 자백대로 입니다. 그가 가르쳐 준 대로 그 아파트에 찾아갔더니 거기에 젊은 여자 혼자 살고 있었습니다. H여대 3학년 학생이었지요. 집 안에는 김 상무의 옷으로 보이는 것들도 걸려 있었습니다. 7월 15일 김 상무가 온 것은 열두 시경이었다고 합니다. 그는 점심시간을 이용해서 애인을 찾아간 거죠."

"점심시간에 즐기러 간 거군. 그렇게 비가 왔는데도 말이야. 쯧쯧쯧……"

조 반장이 혀를 찼다.

"그는 거기서 점심을 먹고 시간을 보내다가 두 시쯤 떠났다고 합니다."

"이제 알겠어, 김 상무란 사람…… 불륜의 관계가 밝혀질까 봐 그 시간에 바이어와 함께 식사했다고 거짓말을 한 거야. 하지만 그의 불륜 관계는 우리가 터치할 일이 아니지."

이튿날 수사팀은 강치수의 감방 동기생들에 대한 소재 수사에 나섰다. 강치수가 2438번을 달고 복역했던 교도소를 찾아가 당시의 기록철을 뒤진 끝에 15명을 가려냈다. 그들의 소재를 추적하는 한편으로 그들의 사진을 당구장 종업원인 황미숙 양과 이스탄불 웨이터에게 보였다. 결과는 신통치가 않았다.

아무 소득 없이 시간만 자꾸 흐르자 수사팀은 다시 초조해지기 시작했다.

그렇게 사흘째 되는 날, 허 걸은 혹시나 하고 강치수의 복역 당시 그를 면회 왔던 사람들을 조사했다. 면회철 기록에는 강치수의 아내 안계영과 또 한 명의 여자 이름이 적혀 있었다. 그 이름을 본 순간 허 걸은 놀라기보다 차라리 어리둥절한 느낌이었다.

허 걸은 수사본부로 달려가 조 반장에게 보고했다.

"면회자 중에 김옥련이라는 이름이 나왔습니다."

"김옥련? 듣던 이름인데?"

"송묘임의 고등학교 동기생입니다. 제가 만나 본 적이 있습니다. 지금 S여대 회화과 전임 강사로 나가고 있고, 남편도 대학 교수죠. 역시 장만두 씨 제자로 그를 사모했으면서도 송묘임에게 가려 빛을 보지 못한 여자였죠. 송묘임이 시집가면서 그 여자한테 장 선생을 부탁했다는 말을 들은 적이 있습니다.”

“당장 만나야 해! 홍상파가 돌아왔나 알아봐! 돌아왔으면 연행하라구!”

조 반장은 허 걸과 함께 뛰어나가다가 돌아서서 두 사람 더 따라오라고 말했다.

4명의 수사관들은 조 반장이 운전하는 낡은 차를 타고 김옥련의 집으로 향했다. 밤이 되면서 비가 퍼붓기 시작하고 있었다. 교통 체증으로 짜증이 난 조 반장은 거칠게 차를 몰아댔다.

김옥련의 집까지는 1시간 이상이나 걸렸다.

그녀의 집은 시외의 숲 지대에 자리 잡고 있었다. 서구식 별장처럼 지은 그 집은 어둠 속에서도 멋있어 보였다.

“안에 들어가면 더 근사합니다.”

한 번 가 본 적이 있는 허 걸의 말이었다.

집 앞 수 미터 앞에 차를 세웠을 때 돌연 문이 열리더니 자가용 한 대가 달려 나왔다. 자가용이 지나갈 때 보니 운전석과 조수석에 두 남자가 앉아 있었다.

“운전석 옆자리에 앉아 있는 사람은 홍상파입니다!”

형사 한 명이 말했다.

“운전하고 있는 자는 광대뼈가 튀어나온 것이 강치수를 살해한 자 같은 데요!”

이것은 허 걸의 말이었다. 그때는 이미 조 반장이 액셀러레이터를 밟아대고 있을 때였다.

앞서 가던 차는 미행을 눈치 챘는지 갑자기 속력을 내어 달려

가기 시작했다. 조 반장도 앞을 노려보면서 액셀러레이터를 더 세게 밟았다. 시 외곽 지대이긴 하지만 차 두 대 정도가 비켜 갈 수 있을 정도의 차도였기 때문에 위험 부담이 많았다. 더욱이 밤이었고, 비까지 퍼붓고 있었다.

"위험한데요.. 포기하죠."

허 걸이 겁에 질린 표정으로 말했지만 조 태는 이를 악문 채 정면만 응시하고 있었다. 속도계 바늘은 110킬로미터를 오르내리고 있었다. 앞서가는 차는 새 차였다. 두 차의 간격은 좀처럼 좁혀질 기미를 보이지 않았다.

커브길이 보이면서 동시에 헤드라이트 불빛이 시야를 가렸다. 급브레이크를 밟는 소리에 이어 '쾅' 하는 금속성 소리가 둔중하게 들려 왔다.

조 반장은 브레이크 페달을 힘껏 밟으면서 머리를 숙였다. 다른 사람들도 반사적으로 고개를 깊이 숙였다. 차는 수 미터 앞으로 미끄러지다가 앞차 꽁무니를 '쿵' 하고 받으면서 멈춰 섰다. 네 사람의 몸뚱이가 일제히 앞으로 쏠렸다가 제자리로 돌아왔다. 그들은 다투어 밖으로 뛰쳐나갔다.

앞서 가던 차는 트럭 앞에 흉하게 우그러져 있었다. 운전석에 앉아 있던 사내는 길바닥에 튕겨져 나와 있었고 조수석의 사내는 피투성이가 된 채 우그러진 차체 속에 처박혀 있었다. 그를 꺼낼 수가 없었기 때문에 형사들은 길바닥에 누워 있는 사내 쪽으로 몰려갔다. 가발이 반쯤 벗겨져 있는 것을 보고 허 걸은 그것을 잡아 젖혔다.

남자인 줄 알았던 그 얼굴이 가발을 벗기는 순간 여자 얼굴로 변했다. 그것은 분명히 김옥련의 얼굴이었다. 그녀는 괴로운 듯 신음하며 몸을 뒤틀었다.

홍상파는 현장에서 즉사했고, 김옥련은 목숨만은 건졌지만 중상으로 병원에 입원했다.

커브 길에서 갑자기 트럭이 나타나는 바람에 과속으로 차를 몰고 가던 그녀는 피할 길이 없었다. 그녀는 반사적으로 핸들을 왼쪽으로 홱 꺾었던 것이고, 그 바람에 차의 오른쪽 부분이 트럭과 충돌하면서 걸레처럼 우그러졌다. 운전석은 조수석처럼 심하게 찌그러들지 않았고 그녀는 충돌과 동시에 밖으로 튕겨져 나갔기 때문에 목숨을 건질 수 있었던 것이다.

중상을 입었기 때문에 그녀의 입을 열게 하는 데는 1주일이 걸렸다. 입원한 지 8일째 되는 날 밤 조 태와 허 걸은 가까스로 그녀의 입을 여는 데 성공했다. 홍상파가 죽었다고 하자 그녀는 마침내 굳게 다물고 있던 입을 열었던 것이다.

그녀는 사실상 남편과 이미 이혼 상태에 있었다. 그녀의 남편은 현재 교환 교수로 미국에 가 있었다. 법적으로는 아직 이혼 절차를 밟지 않았지만 그들 부부는 사실상 이혼한 것이나 다름없었다. 그들이 그처럼 별거 상태에 들어간 것은 결혼한 지 1년쯤 지나서였다.

문제는 그녀 쪽에 있었다. 지나칠 정도로 병적인 결벽증이 남편의 사소한 실수까지도 용납하려 들지 않았고, 결국은 부부 관계를 파탄으로 몰고 갔던 것이다.

그녀가 홍상파를 알게 된 것은 꽤 오래 전부터였다. 아직 미혼이었을 때 그녀는 여학교 동창 송묘임의 집에 놀러 갔다가 거기서 홍상파와 첫인사를 나누었다. 그때의 홍상파의 인상은 꽤 매력적으로 그녀의 눈에 비쳤었다. 그리고 그것은 그 뒤에도 오래도록 그녀의 머릿속에 남아 있었다.

그 뒤 수 년이 지나, 그러니까 지금부터 2년 전 그녀는 홍상파를 개인적으로 만날 수 있는 기회를 갖게 되었다. 그것은 전혀 뜻하지 않게 이루어졌던 것이다.

그때 그녀는 여자의 나체를 소재로 한 서양화 개인전을 어느 화랑에서 열게 되었는데, 오픈 파티석상에 홍상파·송묘임 부부가 나타났던 것이다. 그녀로서는 송묘임에게 초대장을 보냈던 터라 그들 부부의 출현은 조금도 이상할 게 없었다.

그런데 다음 날 홍상파 혼자 그 화랑에 나타났다. 화랑이 그의 회사 근처에 있었기 때문에 점심시간을 이용해서 잠깐 들렀다는 것이 그의 설명이었다. 그런데 그는 그녀의 작품 중 여자의 나체화에 관심이 많은 것 같았고, 그가 한 작품에 욕심을 내는 것을 보고 그녀는 그것을 그에게 선물로 주었다. 그녀로서는 아주 파격적인 일이었지만, 그 작품에 대해 찬탄을 금치 못하는 그에게 그녀는 왠지 그것을 주지 않고는 배길 수가 없었던 것이다.

그런 일이 있고부터 그들은 만나는 횟수가 잦아졌고, 그때마다 하나하나 성을 허물어 나갔다. 그리고 마침내 연인 사이가 되었을 때 그들은 각자의 고뇌까지도 털어놓게 되었던 것이다.

홍상파의 입을 통해 청미가 그의 자식이 아닌 것을 알았을 때 그녀의 놀라움은 실로 너무 컸다. 그녀는 그 이야기를 듣는 순간 직감적으로 청미가 장만두의 자식이라고 생각했고, 그렇게 생각하는 이유를 홍상파에게 이야기해 주었다. 그녀의 놀라움은 송묘임과 장만두에 대한 증오로 변했다. 특히 송묘임에 대한 증오는 장만두 선생을 사이에 두고 여고 시절부터 싹터 왔던 만큼 그녀의 병적일 정도의 결벽증과 함께 상당히 심각한 형태로 나타나게 되었다.

홍상파는 기회 있을 때마다 그녀에게 청미를 더 이상 두고 볼 수 없다고 호소해 왔고, 지금까지 송묘임에게 속아 온 것을 분해했다. 이혼 정도로 끝낼 게 아니라 어떤 형태로든 고통을 가해야겠다는 것이 그의 생각이었고, 그의 그러한 생각은 김옥련의 송묘임에 대한 증오심과 어울려 하나의 구체적인 계획으로까지 발전하게 되었다.

하지만 청미를 유괴해서 살해한다는 것은 생각지도 않았었다. 유괴는 하되 일정 기간 동안 다른 곳에 가둬 두었다가 불법적으로 해외 입양을 시킬 생각이었다. 그 동안 그들은 송묘임의 고통을 즐길 심산이었다.

7월 15일, 낮 12시 30분경 김옥련은 홍상파가 데리고 온 청미를 자기 차에 옮겨 태워 집으로 데리고 갔다.

아이는 밤이 되자 울기 시작했고, 감기에 걸렸는지 고열로 괴로워했다. 홍상파는 기회가 있을 때마다 조심스럽게 옥련의 집으로 전화를 걸어 왔다.

김옥련에게는 특출한 재능이 있었다. 그것은 목소리를 남자처럼 바꿀 수가 있는 점이었다. 고교 시절, 그리고 대학 시절 연극반에서 활동할 때 그녀는 언제나 남자로 분장하고 남자 목소리로 이야기하곤 했었다. 그녀에게는 언제나 그런 역만 맡겨졌고, 그녀는 사람들이 깜짝 놀랄 정도로 남자 역을 잘 해내곤 했다.

그때의 실력을 살려 그녀는 홍상파의 집으로 전화를 걸어 1억원을 요구했다. 쥐가 무엇을 갉아대는 것 같은 그 음침하고 기분 나쁜 목소리를 여자가 내는 목소리라고 생각한 사람은 아무도 없었다.

계획대로 홍상파는 당구장으로 1억 원을 가져 왔고, 그녀는 수사망을 피해 그 돈을 빼돌리는 데 성공했다. 그 돈은 그들의 미래를 위해 필요한 것이었다. 그런데 그 당구장에서 우연히 강치수를 만나게 될 줄이야! 처음에는 강치수가 그녀의 변장을 알아보지 못했다. 그녀와 함께 당구를 치면서 수상쩍다는 듯 자꾸만 쳐다보더니, 이윽고 가만히 옆으로 접근해서는 혹시 옥련이 누님이 아니냐고 묻는 것이었다.

강치수는 친구의 남동생이었다. 그녀의 친구는 결혼해서 미국으로 건너가 버렸고, 혼자 남은 질이 좋지 않은 강치수는 옥련을 친누이처럼 따랐다. 옥련도 자기를 따르는 치수를 결국은 친동생처럼 생각하게 되었고, 그러다 보니 그가 교도소에 들어가 있을 때 그곳으로 면회를 하러 가기까지 했다. 그녀는 한 달에 한 번 내지 두 번꼴로 면회를 갔고, 그것은 그가 출옥할 때까지 계속되었다.

4년 동안 옥살이를 하고 나온 강치수는 사람이 많이 달라져 있었다. 그는 그녀를 누님으로 생각지 않고 그녀의 몸을 강제로 범하려 들었다. 놀란 그녀는 그에게 절교를 선언했고, 그 뒤 2년 동안 그의 모습을 보지 못하다가 당구장에서 우연히 마주치게 된 것이었다.

그녀가 당구를 칠 줄 아는 것은 치수와 어울려 다닐 때 배운 것이었다. 치수는 당구 광이었다.

얼마 후 치수는 집으로 그녀를 찾아왔다. 그는 그녀가 남장을 하고 무슨 짓을 했는지 이미 알고 있었다. 궁지에 몰린 그녀는 그의 요구를 들어 줄 수밖에 없었다. 그는 그녀의 몸을 범한 다음 2천만 원을 챙겨 돌아갔다. 홍상파로부터 다급한 전화가 걸려 온 것은 그 날 저녁때였다. 형사대가 강치수라는 인물을 체포하기 위해 이스탄불을 급습할 모양인데, 도대체 강치수와 어떤 관계냐고 따져 물어 왔다. 그녀는 사실대로 이야기했다. 이야기를 듣고 난 그는 무슨 수를 쓰든지 강치수의 입을 막으라고 말했다.

증오에 사로잡힌 그녀는 남장을 하고 이스탄불에 잠입, 웨이터를 통해 강치수에게 쪽지를 전해 준 다음 골목에서 대기하고 있다가 화장실 창문으로 빠져 나온 그를 칼로 찔러 죽였다.

경찰은 그 쪽지의 필체와 김옥련의 필체를 비교해 보았다. 두 필체는 누가 보아도 한 사람의 필체임을 알 수 있었다.

"장만두 씨 집에 있던 인형과 돈은 어떻게 된 겁니까?"

"제가 한 짓이에요. 저는 장 선생님 댁에 자연스럽게 드나들 수 있는 입장이었기 때문에 인형의 머리를 청미 머리칼로 바꾸고 돈을 장롱 밑에다 숨겨 둔 거예요. 장 선생님한테 혐의를 씌우기 위해서 그랬어요."

"7월 15일, 장만두 씨는 어느 학부형의 초대를 받고 나갔다가 바람을 맞았는데, 그 전화도 당신이 한 건가요?"

"제가 누구를 시켜 건 거예요. 선생님이 제 목소리를 알기 때문에……"

“청미는 왜 죽였나요?”

“죽인 게 아니고 저절로 죽었어요. 울기만 해서…… 그리고 도망치지 못하게 하려고 계속 수면제를 먹였더니 결국 깨어나지 않더군요.”

“청미의 시체를 가방에 넣어서 열차 편으로 보낸 것은 당신이었나요?”

“네……”

“왜? 왜 그렇게 했나요?”

“모르겠어요…… 그냥 그렇게 하고 싶었어요……”

눈물이 얼굴에 감긴 붕대를 적시고 있었다.

조 태와 허 걸은 넋이 빠진 멍한 표정으로 가만히 병실을 빠져 나왔다.

“비가 많이 오는군. 한 잔 하러 가지.”

“싫습니다, 저는 좀 걷겠습니다.”

허 걸은 빗속으로 걸어갔다.

조 태는 허 걸의 모습이 보이지 않을 때까지 그 자리에 우두커니 서 있었다.

— 끝 —

● **김성종 추리소설**

『**최후의 증인**』 - 상·하 | 김성종 장편추리소설

한국일보 창간 20주년 기념 공모 당선작! 살인 혐의로 20년간 억울하게 옥살이
를 한 황바우의 출옥과 동시에 일어나는 살인 사건! 사건을 뒤쫓는 오병호 형사의
집념으로 20년 동안 뒤엉킨 사건의 전모가 백일하에 드러난다.

『**제5열**』 - 1·2·3 | 김성종 장편추리소설

일간스포츠에 연재한 최고의 인기소설! 대통령선거를 기화로 국제 킬러를 고용,
국가를 송두리째 삼키려는 범죄 집단의 음모를 적나라하게 파헤친 수사진! 종래
의 추리물과는 그 궤를 달리한 한국 최초의 하드보일드 추리소설!

『**부랑의 강**』 - | 김성종 추리소설

여대생과 외로운 중년신사가 벌인 불륜의 사랑이 몰고 온 엽기적인 살인 사건! 살
인범으로 몰린 아버지의 무죄를 확신하고 이 사건에 뛰어든 딸이 집요한 추적을 벌
이는 정통 추리극! 사건의 종점에서 부딪치게 되는 악마의 얼굴은 과연?

『**일곱개의 장미송이**』 - | 김성종 추리소설

임신 3개월 된 아내가 일곱 명의 악당에 의해 유린당하자 평범하고 왜소하고 얌전
하던 남편이 복수의 집념을 불태운다. 아내의 유언에 따라 범인을 하나씩 찾아 내어
잔인하게 죽이고 영전에 장미꽃을 한 송이씩 바치는 처절한 복수극!

『**백색인간**』 - 1·2 | 김성종 장편추리소설

허영의 노예가 되어 신데렐라의 꿈을 쫓는 미녀의 끈질긴 집념과 방탕! 그리고 그
녀를 죽도록 사랑하는 나머지 그녀를 혼자 독차지하려는 이상 성격을 가진 청년의
단말마적인 광란! 그리고 명수사관이 벌이는 사각의 심리 추리극!

『**제5의 사나이**』 - 상·중·하 | 김성종 장편추리소설

국제 마약조직이 분실한 2천만 달러의 헤로인 6kg! 배신자들을 처치하고 헤로인
을 찾기 위해 홍콩으로부터 날아온 국제킬러 '제5의 사나이'! 킬러가 자행하는 냉
혹한 살인극과 경찰이 벌이는 숨가쁜 추적의 하드보일드 추리극!

● 김성종 추리소설

『반역의 벽』 –상·하 | 김성종 장편추리소설

한국이 개발한 신무기 '레이저-X', —핵무기를 순식간에 녹여버릴 수 있는 레이저-X의 가공할 위력 ! 이를 빼내려는 국제 스파이의 음모와 배신, 이들의 음모를 저지하는 수사관들의 눈부신 활약. 국내 최초의 산업스파이 소설 !

『아름다운 밀회』 –1·2 | 김성종 장편추리소설

신혼여행 도중 실종된 미모의 신부로 인해 갑자기 살인 용의자가 되어버린 신랑 ! 그가 벌이는 도피와 추적 ! 미녀의 뒤에 가려 있던 치정과 재산을 둘러싼 악마들의 모습을 밝혀낸 수사극의 결정판 ! 김성종 추리소설의 새로운 지평 !

『라인 –X』 –상·중·하 | 김성종 장편추리소설

교황을 살해하려는 KGB의 지령에 따라 잠입한 스파이 '라인-X' ! 킬러의 총부리가 교황을 위협하는 절대 절명의 순간, 신출귀몰하는 라인-X와 이를 제압하는 한국 경찰의 생사를 건 한판 승부를 치밀하게 묘사한 국제적 추리소설 !

『어느 창녀의 죽음』 – | 김성종 단편집

작가 김성종의 탄탄한 필력을 유감 없이 보여 주는 주옥같은 단편집 ! 신춘문예 당선작 「경찰관」및 「김교수 님의 죽음」, 「소년의 꿈」, 「사형집행」 등을 수록. 순수 문학과 추리기법의 접목으로 독자를 매료하는 김성종 추리소설의 백미 !

『죽음의 도시』 – | 김성종 SF단편집

김성종 SF단편소설집 ! 김성종이 예견한 기상천외한 미래사회의 청사진 ! 「마지막 전화」, 「회전목마」, 「돌아온 사자」, 「이상한 죽음」, 「소년의 고향」 등 SF 걸작들 ! 새로운 문학장르를 개척하려는 김성종의 끊임없는 실험정신 !

『여자는 죽어야 한다』 –상·하 | 김성종 장편추리소설

김성종이 시도한 실험적 추리소설 ! 첫 장에서 독자는 예고살인 속으로 여행을 시작한다. "오늘 밤 여자 한 명을 죽이겠다. 여자는 한쪽 귀가 없을 것이다. 잘 해 봐 !" 살인 예고장을 보는 순간 독자들은 숨가쁜 긴장 속으로 빠져든다.

● 김성종 추리소설

『한국 국민에게 고함』 – 1 · 2 · 3 | 김성종 장편추리소설

추악한 한국 국민들에게 보내는 對 국민 경고장! "한국 국민에게 고함! —이 경고를 받아들이지 않으면 테러를 감행할 수밖에 없다"! 테러조직의 가공할 폭탄 테러에 전율하는 시민들과 이를 추적하는 수사진의 필사적인 노력!

『국제열차 살인사건』 – 1 · 2 · 3 | 김성종 장편추리소설

이탈리아 밀라노에서 눈 덮인 알프스산맥을 넘어 스위스 취리히에 이르는 낭만의 기나긴 여로—그 여로 위를 달리는 국제열차에서 벌어지는 살인 사건! 한 사나이의 父情과 분노가 국제열차 속에서 엮어내는 눈물겨운 복수의 드라마!

『슬픈 살인』 – 1 · 2 · 3 · 4 | 김성종 장편추리소설

부산 해운대를 무대로 펼쳐지는 김성종의 새롭고 야심찬 대하 추리소설! 뜨거운 여름 바닷가를 중심으로 벌어지는 젊은이들의 애욕과 애증의 파노라마가 몰고 온 엽기적 연쇄 살인 사건! 범인을 찾아 수사진이 벌이는 추리극의 백미!

『불타는 여인』 – 상 · 하 | 김성종 장편추리소설

불처럼 화려한 여인의 육체에 감염된 공포의 AIDS! 무서운 AIDS를 접목시켜 공포의 연쇄 살인을 연출해낸 김성종 최신 장편 추리소설—현대 여성의 비극적 자화상을 경탄할만한 솜씨로 묘파해낸 우리시대의 새로운 인간드라마!

『제3의 사나이』 – 1 · 2 | 김성종 장편추리소설

대통령 출마를 선언한 대재벌 회장! 일본에 의해 지배당할 운명에 처한 한국 경제를 구하기 위해 독재자에게 도전장을 낸 재벌 회장의 과거 약점을 쥐고 협박을 해 오는 검은 그림자! 그들을 무자비하게 칼로 살해하는 제3의 사나이는?

『죽음을 부르는 소녀』 – | 김성종 추리소설

친구들과 지리산에 올랐다가 실종된 무당의 딸 현미, 민가를 침범하는 호랑이와 산 속에 사는 사냥꾼 부자의 숙명적인 대결! 수십 년간 벼랑의 굴 속에서 숨어 살아온 빨치산 출신의 야수! 그들이 숨바꼭질하듯 벌이는 죽음의 드라마!

◉ 김성종 추리소설

『홍콩에서 온 여인』 - 상 · 하 | 김성종 장편추리소설

군부의 지원을 받아 쿠테타를 성공시킨 염광림의 개혁 조치에 불안을 느낀 극우 보수 세력이 끌어들인 홍콩의 범죄 조직 ! 염광림을 제거하려는 킬러의 뒤를 끈질기게 추적하여 마침내 그들의 계획을 저지하는 오병호 경감 !

『버림받은 여자』 - 상 · 하 | 김성종 장편추리소설

밝은 보름달 아래 피냄새를 쫓아 여자 사냥에 나선 식인개 ! 전설로만 전해 오던 그 개는 실제로 존재하는가? 맹수에게 물어뜯겨 살해된 시체로 발견된 한 남자의 아내와 그의 애인 ! 그녀들은 왜 그렇게 잔인하게 살해되었을까?

『미로의 저쪽』 - 상 · 하 | 김성종 장편추리소설

인생의 모든 것을 상실한 여인 吳月 ! 자신을 짓밟은 네 명의 악한을 상대로 '복수'에 생의 최후를 건다 ! 연약한 여인이 벌이는 처절하리만큼 비정하고 완벽한 복수극 ! 독신 형사와 여대생이 등장하여 극적인 전환을 이루는 추리소설 !

『최후의 밀서』 - 김성종 장편추리소설

다섯 살 된 아이의 유괴사건, 그 아이가 어느 재벌 2세의 사생아임이 밝혀지면서 시종 숨가쁜 호흡을 토해 내는 기업에 얽힌 악마 같은 드라마 ! 유괴범을 집요하게 추적하는 형사 앞에 마침내 얼굴을 드러낸 'X' ! 그의 정체는 과연?

『피아노 살인』 - 김성종 장편추리소설

밤마다 흐느끼듯 들려오는 핑아노 소리는 6개월 시한부 인생을 살고 있는 여인이 벌거벗은 몸으로 목졸린 채 피살되면서 사라진다. 욕망이라는 정신분열적 성격을 다룬 김성종의 또 다른 실험적 포스드모더니즘 ! 『피아노 살인』

『서울의 황혼』 - | 김성종 추리소설

도심의 20층 호텔에서 벌거숭이로 떨어져 죽은 여배우 오애라 — 그 뒤에 도사리고 있는 비밀 요정의 정체는 ! 그곳에 도사린 마약 · 인신매매 · 밀항 · 국제 매음 조직 등 깊고 우울한 함정을 날카로운 시각으로 파헤친 김성종 추리소설 !

김성종

　　1941년 중국 제남시 출생. 전남 구례에서 성장기를 보냈다.
　　구례 농고와 연세대학교 정외과 졸업한 후 언론매체에 종사하다가
　　전업 작가로 전업.
　　1969년 조선일보 신춘문예 단편소설 당선
　　1971년 현대문학 소설추천 완료
　　1974년 한국일보 장편소설 공모에 「최후의 증인」 당선
　　장편 대하소설 「여명의 눈동자」(전10권)는 TV드라마로 방영
　　장편 추리소설 「제5열」, 「부랑의 강」 등 50여 편의 작품을 발표하였다.

비 련 의 화 인

김성종 장편추리소설

초판발행——— 2010년 12월 15일
초판 1쇄 ——— 2010년 12월 15일
저자 ——————— 金聖鍾
발행인 ———— 金範洙

발행처 ———— 도서출판 바른책
등록일자 ——— 서기 2007년 12월 31일 (제324-25100-2007-21호)
주소 ———— 134-023 서울 강동구 천호동 451 산경 5층 B-502호
사업자등록번호———— 212-91-34101
전화 ———— 02-483-2115
팩스 ———— 02-473-0481
E.mail ——— rakihel@hanmail.net

ISBN 978-89-960955-2-1　　03810

정가 : 12,000원

총판 :　 남도출판사
　　　　전화 : 02-488-2923
　　　　팩스 : 02-473-0481

파본이나 잘못된 책은 교환하여 드립니다.
이 책은 1985년 소설문학사에서 최초발행되었습니다